SUSSURRO DAS ONDAS

SUSSURRO DAS ONDAS

Sarah Tolcser

TRADUÇÃO
Edmundo Barreiros

PLATAFORMA21

TÍTULO ORIGINAL *Whisper of the Tide*
© 2018 by Sarah Tolcser. Publicado mediante acordo com Lennart Sane Agency AB.
© 2019 VR Editora S.A.

Plataforma21 é o selo jovem da VR Editora

DIREÇÃO EDITORIAL Marco Garcia
EDIÇÃO Thaíse Costa Macêdo
EDITORA-ASSISTENTE Natália Chagas Máximo
PREPARAÇÃO Boris Fatigati
REVISÃO Raquel Nakasone e Luciane Gomide
DIREÇÃO DE ARTE Ana Solt
DIAGRAMAÇÃO Juliana Pellegrini
DESING DE CAPA littlemissgang
ILUSTRAÇÕES DE CAPA *paisagem da tempestade* © Yuri_Arcurs/Shutterstock.com; *oceano* © Ase/Shutterstock.com
MAPA © Virginia Allyn

Dados Internacionais de Catalogação na Publicação (CIP)
(Câmara Brasileira do Livro, SP, Brasil)

Tolcser, Sarah
Sussurro das ondas / Sarah Tolcser; tradução Edmundo Barreiros. - São Paulo: Plataforma21, 2019. - (Jornada das águas; v. 2)
Título original: Whisper of the tide.
ISBN 978-65-5008-000-6
1. Ficção juvenil I. Título. II. Série.
19-25107 CDD-028.5

Índices para catálogo sistemático:
1. Ficção: Literatura juvenil   028.5
Maria Alice Ferreira - Bibliotecária - CRB-8/7964

Todos os direitos desta edição reservados à
VR EDITORA S.A.
Rua Cel. Lisboa, 989 | Vila Mariana
CEP 04020-041 | São Paulo | SP
Tel.| Fax: (+55 11) 4612-2866
plataforma21.com.br | plataforma21@vreditoras.com.br

*A Michael, que apoia minha carreira
há treze anos, desde que leu meus contos —
coisa em que, francamente, eu não sou boa*

CAPÍTULO
UM

Não há lei na ilha dos piratas.

Ou, pelo menos, era assim que começavam as histórias de meu pai. Quando eu era pequena, empoleirada no joelho dele no cockpit de nossa barca, ele sussurrava velhas histórias de piratas para mim. Segundo descrevia, Brizos era uma ilha mágica governada por uma rainha terrível que usava os ossos dos dedos de um homem como colar e andava montada em uma baleia falante.

Caminhando entre construções de madeira decrépitas, desviei de uma poça d'água – e de outras coisas que é melhor não mencionar. O vento soprava com força, jogando chuva sobre mim em camadas. Minha bota esquerda, coberta por lama, escorregou na rua. Se aquela era uma ilha mágica, eu comeria meu chapéu.

Que também estava coberto de lama.

Das sombras de um beco próximo, um homem com uma capa me observava. Um raio brilhou em seus olhos penetrantes enquanto ele me avaliava. Eu puxei meu casaco para trás para mostrar minha pistola de pederneira e pus a mão sobre ela. A ameaça de uma bala no crânio foi o suficiente para meu pretenso agressor. Ele se encolheu de volta nas sombras e me deixou passar.

Brizos era perigosa à noite – nessa parte das histórias de meu pai, eu, certamente, acreditava. Eu nunca tivera ocasião de ir ali quando criança, claro. Aquela ilha era muito distante no mar para uma barca das terras dos rios se arriscar no caminho. E meu pai não teria me levado mesmo – ele dizia que ela era cheia de patifes.

Bom, agora, havia um prêmio pela minha cabeça. Eu mesma era uma patife.

Segui em frente, mantendo-me nos lugares escuros sob os beirais, onde água escorria por calhas quebradas em barris lamacentos. No pé da colina, a ilha se curvava para formar uma baía natural em forma de lua crescente. O cais estava vazio; e os navios, desertos, com velas dobradas e toldos estendidos para proteger do clima. Uma chuva forte alisava o mar.

Puxei o chapéu para baixo para esconder o rosto. O que meu pai diria se pudesse me ver nesse instante? Tudo o que eu vestia era ou emprestado ou roubado. Minhas estimadas pistolas de punho, feitas de ouro, haviam desaparecido, uma tirada de mim e a outra no fundo do mar. E isso enquanto, naquele exato momento, meu pai e Fee estavam provavelmente falando diante da toalha de mesa quadriculada de vermelho na cabine da *Cormorant*, com uma lanterna quente oscilando acima deles. Eu estava vasculhando a parte mais sinistra de Brizos à procura de um homem que não queria ser encontrado.

Eu parei na lama. Era isso – a placa que eu estava procurando. Ela balançava ao vento acima da entrada de um barraco em ruínas. Através da chuva, eu mal conseguia identificar as letras que diziam O Abetouro Negro. Olhando para trás para me assegurar de que não tinha sido seguida, empurrei e abri a porta. Borrifos de chuva umedeceram o chão de madeira.

A voz queixosa de um velho ergueu-se das sombras.

– Feche a droga dessa porta!

Velas tremeluziam em garrafas turvas sobre as mesas. Acima do bar, uma lâmpada alquímica emitia luz e balançava ao vento que assoviava pelas frestas nas paredes. Havia dois clientes de roupa escura sentados nos cantos escuros. Fora isso, a taverna estava vazia, exceto por um homem curvado sobre o bar e pelo atendente entediado.

Água escorria de meu casaco, respingando uma linha negra atrás de mim enquanto eu atravessava o local. Meus cachos estavam frisados e desgrenhados, e minhas botas molhadas rangiam sobre as tábuas. Não era exatamente a entrada que eu estava esperando.

O homem no bar se virou.

Com olhos escuros brilhando sob a aba de um chapéu surrado, ele me lançou um olhar azedo e virou um copo de rum. Suas roupas estavam escondidas por baixo de um comprido casaco remendado, mas eu captei um vislumbre de botões de latão encrustados de sujeira gravados com o símbolo de Akhaia, um leão-da-montanha com sua cauda enrolada em torno de si mesma.

A linha fina e branca de uma velha cicatriz cruzava sua bochecha, embaixo do olho direito. Alguém lhe dera outra para combinar – um corte mais recente, ainda feio e vermelho, sobre a maçã do rosto esquerda. Enquanto uma cicatriz solitária podia ter dado a ele uma aparência arrojada, duas o tornavam infame, uma impressão reforçada pela barba desordenada e pelo cabelo desgrenhado.

Sem dizer uma palavra, eu me aproximei do bar.

O homem com as cicatrizes me cumprimentou com um aceno de cabeça.

– Não sabia que ia vê-la aqui esta noite.

O balconista destampou uma garrafa escura e derramou rum em um copo. Eu girei na banqueta e avaliei o ambiente. Esperava que uma famosa taverna de piratas fosse barulhenta, com marinheiros cantando desafinados canções obscenas enquanto batedores de carteira andavam apressados pela multidão. Mas a clientela do Abetouro Negro olhava pensativamente para suas bebidas, aguardente pura e marrom sem nenhum traço de suco ou doçura. Eu tive a sensação de que, se tentasse puxar uma conversa com o marinheiro velho errado, acabaria com um punhal enfiado na mão.

Meu rum estava horrível mas piedosamente forte, uma bebida de contrabandista. Eu me voltei para meu companheiro, erguendo as sobrancelhas.

– Dentre todas as tavernas em Brizos, é *aqui* que eu encontro você? Este é um bar de velho.

Ele olhou para mim de baixo do chapéu.

– É o tipo de bar aonde as pessoas vão enquanto estão esperando para morrer – concordou.

– Então, um bar de velho.

– Ayah? – Ele deu um sorriso. – Então, o que você está fazendo aqui?

Eu me preparei. Era isso. Para o que eu tinha ido fazer ali.

— Nós precisamos conversar. — Afastei meu copo. — Não planejo morrer em Brizos. Nem hoje. Eu tenho um plano para nos tirar desta ilha.

— Metade da marinha akhaiana está vasculhando as ruas à nossa procura. Há um bloqueio de vinte navios flutuando na baía. — A lanterna alquímica cintilou em seu olho esquerdo, que estava roxo. — E não ache que eu vou me esquecer de seu garoto emparca.

— Você sabe que isso é algo complicado — eu disse, após uma longa pausa.

— Talvez seja complicado para você, mas não é para mim. — Ele olhou fixamente para o bar, onde décadas de bebidas derramadas tinham deixado a madeira esburacada e com manchas circulares. Um músculo em sua mandíbula se moveu. — Não, eu acho que é aqui que nos separamos, nós dois. — De repente, percebi o quanto ele parecia cansado. — Gosto de você, garota, então vou lhe avisar uma vez. Você não é feita para esse jogo. Mexa com senhores e emparcas, e homens serão mortos. Homens como você e eu.

— Não sou um homem — eu disse.

Ele me deu um aceno preguiçoso.

— Eu estava me esquecendo disso, *lady* Bollard.

Apertei meu copo e a borda lascada se afundou na palma de minha mão.

— Eu sou apenas meio Bollard.

— Lady Andela, então — ele disse com um sorriso afetado, me fazendo inalar bruscamente.

Quando vi seus olhos, soube que ele tinha dito isso de propósito para me irritar.

Eu engoli em seco.

– Não.

– Então, garota? Eu sei por que você está aqui, mas não adianta pedir – rosnou ele. – Eu não vou voltar.

Do lado de fora, o vento mudou, e a chuva, de repente, começou a fustigar a janela. Ela caía forte sobre o telhado, ecoando pela taverna silenciosa.

Respirei fundo.

– Eu sei – eu disse. – Você vai me trair.

CAPÍTULO DOIS
Três meses antes

Até então, a revolução tinha se revelado extremamente tediosa.

– A menos que nós derrubemos Konto Theuciniano do trono, o império akhaiano nunca vai se juntar a seus vizinhos, entrando...

Markos fez uma pausa e remexeu em suas anotações.

– Hum, entrando na era moderna da democracia. Outros países mais iluminados estão dando poder aos trabalhadores e encorajando o livre pensamento. Nós não podemos esperar isso de Theuciniano. Ele vai manter o poder a todo custo, chegando até o ponto de matar seu próprio sangue.

De minha mesa no fundo do teatro, eu o encorajei em silêncio a prosseguir.

A voz de Markos ficou mais firme conforme continuava com seu discurso.

– Meu pai, o emparca. Minha mãe, sua emparquesa. Meu irmão, o herdeiro. Theuciniano é implacável, e ele não liga para os problemas do homem comum.

– Você foi criado no palácio do emparca, garoto! – gritou

um homem do fosso em frente ao palco. – O que você sabe sobre o homem comum?

Uma onda de riso atravessou o fosso. O teatro era dividido em seções – mesas elevadas em torno das bordas externas para pessoas que podiam pagar e um balcão particular para aqueles pagando ainda mais –, mas os homens que lotavam a parte de baixo eram uma multidão grosseira. Cravei as unhas dos dedos nas palmas das mãos, mas sabia que não podia saltar em defesa de Markos.

Ele hesitou, e uma vermelhidão subiu por seu rosto até a ponta de suas orelhas. Virando-se, ele dirigiu sua resposta ao homem que tinha gritado com ele.

– Nos três meses desde o assassinato de meu pai, viajei pelas terras dos rios em uma barca de carga.

No balcão, um homem de túnica de seda revirou os olhos.

– E conversei com muitos homens e mulheres trabalhadores. Eu aprendi muito – ele disse rapidamente. – E estou disposto a continuar aprendendo. E ouvindo. Como seu emparca, eu me comprometeria a fazer o mesmo.

Sozinha em minha mesa, sorri. O que Markos contava a essas pessoas era verdade. Ele tinha mudado muito desde o dia em que eu, de forma imprudente, desobedeci as ordens que havia recebido, abri o caixote encantado e o descobri ali dentro. Meu olhar se dirigiu aos rostos dos nobres akhaianos sentados ao balcão, separados dos comerciantes e marinheiros turbulentos que estavam no fosso. Era o apoio dos primeiros que ele precisava conquistar.

Antidoros Peregrine se levantou de uma cadeira no palco e pôs uma das mãos sobre o ombro de Markos.

— Sua excelência é uma vítima, tanto quanto vocês, do que acontece quando os homens lutam pelo poder, sem pensar nos seus semelhantes — ele projetou a voz. — Nas palavras do grande advogado e filósofo Gaius Basilides...

Enquanto ele se lançava em seu discurso, Markos desceu do palco e foi pelo chão em direção a mim. Ele era meia cabeça mais alto que a maioria dos homens, com seu cabelo negro ondulado visível acima da multidão. A maioria estava muito envolta no que Peregrine estava dizendo para prestar atenção em Markos, mas percebi que o homem que havia gritado com ele tinha aberto caminho entre o público para apertar sua mão.

Markos se jogou na cadeira ao meu lado e grunhiu:

— Eles me odiaram.

Empurrei uma caneca de cerveja gelada para ele.

— Não foi tão ruim. Eles não estavam jogando frutas podres nem nada.

— Ainda.

Ele se curvou para frente para descansar a testa na mesa. Eu podia ter dito a ele que essa não era uma decisão sábia em um teatro público — mas não fiz isso.

Antidoros Peregrine tinha convencido três senhores akhaianos locais a ouvirem Markos falar, o que era a razão real para termos ido a Edessa. Ele também insistia que o evento fosse aberto ao público, mas, olhando para o balcão, eu me perguntei se essa tinha sido uma boa ideia. Enquanto eu assistia, um atendente puxou a manga de um lorde para perguntar se ele queria uma bebida. Insultado, ele puxou o braço e rearrumou a túnica.

Eu me voltei para Markos.

– Você achava que ia ser fácil começar uma guerra?

Ele se sentou ereto.

– Mas que droga, Antidoros quer me botar no trono para *evitar* uma guerra – ele tomou um gole grande de sua caneca. – Essa, para começar, é a única razão por que eu o deixei me convencer a fazer esse discurso. Uma revolução política sem sangue.

Afastei meus olhos dos nobres. Antidoros era um idealista. Eu mesma não achava que ia ser tão fácil. As pessoas comuns e os nobres queriam coisas muito diferentes. E, até então, os lordes estavam temerosos de aceitar a reivindicação de Markos.

Markos observou Antidoros Peregrine trabalhar a multidão.

– Isso tudo vem muito naturalmente para ele. Eu invejo isso.

Uma ruga surgiu entre seus olhos.

– *Ele* já foi um lorde, mas você vai perceber que não gritam com ele.

– Seu pai o exilou de Akhaia por escrever sobre os problemas do homem comum – lembrei a ele. – Ele os defendeu e perdeu tudo. As pessoas respeitam isso.

– E ele ganhou seu respeito, não resta dúvida disso.

Por hábito, ele ergueu a mão para mexer no brinco, mas se deteve. A parte de baixo de sua orelha estava faltando, levada como lembrança por um pirata particularmente inescrupuloso.

– Você vai, também. – Eu coloquei uma mecha de cabelo atrás de sua orelha. – Um dia.

– Se eu pudesse apenas falar como ele – Markos suspirou.

– Ah, acredito que meus instrutores me ensinaram isso bem o

bastante. Posso recitar todas as 26 estrofes do Épico de Xanto, mas não sou um orador natural. Não como Peregrine.

Ele empurrou sua caneca.

– Acho que vir aqui ainda valeu a pena, pela prática.

Puxei sua gola.

– Markos Andela. – Eu normalmente não usava seu nome completo, então isso chamou sua atenção. – Eu nunca conseguiria fazer o que você fez. Então, você não é um orador natural. A maioria de nós não é. Você está tentando.

– Eu só queria saber se alguma coisa disso *importou*.

Ele olhou para os lordes no balcão. Dois deles tinham parado de escutar Peregrine e estavam sussurrando por trás de suas mãos, enquanto o terceiro estava sentado com uma expressão dura, claramente reprovando o que tinha ouvido. Eles não estavam olhando para nós.

Markos segurou meu queixo e me beijou. Parte de mim sentiu um tremor de prazer, porque eu gostava de beijá-lo. Entrelaçando meus dedos em seu cabelo, eu me inclinei para perto. Mas minha parte mais prática sabia que essa era uma ideia terrível. Com um suspiro, eu o soltei.

– Carô, por que você está olhando para lá?

Ele tentou puxar meus lábios de volta para os seus.

Eu resisti e me esquivei para examinar a multidão no fosso.

– Eu devia estar à procura de assassinos. – Ele passou a boca pelo meu ouvido, enquanto eu tentava ver por trás de sua cabeça. – E se alguém te matar enquanto você estiver me beijando?

Seus lábios se curvaram sobre minha pele.

— Então, pelo menos, vou morrer um homem feliz — ele murmurou, com as palavras fazendo cócegas em meu pescoço.

— Markos, não seja romântico e estúpido.

Afastei com um movimento barulhento minha cadeira vários centímetros da dele. Mesmo que Markos estivesse disposto a se permitir ficar distraído, eu não estava.

Para ir até ali, tínhamos cruzado a fronteira para Akhaia. Antidoros Peregrine era da opinião que valia o risco, já que Edessa, afinal de contas, era apenas uma pequena cidade baleeira longe do coração do império. Eu não tinha certeza se concordava com ele. Nos três meses desde que Markos e eu tínhamos ido morar em Valonikos, nós já havíamos tido dois encontros com assassinos. Sem dúvida, eles tinham sido enviados por Konto Theuciniano, o homem que assassinara a família de Markos e roubara o trono de seu pai. Tamborilando os dedos em minha pistola, estudei a plateia. Nenhuma daquelas pessoas parecia um mercenário, mas alguns homens estavam dispostos a fazer coisas horríveis por promessas de dinheiro.

Dei um suspiro. Desde o dia em que abri o caixote, nada mais foi seguro. Na época, eu estava perfeitamente satisfeita em ser a imediata de meu pai na *Cormorant*, comerciando de alto a baixo nas terras dos rios de Kynthessa, minha terra natal. Até que Konto Theuciniano, primo do pai de Markos, tomou o trono de Akhaia em um golpe sangrento, e eu me meti em tudo isso. Quando conheci Markos, ele era o protegido e arrogante segundo filho de um emparca. Juntos, lutamos contra os Cães Negros e resgatamos sua irmã — e tivemos nossa cota de discussões.

SUSSURRO DAS ONDAS

Nós ainda discutíamos. Um sorriso fez minha boca se contorcer. Agora, normalmente terminávamos nos beijando, o que, admito, era muito mais divertido.

Depois que o discurso de Peregrine terminou e o teatro se esvaziou, os três lordes no balcão desceram. Eu já tinha esquecido seus nomes e títulos. Nos últimos meses, tínhamos passado por muitos daqueles encontros. Eu era ruim com títulos e, de qualquer modo, aqueles homens nunca olhavam para mim.

Markos apertou suas mãos. Enrijecendo os ombros, ele disse:

– Obrigado por virem hoje. Espero poder contar com seu apoio.

O primeiro lorde olhou para os outros.

– É melhor tentar sua sorte na península. Eles estão longe o bastante da capital para... Bom, eles podem se dar ao luxo de ser um pouco mais arrojados. Lorde Pherenekiano é um progressista. – Seu nariz se franziu como se ele tivesse sentido um cheiro ruim. – Você pode falar com ele.

Markos não se deu ao trabalho de afastar o desdém de sua voz.

– O senhor estava no casamento de meu pai.

– Sim, bom.... – O lorde gesticulou para seu valete, que correu para jogar uma capa de veludo brocado em torno de seus ombros. – Você não é seu pai. Se você fosse Loukas, podia ser diferente.

As narinas de Markos se dilataram.

– Sou tão filho de meu pai quanto meu irmão era.

O segundo lorde finalmente falou, afastando um fragmento invisível de sujeira de sua túnica.

– Loukas Andela nunca seria visto em um teatro público, fazendo concessões à escória.

Cerrei as mãos para impedi-las de voar até minhas pistolas. Como ele ousava? Loukas estava *morto*. Essa observação tinha a intenção de ferir, e um olhar para Markos deixou claro que o golpe havia atingido o alvo. Seu rosto estava congelado em uma máscara rígida.

Markos ficou ereto.

– Eu agradeço aos senhores por virem hoje – ele disse com maneiras régias, olhando para os lordes de cima para baixo. – Os senhores me perdoem se eu não os levo até a porta.

Então, deu as costas para eles e saiu andando.

Eu me encolhi. Eles eram lordes de Akhaia, e ele os havia tratado como se fossem sujeira embaixo de sua bota. Achei que devíamos cortar esses homens da lista.

Alcancei Markos e apertei seu braço.

– Há vários outros nobres. Alguns deles vão te dar apoio. Vejo que vai dar mais trabalho do que pensávamos, só isso.

Seus lábios se estreitaram em uma linha.

– Vamos só voltar para o barco.

Enquanto voltávamos à baía, Markos e Peregrine caminharam à frente, e eu me mantive dois passos atrás. Ninguém ia assassinar Markos sob minha guarda. As pessoas na rua lançavam olhares curiosos em direção a nós, especialmente para mim.

A maioria das pessoas na parte sul de Akhaia tinha pele azeitonada e cabelo escuro. Meu rosto era marrom-claro e sardento, e meu cabelo, uma nuvem de cachos ruivos parecendo saca-rolhas. Mas Edessa era uma cidade costeira com baleeiros de todo o mundo. Provavelmente, não era minha aparência que fazia as pessoas olharem, mas o fato de eu estar armada demais para uma

SUSSURRO DAS ONDAS

garota de dezessete anos. Eu andava pelas ruas laterais do porto usando uma jaqueta masculina aberta na cintura para exibir as pistolas de pederneira no meu cinto, que tinham leões nos punhos, feitos de ouro verdadeiro.

Eu senti o oceano antes de vê-lo. Atrás do murmúrio e dos ruídos da cidade, ouvi gritos de gaivotas. Suas vozes selvagens soavam como fragmentos atormentadores de uma linguagem que eu não conseguia entender direito. Senti o ritmo de sobe e desce das ondas, embora minhas botas seguissem pelas pedras do calçamento. Ser escolhida pela deusa do mar ainda era muito estranho para mim.

Minha primeira memória é de estar sentada no joelho de meu pai, olhando para o rio lento e lamacento. Libélulas voam velozes acima dos juncos, e sapos saltam nas águas rasas.

– Há um deus no fundo do rio – sussurra meu pai em meu ouvido.

Oito gerações da família Oresteia antes de mim tinham sido escolhidas pelo deus do rio, que guia barqueiros através dos pântanos sinuosos. Eu sempre soube exatamente qual seria meu destino. Mal podia esperar para ser um dos corajosos barqueiros das histórias de meu pai, contrabandeando rum, driblando magistrados e vivendo aventuras com homens-sapo e crocodilos mágicos.

Mas, do mesmo jeito que há um deus no fundo do rio, há uma deusa que vive embaixo do oceano. E ela tinha outros planos para mim.

O *Vix* balançava delicadamente no cais, com sua pintura nova e azul brilhando. Ele era um cúter de um mastro, rápido e pequeno, construído para correr pelas ilhas e baías da costa. Eu tinha ouvido pessoas sussurrarem que eu era jovem demais para ser capitã de um navio de contrabandistas. Mas os jornais diziam que eu o tinha roubado de um pirata chamado Diric Melanos, que havia desaparecido sob circunstâncias suspeitas.

Então, acredito que eles não estavam inclinados a dizer nada na minha cara.

Nereus, meu imediato, levantou-se de seu jogo de dados. Seu cabelo embranquecido pelo sol flutuava com a brisa.

– Como foi?

– Nada bem – eu disse em voz baixa.

Peregrine estava profundamente envolvido em uma conversa com Markos, com a mão apoiada em seu ombro. Eu os observei descer para a coberta. Sem dúvida, se havia alguém que podia tirar Markos daquele estado de ânimo, era Peregrine.

– Então, de volta a Valonikos? – perguntou o contramestre.

Patroklos era um homem alto e magro com um acento akhaiano do norte e cabelo ruivo escuro em uma trança. Eu me sentia em casa ao vê-lo gritar ordens no convés ou caçando as adriças, acho que porque ele me lembrava de meu pai.

– Ayah.

Eu senti o vento sussurrando para mim.

– Vamos partir. Vir aqui foi uma perda de tempo.

Com as velas içadas para captar a bela brisa do sul, nós deixamos Edessa. Eu navegava com uma mão apoiada na cana do leme do *Vix*, mantendo a costa à minha direita. Um bando de golfinhos atravessava a água a estibordo da proa. Perto, havia um rochedo submerso sob a água, invisível aos olhos. Nessa noite, as ondas seriam alisadas por rajadas de vento, e chuva ia cair. Eu sabia essas coisas como sabia meu próprio nome. Desde que a deusa do mar me escolhera, eu havia ganhado um sexto sentido.

À nossa frente, um navio da marinha estava se fazendo ao mar, com velas brancas quadradas reluzindo ao sol da tarde. No topo de seu mastro, tremulava uma bandeira triangular vermelha com um leão-da-montanha dourado, identificando-o como um navio da esquadra do leão akhaiana.

Estreitei os lábios e olhei de mau humor para o navio. Três meses antes, eu havia prometido a Markos que navegaria para ele como corsária. Mas, depois disso, o *Vix* tinha ficado preso na baía de Valonikos, enquanto Antidoros Peregrine arrastava Markos para reunião após reunião. A jornada desse dia a Edessa era a mais distante que já tínhamos feito.

Embora eu estivesse relutante para contar a Markos, incomodava-me que eu não soubesse onde me encaixava em sua rebelião. O *Vix* era como um mosquito, pequenino e incômodo, com a habilidade para morder forte. Sem dúvida, havia *alguma coisa* que poderíamos fazer – um bloqueio que precisasse ser vencido ou um navio akhaiano para caçar. Eu acreditava em Markos e queria estar com ele. E, ainda assim... eu não podia evitar me sentir um pouco como um pássaro cujas asas tivessem sido cortadas.

Com o agito de penas cinzentas, uma gaivota pousou na amurada. Ela virou a cabeça para me encarar com um olho pequeno e brilhante e sussurrou:

– Você quer, não quer? Os canhões. A perseguição.

Seu bico não se mexeu em nenhum momento, mas não precisava. Eu sabia que, na verdade, a voz não vinha da gaivota.

— Para que serve um navio em uma baía? — escarneceu a deusa do mar.

Eu apertei a cana do leme. Ela não estava falando apenas do *Vix*. Imagens passaram pela minha cabeça, enchendo-me de sensações desconhecidas. Eu sentia a emoção enquanto o *Vix* abria caminho pelas ondas. Balas de canhão atingiam o casco de meu inimigo com uma explosão agradável de estilhaços. O navio akhaiano seguia pelas ondulações a nossa frente, adernando para um lado. Grande e pesado, ele era construído para transportar suprimentos. Não era páreo para o *Vix*.

Cabos se esticaram enquanto ganchos de abordagem puxavam o navio — minha presa — para cada vez mais perto.

Eu pisquei. Nunca nem tinha sentido o cheiro de uma batalha marítima, mas, de algum modo, a visão pareceu tão visceral quanto uma memória. Eu percebi que a gaivota estava me observando com um sorriso torto astucioso.

— Pare com isso — eu disse para a deusa do mar, fingindo que meu coração não estava batendo forte.

— Foi para isso que você nasceu. O tumulto da batalha. A força do mar.

A gaivota girou a cabeça para observar os telhados vermelhos de Valonikos no horizonte.

— Eu estou cansada deste porto.

— Bom, eu não — respondi rispidamente, embora desconfiasse que ela sabia que eu estava mentindo. — E não vá botar coisas em minha cabeça novamente.

A deusa nunca havia feito nada como isso antes. Tinha sido

SUSSURRO DAS ONDAS

invasivo – sussurrou uma parte de mim – e estimulante. Com a mão suando na cana do leme, lembrei a mim mesma com seriedade que a sede de sangue que eu sentia não era minha. Me enervava que a deusa pudesse me fazer sentir algo assim. Por um momento, tinha pensado que fosse real.

Ainda havia muita coisa sobre a deusa que eu não sabia. Às vezes, eu não tinha certeza se queria saber.

Quando chegamos a Valonikos, um homem estava à nossa espera no cais. Ele usava uma capa de veludo e um chapéu negro de três pontas, parecendo muito oficial. Meu sentido de perigo ganhou vida. Eu segurei o punho de minha pistola.

O homem bateu os calcanhares e fez uma reverência.

– Markos Andela?

Markos e eu trocamos olhares desconfortáveis. Tentávamos não falar seu nome tão alto em público. Era perigoso demais.

Eu engatilhei minha arma.

– O que você quer?

Os olhos do estranho se arregalaram um pouco.

– Por favor, senhorita. – Ele remexeu em seus bolsos e retirou uma carta com um lacre de cera pomposo. – Sou um mensageiro, vindo de Eryth. Eu prometi ao archon que colocaria isso diretamente nas mãos de sua excelência. Em... em particular.

Peregrine me lançou um olhar divertido.

– Paz, Caroline.

Ele tocou meu braço.

– Vamos dar ao homem um momento para se explicar antes de começarmos a sacar pistolas.

– Desculpe – eu disse ao mensageiro, guardando a arma. – Mark... Sua excelência foi recentemente atacada nas ruas de Valonikos. Então, você entende minha cautela.

Markos gesticulou para a rua.

– Por favor, por que você não me segue de volta para meus aposentos, onde estarei livre para discutir sua mensagem sem interrupção? – Ele se voltou para mim, me deu um beijo na testa e disse em sua voz habitual: – Vamos ficar bem seguros na casa de Peregrine. Jantar no lugar de sempre?

– Ayah – prometi, apertando sua mão. – Vou me trocar e encontro você às oito.

Observei suas costas enquanto eles se afastavam, sentindo-me desconfortável em deixar que Markos fosse com aquele estranho. Ele tinha suas espadas, lembrei a mim mesma. Markos sempre levava duas espadas curtas iguais, e era um especialista nelas. Além disso, Peregrine ficaria parado à porta.

Ainda assim, mantive os olhos neles até que desaparecessem na rua cheia.

– O pai nunca vai deixar que você faça isso – ouvi um homem escarnecer às minhas costas. – Você não é forte o suficiente para lidar com o maquinário.

Eu me virei e vi Docia Argyrus, a filha do homem que resgatava navios, chegando ao cais, com as saias farfalhando em torno dos tornozelos. Seu cabelo castanho-escuro estava retorcido em um coque prático. Ela levava um monte de mapas enfiados embaixo de um dos braços e um livro-caixa na mão.

Um homem a seguia.

— E, de qualquer forma... – prosseguiu ele. – Equipes de salvamento são duras. Os homens não vão escutar você.

— Me parece que *você* começou a trabalhar na barca quando tinha quinze anos – ela retrucou. – E, posso acrescentar, era um garoto bem magrelo. Eu sou uma mergulhadora melhor que você ou Hadrian. Meu pai me ensinou a mesma coisa que ensinou a vocês dois. Ah, olá, Carô. – Ela acenou para o homem. – Esse é meu irmão Torin. Ele é um idiota.

Torin era um homem corpulento com pele bronzeada, usando botas enlameadas e um suéter de pescador.

— Desista, irmã. – Ele deu um tapinha em seu ombro. – Resgatar navios não é trabalho de mulher. Além disso, quem ia querer passar o dia inteiro em uma barcaça, mergulhando e içando e chapinhando na lama, quando podia ter uma vida fácil no escritório? Se você me perguntar, você é quem tem sorte.

— Você acha que fazer todos os contratos e cuidar da burocracia é fácil? – ela perguntou. – Se eu, um dia, decidir deixar a Argyrus e Filhos, nenhum de vocês vai saber o que fazer.

— Que conversa é essa de sair?

Docia revirou os olhos de modo que apenas eu pudesse ver.

— Vá para casa e perturbe sua mulher – ela disse a Torin. – Eu vou estar no escritório levando uma vida *fácil*.

Seu irmão deu de ombros e saiu caminhando vagarosamente pelo cais. Ela fez um gesto rude às suas costas.

Docia Argyrus e eu tínhamos feito amizade durante meu período em Valonikos. Eu não via minha prima Kenté desde que ela partira para Trikkaia para treinar como homem das sombras e sentia falta de ter uma garota com quem conversar. Docia era dois anos mais velha que eu, mas tínhamos muito em comum. Nós duas éramos filhas de capitães de barcos, garotas da classe trabalhadora que tinham crescido na água.

Eu me encolhi diante da expressão amarga em seu rosto. O problema era que o pai dela tinha o pensamento um pouco mais retrógrado que o do meu.

Docia apontou para o cais com a cabeça.

– Bar?

Eu hesitei. O enviado parecia excessivamente ansioso para botar aquela carta nas mãos de Markos, então ela devia ser importante. Mas eu não podia simplesmente invadir sua reunião. Não quando ele pedira para falar com Markos sozinho. Achei que não haveria mal em tomar uma cerveja enquanto esperava.

– Ayah, vamos – decidi.

Nós começamos a caminhar pelo cais.

– Mas só para um drinque. Eu vou me encontrar com Markos no Rede da Fartura.

– Aaah, o *Markos* – provocou ela. – Eu não ia querer impedir que você jantasse com o seu garoto.

Minhas bochechas esquentaram.

– Ele não é o meu garoto – menti. – Que história é essa de deixar a Argyrus e Filhos? Você acha que um dia poderia fazer isso?

Ela escarneceu.

– Não. Mas eles iam ver se eu saísse. Eu podia conseguir um endereço do outro lado da rua. Chamar a mim mesma de Argyrus e Filhas. – Um sorriso se abriu em seu rosto sincero. – Claro, eu ia cobrar só um pouco menos, para enfraquecê-los e tomar seu negócio.

— Bom, isso é bem justo — eu disse.

Na extremidade do cais, lancei um olhar em direção à casa de Antidoros Peregrine. A curiosidade ardia dentro de mim, mas eu teria que esperar até o jantar para ouvir sobre o que era a mensagem urgente.

Eu só esperava que, dessa vez, fossem boas notícias.

CAPÍTULO
TRÊS

Markos estava escondendo alguma coisa. Eu soube disso mesmo antes que ele tirasse a caixa do bolso.

Lampiões de latão pendiam das vigas do Rede da Fartura, projetando padrões intricados nos arcos de estuque branco. Cheiros tentadores vazavam de trás da porta vaivém da cozinha. Breen, o homem-sapo proprietário e cozinheiro, tinha uma reputação excelente. Manchado de verde e marrom, ele estava parado à porta, observando as mesas ocupadas. Captei seu olhar e o cumprimentei com a cabeça. O restaurante servia a melhor comida em Valonikos, e nós sempre íamos ali.

– Então? – Markos empurrou para mim a caixa embalada em papel. – Abra.

Para minha surpresa, ele tinha se recusado a discutir o mensageiro misterioso. Em vez disso, pediu um jarro de vinho, em seguida, começou a beber a maior parte dele. Nós estávamos então no segundo prato e ainda não tínhamos conversado sobre a mensagem.

Desamarrei a fita de veludo em torno da caixa, sentindo os olhos curiosos dos outros fregueses sobre mim. Eles sabiam exatamente quem Markos era. Eu quase podia ouvir os sussurros. *Emparca.* Mas também *Exílio. Impostor.*

Com um olhar desconfiado para Markos, rasguei o papel elegante da caixa e levantei a tampa.

Descansando sobre uma almofada branca como a neve, havia um bracelete. Pedras preciosas azuis e vermelhas cintilavam sob os candeeiros tremeluzentes. Fingi não perceber o silêncio que havia caído sobre as mesas próximas, enquanto as pessoas se esforçavam para nos ouvir acima do barulho de pratos.

Eu olhei confusa para a caixa. Um bracelete? Eu nunca usava joias.

Markos se encostou em sua cadeira, girando o copo de vinho entre os dedos.

– Digamos que é um presente de aniversário.

Minha boca estava seca.

– Você sabe que meu aniversário é só daqui um mês.

Ele deu de ombros.

– Um presente antecipado, então.

Mesmo eu, que não tinha conhecimento dessas coisas, podia ver que o bracelete era refinado. Montada sobre um base elegante de ouro, havia uma pedra vermelha em forma de losango aninhada no interior de um arco de safiras. Uma pedra vermelha *enorme*.

Eu hesitei para tocá-lo, embora minhas mãos estivessem limpas.

– Isso não é... Não é um rubi de verdade, é?

– Você acha mesmo que eu daria a você pedras feitas de pasta? – ele escarneceu.

O emparca, como fora revelado, não tinha contas apenas em bancos akhaianos, mas nos países vizinhos também. Com a ajuda do cônsul akhaiano, Markos passou pelos meses de burocracia necessários para solicitar oficialmente asilo em Valonikos. Mas, quando sua identidade foi estabelecida, houve alguma confusão sobre se as contas pertenciam à família Andela ou à emparquia. Quando tudo foi esclarecido, representantes dos Theucinianos conseguiram esvaziar a maior parte do ouro e da prata.

Eu estremeci ao me lembrar do dia em que Markos descobriu. Ele jogou um vidro de tinta no chão. Isso fez uma sujeira horrível.

O *Hiertofante Diário*, aquele jornaleco detestável, tinha começado a chamar Markos de "o emparca sem dinheiro". Era melhor que "o impostor", mas não muito. Se eu, um dia, me encontrasse com Fabius Balerophon, o repórter tolo que inventara o apelido, eu ia socá-lo.

Meus dedos alisaram as pedras frias. Markos não podia pagar por aquilo.

– É bonito, mas...

Ele exalou, e uma ruga surgiu entre seus olhos.

– Admito que as coisas não estão acontecendo da maneira como eu imaginava.

– Tudo o que eu ia dizer é: isso não foi terrivelmente caro?

Suas narinas se dilataram.

– Eu sou um emparca, não um pobretão, não importa o que aquele jornal repulsivo diga. De qualquer modo, eu não o comprei. Ele pertencia à minha mãe.

– Achei que todas as joias dela tinham sido levadas pelo... – Eu o observei se enrijecer e me corrigi depressa. – Hum, achei que estavam perdidas.

De meu pai, eu havia recebido as sardas e a cor marrom-avermelhada de meu cabelo, assim como instintos de contrabandista. Agora, esses instintos se agitavam agourentamente. Eu me lembrei do quanto Markos tinha sido arrogante quando nos conhecemos, ocultando sua dor intensa sob maneiras presunçosas e discurso formal. Nessa noite, ele me lembrou o velho Markos.

Alguma coisa estava errada. E ele não queria que eu soubesse.

– A prima Sophronia encontrou o bracelete na casa dela – explicou ele. – Minha mãe o deixou aos seus cuidados anos atrás, antes que eu nascesse, em uma viagem à costa.

Quando Markos chegou a Valonikos, ele ficou com Tychon e Sophronia Hypatos, seus primos distantes que viviam na Colina – como chamavam o bairro tranquilo e elegante no centro da cidade. Embora Markos não falasse sobre o que o havia feito partir, eu desconfiava que Sophronia tinha dito alguma coisa rude sobre mim. O que o teria feito ir até a casa dela naquela mesma noite?

Markos limpou a garganta.

– Eu queria surpreendê-la com alguma coisa bonita. Para mostrar a você o quanto eu... O que eu sinto por você.

Ele não estava me olhando nos olhos. Meu estômago se apertou.

– Markos, o que está acontecendo?

Ele engoliu em seco.

– Não está acontecendo nada.

– Está, *sim* – insisti. Ao perceber que as pessoas estavam olhando, eu abaixei a voz. Gesticulando para o bracelete, eu disse:

– Isso é... é demais. Nós nunca precisamos de coisas como essa antes. Eu achava... Eu achava que tudo fosse perfeito entre nós. Você não... – Eu prendi a respiração. – Você não acha?

Markos agarrou a borda da mesa, e seus nós dos dedos ficaram pálidos.

– Não que este bracelete não seja bonito – eu acrescentei rapidamente.

Ele fez um ruído engasgado.

– Eu não quis dizer bonito. Lin... é lindo – gaguejei.

Eu estava dizendo todas as coisas erradas. O bracelete havia pertencido à mãe dele, e eu tinha falado besteira, sugerindo que não havia gostado do presente. Olhei para as pedras preciosas em seu engaste ornamentado. Onde eu iria usar uma coisa daquelas? Ela tinha sido feita para a emparquesa, e eu era uma capitã do mar.

O que era o verdadeiro problema, não era? Desde que eu descobrira ter sido escolhida pelo mar e não pelo rio, me sentia desconfortável em minha própria pele. Na *Cormorant*, eu sempre sabia a coisa certa a fazer. Eu não tinha mais essa confiança – a sensação de saber onde me encaixava no mundo. Markos pensava estar apenas me dando uma coisa bonita, mas ele não entendia.

Aquele bracelete não era eu. O rubi cintilava tentadoramente para mim sob a luz dos lampiões, mais um lembrete de que toda minha *vida* não era mais eu.

– Vamos simplesmente esquecer isso. – Markos bebeu o resto de seu vinho e bateu com o copo na mesa. – Você não quer o bracelete. Eu entendo.

Era como se nós estivéssemos em barcos separados, a maré nos afastando cada vez mais um do outro. Eu queria desesperadamente jogar uma corda para ele, mas não sabia como. Ele estava com muita raiva, e eu estava com tanto...

Medo.

Meus dedos se fecharam na caixa.

– Sim, eu quero.

– Carô. Eu o aceito de volta. Está *bem*.

Eu sabia que não estava bem. Com mãos úmidas, tirei o bracelete da caixa e o coloquei no pulso. O ouro era pesado e frio sobre a minha pele.

Markos estendeu a mão sobre a mesa para pegar o bracelete. Eu tirei a mão.

– Eu não sabia que você era assim tão ruim em dar presentes!

– Não tão terrível quanto você em recebê-los – murmurou ele.

– Agora... – Eu virei minha mão de um lado para o outro, fazendo o rubi captar a luz. – Como eu estou?

– Maravilhosa, é claro.

Senti que ele queria dizer mais, mas ele hesitou tanto que o silêncio ficou desconfortável.

– Markos Andela – eu disse, fingindo estar séria. – Você não pareceu muito seguro – desesperadamente, procurei qualquer coisa que pudesse deixar o clima mais leve. – Talvez, se eu estivesse usando *apenas* esse bracelete, você fosse capaz de reunir mais entusiasmo.

Assim que as palavras deixaram minha boca, eu me encolhi. Eu tinha acabado de tentar flertar com ele enquanto usava as joias de sua mãe morta? Mesmo que ele nunca a tivesse visto usando aquele bracelete em particular, era muito inapropriado.

Infelizmente, eu não tinha prestado muita atenção à insistência de minha mãe em aprender maneiras e etiqueta.

Markos sorriu, e eu exalei aliviada.

Então, ele desabou e caiu da cadeira para o lado.

Meu coração subiu para a garganta.

Atrás de mim, uma mulher gritou. Eu me joguei de joelhos no chão.

– Markos?

Ele estava vivo, mas seus olhos estavam fechados e apertados de dor. O vinho estava envenenado? Toquei sua testa. Impossível, nós dois tínhamos bebido do mesmo jarro. Contraindo-se, Markos agarrou a coxa direita. Uma marca vermelha florescia na perna de sua calça.

Eu olhei horrorizada.

– Maldição.

Sangue escorria por entre seus dedos. Como isso tinha acontecido? Eu não havia escutado nenhum tiro. Por cima de meu vestido, eu usava uma jaqueta de gola alta entremeada de fitas. Tirei-a e apertei o tecido sobre o ferimento.

Algo passou zunindo pela minha cabeça. O jarro de vinho explodiu. Vinho tinto se derramou na toalha de mesa, tão vermelho quanto o sangue empoçando sobre o piso. *Esse* disparo eu claramente ouvi.

O local pareceu congelar, em choque. Do outro lado do mar de mesas, vi um movimento perto da janela que ocupava a extensão da parede e dava para o jardim. Uma cortina diáfana se agitou e adejou, e um homem, vestindo um casaco escuro, recuou rapidamente para a escuridão.

SUSSURRO DAS ONDAS

Ao ver o sangue de Markos, um garçom deixou sua bandeja cair. Pratos despencaram no chão e se estilhaçaram. A multidão ganhou vida e se aproximou, gritando excitada. A ponta da bota de um homem me acertou na perna.

Markos praguejou entre dentes cerrados. Seu rosto era sempre pálido, mas, nesse momento, estava praticamente translúcido, e os olhos azuis, levemente desfocados. Com dedos trêmulos, ele tentou pegar minha mão, mas não conseguiu.

— Para trás! — reclamei com as pessoas a nossa volta, abrindo caminho com o cotovelo.

Minha testa começou a suar.

— Deem a ele um pouco de ar!

Algo marrom-esverdeado aterrissou ao meu lado.

Dedos dos pés de um homem-sapo.

Breen, o cozinheiro, empurrou uma pilha de toalhas em minhas mãos. Eu as enrolei em uma bola e apertei-as sobre a ferida. Havia muito sangue. Uma bala na perna era melhor que uma no coração, mas e se ela tivesse atingido uma artéria? Markos ainda podia sangrar até a morte.

Ou perder a perna. Através da cortina, vi o assassino seguindo para a cerca viva no fundo do jardim.

— É ele! — levantei a voz. — Alguém detenha aquele homem!

Mas ninguém me ouviu na confusão. Eu ergui a mão trêmula de Markos e a beijei.

— Preciso ir atrás dele.

— Carô — ofegou Markos. — Não!

Breen pôs a mão sobre a minha nas toalhas ensanguentadas.

Havia algo fortificante no toque de seus dedos com membranas, cada um deles terminando em uma bola redonda e verde. Ele me lembrou de Fee, a homem-sapo que era a imediata de meu pai na *Cormorant*, e em quem eu confiava minha vida.

Os olhos redondos e amarelos de Breen giraram em direção a mim.

– Vá.

Larguei a mão de Markos e fiquei de pé. Uma saia-balão era uma maldita coisa nada prática, mas era útil se você quisesse esconder muitas armas. Ergui a anágua até os joelhos, arrancando uma expressão de surpresa das pessoas, e remexi por baixo dela. Meus dedos encontraram minhas pistolas gêmeas. Eu saquei as armas e saí correndo.

Eu saltei pela porta e aterrissei no pátio ajardinado. Uma mulher deu um grito ao ver minhas roupas sujas de sangue e deixou cair sua colher. Percebi, atrasada, que as mesas no jardim estavam cheias. Eu tinha saltado no meio do jantar daquelas pessoas. Elas olharam fixamente para mim, com os talheres parados nas mãos. Uma mulher ria nervosamente.

O homem havia desaparecido, mas os galhos da cerca viva ainda tremiam onde ele tinha passado. Desviando de mesas, saí correndo atrás dele.

Atirar em um restaurante cheio era loucura. Pistolas de pederneira não têm reputação de precisão a grandes distâncias. O disparo do assassino tinha acertado Markos na parte superior da coxa, quando ele sem dúvida estava mirando no coração ou na cabeça. Ele podia ter matado um mercador inocente que estava jantando, ou um garçom, ou qualquer uma daquelas pessoas.

SUSSURRO DAS ONDAS

Eu mergulhei na cerca viva. Galhos se prenderam em meu cabelo e minhas saias. A renda de meu corpete enganchou nos gravetos, me prendendo. Irritada, abri caminho. A renda foi rasgada de meu vestido. Arruinado, assim como meu cabelo e minha jaqueta.

Saindo da cerca viva na rua, olhei loucamente para as duas direções.

Eles chamavam aquilo de bairro dos mercadores, um nome enganador. Não havia barracas de feira nem comerciantes apregoando produtos ali. Construções de pedra silenciosas erguiam-se da rua, com suas portas ricamente entalhadas ladeadas por vasos de flores. Era ali que as empresas de navegação mais ricas tinham seus escritórios. Os Bollards, a família de minha mãe, ficavam uma quadra depois. Postes de luz iluminavam a rua de pedras, onde mercadores corriam de um lado para o outro com livros contábeis cheios de números e capitães com chapéus de três pontas davam baforadas em cachimbos. Havia gente de toda parte, com peles variando do marrom mais escuro de Ndanna à palidez com toques de azul do norte de Akhaia.

Captei um vislumbre repentino de movimento. Mais abaixo no quarteirão, o assassino tinha me visto emergir da cerca viva. Ele começou a correr, acotovelando as pessoas na calçada. A luz refletiu em algo de metal em sua cintura. Além de uma pistola, ele estava armado com uma espada.

– Assassinato! – gritei. – Detenham-no!

No portão de uma construção próxima, dois guardas se mexeram, mas eu não pude me dar ao luxo de esperar para ver se eles se juntaram à perseguição. O assassino entrou em um beco, e eu disparei atrás dele, fazendo a curva velozmente.

O beco fazia uma descida pronunciada entre paredes de estuque caiado. Havia um fedor forte de peixe podre. No vão entre prédios bem abaixo, vislumbrei mastros e vergas. Ele estava se dirigindo para a baía.

Meu sapato escorregou na pedra molhada. Uma dor aguda atravessou meu tornozelo, mas eu a ignorei. Dessa vez, o assassino não ia escapar. Com o pulso batendo forte em minhas têmporas, chutei do caminho minhas saias emaranhadas. Depois disso, jurei que ia usar botas e calças *em qualquer situação*.

A distância, o casaco do assassino era um ponto negro flutuante. Meu medo por Markos fervilhava sob a superfície, tentando me agarrar com dedos escuros, mas eu o forcei a se encolher. Eu tinha que alcançá-lo.

Eu saí do meio de dois armazéns, e a cidade de repente se abriu à minha volta. A baía de Valonikos estava sob um crepúsculo arroxeado, com um amontoado de mastros e velas. Chaminés, carroças e armazéns, com as portas largas abertas como bocas, pontilhavam a curva da baía. Com o cheiro do mar, meu ânimo melhorou. Com força renovada, continuei a correr.

O homem corria pelo cais, desviando de pilhas de barris e de armadilhas para caranguejos cobertas por algas marinhas. Com um movimento do pulso, ele desamarrou um bote de uma pilastra e puxou a corda para aproximá-lo do cais.

Eu ergui minha pistola e disparei, mas o tiro raspou na proa de madeira do barco com uma chuva de estilhaços.

O homem se virou e sacou a espada. Eu apertei o gatilho da segunda pistola, mas ele prendeu. Com o coração na boca, levei a mão à bolsa em busca de munição adicional. Mas minhas mãos estavam tremendo tanto que as balas de chumbo escorregaram por entre meus dedos.

A brisa salgada agitou meu cabelo e, de repente, tive uma ideia. Tentei me projetar para fora e entrar em contato com o mar. Eu não precisava de pistolas – não quando tinha o poder de todo o oceano na ponta de meus dedos. Eu me concentrei na água, tentando me lembrar da sensação do dia em que as águas tinham se aberto para mim. Minhas narinas se dilataram. Os músculos em meu braço se tensionaram, e o mar...

O mar não se mexeu.

O assassino se moveu em direção a mim, levantando a espada.

Eu ouvi uma pancada retumbante, seguida pelo tilintar de vidro quebrado. O homem tombou para frente sobre o banco do barco, e sua espada caiu ruidosa e inofensivamente no fundo da embarcação. O bote balançou, produzindo uma esteira ondulada.

Esfregando o suor dos olhos, olhei para a pessoa que tinha me salvado.

Docia Argyrus estava parada no cais, segurando uma garrafa marrom quebrada.

– Acho que esse sujeito não vai a lugar nenhum.

CAPÍTULO
QUATRO

– Como... – Eu apoiei as mãos nos joelhos, sem fôlego. Pontos vermelhos bailavam diante de meus olhos. – Como você...?

Docia examinou as bordas serrilhadas da garrafa e a pôs sobre um barril próximo. Ela apontou a cabeça para um navio baixo e bojudo cuja pintura dizia *Peixe-Gato*.

– Eu estava voltando para a barcaça do meu pai quando te vi seguindo esse sujeito.

– Aham. – Um capitão da guarda de casaco azul-escuro se aproximou, limpando a garganta. – Jovens senhoritas, o que está acontecendo aqui? Qual de vocês interpelou esse homem? – Ele sacudiu a cabeça, e os outros dois guardas se apressaram para recolher o homem inconsciente do bote. Observando Docia, os olhos dele se estreitaram. – É sangue nessa garrafa?

– É melhor que seja – ela disse, de maneira bem irreverente, considerando a seriedade da acusação. – Eu o acertei bem na cabeça com ela, não foi?

– Ele é um assassino akhaiano – contei ao guarda. – Ela apenas salvou minha vida.

SUSSURRO DAS ONDAS

– Veja bem, a senhorita não pode sair correndo pelas ruas gritando "assassino". Você está perturbando a paz. – Ele puxou um caderno do bolso com um suspiro aborrecido. – Se a senhora, por favor, descrever sua queixa do cavalheiro em questão...

– Ela não acabou de dizer? – Docia disse rispidamente. – Ele é um maldito assassino.

Eu não tinha tempo para aquilo.

– Ele atirou em um homem no Rede da Fartura, diante de pelo menos trinta testemunhas.

As sobrancelhas do capitão se juntaram.

– Volte comigo, se quiser – eu disse. – E fale com Breen. Ele vai lhe contar. Mas eu preciso ir. Meu... – Eu engoli em seco, com o medo correndo sobre mim como uma corrente escura. – Meu amigo pode estar morrendo.

Eu saí andando.

– Preciso de seus nomes para o relatório! – gritou ele às minhas costas.

Docia revirou os olhos.

– Eudocia Argyrus – ela falou. – Que posso arriscar dizer que você conhece, Bendis, considerando que aprendemos a ler juntos. "Jovem senhorita" é o cacete. – Ela apontou com a cabeça para o cais. – Vá, Carô. Eu cuido dessa situação.

O capitão sinalizou para que seus homens me seguissem até o restaurante. Enquanto eu corria pela rua, não me dei ao trabalho de verificar se eles estavam me acompanhando. Eu precisava voltar para Markos.

Quando entrei no restaurante, com o vestido suado grudado

em meus ombros, os outros clientes tinham se dispersado. Imaginei que a mancha escura de sangue no chão tivesse feito com que desistissem de sua comida. Eu olhei freneticamente ao redor do aposento vazio.

Um garçom parou, com um pano de limpeza na mão.

– Ele não está aqui. Um homem veio e o levou.

– O quê? – Minha voz saiu como um latido.

Eu ouvi um trinado. A silhueta de Breen estava na porta da cozinha.

– Mandei chamar Peregrine – disse Breen. Ao ver os guardas, ele levantou a voz e coaxou: – Fechado.

– Desculpe, Breen, mas precisamos tomar seu depoimento – um dos guardas disse. – Sobre o incidente. Nós temos o homem sob custódia.

Eu não tinha tempo para esperar por isso. Saí do Rede da Fartura e subi a rua mancando, com o medo penetrando em meus ossos como um vento frio em um dia tempestuoso. Peregrine estava instalado no distrito dos mercadores perto dali. Ele permitira bondosamente que Markos e Daria vivessem com ele por algum tempo. Eu sabia que isso deixava Markos – que tinha crescido com todo privilégio imaginável – desconfortável, por dever favor a Peregrine pela hospedagem. Mas eles também tinham ficado próximos nos meses anteriores, e eu acreditava particularmente que Markos gostava de passar as noites discutindo política junto ao fogo.

Entrei no pátio da casa de Peregrine com meu tornozelo torcido doendo a cada passo. Manchas redondas de sangue pontilhavam as pedras do calçamento. Eu me senti fraca, de repente, com a cabeça flutuando alta no ar, desconectada de meu corpo. Tentei engolir, mas vi que não me restava saliva. Com um pânico crescente, subi a escada dois degraus de cada vez.

Markos devia estar bem. Ele *tinha* que estar.

Entrei pela primeira porta à esquerda – para ver Markos acordado na cama com a perna apoiada sobre uma pilha de travesseiros. Nossos olhos se encontraram. Por um momento confuso, fiquei parada na porta, sorvendo-o em silêncio.

Vivo. Ele estava vivo.

Meu caminho estava bloqueado por algo de metal.

– Não entre mais.

– É só a Carô – Markos disse rapidamente, e eu percebi que havia uma espada em meu rosto.

Antidoros Peregrine baixou a espada.

– Carô.

Ele exalou aliviado.

– Peço desculpas. Vi movimento e reagi com pressa.

Mas notei que ele não guardou a arma.

Havia outro homem no quarto – um médico, percebi por sua bolsa de couro preto. Enfiando um instrumento de metal no bolso, ele lavou as mãos em uma tigela de água tingida de rosa. A perna da calça de Markos tinha sido cortada, e sua bota, removida. O ferimento estava coberto por uma camada de pano.

– Se você se curar bem – o médico disse a Markos, amarrando as ataduras, acho provável que você preserve a perna. Você teve sorte, filho.

– Vossa excelência – corrigi-o.

Atravessei o quartinho e tomei a mão de Markos na minha. Ela estava fria.

O médico deu de ombros.

— Me desculpe, senhorita, mas não cabe a mim dizer isso, não é? — Ele voltou a atenção para o ferimento, e seu tom ficou profissional. — A bala penetrou o músculo. Ela parece ter saído limpa. — Ele percebeu meu olhar e acrescentou: — Só porque eu não estou interessado em opinar sobre a sucessão akhaiana, isso não significa que não posso fazer meu trabalho. Eu fiz um juramento de ajudar todos os homens, e acho que isso inclui exilados e impostores.

Levei a mão ao punhal.

— Theuciniano é o verdadeiro impostor...

— Carô — Markos disse, em uma repreensão delicada.

Eu estava preocupada com a palidez doentia de sua pele, e mais ainda com o rubor febril em seu rosto.

— Ele acabou de tirar uma bala de minha perna. Eu preferia que você não o apunhalasse por causa de política.

Minha voz se embargou.

— Como você pode dizer isso?

Markos olhou para o médico.

— Eu não o culpo. É difícil para as pessoas, sem saber o que é verdade e o que é rumor.

— Isso é justo.

Surpresa passou rapidamente pelo rosto do médico. Ele estudou Markos com mais atenção.

— Acho que você tem a aparência dos Andelas.

— Você *acha* — murmurei. — Por que mais você acha que as

pessoas continuam a tentar assassiná-lo? Chamá-lo de impostor é ridículo, quando vocês sabem perfeitamente bem que ele é exatamente quem disse ser. Apenas admita que vocês são um bando de covardes, tremendo de medo de Theuciniano.

– Você vai ter que desculpá-la – Markos disse ao médico. – Ela é... exaltada.

O médico curvou os lábios, assentindo silenciosamente, e começou a arrumar sua bolsa.

– Eu não tenho medo de Akhaia, senhorita. Valonikos é uma cidade livre há anos. Só quis dizer que é difícil para as pessoas saber no que acreditar, quando todos os jornais estão dizendo coisas diferentes. Pois bem... O remédio para dormir deve começar a fazer efeito em dez ou quinze minutos. Você deve ficar confinado à cama por uma semana. Absolutamente nada de andar. Mande me chamar imediatamente se tiver uma infecção ou febre prolongada.

Ele olhou para mim, erguendo uma sobrancelha.

– E nada de... *exercício*. De nenhum tipo. Confio que eu não precise me explicar, moça.

Olhei com firmeza para a roupa de cama, com o rosto esquentando de vergonha.

Lorde Peregrine acompanhou o médico ao sair, deixando-me sozinha com Markos. No momento em que ele se foi, eu me enrosquei na beira da cama, sem me preocupar que meus sapatos enlameassem os lençóis.

– Como está se sentindo?

Eu me aninhei perto de Markos, saboreando a sensação sólida de seu corpo.

Ele se moveu para passar o braço ao meu redor.

– Dói muito.

– Eu não aguento isso – eu disse, sentindo a ardência das lágrimas. Apertei os olhos fechados e enterrei o rosto em seu pescoço. Sua pele estava fria e úmida. – Essa foi a terceira vez que alguém tentou matar você. As pessoas não devem viver assim.

– Eu não vejo nenhuma outra escolha – eu o ouvi dizer. – Carô, não chore.

– Eu não estou chorando.

Senti seu peito se mexer com um riso contido.

– Você está chorando *no meu pescoço*.

Nós só estávamos em Valonikos havia duas semanas quando o primeiro assassino apareceu. Ele se infiltrou nas cozinhas dos Hypatos e foi pego parado diante do fogão com um vidrinho na mão. A cozinheira gritou com ele, que saiu correndo. Depois, nenhum dos criados podia se lembrar de vê-lo entrar ou sair do prédio, o que só podia significar uma coisa: ele era provavelmente um homem das sombras. Tychon Hypatos mandou que toda a comida fosse jogada fora, e isso foi o fim da história.

Pelo menos foi o que pensamos, até que um homem saltou sobre Markos em uma rua cheia. Por sorte, Markos tinha começado a usar um colete de armadura sob o casaco sempre que saía em público. A faca resvalou no couro rígido, mas o agressor desapareceu.

– Pelo menos agora nós o pegamos – eu disse. – Os guardas da cidade estão com ele sob custódia.

Contei a história de como eu havia perseguido o assassino

pelo distrito do mercado e descido até a baía, terminando com Docia Argyrus e sua garrafa:

— Por muita sorte, ela, por acaso, estava ali.

— Dessa vez — murmurou Markos sombriamente. — Mas o que vai acontecer quando sua sorte acabar?

Segurando o queixo dele, virei seu rosto em direção a mim e o beijei lenta e profundamente. Eu sabia que devia deixá-lo dormir, mas não podia evitar saborear a sensação trêmula de seus dedos em meu cabelo. Perto. Nessa noite, chegamos muito perto.

— Nós podíamos ir embora — disse Markos quando eu me afastei. — Não estou dizendo para lugar nenhum em Akhaia ou Kynthessa. Para *longe*, onde não vamos ter de ficar constantemente vigilantes. Para, não sei, Ndanna, talvez. Não é de onde vieram os Bollards?

Eu revirei os olhos.

— Centenas de anos atrás.

Uma vasta cadeia de montanhas separava Ndanna do resto do continente, e, por isso, a descoberta da passagem sudoeste por Jacari Bollard o havia alçado à fama e à fortuna. Você não podia chegar lá de barca. Eu nunca tinha ido a Ndanna, e o que eu sabia não passava de mais ou menos o que a maioria das pessoas sabia. A capital era chamada de Cidade Mecânica, e os criados ali eram autômatos construídos de engrenagens e metal e imbuídos de uma centelha mágica de vida. Os Bollards viviam nas terras dos rios havia mais de duzentos anos, mas, como minha mãe era mercadora, sabia como falar a língua de seus ancestrais. Eu nunca tinha aprendido.

Markos engoliu em seco.

— Foi só uma ideia.

— Markos, eu pensei que você quisesse recuperar seu trono.

— Você não precisa me dizer qual é meu dever — ele falou com um suspiro. — Acredite em mim, eu sei. Ninguém nascido em minha família já foi livre. — Ele olhou para a atadura em sua coxa. Gesticulando para a mancha de sangue que penetrava o tecido, disse: — É só que... Isso é repulsivo.

Ele tocou sua orelha cortada, ainda raivosamente vermelha.

— Konto Theuciniano não para de mandar pessoas para tirar pedaços de mim. Mesmo que seja devagar, pedaço por pedaço, um dia ele vai me pegar.

Eu nunca o ouvira parecer tão desesperançoso.

Encostando novamente no travesseiro, ele fechou os olhos.

— Um dia, não vai restar nada.

Ele ficou quieto por tanto tempo que achei que estivesse dormindo. Eu saí da cama e me arrastei até a porta.

— Carô.

Com a mão na maçaneta, eu me virei. Meu coração doeu com seu aspecto vulnerável, envolto em bandagens e cercado por travesseiros.

— Esta noite no jantar... — Markos limpou a garganta. — Aquilo foi uma briga de verdade?

Minha mão esquerda coçou para voar até o bracelete de rubi, mas eu a contive cerrada ao meu lado. Ele ainda não tinha me contado o que havia na carta. Eu não havia esquecido, mas não queria que ele se preocupasse com isso. Naquele momento, ele precisava se concentrar em ficar bom.

— Não sei do que você está falando — menti. — Nós brigamos pelo menos seis vezes por dia.

— Não assim, eu acho — ele disse em voz baixa.

Minha voz entalou na garganta. Sem responder, saí para o corredor e fechei a porta às minhas costas.

Um emaranhado de cabelo negro armado e rendas desgrenhadas voou em minha cintura.

— Você não pode me manter longe dele! — gritou Daria, chutando minha canela.

— Ai — eu disse calmamente.

Peguei a irmã de Markos, de nove anos de idade, pelo braço e soltei-a de minha roupa.

Antidoros Peregrine apareceu no alto da escada.

— Pequena, seu irmão foi ferido. Ele acabou de tomar uma poção poderosa para dormir. É muito importante que ele descanse. — Ele alisou o cabelo de Daria e sorriu. — De manhã, você pode levar o café da manhã para ele.

Parecia que lesmas tinham andado pelo rosto marcado de lágrimas de Daria. Ela limpou o nariz na manga.

— A menina da cozinha disse que eles iam cortar a perna dele fora.

— Isso é uma grande mentira — retruquei bruscamente.

Ela me olhou desconfiada, em seguida se voltou para Peregrine.

— É? — perguntou ela, olhando de soslaio para ele.

Ele tocou seu rosto.

— Texuguinha, o médico disse que a perna dele vai ficar boa.

Fiquei aborrecida por ela estar disposta a aceitar a palavra dele acima da minha, mas eles tinham ficado próximos nos meses anteriores. Eu me remexi, culpada. Vivendo no *Vix* com Nereus, eu não passava tanto tempo com ela quanto deveria.

Daria enfiou a mão no bolso e tirou um crânio de peixe, um pedaço de fita suja, várias contas de madeira e uma faca de cozinha sem fio. Ela se sentou de pernas cruzadas no chão junto da porta de Markos, segurando a faca no colo.

Peregrine pareceu perplexo.

– O que você está fazendo?

– Vigiando Markos.

Para minha surpresa, Antidoros Peregrine deslizou pela parede para sentar-se ao lado dela. Ele pôs a espada sobre os joelhos e disse:

– Bom, digamos então que nós o vigiemos juntos por algum tempo.

Eu me ajoelhei ao lado de Daria.

– Preciso voltar para o *Vix* – eu disse a ela.

Levei a mão para baixo da saia e peguei meu melhor punhal. Leões-da-montanha se escondiam em meio aos floreios de seu cabo de osso.

– Este é meu punhal de leão.

Eu o estendi para ela.

– Mas tome cuidado. Não é um brinquedo. É a arma de um guarda-costas akhaiano.

Ela a pegou, fungando. Um lado de sua boca se curvou para cima em um pequeno sorriso.

– Carô, você tem certeza de que é inteligente sair? – perguntou

Peregrine. – Talvez você devesse passar a noite aqui, onde meus homens podem protegê-la.

– Acho que vou estar segura o suficiente com Nereus.

Olhando para a porta fechada, engoli em seco.

– Mande avisar imediatamente se... se alguma coisa mudar.

Deixei a casa e saí andando pela rua escura. O mar, antes de uma tempestade, tem uma certa fúria. Eu a senti assoviando pelo ar, trazendo um frio para o vento e uma raiva crescente para as ondas. Além dos telhados e mastros, eu podia ver cristas brancas ondulando em linhas em direção à baía. Enterrei as mãos nos bolsos da camisa. Tínhamos boas razões para esperar uma ventania. Inspirei profundamente enquanto procurava o aroma familiar de sal sob os cheiros humanos da cidade. O som baixo das ondas me aprumou, me chamando de volta a mim.

Só então me lembrei do que tinha acontecido mais cedo naquela noite, quando tentei invocar o poder do mar – e fracassei. Eu tinha feito algo errado? O homem estava a dez segundos de me matar. Por que eu não tinha conseguido apelar ao mar por ajuda?

Talvez eu estivesse errada, e não funcionasse desse jeito. Ou eu apenas não entendia o mar o suficiente para fazer isso direito. Lancei um olhar azedo para a água negra. Ou talvez *ela* estivesse à espreita ali embaixo me observando o tempo inteiro.

E sussurrando "*Risadas*" com sua voz zombeteira.

Havia uma lanterna solitária pendurada no estai dianteiro. As letras sobre a popa quadrada eram de um azul profundo, bordejadas por ouro. Seu nome estava recém-pintado em letras rebuscadas, com seu porto de origem de Valonikos em baixo, em letra menor e blocada. Névoa redemoinhou a minha volta quando pisei no cais.

Estendi a mão e toquei as tábuas do *Vix*. Uma sensação reconfortante me aqueceu. Eu tinha crescido na barca de meu pai, a *Cormorant*, então eu sabia que um navio era uma base. Para onde você sempre podia voltar. Um lar na água.

Na privacidade da cabine da capitã, removi minha saia externa manchada de sangue. Eu nunca usava espartilho, por isso, não precisava de criada, mas era uma luta alcançar os laços do corpete. O sangue de Markos tinha passado para minhas anáguas. Apressadamente, enrolei minhas roupas em uma bola e as joguei no canto.

Vestida apenas com minha roupa de baixo de linho, finalmente pude relaxar. Roupas de mulher tinham muitas malditas camadas. Um vento úmido penetrava pela vigia aberta. Eu me joguei na cadeira de minha mesa, com o ar frio fazendo cócegas em meus ombros molhados. A mesinha ficava enfiada entre a cama e a parede, mal deixando espaço para sentar. Um cúter, afinal de contas, não era um navio de tamanho normal, mas um barco pequeno construído para ser veloz. Eu tinha sorte só por ter minha própria cabine.

Agora que estava finalmente sozinha, minhas lágrimas ameaçavam transbordar. Por que eu não tinha dito sim à oferta de Peregrine para passar a noite na casa da cidade? Eu queria estar com Markos. E sentia cada centímetro da cidade me separando dele.

Havia uma garrafa de brandy no canto da mesa. Eu a puxei para mim, destampei-a e tomei um gole tranquilizador.

SUSSURRO DAS ONDAS

E parei.
Havia uma carta espetada na mesa com um punhal. Com a sensação de perigo vibrando, examinei o envelope. *Carô Oresteia* estava escrito na frente com uma letra desleixada que eu teria reconhecido em qualquer lugar. Eu puxei o punhal e liberei a carta.

Querida prima,
Espero que esta carta a encontre bem. Infelizmente, tenho que dispensar as brincadeiras – a magia que aprendi e os garotos que beijei e todos os outros assuntos tão intrigantes. Estou escrevendo porque ouvi uma coisa que acho que pode ser importante.
Ontem à noite, dois homens chegaram perguntando pelo diretor. Eu não sei seus nomes, mas reconheci um deles. Ele está no conselho do emparca – acho que pode ser parente de Theuciniano. Na verdade, eu estava escondida atrás das cortinas da sala. (Ah, sim, eu tinha ido escondida à cozinha para pegar um pouco de queijo. O queijo nada tem a ver com esta história.)
O diretor ofereceu aos homens um pouco de porto, e eles todos se sentaram. Não vou contar a primeira meia hora de sua conversa, pois foi muito entediante. Se você estivesse aqui, arrisco dizer que teria perguntado por que eu havia ficado se estava tão chato.
Bom, você sabe como eu amo segredos. E, naquele momento, minha curiosidade foi recompensada.
– Ainda há o problema de Andela – um dos homens disse, e meus olhos ficaram imediatamente atentos.
– Não se preocupe – o conselheiro disse em resposta. –

Eles puseram a Dama Vestida de Sangue nisso. Não vai demorar muito, agora.

A essa altura, meu queijo estava bem esquecido enquanto eu me escondia atrás das cortinas.

O rosto do diretor se contorceu em reprovação, uma expressão que eu admito ter reconhecido porque já tinha sido dirigida a mim mais de uma vez.

– Vou fingir que não ouvi isso – ele disse com seriedade.

– Ah, não se dê ares de tanta importância assim. Você dirige uma escola que treina assassinos de aluguel.

– Isso é uma simplificação grosseira – o diretor disse.

E eles iniciaram uma discussão sobre se era cabível para a Casa das Sombras se imiscuir nos assuntos de nações que, embora intelectualmente fascinantes, não eram relevantes quando se tratava da reivindicação de Markos.

A Dama Vestida de Sangue!!!

Não se preocupe, eu me encarreguei de descobrir tudo o que há para saber sobre ela. Ainda não descobri nenhuma pista, mas, com um nome desses, ela não pode estar planejando nada de bom. Diga a Markos que ele deve tomar cuidado. Quanto a você, mando o anexo. É um talismã para protegê-la de homens das sombras. Use-o e tome cuidado!

K.B.

Virei o envelope de cabeça para baixo e o sacudi. Algo atingiu a mesa com um barulho surdo. O talismã de Kenté era pouco mais que uma bola grosseira de ouro, gravada com uma lua crescente e pendurada em uma corrente de latão. Eu me perguntei se ela mesma o tinha feito. Se tinha, ela havia progredido bastante em seus estudos de magia das sombras. Ergui o talismã para pendurá-lo em volta do pescoço, então parei. A tentativa de assassinato daquela noite tinha me deixado em um estado mental desconfiado.

Vesti minha jaqueta, segui pela cabine principal e subi para o convés, onde Nereus e dois marinheiros estavam sentados em um facho de luz de lanterna na proa do cúter. Eu os havia evitado ao chegar, pois não estava no clima para conversas. O vento soprava o cabelo de Nereus enquanto ele agitava um par de dados em um copo. Ele vestia um colete de couro semiaberto, expondo a tatuagem em seu peito, formada por duas sereias, e que era ainda mais obscena que a sereia sozinha nua em seu braço.

– Você viu quem trouxe esta carta? – perguntei.

Ele ergueu os olhos para mim.

– Que carta?

Estendi o envelope.

– Encontrei isso em minha mesa.

Ele sacudiu a cabeça.

– Impossível. Nós estivemos aqui a noite inteira, amor. Eu não vi ninguém.

– Nem eu – concordou seu companheiro.

– É de Kenté – eu disse. – Só me perguntei se... se talvez ela mesma a houvesse trazido.

– Ah – Nereus sorriu. – Bom, por que você não disse logo? Isso explica tudo, não é? Ninguém vê um homem das sombras se ele não quiser ser visto. – Ele deu um gole de sua garrafinha. – Ou ela. Embora me pareça que, se a senhorita Bollard estivesse aqui em Valonikos, ela poderia passar para dar um olá para um velho companheiro de bordo.

Eu sabia que ele estava certo. Ela teria dado um olá para mim também. Minha esperança desapareceu, fazendo com que eu me sentisse um pouco tola. Tinha sido apenas a manifestação de um desejo. Eu estava preocupada e solitária e sentia falta de minha prima.

De volta ao interior de minha cabine, tornei a estudar a letra. Kenté podia tê-la mandado por outros homens das sombras que tivessem negócios em Valonikos. Era a explicação mais provável. *A menos que...* Apoiei meus cotovelos no batente envernizado da vigia e olhei para a noite enevoada.

A menos que fosse uma armadilha, de outra pessoa que me quisesse morta. Quando minha vida tinha se tornado tão malditamente complicada? Como Markos, eu estava muito cansada de ficar tensa o tempo inteiro.

Tomei minha decisão, peguei o talismã e o coloquei em torno do pescoço. A letra era de Kenté, disse a mim mesma. A carta parecia dela. Só lamentei que não tivéssemos estabelecido uma espécie de código entre nós, para que eu soubesse que tudo estava bem e que ela não estava escrevendo sob coação.

O céu desabou e chuva caiu sobre o convés do *Vix* acima de mim, mas o ritmo era de algum modo menos reconfortante que o normal. Olhei para o teto, sem conseguir dormir. Não conseguiria mesmo, quando sabia que Markos estava ferido, rolando de um lado para o outro com dor.

Eu me joguei sobre os travesseiros e apertei o talismã desajeitado. *Prima*, pensei com força na escuridão negra, com lágrimas ardendo em meus olhos. *Sinto sua falta.*

Eu só torci para que a deusa da noite enviasse minha mensagem.

CAPÍTULO
CINCO

A manhã seguinte nasceu cinzenta e úmida. Acordei com os gritos de gaivotas voando acima da baía de Valonikos. Enquanto piscava para afastar a turbidez do sono, fui tomada por um presságio desconfortável. Havia alguma coisa errada.

Então, eu me lembrei.

Markos.

Eu me levantei da cama, vesti uma calça confortável, botas e meu casaco verde até o joelho. Eu havia pendurado o talismã de Kenté no pescoço, pesado e reconfortante sobre o peito.

Tudo estava quieto no *Vix*. Passei pela cabine principal e subi a escada. Patroklos soprava em suas mãos, com a gola do casaco virada para cima para se proteger do frio da manhã. O clima ruim da noite anterior tinha trazido com ele uma mudança de temperatura, que só devia ser esperada no fim do verão. Eu retribuí seu aceno de cabeça, aliviada por ele não querer conversar.

A neblina ainda não havia se dispersado das ruas de Valonikos. A caminho da casa de Antidoros Peregrine, parei para comprar um café quente no carrinho de um ambulante. Enquanto bebia, fui tomada por uma pontada de saudade de casa. Na *Cormorant*, eu costumava beber café com meu pai e Fee em manhãs frias e úmidas como aquela. Eu me perguntei em que porto eles estavam acordando nesse dia.

– Quais as notícias? – perguntei à menina do café, cuja trança negra estava enrolada em torno de sua cabeça como uma coroa.

Seu olhar me percorreu dos pés à cabeça. Ao ver meu casaco com suas fivelas de latão e o gorro cinza tricotado que cobria minha cabeça, ela deve ter concluído que eu era uma maruja cujo navio tinha acabado de aportar.

– Os jornais estão ali, se a senhorita quiser um.

Ela apontou com a cabeça um garotinho que exibia com desinteresse uma folha impressa para a rua vazia.

– O preço do peixe subiu, o do óleo de baleia desceu. Marinheiros de Brizos estão dizendo que o navio de Dido Brilliante furou o bloqueio akhaiano. E é melhor andar com sua faca na mão. Houve uma tentativa de assassinato ontem à noite.

Eu tinha ouvido falar em Dido Brilliante. As histórias de meu pai a chamavam de rainha de Brizos, mas não era um título verdadeiro. Ela não passava de uma pirata que governava uma ilha cheia de foras da lei. Eu estava mais interessada no assassinato.

– Ayah?

Fechei as mãos em torno da caneca.

– Eles pegaram o homem?

– Ele está na cadeia, mas Fabius Balerophon diz que ele não vai abrir a boca, nem por suborno, nem por surra. Se você me perguntar, onde tem um assassino, pode haver mais. Problemas geram problemas.

– Isso é verdade.

Coloquei a caneca vazia no carrinho e joguei uma moeda para ela.

– Obrigada.

Subindo a colina até a casa de Antidoros Peregrine, eu me espremi para passar pelo portão. Uma gaivota bateu asas e voou de seu poleiro na cerca. Enquanto a observava subir para o céu, eu me perguntei se a deusa do mar a havia enviado para ficar de olho em mim.

Empurrei e abri a porta do pátio e subi a escada dos fundos. Quando me aproximei do quarto de Markos, ouvi uma voz feminina em seu interior.

– ...foi um erro. Ela não é um par apropriado para você. Um emparca é exclusivo em relação às pessoas a quem confere sua companhia.

Fiz a curva bem a tempo de ver Markos revirar os olhos.

– Eu era exclusivo em Akhaia – ele disse. – Passei quase dezesseis anos sem nunca conhecer ninguém interessante. – Ao me ver na porta, seu rosto corou. – Carô.

Ele estava sentado na cama com uma mesinha de escrever sobre o colo. Nela, havia uma xícara de chá e um prato cheio de farelos. Eu expirei aliviada. Ele estava comendo. Isso tinha que ser um bom sinal. Cartas e livros estavam espalhados sobre as cobertas.

A mulher ricamente vestida sentada em uma cadeira ao lado da cama olhou para mim, com culpa visível em seu rosto. Atrás dela, Antidoros esfregava a barba enquanto olhava pela janela. Pelo desconforto de todo mundo, soube que Sophronia Hypatos estava falando de mim, mas ela não pediu desculpas. Eu estava perfeitamente consciente de que ela não me aprovava.

Provavelmente, ela estava certa. Eu vinha de uma longa linhagem de contrabandistas e patifes. Ao mesmo tempo em que era verdade que eu tinha me tornado capitã de um cúter veloz com uma idade impressionantemente adiantada, isso foi só porque eu o havia mais ou menos roubado. Eu não era companhia adequada para Markos.

E eu não ligava.

Antidoros Peregrine limpou a garganta.

– Não importa, Sophronia. Ele tem um ferimento de bala, isso pode esperar.

– Não seja indulgente com ele, Antidoros – ela disse. – A carta precisa ser respondida imediatamente.

A voz de Peregrine se aguçou.

– Nós não estamos falando de indulgência. O médico lhe deu ordens estritas de repousar. – Ele pegou um vidro da bandeja ao lado da cama. – Isso não é seu remédio para dor? Está cheio.

– Tomei um pouco mais cedo.

Esse era o tom de voz soberbo que Markos usava quando não queria que ninguém o questionasse. Um longo silêncio se seguiu. Ele amassou o papel sobre a escrivaninha e o largou sobre a colcha.

– Ah, tudo bem. Estou tentando escrever uma resposta, e queria que minha mente estivesse limpa.

– Não vou ficar sentado enquanto você joga sua saúde no chão. Chega de escrever – Peregrine levantou a voz e gesticulou chamando um criado. – Leve estas canetas. E os livros. Sua excelência precisa de descanso. Você vai tomar esta poção, Markos. E vai dormir.

O olhar de Markos se moveu pelo quarto em direção a mim.

– Você tem razão – ele disse rapidamente. – Isso pode esperar.

Sophronia se levantou, e suas saias farfalharam.

– Eu vou embora, agora.

Ela e Peregrine saíram, me deixando sozinha com Markos.

A carta precisa ser respondida imediatamente. Markos tinha contado para todo mundo o que dizia a mensagem de Eryth, menos para mim? Engoli minha mágoa. Ele nem gostava de Sophronia.

Fingindo não estar aborrecida, eu me sentei na beira da cama.

– Você parece muito melhor.

Na verdade, ele parecia um pouco febril. Markos sorriu, e seus olhos azuis brilharam dentro de órbitas escuras e bochechas coradas.

– Sabe – eu disse de forma natural, mantendo leve meu tom de voz. – Com o assassino estragando nosso jantar, nós nunca conversamos sobre a carta.

– Ah... uhm...

Daria passou apressada por mim e se jogou na cama, fazendo Markos se encolher.

– Olá, texuguinha. – Ele balançou uma das tranças da irmã. – Por que você não desce e vai brincar no jardim das pedras? – sugeriu ele em um tom de voz demasiado alegre. – Eu quero conversar com Carô.

Daria não se deixou enganar. Ela quicou na cama, mexendo as pernas.

– O filho de Konto Theuciniano tem a mesma idade que eu.

Nós costumávamos brincar juntos no jardim das pedras no palácio. Que era muito mais legal do que este – ela disse alegremente para mim. – Eu acho que nunca mais vou vê-lo outra vez.

– Por que não?

– Por que Markos vai cortar a cabeça dele fora, é claro.

– Daria – Markos disse a ela com severidade. – Isso não é uma coisa muito bonita de se dizer. Agora vá.

– Não quero – ela disse fazendo bico, e começou imediatamente a contar uma história incoerente sobre um gato e um peixeiro.

Contendo minha irritação, tentei escutar. A carta misteriosa teria que esperar.

Não demorou muito até a cabeça de Markos começar a oscilar. A poção de dormir do médico era poderosa. Vendo seu peito subir e descer, eu estendi a mão para acariciar seu cabelo. Esse pequeno gesto pareceu muito rudimentar e íntimo. Quando estava com Markos, eu me sentia balançando na borda de um grande abismo, aterrorizada com o que poderia acontecer se eu despencasse pelo precipício.

Meus dedos foram até o bracelete de rubi e safiras, um volume frio sob o punho de meu casaco. Não sabia ao certo como agir com Markos e ainda ser eu mesma. Nos três meses anteriores, muita coisa havia mudado. Não conseguia deixar de pensar que a velha Carô tinha, de algum modo, se perdido pelo caminho.

Claro que eu não podia dizer a ele como eu me sentia. Ele não ia entender, como não havia entendido na noite anterior quando expressei minha hesitação em relação ao bracelete. Ele acharia que eu o estava culpando, e isso era a última coisa que eu queria.

E, de algum modo, pensei com azedume, me lembrando da

mensagem levada pelo portador, não era como se eu fosse a única pessoa com segredos.

— Ele está dormindo — Daria disse, movimentando os lábios sem emitir som, do outro lado dos cobertores.

Eu movi a cabeça em direção à porta do quarto.

— Vamos — sussurrei.

Juntas, saímos na ponta dos pés. Eu puxei e fechei a porta com delicadeza e disse:

— Eu não sabia que Theuciniano tinha um filho.

Daria deu de ombros.

— Nós somos primos de terceiro grau, ou algo assim. Eu costumava gostar dele, mas agora quero que todos os Theucinianos morram. — Antes que eu pudesse decidir como responder a essa observação um tanto sanguinária, ela prosseguiu: — Eu gostaria que nós pudéssemos simplesmente ficar aqui. Eu gosto desta cidade. Tem um homem com um olho só que vende entalhes em ossos de baleia e uma rua onde todas as casas são cor-de-rosa. Ah, e uma barcaça de lixo que passa todo dia às seis horas e...

— Bom, eu preciso ir — interrompi, temendo que a barcaça de lixo se transformasse em outra história comprida.

Ela acenou com a cabeça para mim, pressionando uma das mãos sobre o bolso do vestido.

— Boa menina — eu disse.

Depois de deixar a casa de Peregrine, segui para a Argyrus & Filhos sozinha. As instalações da empresa de salvatagem ficavam localizadas morro abaixo, perto da baía. Eu devia uma visita a Docia, para agradecê-la por salvar minha vida na noite anterior.

SUSSURRO DAS ONDAS

A névoa da manhã havia se dissipado. Pelos rangidos e pelo balançar da tabuleta de madeira, eu podia dizer que o vento estava aumentando. O sexto sentido em minha mente sussurrava que ele era sudeste. Empurrei e abri a porta da empresa de salvatagem, e um sininho tilintou acima.

Docia estava sentada atrás de uma mesa, rearrumando uma pilha de papéis. Havia armários grandes e pequenos enfileirados no escritório, abarrotados de mapas. A Argyrus & Filhos era uma empresa de resgate cuja especialidade era recuperar naufrágios e cargas perdidas no mar. Uma âncora velha, quase toda carcomida pela ferrugem, ficava apoiada na parede embaixo da pintura de uma fragata akhaiana. Havia uma bola gigante de corda parada no canto ao lado de uma mesa de chá, supostamente para ser usada como cadeira. Do outro lado da sala, havia um mostruário empoeirado cheio de interessantes moedas antigas com símbolos estrangeiros.

Docia se levantou bruscamente.

– Markos vai ficar bem? Bendis me contou que eles estavam preocupados com a perna.

– O médico diz que foi um tiro limpo. Ele vai conseguir andar novamente.

Eu me sentei na bola de corda.

– O que mais diz seu amigo Bendis? Sobre o homem que tentou matar Markos?

Ela enrolou um mapa e o guardou em uma prateleira.

– Ele não está dizendo quem o contratou, isso é certo.

Eu dei um suspiro.

— Ele não precisa fazer isso.

Por quanto tempo poderíamos nos dar ao luxo de ficar em Valonikos, onde os assassinos de Theuciniano iam continuar a nos encontrar? Eu me lembrei de repente da carta de Kenté. *Eles puseram a Dama Vestida de Sangue nisso. Não vai demorar muito, agora.* O assassino da noite anterior tinha sem dúvida sido um homem. Mas talvez ele estivesse a soldo dessa mulher misteriosa.

Ou isso ou ela era apenas mais um acréscimo à lista comprida de pessoas tentando nos matar. Nenhuma perspectiva era particularmente alegre.

— Vim aqui agradecer você — eu disse a Docia, afastando momentaneamente minhas preocupações. — Você me tirou de uma situação difícil.

Ela acenou com a mão.

— Não foi nada, Carô.

Meus olhos foram atraídos pela bagunça na mesa. O canto de um desenho a lápis se projetava por baixo de um livro contábil, com números escritos sobre ele.

— Em que você está trabalhando?

Ela empurrou o desenho para baixo do livro.

— Nada.

Rápida como um raio, peguei o papel e o puxei. Eu reconheci o contorno da península akhaiana, com círculos desajeitados representando as ilhas a leste, longe no oceano. Linhas e figuras conectavam as ilhas.

— Isso não parece nada — eu disse. — Isso parece um mapa.

— É só... um projeto meu — cedeu ela. — Tenho cruzado

referências de algumas datas antigas com as marés e com relatos históricos de viagens marítimas. Tentando descobrir quais rochas e baixios existiam quando o *Centurião*... Ah, não importa.

— Então, isso é parte de um trabalho de salvatagem?

Docia olhou para mim sem acreditar.

— Você nunca ouviu falar do *Centurião*?

Eu me lembrei vagamente de ouvir alguém contar sua história na casa dos Bollards. O *Centurião* era uma lenda. Era um navio de tesouro akhaiano que tinha afundado com toda a tripulação duzentos anos antes. Eu não tinha percebido que Docia estava falando *desse Centurião*. O navio, supostamente, havia desaparecido sem deixar vestígios.

Mas também diziam que a cidade de Amassia estava perdida, e eu tinha quase certeza de ter estado lá. A deusa do mar tinha me levado. Nada podia desaparecer sem deixar vestígios no oceano, a menos que a deusa desejasse isso.

— Seu porão não estava cheio de ouro? — perguntei.

— Ah, dizem que uma grande quantidade de ouro.

Diante de meu olhar intrigado, ela explicou:

— Barras de ouro puro e sólido. Mas também havia caixas e caixas de talentos de ouro. Eles deviam estar muito pesados. Ele provavelmente afundou como uma pedra.

— Espere, talentos de *ouro*?

— Sim, eles costumavam cunhá-los em ouro — explicou ela. — Antes que isso mudasse para três partes de prata e uma de cobre.

— Que tipo de navio era ele? — perguntei com a curiosidade atiçada.

— Há um retrato dele bem aqui.

Docia apontou com a cabeça para a pintura na parede.

– Uma espécie de lenda entre os profissionais de resgate. Acho que toda firma tem essa pintura em seu escritório.

Ela pegou uma coisa retangular da gaveta.

– Mas nós temos isso, também. Compramos de um colecionador em Trikkaia.

Docia o entregou para mim com cuidado, segurando-o como uma relíquia. O desenho era muito antigo, protegido por vidro de dedos curiosos. No papel amarelado, um plano detalhado das cabines e velas do navio perdido estava desenhado em caneta enfraquecida e desbotada. Uma fragata de três mastros com velas quadradas, ela exibia vinte canhões em seu convés, provavelmente para repelir piratas. Eu abaixei o diagrama e o devolvi.

– Fatos sobre o *Centurião* são, pode-se dizer, uma espécie de hobby para mim.

Docia limpou a poeira do vidro com uma ponta de sua camisa.

– Eu coleciono coisas aqui e ali. Tenho uma teoria sobre onde ele está.

Ela traçou a curva do casco do navio.

– Bom, meia teoria. Mas, na verdade, a maioria de nós tem. O *Centurião* é um achado – ela disse desejosamente. – Isso podia fazer a carreira de um profissional de salvatagem.

– Você já pensou em ir atrás dele algum dia? – perguntei a ela.

– É só uma fantasia. – Um sorriso triste curvou o canto de sua boca. – Para passar o tempo no escritório.

Nós conversamos por mais alguns minutos, então me despedi de Docia. Durante a curta caminhada até o cais, meus pensamentos saltaram de uma preocupação para outra.

SUSSURRO DAS ONDAS

Markos estava se desgastando havia meses, ficando acordado até tarde da noite para escrever cartas para amigos de seu falecido pai, pedindo a eles seu apoio. Ele estava ficando cada mês mais desestimulado quando as cartas ficavam sem resposta. Ou pior, quando voltavam com palavras insinceras expressando sua felicidade por ele estar vivo, mas ignorando seu pedido de ajuda. Distraidamente, girei o bracelete de rubi no pulso. Eu me lembrei de como Peregrine havia retirado o papel e as canetas de Markos. Sua perna nunca iria se curar se ele continuasse a se esforçar assim.

Eu subi pela prancha até o convés do *Vix*, abri a escotilha e entrei pela escada.

– Carô, espere! – chamou Nereus.

Eu já tinha descido metade do caminho. Quando cheguei no chão da cabine e meus olhos se adaptaram à luz mortiça, percebi sobre o que ele estava tentando me alertar.

Sophronia Hypatos estava sentada com as mãos enluvadas cruzadas recatadamente sobre a mesa rústica, com o nariz aquilino iluminado pela lanterna de vela.

– Olá, Caroline – ela disse.

CAPÍTULO
SEIS

— Onde estão meus homens? — perguntei, observando a cabine deserta.

Sophronia acenou com a mão.

— Eu os dispensei.

Eu ia dizer que ela não podia fazer isso, então percebi que não ia adiantar nada. Ela podia e tinha feito isso. Olhando para ela do outro lado da mesa, perguntei:

— O que a senhora quer?

Ela me estudou por um momento enquanto eu também a estudava. Seu cabelo negro com fios brancos estava elaboradamente enrolado e preso, e sua pele azeitonada, meticulosamente empoada. Tudo, desde sua capa reluzente a seu perfume, exalava riqueza. Não era surpresa que minha tripulação tivesse obedecido a ela sem questionar — ela era em tudo uma esposa de conselheiro.

Ela soltou as mãos.

— Vamos ser simples.

Olhei para ela com desconfiança. Em minha experiência, sempre que alguém dizia isso, o que se seguia era provavelmente o oposto de simples.

— Markos recebeu uma proposta de casamento.

Meu estômago caiu aos meus pés, pelo menos foi essa a sensação. Eu engoli, com a boca repentinamente seca. O bracelete de rubi e safiras parecia um peso de chumbo em torno de meu pulso. Meus dedos coçavam para tocá-lo, mas não queria que Sophronia adivinhasse meus sentimentos. Cerrei as mãos em punhos às minhas costas.

Então, esse era o segredo de Markos.

— O archon de Eryth vai apoiar a reivindicação de Markos ao trono se, em troca, Markos aceitar a mão de sua filha em casamento. A garota iria se tornar emparquesa.

Ouvi um torvelinho feroz em meus ouvidos, como ondas quebrando sobre as rochas. Imagens surgiram espontaneamente em minha cabeça — Markos e outra garota rindo durante o chá. O cabelo dela no travesseiro dele, fino e solto, enquanto o meu era duro e crespo. Senti um aperto no estômago. Markos, mais velho, segurando uma criança no colo. Em minha mente, eu não conseguia ver o rosto da menina, mas sabia que ela tinha aparência akhaiana de alta estirpe, diferente de mim. E ela seria, como Sophronia tinha dito antes, *apropriada*. Também diferente de mim.

Em nossa primeira noite juntos, Markos me alertara que nunca poderia me prometer casamento ou um compromisso, e eu apenas ri dele.

Casamento. Eu vou ser uma capitã e uma corsária. Eu vou ser o terror dos mares. Quem quer que se case com você, vai ter de usar vestidos bonitos, ir a festas e aprender o nome de uma centena de políticos chatos.

Na época, eu tinha falado sério. Casamento parecia só uma coisa vaga que acontecia com outras pessoas, distante no futuro. Ou, talvez, nunca – meus próprios pais não eram casados. Mas agora que aquela ideia de Markos se casar com outra pessoa tinha sido jogada na minha cara, eu me senti entorpecida.

– Onde é Eryst? – eu disse abruptamente, mais alto do que era minha intenção. – É um território grande? Quantos homens essa aliança traria?

Detectei surpresa por trás dos olhos escuros de Sophronia. Pareceu que ela esperava que eu me desfizesse em lágrimas.

– Perguntas que merecem ser feitas – ela disse com aprovação. – A província de Eryth é bem grande, e os Pherenekianos são uma antiga família akhaiana, muito respeitável. Você não quer saber da garota?

Eu me mantive firme. Meu pai podia ser um barqueiro, mas minha mãe era Tamaré Bollard, uma negociadora habilidosa temida em salas de reuniões por toda a costa. Minha mãe teria esmagado aquela mulher como um inseto sob sua bota.

– Na verdade, não. Quero saber sobre o acordo. – Minha voz permaneceu firme. Eu fiz uma prece rápida de agradecimento à deusa do mar. – A senhora conhece lorde Pherenekiano? Os lordes com quem falamos em Edessa disseram que ele era um pensador progressista.

– Nós nos conhecemos – ela disse. – O archon de Eryth e sua filha visitaram Valonikos há três verões. Mas não é isso o que você está perguntando, é? Você está me perguntando se eu acho que é uma armadilha.

— Acha?

Ela sacudiu a cabeça.

— Para ser totalmente franca, acredito que a oferta é tanto sobre a filha quanto sobre o trono akhaiano. Ah, Pherenekiano tem a mente aberta politicamente, verdade. Mas Agnes é, bem... ela não é para casar. Ela fez uma viagem para ser apresentada quando tinha quinze anos e, honestamente, foi uma decepção.

— Por quê?

Sophronia fungou.

— Ela se acha uma acadêmica. Uma *cientista* — ela disse isso como se fosse um palavrão. — Acredito que ela teve até a ousadia de publicar um trabalho. Alguma coisa sobre mariposas ou besouros.

— E daí?

— Esse tipo de coisa não é atraente para os homens. Nenhum filho de lorde vai se casar com uma garota mais inteligente que ele. Pelo menos... — O canto de seu lábio se curvou. — Pelo menos não se ela for tão óbvia em relação a isso. Andar com tinta nas mãos, falando sem parar no ouvido dos garotos sobre insetos e experiências e a rotação da lua...

Apesar de tudo, eu me vi gostando do retrato que ela pintou de Agnes Pherenekiano. Eu não queria que Markos se casasse, mas, pelo menos, essa garota não parecia tão ruim.

Sophronia prosseguiu.

— O archon mimou a garota. A mãe dela morreu jovem, e ele cedeu a cada capricho da filha desde então. Eu sei o que ele está pensando. Uma dúzia de jovens lordes recusaram Agnes, mas circula a informação de que Markos não é convencional. O archon vê nele, talvez, a última oportunidade de casar a filha... E, quem sabe? Eles podem até combinar. Quando Markos era o segundo filho de um emparca, tal casamento estaria fora de questão. A província de Eryth é muito remota, e a garota não é nenhuma beleza. Mas agora...

Pensando em meu pai, eu sabia que ele estaria disposto a aceitar qualquer aposta, independentemente das probabilidades, se ele achasse que algo nela me faria feliz. Talvez aquilo não fosse nenhuma armadilha. Talvez fosse apenas um homem tentando ser um bom pai para sua filha amada.

– Estou surpresa que o archon tenha prometido mil e quinhentos homens – refletiu Sophronia. – Pois duvido que ele realmente tenha tantos. Ele pode ter conseguido fazer com que alguns dos outros lordes se juntassem a ele, depois que declarou publicamente seu apoio a Markos. – Ela levantou a cabeça e se dirigiu a mim diretamente: – Nós duas somos mulheres inteligentes. Suponho que você agora entenda por que estou aqui.

– Provavelmente, para me dizer que não sou boa o suficiente para Markos – murmurei, encobrindo minha prudência com sarcasmo. – De novo.

Ela levantou a mão.

– Você sabe que não é por isso. O mensageiro chegou ontem, e Markos ainda não contou a verdade a você. Ele quer poupar seus sentimentos. Eu, entretanto, não tenho esses escrúpulos.

– Obrigada.

Ela me estudou, com os olhos cintilando de leve nos cantos.

– Você e eu somos mulheres do mundo. Cabe a nós enfrentar as coisas, quando os homens não conseguem. Eu, eu preferia conhecer a disposição do terreno, para poder tomar uma decisão bem informada. Acho que você é igual.

— A decisão é de Markos, não minha — observei.

— Minha querida, eu vim aqui hoje porque temo que meu primo esteja prestes a fazer uma coisa absurdamente tola.

— Markos não é um tolo — retruquei.

Sophronia estreitou os lábios.

— Não foi isso o que eu disse. — Ela olhou para o bracelete que eu estava usando, para o rubi brilhando por baixo do punho de meu casaco. — Quando ele me pediu as joias da mãe, ontem, eu sabia — ela disse. — Eu criei dois garotos. Não ache que não reconheço aquele ar de cachorrinho com que eles ficam. — Ela se inclinou para frente e me olhou no rosto. — Ele acha que está amando. Ele a pediu em casamento?

— O quê? Não! — Meu rosto se encheu de calor quando ela falou em *amor*. — Ele... ele não faria isso.

Ela não disse nada.

Eu segurei a borda da mesa. O Markos que eu tinha conhecido na barca de meu pai teria aceitado a oferta de casamento do archon sem hesitar. Ele teria recitado algo sobre dever e honra e, então, me mandado embora. Mas ele tinha mudado muito desde então. Ele estava mesmo pensando em abrir mão do trono de sua família por mim? Ele não seria tão estúpido.

Seria?

— Markos Andela não tem dinheiro — Sophronia disse em voz baixa. — Não tem apoio dos nobres. Essa oferta é tudo o que ele tem...

— Ele tem a mim — retruquei. — E meu navio.

Sophronia empurrou e arrastou a cadeira para trás e se levantou.

— Esse navio para romper bloqueios é ágil e tem artilharia suficiente para criar problemas para um navio mercante. — Ela olhou para mim com o nariz empinado. — Mas você não pode enfrentar de igual para igual a esquadra do leão. Todos, com exceção dos menores navios da esquadra, podem explodi-la completamente.

Eu abri a boca para defender o *Vix*, em seguida fechei. Ela estava certa.

Com um suave movimento ondulante, ela vestiu a capa. Eu não tinha esse tipo de elegância e nunca teria. Eu me perguntei se não era exatamente o que ela queria que eu visse.

Quando ela falou, sua voz tinha autoridade.

— Você acredita que Markos é o verdadeiro emparca de Akhaia? E você jurou ou não jurou servir a ele?

Eu engoli em seco.

Sua expressão se abrandou.

— Eu tinha sua idade quando me casei, mas, para mim, foi o ápice de muitos anos de sonhos e de preparação. Sempre soube que devia ser esposa de um político. Não é, eu acho, o mesmo que se passa com você.

— Eu gosto de *Markos* — sussurrei. — Não do emparca de Akhaia.

— Acredito em você — ela disse, me surpreendendo. — É por isso que ele é tão atraído por você. Mas, quando um emparca toma uma decisão, ele deve sempre pensar primeiro em seu país. Não em si mesmo. Se Markos não pode tomar a decisão certa, cabe a você fazer isso por ele.

Ela fez uma pausa no pé da escada e pôs um dedo enluvado no corrimão de madeira. Ele saiu enegrecido. Esfregando a ponta dos dedos juntas, ela deu um suspiro.

— Nós fazemos o que é preciso.

Eu a observei subir a escada, com os saltos dos sapatos prendendo nos degraus. Depois que ela se foi, o leve aroma de seu perfume permaneceu, cheirando a rosas e a um destino cruel.

Nereus falou e me deu um susto. Ele se inclinou pela porta que separava o compartimento de carga da cabine principal.

— Você está bem, garota?

Eu dei um olhar para ele.

— Imagino que você estava ouvindo.

Era possível chegar ao compartimento de carga por uma segunda escotilha no convés. Eu não tinha dúvida de que ele estava nos escutando.

— Quanto você ouviu?

— O suficiente.

Ele tomou um gole de rum.

— Sabe, eu conhecia uma garota que era destinada ao mar e que, em vez disso, se tornou emparquesa. Todo o oceano mudou, e o mundo nunca mais foi o mesmo.

A garota de quem ele falava era sua irmã, Arisbe de Amassia. Ela tinha renegado seu destino e se casado com o emparca de Akhaia, um dos ancestrais de Markos. Arisbe era uma favorita da deusa do mar, assim como eu. A deusa ficou tão furiosa pela traição da garota que destruiu a ilha de Amassia e a afundou para sempre sob o oceano. Meu pai havia me contado essa lenda quando eu era nova.

— Markos nem me pediu que eu fosse emparquesa — protestei com o rosto esquentando.

— Não, mas não se engane.

Nereus deu um tapinha no bracelete em meu pulso. O rubi brilhava vermelho sob a luz do candeeiro.

— Ele *está* escolhendo você.

Nereus tinha centenas de anos de idade, tendo se vendido ao serviço da deusa do mar. Ele não tinha muita sensação de tempo. Eu sempre tive a de que ele vivia fora do tempo.

— *Você* sabe? — perguntei. — O que eu devia fazer?

— Ah.

Nereus olhou para sua garrafinha.

— Achei que fôssemos chegar a essa parte. Mesmo que eu conhecesse seu destino, e, veja bem, não estou dizendo que conheço, eu não poderia contar a você.

— Não sou estúpida — eu disse. — Eu sabia que algo como isso podia acontecer um dia. Só que não... — Minha voz vacilou. — Não tão cedo.

Ele esticou a cabeça em direção ao convés.

— Quer jogar dados com os homens? Pode tirar sua cabeça dos problemas.

— Não — eu suspirei. — Quero ficar um pouco sozinha.

Eu deixei o cais e saí andando pela praia de Valonikos. As ondas quebravam sobre a areia em um ritmo esquivo, soando quase como uma língua para mim. Captei fragmentos de palavras, só para que fossem levadas outra vez. Eu retirei as botas e deixei que meus dedos dos pés descalços afundassem na areia molhada. O vento do mar retorcia meu cabelo, envolvendo-me com o cheiro de sal a minha volta.

Eu me lembrei da expressão desalentada no rosto de Markos na noite anterior. *Konto Theuciniano não para de mandar pessoas para tirar pedaços de mim. Mesmo que seja devagar, pedaço por pedaço, um dia ele vai me pegar.* Eu nunca mais queria vê-lo daquele jeito novamente.

Lágrimas brotaram em meus olhos. Estava feliz com Markos. Não queria perdê-lo. Não queria que as coisas mudassem.

A deusa do mar não falou, mas não precisava. Eu me lembrei de suas palavras sussurradas. *Para que serve um navio em uma baía?*

Nuvens elevadas avolumavam-se acima da linha reta do horizonte, subindo até o alto do céu. Com cada osso de meu corpo, senti o oceano me chamar. Eu queria sentir a subida das ondas por baixo do casco do *Vix*. Navegar em direção ao sol laranja flamejante. Viajar pelo mundo como Jacari Bollard, meu famoso ancestral, que também tinha sido escolhido pelo mar. Desde que havia deixado as terras dos rios, eu estava muito perdida. Olhando para o mar, soube que o único lugar em que eu tornaria a me encontrar era ali.

Um navio não devia ficar ancorado em uma baía, nem eu.

Finalmente me forcei a encarar a verdade que eu estava negando havia meses. O sonho de Markos era vingar sua família e reclamar seu trono. Mas o emparca de Akhaia governava de uma cidade cercada de montanhas por três lados. Viver em um lugar como esse iria me matar devagar, tão certamente quanto ficar ali iria matar Markos.

Não era a proposta de casamento do archon que nos tornava

– a mim e a Markos – impossíveis. Era que ele era filho de um emparca, e eu, filha de um barqueiro. A verdade era que sempre tínhamos sido impossíveis. Eu só não quisera ver isso.

Cerrando os dentes, olhei para as ondas que quebravam, e soube o que tinha de fazer.

– Ali.

Eu me debrucei e abri a janela do quarto de Markos. Era a manhã seguinte, e o clima nublado tinha passado. O sol brilhava sobre os telhados vermelhos de Valonikos, estendidos a nossa frente.

– Isso é melhor, não é? O ar do mar vai ser bom para você.

Eu me sentei na beira de sua cama. Por dentro, meu coração estava batendo forte. Suor se acumulava em torno do decote de meu vestido. De algum modo, um vestido pareceu certo para a ocasião – mais sombrio. Abaixo de meu punho rendado, o bracelete de pedras cintilava em meu pulso.

Eu sabia o que tinha ido até ali dizer. Só não sabia como começar.

A brisa agitou o cabelo de Markos. Ele parecia alerta, as sombras de baixo de seus olhos haviam desaparecido. Torci para que fosse um sinal de que sua perna estava se curando bem.

– Carô – ele começou a dizer. – Estou feliz que estejamos finalmente sozinhos. Você se lembra daquele mensageiro que chegou outro dia? Tem uma coisa que estou querendo... – Ele se atrapalhou um pouco, e seu olhar baixou para a coberta. – Ou melhor, que eu preciso contar a você...

Eu o detive.

— Markos. Eu já sei.

Ele apertou as mãos em punhos, com os tendões ficando brancos. Quando falou, sua voz estava baixa e sufocada.

— Peregrine não devia contar a você.

— Ele não fez isso. Foi Sophronia.

Suas narinas se dilataram.

— Não cabia a ela fazer isso.

Quanto mais formalmente Markos falava, com mais raiva ele estava. Eu sabia disso por experiência.

— Ela só estava tentando protegê-lo — eu disse. — Ela tinha boas intenções.

— Me proteger de quê? De você? — Uma ruga surgiu entre seus olhos. — Não estou correndo nenhum risco com você.

Eu achava o contrário, mas talvez Sophronia estivesse errada em relação às intenções de Markos.

— Então, no que você está pensando? — Eu me preparei. — Sobre o archon de Eryth?

— Bom, ele não era um dos favoritos de meu pai em particular.

Markos pegou algo invisível embaixo da unha.

— Eu não estava esperando a oferta. Mas imagino que faça sentido. Ele não tem filhos, e que homem não ia querer que sua filha fosse uma emparquesa?

— Você já a conheceu? — perguntei. — A filha... Agnes?

— No baile de inverno, anos atrás. Os Pherenekianos nem sempre vêm à capital. Eu devia ter uns treze anos. Eu lembro...

Ele contorceu o rosto.

– Ela se recusou a dançar. Estava sempre escrevendo em um caderno. E ela não tinha...

As pontas de suas orelhas ficaram vermelhas.

– Uhm... O tipo de figura pela qual garotos de treze anos se interessam.

– Mas ela era legal? Você acha que gostaria dela?

Ele olhou fixamente para mim.

– Como eu posso saber disso? Eu a vi uma vez. – Ele olhou para a pilha de papéis na escrivaninha e exalou. – Comecei três cartas e amassei todas elas. Eram todas lixo. Deve haver *alguma coisa* que eu possa dizer. Algum jeito para que eu possa conseguir essa aliança sem ter de concordar com o casamento.

– Markos – eu hesitei. – Você já tentou pedir com educação o apoio dos lordes, e isso não levou você a lugar nenhum até o momento.

Ele cerrou os punhos.

– Isto é intolerável. Os archons deviam estar me apoiando porque sou seu emparca por direito. Eu não tenho nada com que negociar além do nome Andela, para o qual ninguém parece ligar. – Ele chutou as cobertas e disse com azedume: – Nada com o que negociar além de mim mesmo.

– Então... – eu engoli em seco. – Talvez seja isso o que você vai ter de fazer.

Sua voz se calou.

– Você está mesmo sugerindo que eu diga sim?

– Todos os nobres que são leais aos Theucinianos querem você morto. Os outros estão com muito medo deles para te apoiar.

SUSSURRO DAS ONDAS

Com exceção do archon de Eryth. Se você recusar o casamento, vai ofender a única pessoa que quer ajudá-lo.

— Às vezes, eu odeio o seu maldito bom senso. — Ele olhou para o cobertor. — Carô, como você consegue ser tão razoável quando estamos falando de *nós*? De mim e de você.

— Mas não se trata só de mim e de você, não é? — perguntei. — Se trata de Akhaia. Theuciniano vai ser um mau emparca, um que vai machucar as pessoas. Você é o único que pode detê-lo. É como você disse, ninguém em sua família jamais foi livre. Você tem uma responsabilidade com seu país, e acho que sabe disso.

Markos ergueu a mão para tocar o brinco de rubi que representava a família Andela, e então praguejou, lembrando que ele não estava mais ali.

— Ele já tirou tudo de mim. Ele não teve o *suficiente*?

— Markos. — Minha voz vacilou e eu me esforcei para firmá-la. — Você não pode dizer não ao casamento por minha causa. — Eu tirei o bracelete de rubi e safiras do pulso. A pulseira da mãe dele ficou em minha mão, fria e triste. Eu a estendi para ele. — Aqui. Não posso ficar com isso.

— Bom, você vai ter que ficar. — Os olhos dele tremeluziram. — Eu me recuso a aceitá-lo de volta.

Eu estava gritando por dentro, mas não podia deixar que ele visse isso. Mais que qualquer coisa, queria ver Markos vingar sua família e tomar novamente seu trono de direito. Eu tinha feito um juramento de ajudá-lo. Ele devia ser o emparca de Akhaia.

Esse era o único jeito.

— Para começar, você não devia tê-lo me dado — eu disse com

o bracelete balançando entre nós. – Isso foi feito para uma emparquesa, e eu... eu não posso ser isso. Nunca.

– Eu não quero uma emparquesa. – Markos enfiou a mão no cabelo. – Quero você.

– Mas você *precisa* de Agnes – eu me fiz dizer, embora suas palavras tivessem me atingido como um punhal no coração.

Ele socou o cobertor, frustrado.

– Droga.

Era bom que Akhaia ficasse grata comigo pelo sacrifício que eu estava prestes a fazer. Era bom que eles erigissem a droga de uma *estátua* minha.

– A verdade é que... – Eu respirei fundo. Nada do que eu viria a dizer dali por diante era verdade. – Depois que nos conhecemos, nossas vidas viraram de cabeça para baixo. Nós... – Engoli em seco por cima de um nó na garganta. – Bom, nós dois estamos tendo muitos sentimentos fortes. Talvez... nós tenhamos confundido esses sentimentos com outra coisa.

Seu rosto congelou.

– Você acha que eu não sei o que estou *sentindo*? Carô, eu...

– Não. – Minha voz estava entrecortada. – Não diga isso. Você vai se arrepender. – Eu abaixei a cabeça e fixei os olhos no carpete. – Sabe, eu... não sinto a mesma coisa.

Eu mais senti do que vi quando ele se encolheu, pelo movimento da roupa de cama. A tensão adensou o ar entre nós.

Eu me forcei a seguir adiante.

– Sempre soube que isso não era real. Só que nunca consegui encontrar o momento certo para dizer a você. Sua família foi morta, e sinto pena de você. Parecia... – Eu dei de ombros, embora meu coração parecesse um buraco enegrecido em meu peito. – Bom, parecia que você precisava de mim.

Ele fez um ruído engasgado.

– Você sentiu *pena* de mim?

– Não que não tenha sido divertido. – Eu peguei sua mão com delicadeza e estendi seus dedos. – Mas, quando você me deu o bracelete na outra noite, foi quando percebi que tinha que te contar a verdade. – Eu pus o bracelete com pedras em sua mão. – Dê isso à sua esposa. Tenho certeza de que ela vai achar lindo. Ele simplesmente... não é para mim. Nada disso é.

– Não acredito em você – Markos disse sem rodeios. – Não acredito em nada disso.

– Bom, é verdade – retruquei.

– Não pode ser.

Ele sacudiu a cabeça, como se estivesse atordoado.

– Carô, o que... o que aconteceu? Foi alguma coisa que eu fiz? Deve haver uma razão... – sua voz se calou.

Eu não aguentava olhar para ele, então fiquei de pé e alisei as saias. Meu olhar circundou o quarto, observando tudo uma última vez. Havia um jornal sobre a escrivaninha. Apenas uma semana antes, eu tinha me enfurecido com Fabius Balerophon, o repórter que insistia em me chamar de Rosa da Costa e em escrever lixo romântico sobre nós, enquanto Markos ouvia, se divertindo. Pendurado em um gancho perto da porta, estava o casaco azul e dourado que Markos tinha usado na casa dos Bollards, na noite em que havíamos dançado juntos.

Meus olhos se encheram de lágrimas. Tudo naquele quarto era um pequeno pedaço de nós.

Quando me compus o suficiente para me voltar novamente para Markos, eu o vi olhando para o bracelete em sua mão. Seus ombros estavam curvados. O rubi e as safiras brilhavam à luz do sol, absurdamente alegres.

Estendi a mão para tocar seu rosto uma última vez.

– Me desculpe.

Ele afastou minha mão.

– Vá embora deste quarto.

Então fiz isso, com os lábios trêmulos. Desesperada, desci ruidosamente a escada. Quando cheguei ao fim, meu rosto estava molhado. Eu não podia voltar para o *Vix*. Não queria que a tripulação me visse chorando. Entrei cambaleante no beco mais próximo e deslizei pela parede. Umidade molhou minhas costas e lixo sujou minha saia. Não me importei.

– Precisa de animação, amor?

Um marinheiro bêbado se moveu em direção a mim.

Peguei minha pistola de pederneira de baixo de meu vestido e a brandi para ele. Ele foi embora à procura de outro beco onde mijar.

Apoiei a cabeça nos joelhos e chorei.

CAPÍTULO
SETE

Na manhã seguinte, Sophronia bateu na porta de minha cabine, provavelmente para me parabenizar por fazer a coisa certa.

Eu fingi estar dormindo. Fazer a coisa certa tinha me deixado infeliz. Já tinha decidido nunca mais fazer isso.

Ao me ver no espelho da cabine, fiz uma careta. Eu parecia inchada e horrível, e mal havia dormido. Minha cabeça doía enquanto eu olhava para uma página vazia do diário de bordo. Tinha comprado com otimismo o caderno de couro vazio um mês atrás, na esperança de registrar as histórias de minhas grandes aventuras.

Nada tinha funcionado como eu esperava.

Parte do problema era que eu não sabia mais o que fazer com o *Vix*. Eu tinha feito um juramento para Markos, naquele dia em que apertamos as mãos na calçada perto do cais de Valonikos. *Eu navegarei para você. Não por Akhaia. Por você.*

Duvidei que ele agora quisesse isso.

Talvez eu devesse visitar o cônsul kynthessano e perguntar se eles tinham algum trabalho de mensageiro. O *Vix* era um cúter rápido com seis canhões de quatro libras, perfeitamente apropriado para a tarefa.

Dei um suspiro. Ou eu podia viajar pela Companhia Bollard. Seria a realização do sonho de minha mãe, mas... eu sempre gostei da ideia de caminhar por conta própria.

Alguém arranhou a porta da cabine. Ergui os olhos do diário, esperando que fosse Nereus. Ou, que os deuses não permitissem, Sophronia novamente.

– Ah – eu disse.

Antidoros Peregrine estava parado na porta.

– Vim ver como você estava – ele disse. Atravessou a cabine e se apoiou na prateleira em frente à minha mesa. – Eu também já fui jovem, sabia?

Eu olhei com ceticismo para sua barba e para seu rabo de cavalo grisalho.

– Tenho certeza de que agora deve parecer o fim do mundo. Mas eu me pergunto... – ele hesitou. – Já estive onde você está, fora de um casamento arranjado. Isso nem sempre tem que ser o fim. Muito depende da moça em questão.

– O que você quer dizer com isso?

– As expectativas dela com o casamento.

Seu rosto ficou levemente rosado, e eu entendi que ele estava procurando um jeito educado de explicar.

– Agnes Pherenekiano é filha de um lorde akhaiano, então é claro que ela vai entender seus deveres. Mas, Carô, para ela, esse casamento pode ser apenas isso... um dever. É bem possível que ela possa estar aberta a... bom... um arranjo.

Minhas bochechas arderam em chamas quando percebi o que ele estava dizendo. Peregrine estava tentando me dar esperança.

SUSSURRO DAS ONDAS

Embora Markos raramente falasse de sua infância, eu sabia que a frieza de seus pais o havia marcado profundamente. Eu me lembrava bem demais de como sua voz estava completamente desprovida de emoção quando ele os descreveu para mim. *Depois que minha mãe cumpriu seu dever com meu pai e lhe deu dois filhos, ela foi para nossa residência de verão nas montanhas. Ela só nos visitava algumas semanas por ano.* O emparca e sua mulher tinham dado a Markos o melhor de tudo. A única coisa que não deram a ele foi uma família de verdade.

O que Peregrine estava sugerindo... Isso não era Markos. Ele estaria determinado a fazer o casamento funcionar, se não por ele mesmo, por seus futuros filhos.

– Não.

Eu engoli em seco.

– Vou embora. Para longe. Não quero estragar isso para ele. – Eu olhei para meu diário de bordo, e as linhas se borraram até que eu assumisse novamente o controle sobre mim mesma. – Por que, afinal, você está tão interessado em Markos? Não se esqueça de que sei que você estava estocando mosquetes. Você queria depor o pai dele.

– Tenho quase medo de admitir isso, temendo que você me chame de mercenário, mas Markos Andela é uma grande oportunidade. Os Theucinianos são imperialistas, e eles não vão abrir mão do poder. Ele é diferente – ele exalou. – Até pouco tempo, nunca tinha sonhado que uma mudança política pudesse ser feita pacificamente. Se Markos fosse emparca... ele podia estabelecer um senado, com representantes do povo. Ele podia fazer muito bem para nosso país.

— Mas há mais pessoas do povo que lordes – retruquei, frustrada. – Eles têm os números para tomar a emparquia. Então por que você simplesmente não faz isso e deixa Markos de fora?

— As pessoas comuns são quem mais sofreria se houvesse uma guerra declarada – ele disse com delicadeza.

Eu me senti estúpida por não perceber isso sozinha. Estava tão chateada por perder Markos que tinha revidado em Peregrine. Quando ele só tinha ido até ali para fazer com que eu me sentisse melhor.

— Mas você ainda vai precisar começar uma revolução para botar Markos no poder – eu disse. – Esse não é todo o objetivo de ele se casar com essa Agnes Pherenekiano, conseguir um exército?

Ele tamborilou os dedos na prateleira.

— Bom, eu esperava que o apoio do archon voltasse os outros lordes para o lado de Markos. Que, então, botariam pressão sobre Theuciniano.

— Mas você não pode contar com isso – concluí.

— Você parece decepcionada comigo, Carô.

— É só que... – Eu não sabia ao certo como dizer isso sem ofendê-lo. Ele tinha sido um bom amigo para mim. – Quando chegamos a Valonikos pela primeira vez, Markos estava muito excitado com aquele livro que você escreveu sobre o governo do povo. Sobre uma nova Akhaia onde ele não teria que ser emparca. Então, você o convenceu de que, se fosse emparca, ele podia fazer uma revolução sem sangue. Mas... isso não era exatamente verdade, era?

— Na verdade, eu não esperava que os outros lordes aceitassem a reivindicação de Theuciniano tão rapidamente – admitiu ele. – Achei que haveria mais resistência, mas parece que eu não era o único que não gostava do pai de Markos. – Ele fez uma pausa. – Nós mandamos uma carta para a margravina de Kynthessa. Talvez ela dê seu apoio.

Eu tivera alguns negócios com a margravina, todos os quais sugeriram que ela continuaria a jogar os dois lados contra o meio. Kynthessa não queria nada com uma guerra em Akhaia. Mas guardei minhas dúvidas para mim mesma.

– Eu ainda quero evitar derramamento de sangue, Carô – Peregrine disse. – Mas, infelizmente, eu só posso prometer fazer meu melhor.

Ergui os olhos bruscamente. A menção da palavra *sangue* tinha agitado minha memória, e lembrei que havia algo que eu queria perguntar a ele.

– Quem é a Dama Vestida de Sangue?

Os dedos de Peregrine se imobilizaram em pleno tamborilar.

– Onde você ouviu esse nome?

Peguei a carta misteriosa de Kenté na escrivaninha e a li para ele. Peregrine nunca havia conhecido minha prima, mas ele sabia que ela estava treinando como homem das sombras.

Seu rosto ficou pensativo.

– Todo mundo conhece a Dama Vestida de Sangue. Ou seja, sabe *sobre* ela. Ela é a cortesã mais famosa na cidade de Trikkaia e é habilidosa na arte dos venenos, pelo menos é o que dizem os rumores. – Ele olhou pela vigia. – Dizem que ela é amante de Konto Theuciniano há muito tempo. Uma mulher que se veste toda de veludo vermelho-escuro.

Eu escarneci, fazendo com que ele erguesse as sobrancelhas para mim.

— Desculpe — eu disse. — É que isso tudo me parece um monte de bobagem. Uma história feita para assustar crianças.

— Damas da noite. — O lábio dele se retorceu. — E assassinato. Evidentemente, eles estão contando histórias de ninar muito diferentes nas terras dos rios kynthessianas.

— Só estou dizendo que, se eu fosse uma assassina, uma assassina de *verdade*, seria estupidez andar vestida de vermelho e chamar a mim mesma de Dama Vestida de Sangue, não seria?

— É justo.

— Mas você a conheceu? — insisti. Quando eu fosse embora, alguém teria de manter Markos em segurança. — Você sabe qual a aparência dela?

Peregrine esfregou a barba.

— Sim, eu conheço Melaine Chrysanthe. Esse é seu nome verdadeiro. Mas, Carô, acho improvável que ela deixe a capital, e, certamente, não para vir até aqui. Seu segundo marido era um homem de Valonikos, um bom amigo do archon, e ele desapareceu sob... Bom, circunstâncias suspeitas. Ela não seria bem-vinda nesta cidade.

Isso era um pouco reconfortante.

— Prometa-me que você vai ficar de vigia.

Ele deu um tapinha na minha mão, com simpatia nos olhos.

— Eu vou.

Depois que ele saiu, peguei uma caneta e escrevi o nome na margem de meu diário de bordo. *Melaine Chrysanthe*. Eu tinha que escrever imediatamente a Kenté com esse fragmento de informação.

Eu me perguntei quanto tempo ia levar para a carta chegar a Trikkaia. Meus pensamentos se voltaram para as terras dos rios no outono, zumbindo com insetos sonolentos. Eu quase podia sentir o cheiro adocicado do capim dos pântanos e das folhas ressequidas caídas. A viagem pelo rio Kars até Trikkaia não seria nada para um cúter como o *Vix*; questão de uma semana, mais ou menos.

Talvez, em vez de uma carta, eu pudesse visitar pessoalmente Kenté na Academia. Com certeza, ver minha prima novamente seria uma distração bem-vinda. Eu podia até esbarrar com meu pai. Ele e Fee frequentemente percorriam a rota de carga de Iantiporos até Trikkaia. Imaginei passar a noite na *Cormorant*, no meu velho e familiar beliche.

Meu sorriso desapareceu. Não seria a mesma coisa. Eu pertencia ao mar, agora. Eu nunca poderia voltar ao rio. Não de verdade.

Antidoros Peregrine não foi minha última visita do dia.

O sol já havia se posto, com raios laranja entrando inclinados pela vigia. Enquanto apertava os olhos para ver através das partículas reluzentes de poeira, achei, primeiro, que fosse um sonho. Olhei para ele, com a caneta suspensa e pingando tinta em uma poça na mesa.

– Não se preocupe – Markos disse. – Não estou aqui para recomeçar a conversa de ontem. – Ele respirou fundo. – Vim porque preciso de um cúter rápido. – Ele atravessou a cabine e me entregou um tubo de couro. – Especificamente, um mensageiro.

O tubo estava marcado com uma bola de cera vermelha na forma de um leão-da-montanha. Olhei em seu interior e vi várias folhas de pergaminho enroladas.

– O que é isso?

– Minha resposta à carta do archon, aceitando sua oferta. Implorando pela honra de ter a mão... – Sua voz prendeu nessa palavra. Ele limpou a garganta e continuou: – A mão de sua filha, Agnes, em casamento.

– Markos – sussurrei. – Eu sinto muito.

Ele ergueu a mão.

– Não sinta. Sua caneta está pingando, por falar nisso – ele disse, olhando para mim de cima para baixo. – Você sabia?

Com buracos escuros marcando seus olhos e uma muleta presa embaixo do braço, ele parecia mais velho. Mais sério. Seu cabelo estava penteado e amarrado na nuca, embora suas madeixas ainda caíssem de maneira habilidosa em torno de seu rosto. Ele usava um elegante casaco vermelho e uma echarpe de renda, e suas botas com os botões dourados de leão estavam imaculadas. Ele parecia totalmente um emparca.

Mas eu conhecia Markos. Quanto mais agia com correção e formalidade, mais ele estava sofrendo por dentro. Maneiras rígidas eram sua forma de defesa. Eu entendia exatamente o que significava ele ter se vestido tão bem para ir me ver.

Coloquei a caneta de volta no tinteiro e encontrei minha voz.

– Por que eu?

– Você é a única em quem confio.

– É mesmo? – sussurrei.

Ele afastou deliberadamente os olhos dos meus, estudando as bordas de meu tapete.

– Sim.

Meus dedos se apertaram em volta do tubo de couro. Eu

segurava sua proposta de casamento para outra pessoa em minha mão. Tive vontade de gritar.

Mas, então, captei o brilho de suas pupilas. Ele estava me observando discretamente com o canto do olho. Ele *queria* que eu reagisse. Eu tinha lhe dito que não sentia nada por ele, e ele estava pagando para ver.

– Tudo bem. – Eu pus a carta na mesa e me levantei. – Vou ser sua mensageira. Jurei navegar para você, e isso não mudou. Vou partir imediatamente. Amanhã, com a primeira maré.

Ele levantou as sobrancelhas.

– Tem certeza de que não há mais nada que você gostaria de dizer, Carô?

– Nada.

Fingi me sentir tão leve quanto minha voz soava.

Devia ser isso o que as pessoas queriam dizer quando falavam sobre um coração partido. Meu peito *doía* fisicamente. Eu não esperava por isso. Achava ser uma figura de linguagem, mas era real. Meu corpo parecia um nó enfurecido de dor.

– Que peculiar – comentou Markos. – Porque pensei ver seus olhos brilhando. O que, você tem que admitir, seria engraçado, considerando que todo nosso relacionamento foi apenas você sentindo *pena* de mim.

– Meus olhos não estão fazendo nada disso – retruquei, e isso fez com que as lágrimas secassem.

Ele limpou a garganta.

– Bom, então... – Ele estendeu a mão recatadamente para mim. – Boa viagem para você.

Eu me movi para apertar sua mão no exato instante em que ele tentou me puxar para seus braços. Ou, talvez, nós dois tivéssemos estendido as mãos um para o outro. Nós colidimos estranhamente, com meu rosto apertado sobre seu casaco e nossas mãos presas entre nós. Sua muleta caiu ruidosamente no chão.

Erguendo os olhos para gaguejar um pedido de desculpas, bati com a cabeça em seu queixo. Fui tomada por emoção. A pele de seu pescoço estava quente, e ele cheirava como Markos e...

Ele me beijou, enfiando as mãos em meu cabelo. Com uma doçura dolorida e um arrependimento profundo. Desespero. Como era possível conseguir tudo isso apenas com um beijo?

– Eu não quero ninguém, só você. – Sua voz vacilou, então ele a abaixou para um sussurro. – Basta uma palavra sua e eu rasgo a carta.

– Não posso – eu disse junto de seus lábios. Agora nós dois estávamos chorando. – É a coisa certa a fazer. Você sabe que é.

– Caroline. – Ele apoiou a testa na minha. – Eu odeio isso.

Praticamente ninguém me chamava pelo meu nome inteiro. Eu fechei os olhos, saboreando a forma como seu sotaque pronunciava o *r*. Era estranho pensar que, quando nós dois nos despedíssemos, ninguém ia dizer meu nome assim.

– Por que eu sinto tanto sua falta – sussurrou ele –, quando você ainda está bem aqui?

Nós ficamos parados com as cabeças juntas por um bom tempo. Fechei os olhos, tentando memorizá-lo. Seus maneirismos, seu cheiro, o jeito como ele esfregava aquele ponto em sua testa quando estava aborrecido. Todas as pequenas coisas que faziam dele Markos.

SUSSURRO DAS ONDAS

Eu as guardei em meu coração. Em seguida, me afastei e soltei minhas mãos de seu pescoço.

Markos puxou e ajeitou o casaco e esfregou os olhos na manga. Segurando as costas da cadeira, ele tentou pegar a muleta caída. Ele não conseguiu, quase perdeu o equilíbrio e praguejou.

Eu me lancei para frente.

– Pare, eu pego...

– Eu mesmo preciso fazer isso.

Ele se preparou e se inclinou lentamente para pegar a muleta do chão. Enfiou-a embaixo do braço, respirando com dificuldade, e arrumou com os dedos o cabelo despenteado.

Passei a mão pelo ponto úmido que minhas lágrimas haviam deixado em seu ombro.

– Droga, eu... eu sujei seu casaco. – Eu o esfreguei com minha manga. – Você não devia ter vindo aqui embaixo. A escada, sua perna...

– Pare de tentar cuidar de mim – ele disse rispidamente.

– Pelo menos, deixe-me ajudá-lo a subir de volta para o convés.

– Não. Vou pedir a um dos homens para me ajudar outra vez – ele disse com uma rejeição cortante. – Acho que você já fez o suficiente.

Ele reajustou a muleta e saiu mancando pela cabine. Quando chegou à porta, ele parou.

– Carô... Cuidado. Há uma chance de que essa proposta de casamento seja uma armadilha.

– Se você acha que é uma armadilha, então talvez...

Eu não terminei porque já sabia o que ele ia dizer. Markos

cumpriria seu dever com Akhaia independentemente do perigo. Ele era assim.

Ele sacudiu a cabeça.

— Não, você estava certa. Esta é uma chance que não posso perder. Só... mantenha os olhos abertos em Eryth, está bem?

Eu mal conseguia falar, com o nó que havia em minha garganta.

— Prometo.

Por um longo momento, ele ficou parado com a mão na maçaneta. Esperei que ele dissesse mais alguma coisa, até que percebi que ele estava esperando que *eu* dissesse alguma coisa. Depois de algum tempo, ele deu um suspiro e saiu.

Na manhã seguinte, meus olhos pareciam ter sido esfolados de tanto esfregar areia. Passava de meia-noite quando terminamos de preparar as provisões para a viagem a Eryth e de carregá-las no porão do *Vix*. Foi difícil conseguir reunir tudo na última hora, e, quando eu caí na cama, estava cansada e aborrecida.

Não importava. Eu não tinha mesmo dormido.

Vesti um suéter de lã com padrões em relevo e subi ao convés. Para o leste, o horizonte estava iluminado com o mais suave dos brilhos. Gaivotas voavam e gritavam no céu púrpura. Um sinal da deusa do mar, talvez? Mas, mesmo enquanto eu observava, nenhuma voou para perto de mim. Por toda a baía, lanternas brilhavam como estrelas no alto de mastros. Meus instintos me diziam que teríamos bom tempo nesse dia. Quase sorri em meio a minha dor de cabeça, me lembrando de como sentia inveja de meu pai e de Fee quando o deus do rio lhes contava coisas assim.

Mais adiante no convés, alguém estava parado conversando com Nereus. Apertei os olhos nas sombras. A figura era pequena demais para ser um homem.

– Daria?

Eu saí andando pelo convés.

Ela se virou para olhar para mim.

– Vá embora. Não vim me despedir de *você*. Só de Nereus. – Ela cruzou os braços, se abraçando. Uma lágrima escorreu por seu rosto. – Você magoou Markos.

Eu limpei a garganta.

– É complicado.

– Quando ele voltou da visita que fez a você ontem à noite, ele estava chorando. – Seu olhar lançava pequenos punhais em direção a mim. – Ele nunca chora. *Nunca.*

Isso não era verdade, mas eu sabia que ela não ia me ouvir. Fiquei parada, sentindo-me estranha, enquanto ela esfregava o rosto com a barra do vestido.

Pensei que seria bom que Nereus partisse comigo. Durante nossos meses em Valonikos, Daria ficara um pouco estranha. Suas roupas estavam sempre sujas, seu cabelo longo, escapando permanentemente de suas tranças. Ela andava pela cidade em um chapéu tricorne de homem, recolhendo montes de objetos esquisitos e nojentos. Nereus não era exatamente uma companhia adequada para uma menina de nove anos.

– Bom, tchau mesmo assim – eu disse.

— Odeio você. Espero que seu navio afunde — ela disse com raiva, recuando como um gato eriçado. — Markos *ama* você. Por que você não pode simplesmente... simplesmente amá-lo também?

Eu a segui.

— Daria, você foi criada na casa do emparca. — Minha voz saiu embargada. — Você sabe que Markos nunca teria permissão de se casar com quem quisesse. Ele está fazendo isso por Akhaia.

— Mas... eu achei que as coisas iam ser diferentes aqui. — Ela começou a chorar. — Pe-Peregrine diz... ele diz... que tudo devia ser *diferente* em Valonikos. — Eu toquei seu ombro, mas ela o afastou. — Não quero mais falar com você.

Ela se virou, e tranças negras se agitaram atrás dela.

Eu me dirigi a ela.

— Markos só está fazendo isso para que um dia você possa ir para casa!

Ela se virou na prancha de embarque, olhando fixamente para mim.

— Eu não quero voltar para Akhaia. — Seus olhos bordejados de vermelho se ergueram para o cordame do *Vix*, onde minha tripulação estava desfraldando as velas. — Primeiro, você machuca meu irmão e, agora, está levando meu amigo para longe de mim. Você está arruinando toda a minha vida.

Eu a observei caminhar ruidosamente pelo convés. Em algum lugar da baía, um sino tocou anunciando a mudança da maré. Era hora de zarpar.

No fim do cais, Daria parou. Com seu xale de lã envolto apertado em torno de seus ombros magros, ela vibrava de raiva.

SUSSURRO DAS ONDAS

Ela ergueu a mão e arrancou o chapéu de pirata.

– Eu não quero mais isso.

Daria jogou o chapéu na baía, onde pousou espirrando água e ficou girando.

Então, levantamos vela e deixamos Valonikos.

CAPÍTULO
OITO

Eu estava parada na amurada do *Vix*, encharcada da cabeça aos pés. Meu rosto e meu cabelo estavam sujos de sal. Toda vez que o cúter escalava uma nova ondulação, os borrifos caíam sobre mim. Eu achava que estava com frio, mas mal percebia. Meu coração estava dormente, então, o resto de mim podia estar também.

Algo deslizou entre meus dedos. Eu olhei para a garrafinha velha de Nereus.

– Beba, querida.

Ele se apoiou na amurada com a gola do casaco levantada para se proteger dos borrifos. Seu cabelo estava salpicado de partículas de água.

– Isso não cura a ferida, mas acho que se esquentar um pouco lhe cairia bem.

O rum pareceu fogo ao descer.

– Sem querer ofender – eu disse. – Mas, se você veio até aqui para me dar algumas palavras de sabedoria, eu não as quero. – Eu fechei os olhos, sentindo a umidade fresca e salgada em meu rosto. – Desculpe. Não estou com raiva de você.

— Você também não está com raiva do garoto. Acho que isso dificulta as coisas.

Dei outro gole na garrafinha e me senti um pouco mais quente. Ele entendia.

— Quando fazemos uma promessa de servir, às vezes essa promessa é difícil de manter. Sirva você um deus ou um emparca. — Ele acenou com a cabeça em direção a mim. — Ou os dois.

Eu não queria falar sobre Markos, por isso, concentrei os pensamentos na viagem à frente.

— Você já esteve em Eryth?

Nereus estudou o horizonte. Não havia terra à vista. A província de Eryth ficava localizada ao norte de Valonikos, em um dedo gordo de terra que se projetava para o mar. Nós íamos navegar por dez dias na direção nordeste.

— Eu estive no castelo do archon uma vez, em outra época. — Eu não conseguia interpretar sua expressão. — Outra vida.

Nereus tinha sido filho de um archon antes de se dedicar ao serviço da deusa do mar em troca de uma vida sobrenaturalmente longa. Na verdade, ele tinha um parentesco distante com Markos. Não era surpresa que ele tivesse viajado para Eryth como o jovem nobre Nemros Andela.

Eu nunca tinha ido lá. Crescendo na *Cormorant*, eu havia visitado todos os portos das terras dos rios. Mas você não podia viajar até Eryth por rio, e barcas não vão bem em mar aberto. Pela primeira vez em minha vida, estava navegando para águas desconhecidas. Isso me deixou desconfortável.

A viagem passou rápido. Passei a maior parte do tempo

aprendendo mais sobre minha tripulação. Em nosso terceiro dia no mar, eu sabia que Castor fazia o melhor café, que Patroklos preferia ser chamado de Pat, e que Damian podia entalhar intricadas esculturas em osso de baleia.

– Naveguei no *Alisso* e no *Extravagante* – Damian disse com um dente de ouro brilhando em sua boca. – Eles são baleeiros, fazendo seu ofício muito ao norte dessas partes. Mas minha família é, em sua maioria, de homens da marinha, remontando a muito tempo. – Seus olhos se encontraram com os meus. – Homens de Andela.

– A minha também, senhorita – concordou o marinheiro chamado Leon. – É por isso que nós estamos aqui. Qualquer coisa para ajudar o jovem leão.

Impulsivamente, estendi a mão para segurar seus braços.

– Obrigada por sua lealdade.

Eu não sabia que os homens haviam se juntado a minha tripulação porque acreditavam em Markos. Os senhores nobres de Akhaia, pensei com azedume, podiam aprender uma ou duas lições sobre lealdade com aqueles marinheiros.

No fim da tarde de nosso décimo dia no mar, Pat acenou do gurupés.

– Terra à vista! A bombordo!

Estreitei os olhos na luneta enquanto a província de Eryth se aproximava. A silhueta de uma cidade com seus prédios encimados por cúpulas douradas se estendia por trás de um porto movimentado. Havia mais alguma coisa em um penhasco perto da cidade, duas formas parecendo pilares que eu não conseguia identificar. Passei a luneta para Nereus.

— Como eu esperava — ele disse, depois de um momento, enquanto a abaixava. — Não há nada igual, exceto o monumento.

— Monumento?

Peguei a luneta de volta e, finalmente, identifiquei os pilares de forma estranha. Eram pernas, usando sandálias com correias. Imaginei que aqueles pés antes deviam ficar conectados a uma estátua gigante de um homem, mas o resto dele havia desmoronado muito tempo atrás.

— Para que é ele?

Ele deu de ombros.

— Homens constroem coisas dessas para garantir que não sejam esquecidos. Ainda assim, imagino que nenhum dos vivos se lembre do nome do homem. Talvez ele fosse um antigo emparca. — Ele cuspiu por cima da amurada. — Tolos.

— Era uma estátua inteira no seu tempo? — perguntei.

Nereus sacudiu a cabeça.

— Não. Acho que a maior parte dela se desfez em pó muito antes de meu tempo. Não importa o quanto você é rico, nem o quanto é grande. Todo mundo acaba virando pó. Todo mundo e todas as coisas.

— Menos você.

Eu me arrependi imediatamente de minhas palavras.

Seu rosto era uma máscara de arrependimento.

— Ayah — ele disse com delicadeza. — Menos eu.

— Nereus... — Odiei levantar aquilo, mas eu estava curiosa havia muito tempo. — Todo mundo que ela escolhe vive para sempre? Ou só você?

No momento em que a pergunta deixou meus lábios, eu me senti tola. Meu ancestral explorador Jacari Bollard tinha sido escolhido pela deusa do mar, e era bem sabido que ele havia morrido aos oitenta e cinco anos de idade. Mas eu não sabia praticamente nada sobre a deusa e sua magia. Se eu não perguntasse, como ia conseguir respostas?

– Nunca faça um desejo a menos que tenha certeza do que quer – Nereus disse, sacudindo a cabeça. – Ele pode se realizar. E isso é tudo o que vou dizer sobre o assunto.

O sol já havia começado a se pôr quando entramos na baía de Eryth. Assim que prendemos bem as amarras do *Vix* ao cais, o mestre da baía se aproximou. Ele devia estar observando nossa aproximação.

O mestre da baía tinha pele marrom e cabelo bem crespo e grisalho. Ele fez uma mesura mecânica.

– Não reconheço seu navio, mas vejo que você navega sob a bandeira do leão.

Eu troquei olhares com Nereus.

– Uhm, nós somos um navio mensageiro. Tenho uma carta importante para o lorde Pherenekiano. Qual a taxa de atracação?

Peguei minha bolsa de talentos de prata do bolso do casaco.

– Gostaria de pagar e me dirigir a sua propriedade imediatamente. A mensagem não pode esperar.

O mestre da baía deu seu preço, e observei meu dinheiro desaparecer em sua bolsa. Ele inclinou a cabeça.

– Vou chamar uma carruagem para você.

– Não preciso de uma – eu disse a ele. – Estamos no mar há muitos dias. Prefiro andar.

— A senhorita me perdoe por dizer que o castelo do archon fica bem longe da cidade – o mestre da baía disse. – Uma hora de viagem a cavalo.

— Ah.

Imaginei, então, que não tivéssemos escolha. Enfiei o tubo de couro com a carta em meu cinto e o segui pelo cais. Enquanto subia no assento da carruagem de aluguel, lancei um olhar saudoso para o *Vix*.

Embora eu estivesse vestindo um conjunto bonito de saia e jaqueta com mangas de veludo recortado, me senti mal equipada para falar com um homem tão poderoso quanto um archon. Eu me remexia desconfortavelmente nas almofadas. A carruagem pulava e balançava pelas ruas calçadas com pedras, que, ao longo do percurso, deram lugar a um caminho de terra. As casas dos dois lados ficavam menos frequentes conforme deixávamos a cidade para trás. Eu afastei para o lado as cortinas de brocado e observei pela janela.

Tudo que vi foi uma escuridão densa. Exalei alto e me encostei no assento.

— Pare de se remexer.

A cabeça de Nereus estava inclinada para trás sobre as almofadas, com os olhos fechados.

Eu não podia evitar. Viajar por terra nunca havia me parecido natural. Como filha de um barqueiro, tinha sido inculcado em mim que, se você não conseguisse chegar a um lugar por barco, não valia a pena ir. Ser escolhida pela deusa do mar nada tinha feito para mudar minha opinião.

Mas era mais que isso. O *Vix* me chamava. Eu o visualizei balançando delicadamente ancorado e tentei conjurar o cheiro familiar da brisa salgada. A estranheza daquela terra, com suas estátuas em ruínas assustadoras e morros salientes, se agitava no fundo de minha mente. Quanto mais para longe do mar giravam as rodas da carruagem, mais apreensiva eu me sentia.

Pelo menos foi o que disse a mim mesma. Eu estava tentando não pensar na verdadeira natureza de minha tarefa. Em Markos.

Uma hora depois, a carruagem parou em uma entrada de veículos circular. Um lacaio uniformizado saltou para abrir a porta, oferecendo-me seu braço. Praguejando em silêncio, eu o aceitei, porque descer de uma carruagem é muito difícil com saias e anáguas. Nós fomos conduzidos diretamente para a sala de jantar, onde, à cabeceira da mesa, um homem de colete com adornos dourados nos examinou de cima de um bigode farto.

– A mensageira de Andela, presumo – ele disse sem se levantar do resto de sua refeição.

O mordomo sussurrou em meu ouvido:

– Lorde Pherenekiano, archon de Eryth.

Levei uma das mãos às costas e fiz uma reverência.

– Milorde. Tenho a honra de ser a capitã Caroline Oresteia.

O archon fez uma pausa, com faca e garfo no ar, olhando para mim como se eu fosse um espécime exótico de inseto. Tardiamente, eu me lembrei de que estava de saia. Devia ter feito uma mesura em vez de uma reverência. Com as faces esquentando, agradeci aos deuses que minha mãe não estivesse ali para testemunhar minha gafe.

SUSSURRO DAS ONDAS

– Ladra de navios. – O archon baixou os talheres e olhou para mim através de seus óculos. – Salvadora de emparcas. Li sobre você nos jornais, embora você nunca saiba se pode confiar nas coisas que vê impressas. É verdade que você tem uma conexão com os Bollards?

– Minha mãe é uma Bollard – eu disse.

– Jacari Bollard foi um grande homem. – Ele empurrou a cadeira para longe da mesa e ficou de pé. – Explorador. Visionário. Grande homem, grande homem. O resto dos Bollards, eles estão no comércio, não estão?

– Eles são a empresa comercial mais importante de Kynthessa.

– Fascinante, fascinante. – Lorde Pherenekiano gesticulou para que eu me aproximasse. – Entendo que você veio com uma mensagem do jovem emparca.

Com um susto, eu me lembrei por que estava ali. Sacudi o pergaminho enrolado de dentro do tubo e o entreguei a ele.

O archon correu os olhos pela carta.

– Então, ele disse sim. – Ele me deu um sorriso hesitante. – Claro, só um tolo recusaria uma oferta dessas. Eu esperava que o jovem Andela não fosse um tolo. Nenhum homem gosta da ideia de sua filha se casar com um tolo. Ah, me perdoe... – Ele limpou a garganta. – Eu tenho uma tendência a falar demais.

Markos me dissera para manter os olhos abertos, mas, até então, eu não havia visto nada que sugerisse que aquilo era uma armadilha. O archon era mais amistoso do que eu esperava. Mesmo contrariada, decidi que gostava dele. Sua personalidade desajeitada me lembrava um de meus velhos tios Bollards.

Meu olhar foi atraído para uma enorme pintura a óleo atrás dele de uma mulher sentada rigidamente em uma cadeira de jardim. Parada ao lado dela, havia uma garotinha de cabelo preto com a tez de porcelana que apenas a nobreza akhaiana parecia possuir.

O archon me viu olhando.

– Minha falecida esposa. – Ele apontou com a cabeça para o retrato. – E minha filha, Agnes. Eu mandei chamá-la. Ela... ela vai descer em breve. – Ele inclinou sua cabeça em direção a mim. – Talvez, enquanto isso, você e seu homem queiram sair no terraço para uma taça de porto. Eu costumo tomar uma bebida à tarde enquanto aprecio a vista. E, claro, o ar fresco é muito bom para a saúde.

Nereus falou.

– Nós agradecemos a vossa senhoria. – Suas costas estavam retas, e sua voz, suave. – Um pouco de libação é tudo de que precisamos depois de nossa viagem.

Eu pisquei, surpresa. Às vezes, eu me esquecia de que ele nem sempre tinha sido um pirata e um patife.

O archon nos conduziu a um terraço cheio de plantas em vasos e sofás acolchoados. Contra a parede, havia uma seleção de garrafas em uma mesa lateral. Ele sinalizou para um criado, que, imediatamente, correu para pegar três copos e enchê-los com um líquido bordô.

Era depois do pôr do sol, mas eu conseguia ver a silhueta de montes ondulantes a distância. Espalhados pela terra do archon, entre o castelo e as colinas, havia pontos alaranjados e tremeluzentes do que pareciam ser fogueiras.

– O que são todas essas luzes? – perguntei.

— Ah, sim, as fogueiras, as fogueiras. Eu convoquei meus vassalos e os proprietários de terra que me juraram obediência. Como vocês podem ver, eles estão se preparando para marchar. — A garganta do archon se moveu quando ele engoliu. — Eu apoiei Antidoros Peregrine anos atrás... Isso é, até ele ficar ousado demais e ser exilado. Mas estou aguardando o momento desde então. Ainda acredito em uma Akhaia democrática, e isso me trouxe... — Ele segurou a grade do terraço. — Bom, isso me trouxe até aqui.

Eu olhei para as luzes espalhadas na encosta. Não esperava que o archon já tivesse reunido seu exército, nem que eles fossem estar acampados bem ali em seu jardim. Parecia um número impressionante de homens, sem dúvida o suficiente para deixar Konto Theuciniano em guarda. Alívio gotejou por mim. Eu tinha feito a coisa certa, pressionando Markos a aceitar a oferta.

O archon ajustou os óculos e me olhou nos olhos.

— Mas eu não vou aborrecê-la com política. Diga-me, mocinha, é verdade que o jovem Andela teve um flerte com você? Ou isso foi apenas Fabius Balerophon escrevendo besteiras para vender jornais?

Meu rosto pareceu entrar em chamas.

— Eu... eu não sei por que o senhor pergunta isso... — gaguejei, sem saber ao certo para onde olhar.

Pherenekiano sorriu.

— Então, ele fez isso. É bem óbvio por sua reação. Isso não é nada de que se envergonhar.

Eu discordava.

— Tudo isso está no passado, agora — eu disse apressadamente, quando tornei a encontrar minha voz. – Se... se o senhor estava preocupado com isso, posso lhe assegurar que terminou.

– Ah, não, eu temo que você tenha se equivocado comigo. Sabe, é muito encorajador para mim que ele goste de você. Pois minha filha Agnes... – ele hesitou. – Bom, ela... Ela não é exatamente convencional. Sua mente tem tendências científicas. Agnes, na verdade, é um gênio, sabia? O problema é que mais ninguém vê isso. – Sua voz ficou baixa. – Ninguém além de mim. Capitã Oresteia, eu amo minha filha. Você precisa entender que eu faria qualquer coisa por ela.

Eu olhei para a porta do terraço.

– Ela está vindo? – perguntei, desesperada para mudar de assunto. Eu não sabia ao certo por que ele estava explicando tudo aquilo para mim.

Seus ombros se retorceram enquanto ele mexia com os punhos de sua camisa.

– Talvez não – apressou-se a explicar. – Sabe, ela não está muito entusiasmada com a ideia de um casamento arranjado. Você mesma é uma jovem. Com certeza entende.

Eu entendia, embora fosse estranho para o archon estar tão despreocupado com a ausência da filha. Bebendo meu porto, olhei de soslaio para Nereus. Por que ele não tinha simplesmente mandado um de seus criados buscá-la? Meus instintos de contrabandista formigaram, mas lembrei a mim mesma que eu não conhecia aquelas pessoas. Nem tinha experiência com os modos das grandes casas akhaianas.

O archon virou seu copo um tanto rapidamente e o pôs sobre

a mesa com uma pancada alta. Então, pegou um sino na mesa lateral e o tocou.

— E, agora — ele anunciou —, a criada vai conduzi-la a seu quarto. Vão servir a você e seu homem alguma refeição leve, se precisarem. Tenho certeza de que sua viagem foi longa e cansativa.

— Minhas desculpas, lorde Pherenekiano — eu disse usando minhas melhores maneiras Bollard. — Mas tenho que recusar. Preciso voltar para meu navio.

— Ah, não, eu insisto! Quartos foram preparados para vocês. — Ele puxou sua gola, e percebi que havia ficado muito vermelho. Eu me perguntei quanto ele tinha bebido antes de chegarmos. — Que tipo de anfitrião eu seria se os mandasse embora daqui tão tarde?

Tardiamente, ocorreu-me que a única maneira de voltar para a cidade era na carruagem de aluguel. Quem poderia saber se ela sequer ainda estava ali? Eu não havia pedido ao cocheiro que esperasse.

O archon prosseguiu.

— De manhã, vou mandar minha carruagem levar vocês e Agnes para seu navio.

— Para... Para meu navio? — balbuciei. — Por quê?

As sobrancelhas do archon se juntaram em surpresa.

— Para a viagem dela até Valonikos.

CAPÍTULO
NOVE

Quase deixei cair meu copo de porto meio cheio.

– Espere... O senhor quer dizer... *agora?* – gaguejei. – Amanhã? Deve haver algum erro.

Eu dissera a Markos que seria sua mensageira, mas isso era tudo o que eu tinha prometido. A última coisa que queria era ficar encerrada em um navio por dez dias com a noiva dele. E, pior ainda, isso significava que o casamento não era mais uma vaga ameaça no futuro. Ele aconteceria *logo*.

– Por que você foi mandada, então – perguntou o archon –, senão para levar minha filha para o marido dela?

– Achei que estivesse entregando uma carta. – Pânico me tomou rapidamente. A situação tinha saído alarmantemente fora de meu controle. Eu procurei uma desculpa, qualquer desculpa. – Milorde, não sei ao certo o quanto o senhor está familiarizado com esses navios, mas o *Vix* é um cúter de um só mastro. Ele é muito pequeno. Na verdade, *minúsculo* – enfatizei. – Não há espaço para um séquito de passageiros. Há apenas uma cabine, e ela não é apropriada...

SUSSURRO DAS ONDAS

– Com certeza você tem espaço suficiente para apenas uma garota.

– Sim, mas e o senhor? – eu disse abruptamente, confusa. – E todos os seus criados?

– Eu? Ir para Valonikos? Fora de questão. – Ele acenou com a mão em direção às fogueiras. – Eu tenho planos, um exército para administrar. – Seus lábios se contorceram em um sorriso autodepreciativo. – Eu não saberia o que fazer em um casamento. Se minha mulher ainda estivesse viva, seria uma história diferente, mas, na atual situação... Não, não. Minha presença seria bastante inapropriada.

Eu fiquei olhando sem acreditar. Tudo o que ele havia dito tinha me dado a impressão de que ele se preocupava muito com Agnes. Ainda assim, ele não estava planejando ir ao casamento da própria filha? Ele queria mandá-la embora, sozinha, para se casar com um homem que ele nem conhecia. Fui acometida por um pensamento horrível: Markos sabia disso? Tardiamente, ocorreu-me que eu não havia lido a carta. E se esse sempre tivesse sido o plano? Sem dúvida, Markos teria me contado... não teria?

– Mas, senhor... – protestei desamparadamente.

O archon bateu palmas.

– Ah, vejam, aí está a criada. Ela vai conduzi-los a seus aposentos.

Ele se virou, e soube que estávamos dispensados. Nós seguimos uma criada uniformizada por um corredor comprido. O pé-direito tinha quase seis metros de altura, e as paredes emboçadas e pisos de mármore brancos estavam imaculados. Não ousei tocar em nada, temendo que a criada me lançasse um olhar de reprovação por deixar uma mancha.

Eu me inclinei para perto de Nereus.

– Isso foi estranho, não foi? Por que ele não vai ao casamento? – O comportamento estranho do archon havia me deixado nervosa. – Tem alguma coisa errada.

Ele deu de ombros.

– Talvez. Isso até poderia ser uma armadilha, mas eu não estou conseguindo ver como.

– Nem eu – disse em voz baixa para que a criada não escutasse.

– Mas ele, por outro lado, talvez só queira se assegurar de que seu exército esteja preparado para a batalha. Parece que ele confia em você para levar sua filha em segurança para Valonikos.

– Por que ele faria isso? Ele acabou de me conhecer.

Para mim, lorde Pherenekiano não aparentava ser muito belicoso. Ele parecia um homem que ficava ocioso em sua propriedade, cortando suas roseiras premiadas ou lendo poesia clássica. Mas as pessoas têm profundidades ocultas, suponho. Sacudi a cabeça. Fosse lá o que estivesse errado, eu não conseguia decifrar.

Os aposentos que me haviam sido designados pelo archon eram o máximo do luxo, com cortinas de seda e um carpete grosso em que meus dedos descalços dos pés podiam afundar. Joguei minhas botas em um canto e me sentei em uma poltrona. Quando estava pensando que um banho podia ser bom e refleti sobre se deveria puxar a corda do sino para chamar a criada, uma batida soou em minha porta.

Peguei minhas pistolas na mesa e ajeitei a saia para esconder os pés descalços. Abri a porta e descobri uma jovem criada encolhida. Ao ver minhas armas, ela deu um gritinho e pulou para trás.

— O que você quer? — perguntei quando ela não disse nada. — Ah... desculpe — eu disse, seguindo seu olhar até as pistolas. Envergonhadamente, eu as guardei.

— A... a senhora a está chamando — gaguejou ela. — Estou falando de lady Agnes. Em sua biblioteca. Eu devo lhe mostrar o caminho, senhorita, ou melhor, capitã.

Eu a segui pelo corredor decorado com retratos a óleo. Os ancestrais do archon, enfileirados para olhar para mim, uma intrusa de origem simples. Eu ignorei a pontada de reprovação em seus olhos. Eu era meio Bollard, afinal de contas, e estava acostumada que séculos de história olhassem para mim.

Chegamos ao fim do corredor, e a criada empurrou e abriu uma porta estreita. Era uma escada em caracol, iluminada apenas por velas nuas tremeluzindo em nichos. Com a mão apoiada na parede curva do centro para me equilibrar, comecei a subir os degraus. As paredes de tijolos estavam cobertas de teias de aranha. Piscando, emergi por um buraco redondo no chão de uma sala bem iluminada.

Sua biblioteca, dissera a criada, mas era muito mais que uma biblioteca. A sala octogonal da torre estava cheia de prateleiras. Havia equipamento alquímico sobre uma mesa — um alambique e um cadinho, além de outros instrumentos cujos nomes eu não sabia. Um armário estava repleto de pergaminhos, cada qual cuidadosamente etiquetado com uma caligrafia perfeita, e outro com potes de vidro cheios de um líquido turvo. Eu não queria muito saber o que estava flutuando dentro deles. As paredes estavam cobertas de diagramas. Eu vi um mapa estelar e o desenho anatômico de um homem, com as entranhas abertas. Um gato malhado andava entre as pernas da mesa.

Do outro lado do aposento, havia uma escrivaninha monstruosa embaixo de uma janela de vitral. Agnes Pherenekiano estava sentada atrás dela, com a caneta apoiada sobre um caderno.

Seu cabelo liso estava preso com uma rede adornada por pedras preciosas em sua nuca. Ela tinha um nariz comprido e elegante e um queixo pontudo, e sua pele empoada era de um tom azeitonado claro. Olhando para baixo, percebi que seu polegar estava manchado de tinta. Ela não disse uma palavra, ainda assim, energia contida vibrava em torno dela.

Tornei a pensar no retrato na sala de jantar e tentei reconciliar os dois. Tanto Markos quanto Sophronia Hypatos haviam me dado a impressão de que Agnes não era uma grande beleza. A garota na pintura era comum, com um rosto comprido e branco subjugado por tranças grossas de cabelo negro. Provavelmente, o pintor havia exagerado na leveza de sua pele como escolha estilística. Eu não aprovava isso.

Com uma sensação triste, tive de admitir que Markos podia ficar agradavelmente surpreso com sua nova noiva. Ela tinha, sem dúvida, superado sua fase estranha.

– A Rosa da Costa – Agnes apontou para mim com a caneta. – Essa é você, não?

A luz de velas tremeluzia em seus lábios vermelhos. Eu apertei os olhos – aquilo não era maquiagem, era? Eu me repreendi pelo pensamento. Uma garota podia gostar tanto de experiências alquímicas quanto de pintura facial.

Havia um pequeno baú com frascos de vidro sobre a

escrivaninha, e vários dos livros sobre a mesa estavam abertos. Desenhos de borboletas, mariposas e insetos, identificados com a mesma letra pequena e redonda que eu tinha visto nos pergaminhos, cobriam as páginas. A página de caderno para a qual ela estava olhando quando entrei, entretanto, estava em branco. Achei que tivesse interrompido seu trabalho.

E *era* trabalho. O que vi ali indicava muito mais que um hobby. Seus estudos científicos pareciam ser abrangentes.

– Ayah, milady.

Eu entrelacei as mãos às costas.

– O que a senhora deseja?

Seus lábios se repuxaram de um lado.

– Sabe, ninguém nunca me faz essa pergunta. O que eu quero? – Ela estreitou os olhos em direção a mim. – Eu não esperava que você fosse a mensageira de Markos Andela. É engraçado... Eu ouvi dizer que vocês eram amantes, e, ainda assim, ele a envia para buscar sua nova esposa. Francamente, estou certa de que *eu* teria muito orgulho em fazer isso, se estivesse em sua posição.

Suas palavras foram como um tapa na cara. Eu me esforcei para não dar um passo para trás.

– Soube que sua grande viagem de apresentação não obteve sucesso em lhe conseguir um marido – retruquei, cerrando os dentes. – Posso ver por quê.

Agnes relaxou e encostou em sua cadeira, girando a caneta entre os dedos. Minhas palavras não pareceram incomodá-la.

– É verdade, eu sou amaldiçoada com a característica nada invejável de falar o que penso. Não consigo evitar.

Me pareceu, pensei com amargura, que ela podia evitar isso se quisesse. Ninguém podia ter identificado minuciosamente aqueles desenhos e usar aqueles instrumentos de precisão sem possuir certo grau de controle.

Agnes riu de repente.

– Ah, olhe para seu rosto. Paz, capitã Oresteia. Eu só queria ver como você ia reagir. – Ela largou a caneta. – Vamos chamar isso de uma experiência científica.

Se isso era sua ideia de ciência, eu não sabia ao certo se gostava dela. Meu olhar se dirigiu a um mostruário de vidro, onde borboletas mortas estavam presas com alfinetes sobre o fundo e identificadas com seus nomes científicos. Uma delas era de um tom especialmente vivo de lavanda.

Agnes me viu olhando.

– Essa é a *papillo pura*, mais comumente conhecida como a coroa-púrpura. Bonita, mas, infelizmente, bastante mortal também. Suas asas produzem um veneno que para o coração humano em minutos.

Apontei com a cabeça para os frascos sobre a escrivaninha.

– O que são esses? – perguntei com educação.

– Ah, eu misturo minhas próprias tintas – explicou. – Ao longo dos anos, aperfeiçoei minha própria fórmula pessoal, que descobri ser bem resistente ao esmaecimento.

– Seus desenhos são muito bons.

Afastei para o lado uma pilha de livros e puxei o diagrama de uma libélula. Eu me senti ser atravessada por uma pontada de saudade de casa. A libélula estava bem desenhada, lembrando-me imediatamente das terras dos rios.

— Por favor, evite tocar os volumes — ela disse bruscamente. — Alguns deles têm centenas de anos de idade. Eu só os manuseio com luvas.

Larguei o desenho como uma criança flagrada com um biscoito roubado. Eu a entendia muito bem. Ela não queria que eu pusesse minhas mãos sujas de marinheira por todas as suas coisas.

— Milady — eu disse, mudando de assunto. — Por que estou aqui? Para jogar jogos? Ou para que a senhora possa me interrogar sobre Markos?

Ela me deu um sorriso conspiratório.

— Essa não foi minha intenção. Eu só queria saber no que estou me metendo.

O gato malhado saltou sobre a escrivaninha. O gato farejou e rosnou. Ele arranhou o chão para trás balançando a cauda de um lado para outro. Em seguida, saltou da escrivaninha, quase derrubando o castiçal, e desapareceu embaixo de uma estante de livros.

Algumas pessoas achavam que gatos eram boa sorte em um barco. Eu tinha lembranças nítidas de ser mordida por um gato laranja e listrado dos Bollards quando tinha seis anos. Eles eram criaturas temperamentais, armados com pequenas facas. Esse nada fez para mudar minha opinião. Eu me ressenti de que Agnes tivesse me repreendido por tocar seus livros mas, ainda assim, permitisse ao gato que dominasse livremente a escrivaninha.

Escolhendo as palavras com cautela, eu disse:

— O que há entre mim e Markos está no passado, mas o que posso lhe dizer de minha... associação... com ele é que ele é atencioso e nada convencional e muito honrado. Você teria sorte de se casar com ele. Quero dizer, você *vai* ter sorte.

– Você tem alguma ideia das matérias que ele estudou?

Eu me remexi desconfortavelmente. Ocorreu-me que eu provavelmente devia saber a resposta de sua pergunta.

– Uhm, em sua maioria, clássicos, eu acho. Ele lê muitos tratados políticos. E é bom em luta de espadas.

Um sorriso passou rapidamente por sua boca.

– Entendo. Bom, aprecio sua candura. Esse casamento é ideia de meu pai, não minha. Estou fazendo isso para agradar a ele – Agnes se levantou e fechou o baú de tintas com um clique. – Eu só queria ter uma ideia melhor do tipo de homem com quem vou lidar. E você aliviou muito minha mente.

– Isso... isso é bom – consegui dizer.

Seu olhar viajou ao redor da biblioteca.

– Mas vou sentir muito por deixar tudo isso para trás. Suponho que vou ter que começar tudo outra vez quando chegar em minha casa nova.

Na verdade, eu não sabia o que dizer de Agnes. Eu havia insistido que Markos aceitasse a proposta de casamento, mas, de algum modo, não havia me ocorrido perguntar a mim mesma se o casamento podia ser um sucesso. Será que Markos *ia* gostar dessa garota? Ela era tanto interessante quanto bonita. E, eu desconfiava, mais inteligente que eu. Uma torrente quente de ciúme me atravessou. Eu não gostava nada da ideia.

– Eu queria conhecê-la porque tinha esperança de que pudesse contar com você como amiga – prosseguiu Agnes. – Em Valonikos.

Ia doer sempre que eu os visse juntos, todo dia de minha vida. Eu não podia ser sua amiga. Eu não sabia nem ao certo se podia mais ser amiga de Markos. Talvez, um dia, quando não doesse tanto pensar na parte de nós que tínhamos perdido.

Mas eu não podia dizer isso para Agnes. Seria muito rude.

– Não sei, milady – murmurei. – Eu... eu preciso dormir um pouco. E tenho certeza de que a senhora tem coisas para empacotar. Nossa carruagem parte ao amanhecer.

– Vamos, então, dar boa-noite uma para a outra – ela disse. – Estou ansiosa para conhecer seu emparca.

– Ele não é... – comecei a dizer automaticamente, então parei.

– *Seu* emparca? – Ela arqueou as sobrancelhas cuidadosamente desenhadas. – Não, suponho que ele não seja. Não mais. Boa noite, capitã Oresteia.

CAPÍTULO
DEZ

O sol da manhã ainda não tinha rompido o horizonte, mas o cais estava vivo com sons e movimentos. Cozinheiros barganhavam com comerciantes de alimentos nas barracas do mercado, enquanto marinheiros sacudiam as velas de seus navios para se preparar para zarpar. A baía na maré da manhã é sempre a primeira parte de uma cidade a despertar.

Agnes estava sentada muito ereta no assento da frente da carruagem, com o pequeno baú de tintas em seu colo. Eu esperava que o archon fosse pelo menos até o porto para se despedir da filha, mas Agnes aparecera ao pé das escadas da mansão sozinha. Nós trocamos poucas palavras na viagem acidentada de carruagem até a baía.

O comportamento do archon era estranho, mas qual era o *significado* disso? Eu me sentia desconfortável, como se tivesse perdido alguma coisa importante. Enquanto Markos era um peixe fora d'água nas terras dos rios, eu era uma estranha ao mundo da nobreza akhaiana. Houvera algum sinal de que aquilo fosse uma armadilha, uma que Markos e Sophronia teriam visto instantaneamente? Meus instintos me diziam que havia alguma coisa errada em Eryth, mas eu não sabia identificar o que era.

Bom, nós não podíamos cancelar todo o plano por causa de uma sensação estranha. Eu só teria que ficar de olho em Agnes.

A carruagem parou com um solavanco na extremidade do cais. Olhando além das cortinas, eu avistei o *Vix* parado em seu lugar, com o mastro erguendo-se alto. Nereus desceu para soltar a bagagem de Agnes do alto da carruagem.

Agarrando sua caixa apertada embaixo de um braço, Agnes desembarcou.

– Por favor, tome cuidado com meus livros e instrumentos – instruiu ela a Nereus em um tom arrogante. Ao me ver olhar para a caixa, ela explicou: – Eu mesma carrego minhas tintas. Elas são preciosas para mim.

Nereus levantou seu baú solitário com facilidade sobre o ombro e nós embarcamos no navio.

Apontei a cana do leme e conduzi o *Vix* para fora da baía. Nós estávamos correndo à frente de um vento bom, com a vela de mezena içada e duas velas de traquete enfunadas no gurupés. Com o passar do dia, eu não consegui me livrar da desconfiança de que havia alguma coisa nos seguindo, e tinha uma ideia bastante boa do que era. O céu já estava escurecendo quando o drakon finalmente apareceu.

Espirrando água, a enorme cabeça verde da criatura dividiu as ondas e se ergueu até seu olho vidrado ficar ao nível do meu. Em torno de seu pescoço, havia o que pareciam penas, mas eu sabia que eram, na verdade, espinhos ligados por membranas.

Através das falhas em seus lábios, vislumbrei dentes parecidos com espadas. O cheiro de algas marinhas podres emanou em direção a mim.

Na cana do leme, Damian levou um grande susto. Todos os homens haviam sido alertados que o drakon podia aparecer, mas eu duvidava que eles já tivessem visto um antes. Lançando um olhar enviesado para a fera, Damian chegou para a extremidade oposta do banco. Marinheiros eram supersticiosos em relação a olhar um drakon no olho.

O drakon sacudiu seus espinhos, jogando gotas salgadas em meu rosto. Quando ele falou, a voz que saiu era *dela*.

– Ah, pequena rata do rio – sussurrou. Achei ter ouvido pena em sua voz. – O que você está fazendo?

Ela não precisava dizer o que queria dizer. Segurando a amurada, falei:

– Eu prometi a Markos que navegaria para ele.

– Gatos, gatos, gatos – ela disse com irreverência. – Ele não é para *você*. Você foi feita para coisas muito maiores.

Ela sempre disse que Markos cheirava a gatos. A deusa do mar e o deus leão, que era o patrono de Akhaia, eram rivais desde tempos imemoriais. Na última vez que haviam se enfrentado, a deusa do mar alcançara uma vitória tão retumbante que o deus leão se retirara para baixo de sua montanha por seiscentos anos. Ou, pelo menos, era disso que ela se vangloriava para mim.

– Você nem sabe a tolinha que é – prosseguiu ela. – Eu podia dizer seu destino. O erro que você está cometendo.

Eu cerrei os dentes.

— Se você vai apenas continuar a me insultar, não precisa se dar ao trabalho.

— Eu disse que faria de você uma mestra do mar. Eu dei a você meu melhor guerreiro. — Eu sabia que ela estava falando de Nereus. — Mas você se vira e usa meus dons para servir a esse garoto leão. — O drakon colocou para fora a língua bifurcada e comprida, na qual cresciam cracas. — Eu não tolero gatos. Você sabe o que precisa fazer.

Passei a língua nos lábios, percebendo que eles estavam repentinamente secos.

— Sei?

— Risadas — a deusa disse em uma voz que soou como um bando de animais moribundos. — Você diz que tem a intenção de deixá-lo, e, mesmo assim, ainda navega segundo a vontade dele. Primeiro, foi uma carta. Agora, você está pegando coisas para ele, levando a garota que vai substituí-la. — A voz dela ficou baixa. — Achei que você tivesse mais orgulho.

As palavras me atingiram onde doía. Vi nitidamente a tentação que ela agitava a minha frente — navegar para aventuras desconhecidas, deixando Markos e Akhaia para trás em minha esteira. A parte rebelde de minha alma urrou, puxando as cordas que me amarravam, como um navio se jogando em uma baía tempestuosa.

Eu queria destruir navios. Ser livre.

— Uma promessa é uma promessa — insisti, com emoções colidindo desconfortavelmente em meu interior.

— Favorita da fortuna. — A voz do drakon me envolveu como uma fita de seda. — Você pode ir a qualquer lugar em todo o oceano.

Fazer qualquer coisa. Em vez disso, permite que o amor a torne uma tola e motivo de riso.

– Não – sussurrei.

– Eu uma vez conheci uma garota como você – ela disse. – Ela morreu sem o cheiro do mar no nariz nem o gosto de sal nos lábios. Eles a enterraram na terra a mil quilômetros de casa. – As palavras ecoaram tristemente no vento. *Casa-casa-casa...* – É isso o que você quer?

Eu apertei as mãos em torno da amurada.

– Rompa seus laços com aquele garoto – sibilou ela. – Eu ordeno. Nunca se esqueça de que encontrei você na lama das terras dos rios. Eu a ergui.

Meu lábio se retorceu de ressentimento. Ele entendeu que era assim que ela diria aquilo. Para ela, o deus do rio era um deus menor, satisfeito em fazer pequenas coisas em seus canais lentos no interior. Seus escolhidos eram pessoas simples – barqueiros, contrabandistas e pescadores. *Meu* povo.

O drakon sibilou.

– Lembre-se, eu fico com as coisas que pego.

– Talvez você já tenha dito isso, assim, uma ou duas vezes.

A voz dela ficou fria.

– Você é minha, Caroline Oresteia. Nunca se esqueça disso.

O *Vix* estremeceu quando a cauda do drakon acariciou o casco.

– Faça sua escolha esta noite. Eu vou voltar pela manhã.

O drakon se virou rapidamente.

– Espere! – chamei.

Mas a deusa não me ouviu, ou fingiu não ouvir. Seis metros

de cauda zuniram acima das ondas espumantes, depois mais três. A própria ponta desapareceu com um *splash* e um redemoinho de bolhas. Ela tinha ido embora.

— Não posso simplesmente deixá-lo — eu disse em voz alta para o mar vazio. — Eu prometi...

Parei. O que exatamente eu tinha prometido? Depois de entregar a noiva de Markos em Valonikos, que razão eu teria para ficar? Nós não tínhamos futuro juntos. Não podíamos. Não quando eu estava presa ao mar e ele estava preso a Akhaia. Não quando ele estava se casando com Agnes.

Lembrando da cidade cheia de coisas afundadas da deusa do mar, me perguntei se eu era meramente um troféu para ela, como seus ossos, naufrágios e ruínas em destroços. O que ela faria comigo se eu a rejeitasse?

Uma voz feminina falou às minhas costas.

— O que foi essa batida? Pensei sentir o navio sofrer um solavanco.

Agnes estava parada no alto da escada, apertando um xale de seda em torno dos ombros ossudos. Uma coisa delicada como aquela não ia ser suficiente para uma viagem marítima. Seu cabelo estava trançado habilmente em um nó frouxo, e maquiagem delineava seus olhos, que não eram do azul do norte de Akhaia, mas castanhos como os meus.

Eu tornei a olhar para o mar. O drakon havia desaparecido, sem ao menos um círculo de bolhas para sequer mostrar que ele tinha estado ali.

— Ayah?

Não gostei de fingir que Agnes era louca, mas não queria explicar o drakon.

– Tudo está em perfeitas condições aqui em cima. Provavelmente, só uma ondulação grande – menti. – Você se acostuma com o movimento depois de um tempo.

– Eu sei – ela disse. – Já viajei de navio antes. Só que eu podia jurar que senti... – Ela inclinou a cabeça. – Com quem você estava falando?

– Ninguém. – Eu soltei a amurada e tentei afastar meu desconforto. Era muito estranho passar de uma discussão com uma deusa para uma conversa fútil e educada. – Só fazendo uma lista, milady. Uhm, provisões e coisas assim.

Agnes se juntou a mim na amurada.

– Eu, às vezes, falo sozinha também. Imagino que as pessoas me achem esquisita.

Mudei de assunto depressa.

– A senhora tem tudo de que precisa? Quero dizer, em sua cabine?

Que era, na verdade, minha cabine, porque era a única privativa no cúter. Eu ia dormir no porão com a tripulação na viagem de volta a Valonikos.

– Eu gosto dela – Agnes disse. – Tem até uma escrivaninha. Embora toda vez que eu me sento para ler, minha cabeça zuna horrivelmente – admitiu ela.

– É melhor tomar cuidado com isso. Ou, quando perceber, estará colocando o café da manhã para fora.

– Era isso o que eu temia. – Ela me estudou com um sorriso astuto curvando sua boca. – No museu de arte em Eryth, há a escultura de um drakon. Ela foi feita por Orsino, o Grande.

— Ah... é mesmo? – gaguejei. – Que estranho. Eu achava que ninguém nunca tinha visto um drakon.

Ouvi divertimento em sua voz.

— Desconfio que seja porque as pessoas são péssimas mentirosas.

— Se está falando de mim... – retruquei. – Você podia muito bem dizer isso.

Eu me apoiei na amurada. No escuro, a água abaixo não tinha cor. Era apenas uma massa vertiginosa de movimento.

— Nas terras dos rios, onde nasci – eu disse lentamente –, as pessoas dizem que é azar, até mesmo perigoso, falar de um deus.

— Quem disse alguma coisa sobre deuses? Achei que estivéssemos falando de vida marinha. – Ela deu um tapinha em seu caderno. – Gostaria de desenhar um drakon. Com objetivos científicos.

Eu me remexi desconfortavelmente. O drakon não era um deus... não exatamente. Era algo próximo à deusa do mar, ou um criado, talvez. Mas eu não sabia se classificaria isso despreocupadamente como "vida marinha". Parecia um jeito analítico demais para descrever uma criatura tão mágica.

— Embora um drakon não tenha classificação científica, é claro – prosseguiu Agnes. – A Sociedade Real de História Natural não os reconhece.

— Ah? – Eu aproveitei o novo assunto, feliz por desviá-la do drakon. – A senhora esteve lá? Quero dizer, na Sociedade Real?

— Não. – Ela olhou fixamente para as ondas em movimento. – Se eu tivesse nascido menino, ouso dizer que estaria estudando com eles para me tornar um membro.

Nós não falamos mais sobre drakons depois disso. Mais tarde naquela noite, Agnes se fechou em minha cabine, enquanto eu me joguei em um beliche. O porão era abafado, e a cortina que estendi diante do beliche para ter privacidade só deixava as coisas piores. Fiquei deitada no escuro, com gotas de suor brotando em minha pele, extremamente consciente de que a futura esposa de Markos estava do outro lado da parede.

Quando insisti com Markos para que ele aceitasse o casamento, isso parecera a coisa certa a fazer. Eu disse a mim mesma que estava fazendo um sacrifício nobre. Estava fazendo aquilo para que um país inteiro pudesse ser livre. Mas só então, confrontada com a realidade de Agnes, uma garota de carne e osso que estava bem ali em meu navio, eu começara a entender as consequências de minha escolha.

Fui tomada por pânico. Eu nunca mais voltaria a beijar Markos. Nós nunca nos provocaríamos à mesa do café da manhã. Lágrimas quentes queimaram os cantos de meus olhos. Ah, deuses, será que eu tinha cometido o maior erro de minha vida?

A deusa do mar tinha me dito para escolher pela manhã. Se eu concordasse, não só eu nunca mais beijaria Markos, mas nunca mais iria vê-lo outra vez. Fechei e apertei os olhos. Eu não estava pronta para isso. Era cedo demais.

Eu já abri mão de Markos, pensei com raiva para ela. *Abri mão dele quando lhe disse para se casar com ela. Não sei o que mais você quer de mim.*

Mas eu sabia. Ela queria que eu abandonasse minha promessa. Que nunca voltasse a Valonikos.

A deusa dizia que Markos não era feito para mim, mas

SUSSURRO DAS ONDAS

Nereus me alertara sobre confiar nela. Três meses antes, eu acreditava com cada osso de meu corpo que meu destino estava nas terras dos rios. Eu estava errada. Isso era mesmo destino... ou a deusa tentando me manipular?

Por outro lado, eu podia escolher me jogar animadamente em minha nova vida no mar. Eu desejava sentir como se soubesse novamente qual meu lugar no mundo. E se deixar Markos para trás fosse o único jeito? O preço valia a pena?

Afastei o cobertor e tentei me acalmar novamente, mas toda vez que fechava os olhos, via a cidade afundada de Amassia, com suas torres tombadas e suas ruas cobertas por algas marinhas.

Eu me lembrava bem demais do que a deusa do mar tinha feito quando outra garota menosprezou o oceano em favor de um emparca.

CAPÍTULO
ONZE

Quando acordei para meu quarto de guarda, o céu já estava agourentamente cinzento. Os barqueiros dizem que o deus no rio fala conosco na língua das pequenas coisas. A deusa do mar não era tão sutil. Um vento forte assoviou no cordame e golpeou as velas. Manchas negras alisavam o mar.

Rajadas de vento voavam rápido como raios em direção a nós. Eu olhei para a vela principal. Os homens já haviam amarrado duas partes dela, encurtando o pano para diminuir o fardo do vento.

Segurando uma corda para se equilibrar, Nereus seguia pelo convés. O capuz de sua capa impermeável estava baixo para proteger dos borrifos que sopravam e da chuva fina.

Elevando a voz acima das ondas, ele perguntou:

– O que você fez para deixá-la com tanta raiva?

Água escorria pelo meu pescoço.

– Ela me disse que eu tinha que escolher.

– Então é melhor você fazer sua escolha depressa – gritou ele.

A deusa do mar estava exibindo seu poder. A tripulação corria pelo convés, com ombros curvados contra o clima. Ninguém sorria nem fazia piadas. Eles eram marinheiros experientes que tinham visto muitas tempestades fortes, mas seus rostos sóbrios me diziam o quanto nossa situação era precária. Eu me lembrei de Agnes e senti uma pontada de culpa – ela provavelmente estava vomitando o almoço na cabine.

– Uma palavra sua pode parar com isso, você sabe – sibilou a deusa em meu ouvido.

Meus ombros saltaram. Eu olhei loucamente ao redor, mas, dessa vez, não vi nenhum drakon nem gaivota. Ela estava falando diretamente comigo. A tripulação não deu nenhuma indicação de que a havia escutado.

O pânico cresceu dentro de mim. Eu não estava mais perto de tomar uma decisão do que estivera na noite anterior. Ao pensar no dia em que tinha jurado navegar para Markos, meu peito doeu. Nós estávamos parados no cais de Valonikos com as mãos entrelaçadas, o sol brilhando e o vento agitando nossos cabelos. Eu me lembrei de suas palavras meses atrás, no lago Nemertes. *Nós somos mais fortes juntos que separados. Você não acha?*

Lágrimas arderam em meus olhos antes mesmo de nos beijarmos. Markos era meu amigo. Nossas aventuras na *Cormorant* tinham feito de nós uma equipe, e ele ainda precisava de mim. Eu não podia abandoná-lo. Nem mesmo pela deusa.

– Então, você pretende me desafiar? – ela disse, tão delicadamente que sua voz podia ser o vento no cordame.

– Eu nunca disse isso.

Suor umedecia meu pescoço.

– Eu vejo isso em sua mente.

Procurei freneticamente pelas palavras que queria.

– Não desafiar, exatamente. Eu preciso de mais tempo. E Agnes? Só me deixe voltar a Valonikos primeiro. Me dê uma chance para *explicar*...

O uivo do vento aumentou, fazendo os cabos vibrarem. O *Vix* adernou alarmantemente quando uma lufada de vento o atingiu. Com a mente acelerada, olhei para a lona estendida no alto. Nós estávamos levando vela demais.

Outra lufada nos atingiu. O *Vix* inclinou de lado, e a amurada de estibordo mergulhou na água. Minhas botas perderam a tração e eu caí, deslizando em direção ao mar agitado. Não duvidei nem por um instante que aquilo fosse intencional. Nereus saltou pelo convés para soltar a vela.

– Maldita! – gritei, apoiando os pés na amurada enquanto o oceano me afundava até a cintura. – Talvez Markos e eu não devêssemos ficar juntos! Talvez fosse impossível desde o começo. – Minha voz ficou embargada. – Mas, pelo menos, foi *meu* erro. É minha vida. Você não pode fazer minhas escolhas por mim!

O vento parou, como a chama de uma vela se apagando.

– Ah, não posso? – sibilou a deusa do mar, com a voz gélida.

De repente, eu me vi, um ponto escuro agarrado à amurada do *Vix*. Então, minha visão se afastou e se ampliou, e vi que o próprio *Vix* era só um ponto em comparação com a vastidão do oceano.

Eu era menor que um peixinho para a deusa do mar. E tinha cometido um erro terrível.

O cúter deu um solavanco, atravessado por um tremor da

proa à popa. O casco do *Vix* pareceu gemer, fazendo vibrar o convés sob meus pés.

— O que foi isso? — gritei, mas o vento levou minhas palavras.

Um estalo pronunciado rasgou o ar. A vela de mezena do *Vix* caiu sobre o convés, aterrissando sobre Pat. As bocas dos homens se moveram quando eles avançaram aos tropeções em direção a ele através da chuva forte, mas a tempestade estava forte demais para que eu identificasse suas palavras.

Segurando a ponta de um cabo, puxei com toda minha força. Minhas botas finalmente encontraram apoio sobre o convés inclinado. Eu chapinhei em direção à vela, lutando contra o fluxo de água que tentava me sugar para trás. Puxei uma faca de meu cinto e gritei.

— Cortem isso tudo fora!

Estreitei os olhos, mas a chuva e o mar obscureciam da vista o alto do mastro. Ele tinha sido quebrado? O convés era uma confusão de madeira, cordas e lona encharcada. A verga, sem dúvida, tinha caído — eu vi sua silhueta quebrada embaixo de uma pilha de vela.

E, embaixo disso, o contorno de um corpo. Damian e Castor cortaram caminho através da pesada pilha de lona e revelaram Pat esmagado sob a verga. Fechei os olhos. Ele provavelmente tinha sido morto instantaneamente, atingido na cabeça quando a vela caiu.

Nesse momento, eu não tinha tempo para pensar nele. Nós podíamos navegar sem a verga e até sem a ponta do mastro, isso se todo o resto se mantivesse inteiro. Uma voz provocadora sussurrou no fundo de minha mente. *Sangue em suas mãos.*

— Está entrando água — gritou Damian.

– O que você quer dizer com isso? – perguntei. – De onde?

– Daquela batida. Nós estamos presos em uma rocha submersa.

Ele estava certo. Nós tínhamos parado de nos mover. Eu lembrei daquela pancada e daquele tremor estranhos. Se o *Vix* estivesse preso em alguma coisa, cada onda que nos atingisse só ia deixar as coisas piores. Foi por isso que a vela de mezena tinha se soltado – vento demais sem nenhum lugar para ir.

Eu corri até a amurada e não vi nada. Nós estávamos a apenas algumas milhas da costa akhaiana e a terra devia estar visível, mas a tempestade tinha deixado tudo em um tom de cinza sem horizontes. Uma onda se ergueu e me derrubou no convés. Eu tossi e cuspi, com o nariz e a garganta ardendo por causa do sal. Embaixo de mim, o *Vix* gemeu outra vez e suas madeiras tremeram, como se ele estivesse sentindo dor.

Nós estávamos sendo sovados impiedosamente. As velas, percebi. Elas só estavam nos empurrando para cima da rocha submersa.

– Corte todo o pano! – gritei, avançando com dificuldade em direção à base do mastro. Com dedos escorregadios, pus a lâmina de minha faca entre os dentes e mordi com força. Então, segurei um cabo e me levantei.

Uma mão em minha cintura me puxou novamente para baixo.

– É perigoso demais para ficar no alto, garota! – gritou Nereus.

Alguma coisa branca saiu girando pelo turbilhão. Uma das velas de traquete se transformou em uma ave emaranhada e agitada. Ela saiu voando para o alto até desaparecer em outra parede de chuva forte. O *Vix* estava sendo destruído pela tempestade.

SUSSURRO DAS ONDAS

Não, não pela tempestade. Por *ela*. Ela estava desmantelando meu navio, como uma criança má arrancando as asas de uma borboleta.

Água girava em torno de meus joelhos. Pela inclinação do convés, o *Vix* devia ter atingido o rochedo no lado de estibordo. Ele estava afundando pela popa, com a proa se erguendo da água. O quanto ele estava arrebentado? E qual a profundidade da água ali?

O horror quase me derrubou. Agnes ainda estava na cabine. Como eu podia ter me esquecido dela? Se o convés estava coberto de água, sem dúvida a cabine estava se enchendo rapidamente. Eu me virei para a cobertura da escotilha e percebi que ela estava metade embaixo d'água.

– Agnes! – gritei.

Atrás de mim, houve um choque de madeira contra madeira. O bote estava preso em seus suportes no convés, onde podia ser erguido e baixado se precisássemos remar para a costa. A tripulação afrouxou os cabos e o liberou, boiando na água. Havia alguma coisa errada. Eu contei: Damian, Castor e Nereus.

– Onde está Leon? – perguntei.

Nereus apenas sacudiu a cabeça.

– Foi jogado ao mar. Ele se foi.

Vacilante, cambaleei até a escotilha. Dois homens estavam mortos por minha causa. Lágrimas se misturaram com a água salgada em meu rosto. A portinhola da escotilha estava completamente submersa quando cheguei a ela. Mergulhei as mãos na água e puxei a alavanca com toda a força possível. A portinhola se abriu com um som de sucção, e o mar se derramou como uma cachoeira pela escada.

Agnes estava parada ao pé da escada, com um machado apertado na mão. Suas mangas encharcadas se grudavam a seus braços, e seu cabelo molhado estava escorrido para trás. O mar estava quase chegando a seu peito.

– Você não ouse abrir um buraco em meu navio! – gritei.

Ela jogou fora o machado e olhou para mim, com os olhos negros de fúria.

– É um pouco tarde para isso, não é?

Ela tentou agarrar o degrau da escada, mas a água que se derramava a jogou para trás.

– A escotilha estava presa.

– Estou jogando uma corda para você. Espere!

Procurei uma corda solta ao redor. Encontrei uma flutuando perto, peguei-a e fiz um rápido nó corrediço em torno da amurada mais próxima. Joguei a outra ponta pela escotilha.

E ergui os olhos para um pesadelo.

Toda a popa do *Vix* estava embaixo d'água, e o bote – eu virei para a esquerda e a direita, vasculhando freneticamente as ondas – havia desaparecido. A retranca se arrastava na água, e os panos a puxavam com força. Eu precisava caçar aquela adriça e baixar a vela, e não tinha tempo para esperar por Agnes.

Com dificuldade, tirei o casaco molhado e o larguei na água. Minhas botas me davam a sensação de estar com chumbo nos pés. Tirei-as, mergulhei no mar e nadei até o mastro. Usando a faca, cortei a adriça. A vela despencou. O *Vix* se nivelou, com o lado de estibordo subindo. Minhas ações haviam desalojado o navio do rochedo, mas ele ainda estava inclinado em direção à popa.

SUSSURRO DAS ONDAS

Ele vai afundar.

Com o braço envolto no mastro, eu afastei o pensamento. O *Vix* e eu pertencíamos um ao outro. A vida nele evocava a vida em mim. Ele não podia afundar.

– Onde está o bote salva-vidas? – Agnes gritou para mim do outro lado da água agitada.

Eu não sabia. Mas fui atravessada por uma onda de esperança quando me lembrei subitamente de Docia Argyrus. Talvez houvesse uma chance de resgatar o *Vix*. Enquanto ele não fosse esmagado nas rochas, havia uma chance.

Âncora. Eu tinha de baixar a âncora. Com sorte, seria o suficiente para manter o *Vix* em segurança no fundo do mar até que eu pudesse voltar até ele.

Uma onda se ergueu e me atingiu no rosto. Eu soltei o mastro e nadei em direção ao gurupés, que apontava para fora do mar em um ângulo pronunciado. Tateei embaixo d'água e encontrei o cabo do cabrestante. Ele escorregou de meus dedos. O mar estava me empurrando para trás.

Inalei um hausto profundo de ar e mergulhei. Minhas mãos localizaram a trava que liberava o cabrestante. Procurei às cegas o cabo da âncora e, em seguida, puxei a mão bruscamente para trás. A roda estava girando tão rápido que quase arrancou minha pele.

Bati as pernas e subi até a superfície. Quando minha cabeça emergiu, eu estava sozinha. Debatendo-me em um círculo, vi o bote boiando de cabeça para baixo.

– Não! – gritei, inalando água.

Alguém segurou minha mão.

— Me segure.

A tensão retesava o rosto de Nereus enquanto ele se agarrava a um barril flutuante.

— Você me ouviu, garota? Não solte. Ela não vai me fazer mal. Você está segura, desde que estejamos juntos.

Eu o segurei firme enquanto as ondas quebravam sobre nós. Uma delas, muito grande, encobriu o barril e me afundou. Em minha confusão, eu soltei sua mão.

Quando voltei à superfície, Nereus já estava a alguns metros de distância.

— Carô! — gritou ele, com o vento açoitando sua voz para longe.

Eu tentei nadar em direção a ele, mas, apesar de meus esforços, o mar se abria entre nós. Algo liso e arredondado boiava na água — um pedaço da verga quebrada do *Vix*.

Ah, o *Vix*.

Com o sal ardendo em meus olhos e minha garganta, me agarrei à verga com os dois braços. As ondas me atingiram outra vez, e foi então que eu tive certeza.

Ela queria me afogar.

CAPÍTULO
DOZE

Fui acordada pelo sol quente em meu rosto.

Eu me virei e fiquei de bruços, com ânsias de vômito. Minha boca estava cheia de areia, e meus braços estavam vermelhos como crustáceos assados. Eu ardia por toda parte. Com a praia girando ao meu redor, me levantei.

Me arrependi disso imediatamente e apertei os olhos para aguentar uma onda de náusea. Minha garganta entrou em convulsão enquanto uma coisa lutava para sair. Apertei as mãos sobre a boca e engoli com força.

À minha esquerda, pássaros piavam no alto das árvores. Ouvi o zumbido dissonante de insetos e o murmúrio de folhas, mas nenhuma voz humana. Subi rastejante pela praia, na esperança de vislumbrar um cais, os telhados de uma cidade distante, qualquer coisa.

O esqueleto inclinado do que antes tinha sido um navio se assomava à frente, erguendo-se na praia.

Ah, não. *Não*.

Não o *Vix*.

Quando, hesitante, me aproximei, com os joelhos se

afundando na areia, fui tomada por alívio. Aquele era um naufrágio muito mais antigo, com a tinta negra quase totalmente desgastada pelo impacto das ondas. Mais acima na praia, havia um mastro semienterrado na areia, com velas rasgadas tremulando ao vento. Eu não achava que conseguiria aguentar ver o *Vix* daquele jeito, quebrado em pedaços irregulares.

Então eu vi o corpo na areia. Em seu braço, havia uma mancha escura – uma tatuagem – que reconheci.

– Nereus! – gritei, mas saiu um som rouco. – Nereus?

Mesmo àquela distância, soube que ele estava morto pelo jeito estranho como parecia ter encolhido. A julgar pelo quanto minha pele estava queimada, ele devia estar deitado ao sol por muito tempo. Ele estava parcialmente enterrado, com as pernas emaranhadas em um pedaço de vela rasgada.

Ele *não podia* estar morto. Não era possível.

Lutando contra a pesada areia molhada, fiz força para virá-lo para cima.

Eu o sacudi.

– Nereus.

Seus olhos estavam abertos, virados para trás em suas órbitas. Eles já estavam vidrados. Eu tinha visto homens mortos antes, mas nunca desse jeito, depois de ficar ao sol por horas ou dias. Eu me obriguei a examinar o corte em sua testa, escancarado como uma boca inchada. O sangue tinha sido lavado pelo mar, mas sua pele estava manchada como carne estragada.

Olhei entorpecidamente para o estrago inchado que antes fora meu amigo. Nereus tinha vivido por centenas de anos. Eu nem achava que ele *pudesse* ser morto. Eu me lembrei de suas palavras enquanto nos agarrávamos na água e fechei os olhos apertados. *Ela não vai me fazer mal. Você está segura, desde que estejamos juntos.*

Não fazia sentido. Por que a deusa do mar deixaria Nereus morrer e não a mim? A menos que – um pensamento horrível me tomou aos poucos – ela o tivesse matado por tentar me ajudar.

– Ah, deuses – eu disse com rispidez, virando-o de bruços outra vez para evitar seus olhos fixos. O cheiro de morte estava denso em meu nariz. – É tudo minha culpa.

Esse era o preço por desafiar uma deusa. A enormidade do que eu tinha feito me atingiu como um golpe físico. Agnes e a tripulação estavam quase com certeza mortos. Meu egoísmo havia destruído seis vidas. Como eu poderia encarar Markos outra vez? Eu afogara sua noiva e arruinara o que podia ter sido sua única chance de recuperar o trono de seu pai. Pontos nadavam diante de meus olhos. Meu estômago se contraiu, e a praia se inclinou e me jogou na areia.

Eu vomitei.

Água salgada jorrou de minha boca, irritando minha garganta. Meus braços tremiam incontrolavelmente. Sem conseguir me levantar, eu caí de lado. Areia se esfregou no milhão de cortes e arranhões em meu corpo. Gemendo, cravei os dedos na praia em uma tentativa de fazer com que o mundo parasse de girar.

Fui tomada por náusea outra vez. Eu não tinha energia para erguer meu corpo, então virei a cabeça e tossi. Água subiu e foi vertida pela minha boca e pelo meu nariz.

Gemendo, apertei a testa contra a areia quente. Meu nariz

estava escorrendo, e uma água de sabor horrível escorria de minha boca. Lágrimas de desamparo brotavam de meus olhos. Meu corpo estava expelindo toda a água salgada de seu interior. Eu estava morrendo.

A deusa do mar tinha levado Nereus e o *Vix*. Ela tinha levado tudo de mim. Eu merecia morrer.

Uma voz de homem falou:

— Ayah, eles fedem, não fedem? Cadáveres.

Minha mão voou instintivamente para meu lado direito. O coldre do cinto estava vazio. Procurei no quadril esquerdo e fiquei aliviada ao descobrir que ainda tinha a outra pistola. Meus dedos tremiam tanto que não consegui segurá-la.

Ergui os olhos. O mundo se inclinava de maneira alarmante, e tive um vislumbre de reconhecimento.

A última vez em que eu vira aquele homem, ele estava barbeado, com um colete arrojado e um chapéu tricorne. Mas isso, então, havia desaparecido. De cabelo escuro e bem bronzeado, ele descansava na forquilha de uma árvore próxima, usando uma calça esfarrapada e um colete de linho imundo que antes tinha sido uma camisa. Uma barba emaranhada pendia de seu queixo. A cicatriz curva embaixo de seu olho era a mesma, mas algo lhe dera outra igual — mais vermelha e recente — em sua maçã do rosto esquerda.

Saquei minha arma e a apontei para sua cabeça.

— Se fosse você, eu não dispararia essa pistola, querida — Diric Melanos, ex-capitão do cúter *Victorianos*, disse lentamente.

Desorientada pelos males do calor, hesitei. Eu baixei a

arma de pederneira e verifiquei o cano. Ele estava cheio de areia. Tardiamente, fui tomada pela adrenalina, fazendo com que gotas de suor brotassem em meu pescoço. Se tivesse puxado o gatilho, a pistola teria disparado pela culatra direto para mim.

Ela teria me matado.

Eu me perguntei por que ele havia me detido. Sem dúvida, ninguém no mundo tinha mais razão para me querer morta que o homem cujo navio eu havia roubado.

— Bem-vinda ao paraíso.

Com a agilidade de um gato, Melanos saltou para a praia e caminhou de pés descalços em direção a mim. A areia quente não parecia machucá-lo como me machucava.

— Quero dizer, acho que esta ilha seria o paraíso se não fosse por toda a maldita areia. E os caranguejos.

— Que caranguejos? — perguntei.

Ele riu.

— Você vai ver, quando anoitecer.

— O que você está fazendo aqui? — perguntei.

— Fui abandonado nesta ilha. Pela vaca da sua mãe Bollard, se quer saber.

Larguei a pistola inútil, saquei o punhal do cinto e assumi uma postura de luta.

— Guarde a faca, querida — ele resfolegou. — O que você vai fazer, vomitar em cima de mim?

Ele atravessou a praia, enfiando na areia a ponta de seu cajado. Quando se aproximou, percebi que era uma lança improvisada, com uma lâmina enferrujada amarrada à ponta de uma vara de madeira com pedaços de corda apodrecida. Usando a extremidade sem ponta, ele cutucou as costas de Nereus.

Minha garganta se contraiu involuntariamente.

– O que você está fazendo? – consegui dizer. – Pare com isso.

– É melhor enterrar esse homem – ele disse.

– Não.

Eu me esforcei para manter o estômago sob controle.

– Enterrar não – sussurrei. – Ele pertencia a... a *ela*.

– Então foi assim?

Melanos se virou para olhar para o horizonte, com a voz se suavizando.

– É melhor, então, empurrá-lo para o mar. Para onde ela possa levá-lo.

Ele se inclinou sobre o corpo inchado e o arrastou pela praia. Observei a água lamber o cadáver, sentindo como se eu devesse fazer alguma coisa. Dizer uma bênção. Implorar pelo perdão de Nereus. Mas eu apenas sussurrei.

– Que a corrente vos leve.

Enquanto o corpo boiava nas ondas, me dei conta, assustadoramente, de que a deusa podia ter levado Nereus para as profundezas a qualquer momento que quisesse. A única razão para que ela o tivesse deixado chegar até a praia foi para que eu pudesse vê-lo. Para que ela pudesse esfregar aquilo na minha cara. O pensamento que me atingiu em seguida foi igualmente perturbador. A deusa tinha me jogado em uma ilha com um homem que queria me matar.

Nada disso era coincidência. Era uma punição.

SUSSURRO DAS ONDAS

Depois que o corpo desapareceu, Melanos se voltou para mim.
– Agora, o que você fez com meu navio?
– *Meu* navio.
– Ayah, porque você o roubou, sua garota desprezível.
– Eu tinha uma carta de corso – eu disse. – Tomei um prêmio, como era meu direito legal.
– Eu tomei um prêmio – ele me imitou. – Não me parece que foi um grande prêmio, considerando que agora você não está em posse dele. Você não foi capitã por muito tempo, foi? Não foi feita para isso, imagino. Não foi uma grande surpresa.

Minha resposta ficou presa no fundo da garganta. O que eu podia dizer? Ele estava provocando todas as minhas inseguranças, como uma pessoa arrancando uma casca de ferida. *Ele tem razão*, sussurrou uma voz amarga no fundo de minha cabeça. *Você só teve o navio por três meses, até afundá-lo. Você fracassou. Matou seis pessoas.*

– O que foi? – perguntou com alegria Melanos. – Motim? Incompetência? Ah, vamos, conte a seu velho amigo Diric. Eu ia gostar de um pouco de diversão para animar meu dia.

Pontos brancos surgiram diante de meus olhos. Quente. Estava quente demais. Eu me senti balançar, mesmo parada.

Melanos percebeu.
– Se não estou equivocado... – ele disse. – Você vai se sentir muito mal pelos próximos dias.
– E imagino que você vá botar um pano fresco em minha testa e me fazer sopa.

Minhas pernas tremiam. Desconfiei que essa pequena dose de sarcasmo tinha consumido as últimas reservas de minha energia.

Ele resfolegou.

– Não, mas... – ele disse, levantando um dedo. – Prometo não matá-la enquanto você estiver dormindo.

– Minha mãe o abandonou aqui por uma boa razão. Você não passa de um pirata imundo. – Surgiram mais pontos, turvando minha visão. – Sua palavra não vale nada para mim.

– Ayah, mas é tudo o que você tem.

Melanos disse mais alguma coisa, mas pareceu que ele estava gritando por um túnel comprido e escuro. Os pontos brancos explodiram em um clarão cegante. O mundo desmoronou, e senti meus joelhos atingirem a areia.

Então, tudo ficou preto.

Quando acordei, tinha anoitecido. Eu estava encharcada de suor, com o rosto ardendo de febre. Depois que meus olhos se ajustaram, vi galhos de árvores entrelaçados acima de mim. Pontos de estrelas eram visíveis através dos buracos no telhado do abrigo, que parecia feito de uma vela rasgada.

Aberto de dois lados, o abrigo era construído de galhos de árvores e arbustos empilhados. Eu estava deitada em um cobertor encrostado de areia com bordas muito esfarrapadas. No escuro, vislumbrei o contorno de coisas empilhadas nas paredes. Uma panela enferrujada. Louça quebrada. Uma caixa inteira de garrafas.

Meu salvador – ou seria ele meu captor? – estava sentado de pernas cruzadas no chão de areia, com a luz do luar reluzindo em seus olhos enquanto ele olhava para a praia. Pelo barulho ritmado das ondas quebrando, soube que não devíamos estar longe da água. O vento agitava as árvores. Por baixo desses sons familiares, ouvi estalidos e um ruído de movimento que não consegui identificar.

Eu me apoiei nos cotovelos e me ergui.

– Você me *carregou* até aqui?

– De nada – Melanos se apoiou na trave de sustentação da tenda. – Tão ruim quanto a mãe. – Ele jogou uma garrafa suja para mim. – Água – grunhiu ele. – Beba.

Meus olhos se estreitaram com o insulto, mas eu estava com sede demais para recusar a água. Peguei a garrafa e a bebi com avidez. O gosto era choco e lamacento, mas não me importei. Provavelmente, ele estava recolhendo água da chuva em um barril em algum lugar.

– Você não ouse dizer nada contra minha mãe – eu disse com rispidez, esfregando o queixo. – Onde estão minhas armas?

– Eu não as roubei, se é isso o que você pensa.

Ele apontou a cabeça em direção à outra extremidade do abrigo, onde meu cinto e coldres estavam em uma pilha ao lado do lixo recuperado.

Olhei para ele cautelosamente e perguntei:

– Por que não? – Ele me odiava, afinal de contas, e a pistola era folheada a ouro. – Eu teria feito isso.

– Porque... – ele disse lentamente, dando um gole na garrafa. O cheiro de *whisky* flutuou pelo abrigo. Eu me perguntei onde ele tinha conseguido aquilo. – Uma faca e uma pistola estragada não ajudariam você se eu quisesse matá-la.

Meus dedos voaram até meu pescoço e fiquei aliviada ao sentir o estranho talismã de Kenté pendurado em sua corrente. Ele também não o havia pego. Se Melanos tivesse a intenção de me fazer mal, ele podia facilmente ter feito isso enquanto eu estava inconsciente. O que não significava que eu confiava nele.

Eu o estudei à luz mortiça. Não era apenas sua barba que estava comprida. Seu cabelo pendia emaranhado em torno dos ombros. Fazia mais de três meses que ele havia desaparecido da custódia da lei. Ele estivera naquela ilha o tempo todo?

– O que aconteceu? – perguntei por fim. Uma brisa fresca soprou da praia, agitando minha gola e meu cabelo úmidos. Meu rosto parecia estar em chamas. – Depois da ilha Katabata? A história oficial é que você escapou do brigue.

– Fui apanhado na escuridão da noite pelos homens dos Bollards. Eles me levaram até ela. – Ele tocou a cicatriz vermelha em seu rosto. – Eles me seguraram enquanto ela fazia isso comigo, com seu próprio punhal.

Eu examinei seu rosto. Minha mãe havia feito aquilo. Os Bollards tinham a reputação de ser implacáveis, especialmente quando se travava de proteger os seus.

– Não me pergunte por que eu não estripei você, garota. – Ele cuspiu na areia. – Acho que estou terrivelmente cansado de falar sozinho, é só isso. Você roubou meu navio. Arruinou minha vida. Sempre se lembre disso: eu não sou seu amigo. – Ele virou a garrafa para engolir o resto do *whisky*. – Eu não sou amigo de ninguém.

Reuni minha ousadia para acusá-lo em voz alta.

– Você assassinou a emparquesa.

– Ayah – ele disse lentamente. – Eu acho que sim. Mas, pelas grandes bolas peludas de Xanto, eu vou conseguir beber em paz esta noite ou você planeja catalogar todos os meus outros crimes também? – Ele jogou fora a garrafa vazia, ficou de pé e seguiu cambaleante em direção à praia. – Vou dar uma mijada.

Por um momento, fiquei aliviada por estar sozinha. Então, fui tomada pelos meus pensamentos e, com eles, por um desespero sombrio. Eu nunca mais ia tornar a ver Markos. Para fazer isso doer ainda mais, eu tinha *falhado* com ele. Suas esperanças de um exército, sua chance de recuperar o trono, o plano de Antidoros Peregrine para levar a democracia para Akhaia – tudo isso tinha morrido junto com Agnes.

Fui tomada por culpa. Quão eu era egoísta por pensar em Markos nesse momento? Ele estava vivo. Agnes estava morta, junto com Nereus e minha tripulação. Uma lágrima escorreu de meu olho e desceu quente pelo meu rosto. A morte deles era minha culpa.

E o *Vix*. Eu nunca mais ia parar em sua amurada, sentindo-o mergulhar nas ondas, ou observar golfinhos apostando corrida com seu gurupés. Eu nunca ia sentir o calor de seu convés beijado pelo sol nem admirar a graça delicada de suas velas. Apesar de meu choro soluçante, poucas lágrimas saíram. Talvez a febre no interior de meu corpo as tivesse queimado todas.

– Malditos caranguejos!

Melanos entrou de volta no abrigo. Ao ver meu rosto, ele expirou ruidosamente.

– Ah, por que você está chorando?

Minha voz estremeceu.

– Eu não estou.

– Não me faça me arrepender de não ter matado você. – Ele esbarrou no caixote e caiu cambaleante na areia. – Vou lhe dizer uma coisa: os deuses me amaldiçoaram no dia em que nasci. Garotas – murmurou ele. – *Chorando*.

Eu mordi o lábio, esforçando-me para controlar o movimento arquejante de meus ombros.

– Meu... meu navio.

Ele resfolegou.

– *Meu* navio. – Ele pegou outra garrafa de seu estoque e a cheirou. – Sei que é metade água do mar, mas vai servir. – Vários minutos se passaram. Então, ele perguntou: – O que aconteceu com ele?

Eu não vi mal em lhe contar, mas deixei de fora a parte sobre minha briga com a deusa do mar. E Markos. O nó em minha garganta doeu. Eu não podia falar sobre Markos naquele momento.

– Espere. Você estava a um dia de Eryth, acompanhando a península em direção a Valonikos? Parece a rocha das Quatro Milhas – ele grunhiu. – Muitos barcos naufragaram ali. Mas...

Ao ouvir a confusão em sua voz, perguntei:

– O quê?

– A rocha das Quatro Milhas fica semanas ao norte daqui.

Eu me sentei parcialmente.

– *Semanas*? Isso não é possível.

Se ele estivesse certo, isso significava que eu tinha flutuado por quilômetros e ficara inconsciente por dias. Apertei as têmporas, vasculhando meu cérebro à procura de uma lembrança – uma imagem –, qualquer coisa. Eu não podia ter perdido tanto tempo.

Melanos olhou para mim com os olhos estreitos acima da garrafa.

– Sua querida mãe me deixou trancado no porão, mas conheço estes mares bem o bastante para saber aonde estou indo. Nós navegamos com ventos de través por dez dias e, então, navegamos em seguida por um mar rumo ao sul. Este pedaço maldito de rocha fica em algum lugar depois de Brizos, é meu melhor palpite.

Absorvi suas palavras. Isso era obra da deusa. O *Vix* tinha naufragado à vista de Akhaia, mas ela, vingativamente, me arrastara pelo mar e me depositara na mesma ilha onde estava Diric Melanos. Pensei então que eu deveria me considerar sortuda. Quando Arisbe Andela a desafiou, a deusa afundou um país inteiro. Eu visualizei o drakon sorrindo para mim, com dentes como navalhas.

Risadas.

Quando Melanos tornou a falar, foi quase um sussurro.

– É uma pena o navio. Ele era o cúter pequeno mais rápido da costa. Ah, aqueles foram dias bons. Contrabandeando rum no Pescoço. Fugindo por pouco da esquadra dos leões. Canhões disparando. – Ele ergueu a garrafa. – Ao *Victorianos*.

Uma lágrima escorreu pela minha face. Ao *Vix*.

CAPÍTULO
TREZE

Levei uma semana para me recuperar de meu quase afogamento.

À sombra do abrigo de Diric Melanos, eu mergulhava em um sono febril e acordava. Uma vez, despertei e vi a silhueta de Nereus na porta, com a luz do luar iluminando sua tatuagem. As sereias de sua tatuagem ganharam vida, rastejando pela areia para tocar minha garganta com seus dedos mortos e frios, e, de repente, elas não eram sereias. Eram minha tripulação, os homens que eu havia matado.

Eu me joguei para frente e para trás.

– Não... Desculpe...

Abri os olhos e vi Agnes debruçada sobre mim. Ela me oferecia um frasco de veneno de borboleta, segurando-o junto de meus lábios. Parte de seu queixo tinha sido comida por peixes, expondo o osso branco.

– Vá embora – balbuciei, balançando a cabeça sobre o cobertor. – Não quero beber seu veneno.

– Cale a boca, garota – Melanos disse rispidamente, rompendo a névoa de meus sonhos febris. – Ele puxou a garrafa de volta. – É só água.

– Desculpe – solucei.

Então, a visão havia desaparecido.

Um dia, finalmente, acordei, e minha cabeça, de algum modo, parecia mais desanuviada. O sol queimava o teto, e as árvores farfalhavam ao vento. Franzi o nariz. Era muita sorte a minha estar dividindo o único abrigo na ilha com um pirata sujo e mau. Aquele lugar fedia a suor.

Então, percebi que o cheiro era meu.

Piscando diante da luz forte do dia, retirei o cobertor e fiquei de pé lentamente. Minhas pernas pareciam fracas e bambas. Abaixei-me para sair do abrigo e emergi na praia. A tenda estava localizada no limite de uma floresta que parecia ocupar todo o centro da ilha. Protegi os olhos, apertei-os e olhei para a extensão de areia. Havia um silêncio estranho sobre ela.

A luz do sol dançava sobre a superfície em movimento da água. Eu me aproximei hesitantemente, permitindo que o oceano lambesse meus pés descalços. Nada aconteceu. Sorri timidamente. O que eu esperava que a deusa do mar fizesse? Que mordesse meu dedo do pé e o arrancasse?

De repente, soube por que a praia parecera tão quieta. Eu não podia mais sentir o mar. Os gritos das gaivotas, o sussurro das ondas, a consciência que eu tinha do clima, tudo havia desaparecido. Tentei projetar meus sentidos com toda minha força.

Nada. A deusa do mar tinha realmente me abandonado. Fiquei surpresa ao perceber como isso doía.

Bem, escolhida ou não, eu precisava me limpar. Entrei nas ondas e mergulhei até o pescoço. Minha camisa boiou, agitando-se em torno de minhas axilas. Eu tinha perdido meu casaco e minhas botas no naufrágio. Não ousava retirar as roupas que me restavam para lavá-las, temendo que Melanos surgisse dos arbustos a qualquer momento. Enquanto examinava as pontas de meus cachos, estiquei os lábios para um lado. Meu cabelo estava uma bagunça. Comecei a me limpar da melhor maneira que era possível sem água doce nem sabão.

Depois, saí examinando a praia enquanto o sol secava minhas roupas. Se Melanos estivesse certo sobre nossa localização, nada daqueles destroços podia ser do *Vix*. Eu observei um rochedo parcialmente submerso ao longe, em direção à extremidade oeste da ilha. Provavelmente, tinha sido ali que o navio que eu vira na praia havia encontrado problemas. E depois da rocha...

Engasguei em seco. Outra ilha.

A segunda ilha era maior que a nossa, com uma colina rochosa se projetando no centro. E se houvesse pessoas morando nela? Um povoado, um forte da marinha ou um esconderijo de contrabandistas de rum? Pela primeira vez, senti uma centelha de esperança.

Enquanto eu estudava a ilha, minha mente tiquetaqueava e girava como um relógio. Eu precisava descobrir um meio de chegar lá.

A baía circular entre o rochedo submerso e a praia estava pontilhada por naufrágios em diferentes estados de destruição. Um era tão grande que eu podia caminhar dentro do esqueleto de seu casco. Enquanto eu o explorava, não encontrei nada útil. O naufrágio provavelmente tinha sido limpo, ou por Melanos ou por sobreviventes de sua antiga tripulação.

Tive melhor sorte na praia, onde a maré havia erguido bastante os destroços e os depositado em uma linha irregular. Encontrei uma espada de aço, que estava sem fio depois de ter sido revirada repetidamente pelas ondas. A marca no punho indicava que ela pertencera a alguém a serviço do emparca, pois tinha uma versão grosseira do brasão do leão, assim como minhas duas pistolas de ouro.

Senti uma pontada forte no coração. Só me restava uma pistola, agora. A outra, provavelmente, estava no fundo do mar. Marcos as tinha dado para mim. Quanto tempo ia levar, eu me perguntei, para que a notícia do naufrágio chegasse até ele? E meu pai? E minha mãe e Kenté? Lágrimas inundaram meus olhos, e afastei o pensamento. Não aguentava visualizar sua reação quando soubessem que eu estava morta.

Procurando pela areia, reuni uma pilha de itens interessantes. Um saco de bolas de gude, cheio de areia e de algas marinhas, e os remanescentes de um jogo de costura. Um baú de especiarias e chás, estragado pelo mar. Uma caixa cheia de garrafas, só metade das quais estava quebrada. Um lenço de seda vermelho manchado pela água. Eu tirei a areia e o guardei em meu bolso. Tinha esperança que, quando estivesse limpo, eu pudesse usá-lo no cabelo.

– Fazendo um pouco de salvatagem? – Melanos se apoiou em sua lança. Ao ver as garrafas, sorriu. – Eu sabia que tinha resgatado você por uma razão.

– Você não me resgatou.

Ele apontou a lança para mim.

– Eu decidi não abrir sua barriga como se você fosse um peixe, não foi? É a mesma coisa.

Eu discordei.

Ignorando meu olhar mal-humorado, ele abriu uma das garrafas e examinou o rótulo, que estava desgastado demais pelo mar para ser lido. Ele a cheirou, jogou a cabeça para trás e deu um gole longo.

– Ahá! *Whisky*!

– Honestamente, não entendo como você conseguiu não morrer de alguma doença até agora – eu disse. – Por que você não me contou que havia outra ilha?

Ele deu de ombros.

– Não achei que importasse.

Ele levantou o caixote embaixo do braço e saiu andando em direção ao acampamento.

Eu corri para alcançá-lo.

– O que você quer dizer com *não importasse*? – Gesticulei para os navios naufragados. – Com todas essas coisas espalhadas por aí, podíamos fazer uma jangada. Até mesmo uma com vela. Tenho certeza de que conseguimos costurar juntos pedaços de vela suficientes. – Eu vasculhei os objetos em meu bolso. – Veja, encontrei um jogo de costura. As agulhas estão um pouco enferrujadas, mas...

Ele deu um grunhido.

– É perda de tempo.

– Talvez você esteja satisfeito em ficar nesta ilha pelo resto da vida, bebendo *whisky* aguado – disse com rispidez. – Mas eu não. Se subirmos aquela montanha, podemos conseguir ver alguma coisa. Fumaça. Povoados. Outras ilhas! Nós podemos sinalizar para um navio.

Ao chegar ao abrigo, Melanos largou o caixote na areia. Um caranguejo do tamanho de meu punho saiu apressado de baixo de uma pedra e foi andando de lado em direção a ele.

– Maldito! – ele rosnou, chutando areia no bicho.

– Está bem. Se você não vai me ajudar, vou construir um barco sozinha. Não é como se eu tivesse alguma coisa melhor para fazer. Você pode ficar aqui e apodrecer.

– Talvez seja assim que eu queira – retrucou ele.

Diric Melanos podia conseguir se esquecer daquela ilha, mas eu não. Eu não queria viver o resto de meus dias naquela praia, sem nunca mais ver meus amigos e minha família outra vez. Não quando eu podia fazer algo a respeito. Todo dia, eu nadava no mar, recuperando aos poucos minha força. Uma caminhada em torno de nossa ilha confirmou que ela era pequenina. Levei apenas três horas para circundá-la inteira. Enquanto andava, sentia a outra ilha espreitando por trás de meu ombro.

Sussurrando para mim.

No interior do abrigo, Melanos mantinha uma pilha de coisas que ele havia resgatado em suas expedições em torno da ilha. Eram, em sua maioria, garrafas de bebida, poucas e preciosas, contendo qualquer coisa que valesse a pena beber. Com o passar arrastado dos dias, comecei a formar minha própria coleção. Uma porta de madeira. Quatro barris. Um pedaço rasgado de vela. Toda corda que pude encontrar que não tinha sido corroída pelo tempo ou pelo oceano.

À noite, enquanto Melanos praguejava e jogava pedaços de pau em chamas nos caranguejos em movimento, eu polia as agulhas de meu jogo de costura. Ia precisar delas para juntar lona suficiente para uma vela. Eu o sentia me observando, mas ele não falava nada.

A verdade era que eu não sabia o que pensar dele. Ele dizia ter me mantido viva para não enlouquecer falando sozinho, mas ele parecia não estar interessado em conversar. Ele olhava mal-humorado para o fogo, às vezes, passando horas sem falar. Em segredo, eu me perguntava se ele já não tinha ficado louco.

O que, na verdade, eu sabia sobre ele? Ele tinha aceitado ouro de Konto Theuciniano para caçar os membros da família real akhaiana. Com esse objetivo, ele levara o homem das sombras Cleandros a bordo de seu navio, mas eu tinha a nítida impressão de que eles não haviam se dado bem. Antidoros Peregrine havia me contado uma vez que Melanos fora um corsário nos conflitos de 88, então detentor, por algum motivo, de uma carta de corso do emparca. As coisas deram errado e ele desapareceu, apenas para ressurgir vários anos depois como pirata e assassino. Ele tinha reunido uma pequena esquadra de navios, que navegavam sob a bandeira dos Cães Negros, então supus que, em determinado momento, ele tivera algum carisma. Eu resfoleguei, me lembrando de como minha prima Jacky o havia chamado de *o fora da lei mais bonito em alto-mar*.

Se ela pudesse vê-lo naquele momento.

Eu não podia contar com Melanos para me ajudar a sair daquela ilha. A única coisa que ele estava interessado em fazer era beber até morrer.

Amarrando a porta que resgatara aos barris, criei uma espécie de jangada. Fazer o mastro ficar de pé era a parte complicada. Nada funcionava, até que, um dia, encontrei um tanto de pregos enferrujados espalhados no interior de um casco semiapodrecido. Com madeira jogada na praia e minha corda mais forte, construí uma base para o mastro. Agora, tudo o que faltava era a vela.

Encontrei os restos de uma na praia, mas ela precisava de muitos reparos. Talvez Melanos tivesse algum pano em sua pilha de lixo. Voltei para o acampamento e o observei apagado sob a sombra, com uma garrafa de uísque enfiada na areia ao seu lado.

– Ei! – eu disse em voz alta, mas ele não se mexeu.

Quando me abaixei para entrar no abrigo, meu olhar parou em um casaco de capitão. Surrado e acabado, amarfanhado no canto ao lado do caixote de Melanos de garrafas parcialmente vazias. Aquilo ia servir bem.

Eu o peguei e ergui a faca para cortar uma faixa.

Melanos entrou pela porta e pegou o casaco esfarrapado de minhas mãos.

– O que você acha que está fazendo?

– Eu só estava...

Com um músculo se retorcendo em seu pescoço, ele agarrou o casaco junto ao peito.

– Isso é meu.

— Bom, eu achei que você tinha resgatado! — Resisti à vontade de dar um passo para trás. — Eu ia cortá-lo para minha vela.

— *Vela*? — ele disse bruscamente. Virando o casaco pelo avesso, ele apalpou freneticamente o forro. Ele se ergueu sobre mim, levantando o punho. — Você sabe o que podia ter feito?

Eu me preparei. Mas ele não bateu em mim. Ele se virou e deixou o abrigo sem dizer uma palavra, com o casaco nos braços.

Na semana seguinte, minha jangada estava pronta para sua viagem inaugural. No fim, eu tinha encontrado outro pedaço de lona que não estava muito podre e cobriu o buraco na vela. Ainda não era muito sofisticada, por isso, tive que esperar com impaciência por um dia em que o vento estivesse às minhas costas. A jangada balançou quando subi. Depois de ajustar a vela com minha escota grosseira, enfiei um remo quebrado na água para usar como leme. O vento atingiu a vela e a ergueu.

Enquanto a jangada flutuava em direção ao rochedo, olhei para a água rasa. As formas escuras de navios naufragados assomavam ameaçadoramente. Só torci para que minha jangada não batesse em um destroço e ficasse presa.

A ilha se aproximava lentamente, até que, finalmente, meu barco improvisado atingiu a areia, jogando-me para frente. Saltei na praia e puxei a jangada longe o bastante para que a maré não a levasse. Minha espada estava pendurada em meu cinto de corda, batendo desajeitadamente em meu quadril. Eu tinha tentado afiá-la em uma pedra, mas ela ainda estava sem gume depois de ser jogada pelas ondas. Eu não sabia se isso seria suficiente para cortar cipós e arbustos.

Examinando a praia, não vi nenhum sinal de civilização. A ilha era um monte verde de árvores, com a montanha se projetando para o alto no meio. Enquanto olhava de expressão fechada para a face rochosa, segurei minha espada.

A primeira hora de subida foi bem fácil. Abrindo caminho pelos arbustos, cortava uma trilha em direção à face da montanha que parecia menos íngreme. Os arranhões em meus braços doíam.

Algo brilhante bateu asas e se lançou em direção a minha cabeça. Eu dei um grito e protegi o rosto com os braços. As árvores guinchavam e trilavam, e percebi que estavam cheias de aves verde-claras com cabeça amarela e olhos malignos, pequenos e redondos.

— Xô! — eu disse, simulando um ataque a elas com minha espada. Elas me ignoraram, berrando de rir.

O suor encharcava minhas costas enquanto eu subia pela borda da última rocha até o topo nu da montanha. A brisa do mar atingiu meu rosto, refrescando minha testa úmida. De repente, minhas pernas, gritando de exaustão devido à subida, ficaram leves. Com energia renovada, segui até o ponto mais alto e girei em um círculo.

Não vi nada.

A decepção me atingiu no estômago como um soco. Não havia nada além de oceano em todas as direções. Nenhuma fumaça. Nenhuma ilha além daquela pequena e coberta por arbustos e árvores baixas de onde eu tinha saído, quase bloqueada de vista por uma árvore curvada pelo vento. Nenhum navio.

Eu tinha subido todo o caminho até ali por nada.

Minhas pernas desmoronaram sob mim. Peguei minha garrafa de água e engoli o líquido morno. O gosto foi amargo. Eu estava certa de que encontraria alguma coisa.

Então, eu vi.

Em uma saliência arredondada abaixo da linha das árvores, havia uma pilha de pedras. Olhei para ela com excitação, fazendo cócegas em meu pescoço. A formação não parecia natural.

Era um *marco de pedras*, ou os restos de um. Ele devia ter desmoronado anos antes, sem deixar nada além de uma pilha de pedras assimétrica e parcialmente enterrada no chão. A luz do sol reluziu em algo de metal.

Abaixada de quatro, eu andei até mais perto. Escavando com os dedos, limpei a terra compacta. As batidas do meu coração ressoavam em meus ouvidos. Com mãos trêmulas, puxei o objeto coberto de pedras do lugar onde estava repousando. Era de bronze, com sulcos entalhados sobre ele. Uma placa?

Eu o levei aos lábios e soprei com força sua superfície. Os sulcos eram letras.

J.B.
ASTARTA
1466

Atônita, olhei fixamente para as palavras. Todo Bollard conhecia aquele navio, e a maioria das outras pessoas também. O grande explorador Jacari Bollard tinha navegado ao redor do mundo no *Astarta*, quando acabou por descobrir a passagem sudoeste para Ndanna. Aquela devia ser uma das ilhas que ele mapeara durante suas explorações.

O capitão Bollard tinha estado ali. Bem onde eu estava. Enquanto o vento fresco despenteava meu cabelo, senti-me, de repente, esperançosa. Era como se meu próprio ancestral estivesse saindo de 230 anos no passado para sussurrar em meu ouvido.

Nos velhos dias, Ndanna ficava a uma longa viagem de carroça de Kynthessa, por uma perigosa passagem na montanha. Levava muitos meses para produtos chegarem até lá por terra e para as maravilhas de Ndanna – folhas de chá, sedas coloridas e curiosidades mecânicas – voltarem para o leste. Sempre houve rumores de uma passagem sudoeste, mas aquela parte do mar era um labirinto traiçoeiro de ilhas infinitas, cheio de ossos de navios e de homens. Depois de algum tempo, quase todo mundo desistiu. Não havia rota marítima para Ndanna. A única coisa esperando lá era a morte.

Mas o que havia no interior de Jacari Bollard era diferente do que havia no interior de outros homens. E, segundo a lenda da família, ele sabia uma coisa. Sabia que podia navegar até lá.

Pus a placa de volta novamente no marco de pedras. O capitão Bollard não tinha desistido, e eu também não ia desistir.

Enfiei o objeto de metal no lugar com duas pedras e me levantei. A placa era parte de minha história, mas não pertencia a mim. Engoli em seco com uma onda de emoção na garganta. Ela pertencia àquele lugar. Talvez, um dia, ela desse esperança a alguma outra pessoa.

SARAH TOLCSER

Era engraçado. Eu tinha passado grande parte de minha infância tentando compreender minhas duas famílias diferentes, preocupada com onde eu me encaixava. Mas, Oresteia ou Bollard, rio ou mar, nada disso importava mais. Não ali, naquela ilha.

Eu olhei para a terra recém-mexida. Mesmo que nunca visse minha família novamente, ainda podia ter orgulho de onde eu vinha. Ergui a mão, envolvi com os dedos o talismã de Kenté e o apertei com força. Isso eu ainda podia levar comigo.

Depois de me virar em um último círculo, olhei para o azul interminável do oceano. O vento fresco sussurrava em minha pele. Quando baixei os olhos, vi um leito seco de rio na mata, cercado de rochas, mas, fora isso, limpo tanto de vegetação quanto de papagaios. Sentindo como se o capitão Bollard tivesse me dado um pouco de sua sorte, eu sorri e segui em direção a ele.

Com pouco mais que um pingo de terra de alerta, o chão cedeu embaixo de meus pés. Uma pedra atingiu meu tornozelo e fez com que uma dor quente irradiasse por ele como um tiro. Minha perna cedeu sob meu peso, e eu caí pelo declive rochoso, fazendo grande esforço tentando agarrar uma raiz ou um galho.

Qualquer coisa para deter minha queda descontrolada.

Um tronco de árvore bateu em meu quadril e interrompeu minha queda. Ofeguei de dor e frustração. A casca da árvore machucou as palmas de minhas mãos, mas eu me segurei. À minha volta, rochas continuavam a descer ruidosamente a encosta. Por vários momentos longos, tudo o que pude fazer foi me agarrar à árvore enquanto pedras me atingiam e poeira se erguia em uma nuvem.

Finalmente, o deslizamento de rochas terminou, com as

SUSSURRO DAS ONDAS

últimas pedrinhas descendo pela trilha de terra. Tudo doía. Minhas mãos estavam esfoladas, sangue sujava minha pele. Meu tornozelo esquerdo latejava. Das árvores, papagaios verdes gritavam zombeteiramente para mim. Eu me levantei, esforçando-me para ignorar as pontadas de dor por todo meu corpo. Estava apavorada em pôr o pé em qualquer lugar, com medo de derrubar todo o morro em cima de mim.

Eu tinha sido muito burra por ir até ali sozinha. E se eu tivesse quebrado a perna? Duvidei que Diric Melanos fosse aparecer para me resgatar. Com uma onda de horror, eu me dei conta de que podia ter morrido naquele leito de rio, sem que jamais encontrassem meu esqueleto.

De algum modo, consegui voltar até minha jangada improvisada. Com mãos trêmulas, levantei a vela e deixei que o vento me soprasse lentamente de volta para a ilha menor. Raios de sol inclinados e cor de laranja se projetavam sobre a água enquanto eu mancava de volta até o acampamento. Hematomas cobriam minhas pernas e meus braços, e minha manga esquerda tinha sido arrancada. Minhas mãos estavam repletas de grossas marcas vermelhas. Eu não me dei ao trabalho de amarrar a jangada. Ela podia flutuar para o mar, eu não me importava.

Melanos estava agachado descalço perto do fogo, com uma garrafa enfiada na areia.

Ele ergueu os olhos para mim.

– Não encontrou nada, não é?

Eu não respondi.

– Ayah, eu não disse a você que era uma perda de tempo? –

Ele mexeu no carvão com um pedaço de pau. – Não tem nada lá, só uma pilha de pedras meio desmoronada e um monte de malditos papagaios.

Uma bola fria de raiva se condensou no centro de meu peito. Eu girei em direção a ele.

– Mentiroso! Você esteve lá, não esteve?

Ele apontou um dedo para mim.

– Quando eu menti para você? Eu te alertei, não foi? Disse para não se dar ao trabalho.

– Você não me contou a verdade de propósito. – Eu estava encharcada de suor, coberta de arranhões e cocô de papagaio. E eu quase tinha morrido no deslizamento. – Você me deixou construir aquele barco e subir aquela montanha porque achou que era engraçado.

Ele olhou para minhas roupas desarrumadas, com os lábios se curvando em um sorriso afetado.

– É um pouco engraçado.

Eu pulei de pé, sacando a espada.

Ele se levantou, erguendo-se bem acima de mim.

– Guarde essa coisa. Você nem sabe como usá-la. Que tipo de tolo você acha que sou? Claro que eu subi aquela montanha, garota. No terceiro dia depois que sua maldita mãe me abandonou aqui. Isso só confirmou o que eu já sabia. – Seu perdigoto borrifou meu rosto. – Não tem *nada aqui*. Você não vai escapar desta ilha. Ninguém vai resgatá-la. Você vai morrer, igual a mim, sozinha e patética, com areia no rego e os caranguejos comendo seus dedos dos pés.

Eu larguei a espada e cambaleei para trás. Nunca o havia visto daquele jeito.

– Você vai morrer como uma ninguém. Sozinha. – Ele virou de costas, e sua voz se reduziu a um sussurro. – E ninguém vai se lembrar de você. Nem se importar.

Eu desabei na areia. Olhando fixamente para o fogo, me esforcei para impedir que minhas lágrimas se derramassem. Poucas horas antes, eu tinha sido ingênua o suficiente para acreditar que havia uma saída daquela ilha. Encontrar o marco de pedras do capitão Bollard tinha parecido um sinal. De que havia alguma coisa especial dentro de mim. Que eu estava fadada a um destino diferente.

Mas talvez Melanos estivesse certo. Talvez nós dois fôssemos morrer ali. E ninguém ia se lembrar de nossos nomes.

CAPÍTULO
QUATORZE

Na manhã seguinte, roubei uma garrafa do estoque de Melanos. Eu me sentei na praia, fiz um buraco na areia e enfiei a garrafa. Pelo menos, a vista era bonita. Depois de remover a rolha inchada, tomei um gole grande.

E quase morri engasgada. O que quer que houvesse naquela garrafa, tinha um gosto horrível. Se fosse mesmo brandy, como alegava o rótulo, a exposição ao sol e à água salgada o havia estragado há muito tempo. Tomei outro gole, dessa vez, mais devagar.

Melanos me observou por vários minutos antes de falar.

– Você não é um pouco nova para estar bebendo antes do meio-dia?

– Por que eu não deveria? Você faz isso o tempo todo. – Olhei para ele com olhos estreitos sob o brilho do sol. – Na verdade, acho que você tem razão. Se vamos morrer, acho que não há problema em apressar isso.

Eu me estiquei na areia, rearrumei o lenço na cabeça para não ficar marcada pelo sol e fechei os olhos.

– Agora, vá embora.

Eu senti a areia se mover ao meu lado.

— Ah. Esse é o truque. Eu faria isso, só que... Sinto que você está sendo muito cínica comigo. Não sei bem se gosto disso.

— Foi você que me deixou cínica – eu disse com azedume, abrindo um olho. – *Você* me disse que nós íamos morrer aqui. Decida-se.

Ele ficou em silêncio por um longo momento.

— Eu também passei por isso – ele disse rispidamente. – Assim que me abandonaram aqui. Vai passar.

Irritada, eu me sentei.

— Ah, agora vai? Então por que você está sempre com um humor tão sombrio?

Ele pareceu desconfortável.

— Estou?

— Espero que seja uma perda de tempo – imitei-o. – Fiz coisas horríveis. Maldição, garota! Deixe que eu beba em paz até morrer!

— Pelas grandes bolas peludas de Xanto, espero que eu não fale desse jeito. – Ele chutou minha perna. – Levante.

— O quê?

Ele sacou a espada que tinha pendurado no cinto de corda em sua cintura. Assumindo uma postura de luta, ele a apontou para mim.

— Ah, entendi. – Eu suspirei com a mente agradavelmente turva graças ao brandy. – Você finalmente enlouqueceu.

— Ontem à noite – ele disse, ignorando meu comentário. – Quando sacou aquela espada para mim, você pareceu horrível.

Eu ergui minha garrafa e brindei a ele.

— Obrigada.

Melanos desapareceu e, por um momento, achei que ele

tinha finalmente me deixado sozinha. Então, areia voou em meu rosto. A espada cega que eu tinha resgatado do naufrágio estava na praia, aos meus pés.

– Pegue isso, garota – rosnou ele.

– Não. – Eu olhei para ele. – Quero ficar sentada ao sol e beber um brandy.

Ele praguejou.

– Levante. Se estamos presos aqui, eu posso muito bem lhe ensinar alguma coisa. – Seu olhar parou em minha garrafa. – A menos que você tenha alguma coisa melhor a fazer.

Revirei os olhos, peguei a espada irremediavelmente cega e tentei copiar a postura que me lembrava Markos.

Melanos deu um suspiro.

– Eu estava certo. Você não tem ideia de como fazer isso.

Eu baixei a espada.

– Sei como arremessar uma faca e atirar com uma pistola. Isso sempre foi suficiente.

– Ayah? E se alguém atacá-la com uma espada?

Dei de ombros.

– Eu atiraria nele.

– E se você ficar sem munição? – Ele deu outro suspiro. – Imagino que este seja o meu castigo por uma vida de crimes. Ficar preso em uma ilha com uma garota estúpida que não sabe nem lutar. – Ele golpeou com a espada em direção a mim. – Agora, tente se defender.

Antes que eu tivesse uma chance de me mexer, ele me derrubou na areia.

– Ai!

SUSSURRO DAS ONDAS

Meus dedos doeram onde ele me acertou com a parte chata da espada.

Melanos riu de mim.

— Isso foi horrível. De novo.

Com os ombros reclamando do peso da espada, eu me levantei com dificuldade. Mais uma vez, ele me atacou, e, mais uma vez, tentei defender o golpe. Dessa vez, seu braço se prendeu ao meu, e ele me empurrou com força com o corpo, forçando-me a baixar o braço da espada. Eu perdi o equilíbrio e caí.

Ele parou acima de mim.

— De novo.

Percebi que ele não tinha feito nenhum esforço.

Esfreguei a testa.

— Eu não *quero* aprender isso.

Especialmente com alguém em quem eu não confiava. Um calafrio desceu pelo meu pescoço. Sem testemunhas, ele nem precisava fazer com que parecesse um acidente. Lembrei a mim mesma que sua espada estava tão cega e danificada pela água quanto a minha.

Quando o sol de meio-dia estava diretamente sobre nós, Melanos finalmente cedeu e permitiu que eu parasse.

— Vamos fazer isso de novo amanhã – ele declarou.

Eu me perguntei se ele estava fazendo aquilo de propósito para me torturar. Quanto mais ele me derrubava, mais suspeitamente alegre ele ficava.

Com todas as partes de meu corpo doendo, eu desabei na areia. Odiava admitir, mas, apesar da dor, eu me sentia melhor. O exercício tinha feito com que me sentisse viva outra vez.

Naquela noite, quando o horizonte mudava de laranja para rosa e para roxo, eu estiquei meus músculos doloridos perto da fogueira. Encostada em um tronco de árvore, observei os caranguejos correrem de um lado para outro na praia. Quando escurecia, eles saíam às centenas.

Um caranguejo especialmente ousado se aproximou dos dedos dos pés descalços de Melanos. Rápido como um raio, ele o pegou pelo meio, evitando suas garras que se moviam, e o jogou no fogo.

– Isso é cruel! – exclamei.

– Ayah? Estou aqui há mais tempo que você, garota. Acho que eles desenvolveram um apetite poderoso por mim. Eles gostariam de assar nossos dedos dos pés em suas fogueiras e nos comer no jantar, não se engane. Alguma jovem senhora caranguejo provavelmente está aí fora com uma receita para guisado de Caro – ele disse. – Pode contar com isso.

Eu quase sorri. Era a primeira vez que ele me chamava pelo meu nome, em vez de *garota*, *menina* ou *querida*.

Melanos se abaixou e entrou novamente no abrigo para pegar uma bebida. Meu olhar parou em seu casaco esfarrapado, que ele havia jogado em cima de uma pedra. Eu me lembrei de como ele tinha ficado aborrecido quando tentei cortar um pedaço dele. O que estava escondendo ali, afinal?

Dei uma olhada discreta para o abrigo e me movi lentamente em direção ao casaco. Eu o puxei da pedra para meu colo e o examinei. Havia um buraco no forro. Enfiei meus dedos nele e os mexi. Era um bolso secreto. Puxei um envelope de couro enrolado com barbante.

SUSSURRO DAS ONDAS

Antes que eu conseguisse soltar o barbante, uma voz mortífera falou às minhas costas.

– Passe para cá, garota. Ou vou estripar você.

Melanos estava parado na areia com a luz da fogueira reluzindo em sua espada.

– Então, este é seu grande segredo? – Eu joguei o envelope de couro para ele. – O que é isso, afinal de contas?

Ele o pegou.

– Só uma coisa que tenho guardado para dias difíceis. – Devolver o envelope pareceu acalmá-lo, porque ele baixou a espada. – Sua mãe e seus homens reviraram meus bolsos do avesso, mas não encontraram isso.

Ele desfez os nós e puxou uma folha de papel do couro protetor. Ele estava amarelado pelo tempo. Havia algo escrito nele, mas não consegui ler.

– Provavelmente, depois de lhe mostrar isso, vou ter de matar você – ele disse com naturalidade. – Mas, considerando que vamos mesmo morrer nesta ilha...

– Parece um monte de rabiscos – eu disse.

Melanos pareceu ofendido.

– É um mapa do tesouro.

– Ah. – Eu dei um suspiro, pensando em Docia Argyrus e nos sonhos dela com ouro e glória. – Você quer dizer, uma busca impossível.

Ele passou os dedos cuidadosos pelo mapa. Em seguida, encostou-se em um tronco de árvore e fechou os olhos. Eu vi seus lábios se curvarem em um sorriso.

– A maior busca impossível do mundo.

— O que ele deveria...

Eu olhei para ele, só para descobrir que tinha apagado com a folha antiga de papel agarrada junto ao peito. Ela se erguia e descia com sua respiração.

Na manhã seguinte, o mapa havia desaparecido. Melanos estava deitado e roncando em seu cobertor no abrigo. Eu me perguntei exatamente o quanto ele tinha estado bêbado na noite anterior. Talvez, ele nem se lembrasse de que o havia mostrado para mim.

Eu ergui sua espada enferrujada e a joguei para ele.

— Ai!

Ele cobriu os olhos, bloqueando os raios de luz do sol.

— Qual o problema com você, garota?

Inclinei a cabeça inocentemente.

— Você disse que nós íamos praticar novamente hoje.

— Cedo. Demais.

Eu sorri.

— Isso foi ideia sua — lembrei a ele.

Ele se levantou e ficou de pé.

— Malditos jovens.

Eu peguei a espada, me abaixei e saí do abrigo. O sol brilhava amarelo acima da linha da arrebentação. Ainda era estranho estar tão perto da água sem sentir a presença da deusa do mar, como olhar para uma pintura de praia em vez de estar lá. A brisa agitou meus cachos, enquanto gaivotas caçavam caranguejos na areia, me ignorando. Eu inspirei o ar fresco e olhei para o mar.

E congelei.

Larguei a espada na areia e corri de volta até o abrigo.

SUSSURRO DAS ONDAS

– Velas! – eu disse ofegante. – No horizonte!

Rápido como um raio, Melanos me seguiu até a praia. O navio estava longe demais para se discernir muito, mas ele era grande. Dois ou três mastros e velas brancas quadradas. Enquanto eu olhava sem fôlego, ele se aproximava lentamente.

– Bandeira vermelha com uma imagem amarela.

Melanos cuspiu na areia.

– Maldição dos deuses.

Fui atingida por uma pontada de decepção. A fragata da marinha de três mastros levava a bandeira akhaiana. A luz do sol brilhou nas bocas redondas de artilharia em seu convés – aparentemente, canhões de nove pés. No alto do mastro principal, tremulava uma bandeira vermelha com um leão dourado, assim como várias bandeiras menores com insígnias militares que não reconheci ao longo dos estais.

Eu chutei areia.

– Por que não podia ser um navio mercante? Ou um baleeiro? Qualquer outro.

Eu não estava animada para ficar abandonada naquela ilha pelo resto da vida, mas também não queria ser enforcada por crimes contra o império akhaiano.

Ouvi a voz zombeteira da deusa. *Risadas.*

Enquanto observávamos da proteção das árvores, a fragata entrou na baía e baixou âncora. Marinheiros do tamanho de pequenos pontos subiam pelos mastros, soltando e dobrando as velas. O navio lançou um bote, que seguiu em direção à praia como um inseto com seus muitos remos se projetando como patas.

– Eles vão parar aqui – eu disse em voz baixa. – Você acha que eles viram nossa fumaça?

– É improvável.

Melanos apontou com a cabeça em direção ao bote, que estava carregado de barris.

– Apenas uma parada para se reabastecer de água.

Bom, eles não teriam muita sorte. Uma trilha coberta de folhas indicava onde tinha havido um riacho, mas ele estava seco. Nós recolhíamos água da chuva em um barril recuperado. Contei os homens no barco. Melanos e eu podíamos derrotar todos os sete deles? Eu achava que não, mesmo com a surpresa do nosso lado.

A menos que...

Olhei para ele de forma especulativa. Eu era uma aliada de Markos Andela, o homem que eles conheciam como o impostor. Mas Melanos tinha cometido crimes muito maiores contra o império akhaiano. Ele tinha roubado um navio e se dedicado à pirataria. Com certeza, havia uma grande recompensa por sua cabeça. Será que eu poderia trocar a vida dele pela minha? Revelar quem ele era, em troca de uma passagem para sair daquela ilha?

Eu exalei, frustrada, e sabia que não podia fazer isso. Ele era basicamente horrível, mas eu não podia traí-lo assim.

Melanos saiu dos arbustos.

– Ei!

Agitando os braços como um moinho de vento, ele galopou pela praia. O bote tinha acabado de tocar a areia, e as cabeças dos homens se ergueram com seu grito. Melanos começou a falar, gesticulando com as mãos, mas eu não conseguia ouvir o que ele dizia. Ele se virou e apontou para mim.

– Pelas bolas de Xanto! – xinguei.

Diric Melanos tinha me traído antes que eu tivesse uma chance de traí-lo.

Eu fiquei de pé e me virei para correr mais para o fundo da mata, mas era tarde demais. Os soldados tinham me visto. Não percorri mais que seis metros. Algo atingiu meu pé pelas costas e eu tropecei.

Um soldado me acertou no rosto com a coronha de seu rifle. Atordoada pelo clarão de dor, eu caí de quatro. Sangue escorria dos meus lábios, pontilhando o solo arenoso. O soldado pegou meus cabelos pela raiz e me puxou para cima.

– A Rosa da Costa – ele sorriu. – Você vale cem talentos.

– Cem talentos, é? – Melanos disse lentamente, enquanto via o soldado me arrastar pela praia. – O emparca deve querê-la muito.

Meu queixo se ergueu.

– Markos é o verdadeiro emparca – eu disse com rispidez, sentindo o gosto de sangue.

Dois dos marinheiros trocaram olhares desconfortáveis. Eu me lembrei das palavras de Damianos no *Vix*. *Minha família é, em sua maioria, de homens da marinha. Homens dos Andelas.* Nem todo mundo em Akhaia aceitava o que Konto Theuciniano tinha feito com a família real.

O oficial esfregou a barba, com um brilho mercenário no olho. Ele se virou para Melanos e perguntou:

– Qual é seu interesse? Quer uma parte da recompensa?

– Eu? Ah, não. – Ele ergueu as mãos em um gesto de rendição e, em seguida, abriu um sorriso fácil. – Eu ficaria grato por uma carona para sair desta ilha amaldiçoada pelos deuses. Isso é tudo o que eu quero. Só me deixem na praia em Brizos. – Diante do olhar penetrante do oficial, ele acrescentou: – Ou em qualquer lugar que vocês queiram, é claro.

Eles me puxaram para dentro do barco e me empurraram para cima de um banco, sem muito cuidado. Os soldados soltaram grosseiramente meu cinto. Eu apertei os punhos, cravando as unhas nas palmas das mãos. Lutar só ia deixar as coisas piores. Com as mãos amarradas, eu não podia mesmo fazer nada para detê-los. Enquanto eles tiravam minhas armas, senti o talismã de Kenté em sua corrente por baixo de minha camisa e rezei para que eles não o descobrissem.

Melanos sentou-se à minha frente no bote. Ele afastou os olhos dos meus e, por um momento, pensei ver arrependimento passar por seu rosto. Olhando para o casco liso e curvo da fragata enquanto balançávamos abaixo dela, eu li seu nome em pintura dourada ornamentada: *Advantagia*.

A bordo do navio, eles me arrastaram por um corredor comprido e apertado, passando por uma fileira de portas abertas. Dentro de um aposento, curvado sobre uma escrivaninha, estava um homem de túnica azul. Os soldados pararam diante da última porta.

O oficial empurrou Melanos.

– Você primeiro.

Eu nunca tinha visto uma cabine de capitão tão enorme. O aposento era revestido de madeira listrada, com armários embutidos cheios de mapas e livros. Luz do sol brilhava através de uma fileira de janelas na parede dos fundos, e um sextante dourado e um globo decoravam a escrivaninha. Eu torci o nariz. Ostentação demais para meu gosto.

— É ela mesmo. — O capitão jogou uma folha de papel sobre sua mesa. — A chamada Rosa da Costa.

Estiquei o pescoço e vi que o caricaturista tinha exagerado meus traços e me dado uma expressão vazia e mal-humorada. Eu parecia uma criminosa. Por baixo da imagem no cartaz de recompensa, havia um parágrafo impresso. *Conspiração contra o emparca. Posse de propriedade roubada pertencente à esquadra do leão de Akhaia.*

Parei de ler. Propriedade roubada? Que propriedade roubada? Então, eu me dei conta de que eles estavam falando do *Vix*. Olhei mais uma vez para Diric Melanos. Ele havia roubado o navio e entrado em uma vida de crimes. Eu o havia roubado dele. Como eu tinha me metido naquela encrenca? Eu era a filha de um barqueiro. Minha vida era perfeitamente feliz quando Akhaia era apenas um país grande e vago ao norte, com um emparca de cujo nome eu não me lembrava.

Eu levantei a cabeça.

— Eu exijo meu direito a um advogado.

O capitão me lançou um sorriso divertido.

— Isso não é Kynthessa. Você não tem direito a um advogado em águas akhaianas.

Ele pegou outro cartaz de recompensa enrolado, colocou-o sobre a escrivaninha ao lado do meu e se voltou para Melanos.

— Você parece estar correto na identificação da senhorita Oresteia, mas não identificou a si mesmo – ele disse. – Ou achava mesmo que a barba ia nos enganar?

– Ah. – Melanos se encolheu. – Na verdade, eu esperava muito que os relatos sobre minha morte tivessem feito vocês jogarem isso fora muito tempo atrás.

O capitão desenrolou o pergaminho.

– Capitão Diric Melanos. – Leu ele em voz alta com o desprezo distorcendo sua voz. – Procurado por traição, pirataria, salvatagem ilegal, adultério...

– Ah, sim, eu me lembro dela – Melanos disse em voz baixa.

– ...contrabando, transporte ilegal de bebida... Eu devo continuar? – Ele largou o cartaz. – Esta lista de crimes é comprida como meu braço. Você escapou de custódia em Kynthessa, mas eu imagino que vá achar isso um pouco mais difícil aqui em Akhaia.

Eu dei um sorriso presunçoso. Pelo menos, tinha a satisfação de saber que Diric Melanos estava sendo preso comigo.

O capitão pegou minha pistola e a revirou nas mãos.

– Ousada – observou ele. – Usando a marca do leão-da--montanha. – Só um membro da família ou da casa real podia usar aquele selo. A voz do capitão escorria desprezo. – Não acredito que você tenha o direito de carregar isso.

Eles nos jogaram em celas anexas na prisão da fragata.

Melanos se encostou na parede.

– Admito que as coisas não correram como eu esperava.

– Bom.

Eu examinei o lugar onde a grade estava chumbada no chão. Tanto a madeira como o ferro pareciam sólidos, sólidos demais.

SUSSURRO DAS ONDAS

Expirei e desabei no chão. De que adiantaria escapar? Pelo movimento do navio, eu soube que tínhamos levantado âncora e deixado a ilha. Estávamos no meio do oceano, com destino desconhecido. E, dessa vez, ninguém ia aparecer para me resgatar – nem Markos, nem os Bollards, nem meu pai – porque ninguém sabia que eu estava ali.

Melanos deu um tapinha no lado de seu casaco de lã surrado.

– Pelo menos, eles não pegaram minha apólice de seguro.

Eu lancei um olhar feio em direção a ele e passei a língua sobre meu lábio machucado. Como se eu ligasse para seu tesouro estúpido, que, para mim, não passava de uma história fantasiosa.

– Eu devia ter esperado por isso – eu disse.

Ele virou a cabeça para mim, intrigado.

– Que você fosse me trair – falei com rispidez. – Você traiu seu próprio país. A única coisa com a qual se preocupa é com você mesmo.

Ele fechou os olhos e apoiou a cabeça na parede da cela.

– Pare de agir como se você me conhecesse, garota.

Nós ignoramos um ao outro por várias horas depois disso. Toquei o talismã de Kenté através de minha camisa, lutando para conter as lágrimas. Fiquei grata ao perceber que Melanos não parecia muito bem – ele não parava de engolir em seco e esfregar a testa, que parecia úmida. Eu, de repente, me dei conta de que a falta de água podia estar fazendo com que ele se sentisse mal.

Depois de um longo silêncio, ele falou:

– Quando entrei para o crime – ele disse em voz baixa –, eu perdi tudo.

Algo em sua voz chamou minha atenção. Durante todos os

dias na ilha, ele nunca tinha falado sobre sua história. Eu segurei a respiração, odiando-o e, ao mesmo tempo, esperando que ele dissesse mais.

— Perdi minha carta de corso — prosseguiu ele. — Minha comissão. Minha família me deserdou, e havia uma recompensa sobre minha cabeça se eu voltasse.

— Eu sinto *muita* pena por você.

Melanos mirava à frente com um olhar vazio.

— Eu não podia desistir, sabe? Depois que o tratado foi assinado, as escaramuças terminaram. Mas meu coração ainda ansiava pela perseguição. Eu descobri que não podia viver sem ela, só isso.

— Ele cuspiu no chão da prisão. — Nunca entregue um navio para um garoto de vinte e quatro anos. — Ele captou a expressão em meu rosto e me deu um sorriso triste. — Você está achando que eu devia ter dito "homem". Não, eu era só um garoto. Não entendia nada do mundo.

Por que ele estava me contando aquilo? Era um alerta? Isso não se parecia em nada com ele.

Ele deu de ombros.

— E, bom, foi assim que começou. Você sabe o que é um corsário sem uma carta de corso.

Um pirata. Prendendo a respiração, desejei em silêncio que ele continuasse. Eu queria saber. Entender.

— Então, uma noite, chegou aquele homem das sombras. Eu entrei em minha cabine e ali estava ele, tranquilo como um gato, fumando um cachimbo. Ele me ofereceu um acordo. Sabe, o velho Andela, foi ele quem assinou a recompensa pela minha cabeça.

Eu sabia que ele não ia perdoar meus crimes. Mas Theuciniano faria isso, bastava que eu... – Ele deu um suspiro. – Bastava que eu fizesse um último trabalho.

– Espere, você queria voltar para Akhaia? Então, que história era essa da emoção da perseguição?

– Espere dez anos – ele disse. – E não fará essa pergunta.

Rugas surgiram em torno de seus olhos vazios quando ele olhou para mim.

– Eu sei quem você é, Caroline Oresteia. Você sou eu, antes que o mundo virasse de cabeça para baixo. Quando nada importava além do mar aberto. O que eu não daria... – ele disse com suavidade – para me sentir assim outra vez.

– Assim como? – Não consegui evitar perguntar.

Sua voz estava rouca.

– Como se o mundo fosse novo.

Dessa vez, fui eu quem ficou em silêncio. Sua história tinha atiçado uma mínima brasa de piedade dentro de mim, mas eu me perguntei se não era exatamente isso o que ele queria. Será que aquilo tudo era um jogo para ele, me seduzir com palavras que ele sabia que atingiriam meu coração? Ele era um assassino, lembrei a mim mesma. Ele tinha atirado em Pontal de Hespera, afundando onze barcas e matando o capitão Singer e sua esposa. Eles eram colegas barqueiros e eram inocentes.

A porta se abriu com um rangido. Era o mesmo oficial que estava comandando os marinheiros na praia. Ele chutou Melanos através da grade.

– Você, levante-se. Estão querendo interrogá-lo.

Ele gesticulou em direção a seus homens, e eles arrastaram Melanos para fora da cela, deixando-me sozinha, com o lábio sangrando e os pensamentos tumultuados.

Quase não percebi quando a porta se abriu uma segunda vez.

– Olá, capitã Oresteia.

Minha cabeça se ergueu bruscamente, e eu pisquei. Agnes Pherenekiano estava parada na porta.

CAPÍTULO
QUINZE

Por um momento de choque, achei que ela fosse um fantasma – ou minha culpa tomando forma humana para me assombrar. Não era possível. O bote havia virado. Minha mente voltou para o homem que eu vira a caminho da cabine do capitão, escrevendo em um livro. Não uma túnica azul, percebi, um *vestido* azul.

– Você se afogou – foi tudo o que consegui dizer, estúpida pela minha surpresa.

Agnes entrou no facho de luz da lanterna. O vestido era velho e lhe servia mal. Era, com certeza, alguma coisa que a tripulação do *Advantagia*, desacostumada a ter uma mulher a bordo, resgatara de suas provisões.

– Quase – ela disse. – Os marinheiros ficaram bastante chocados ao me ver flutuando em um pedaço de naufrágio, a centenas de quilômetros de onde seu navio afundou.

Eu fiquei de pé e agitei as barras com os punhos.

– Rápido, destranque a porta! Você precisa me tirar daqui!

Agnes olhou para trás.

– Silêncio! Eles vão ouvir. Não sei onde estão as chaves.

Baixei a voz para um sussurro.

– Pelo menos, me diga que dia é hoje.

– Tenho isso anotado em meu diário.

Ela pegou um caderno do bolso, o mesmo que levara para o *Vix*. Suas páginas estavam enrugadas e inchadas, danificadas pela água. Ela leu a data para mim.

Fiz as contas na cabeça. Eu havia perdido mais de dois meses. A informação sobre o naufrágio do *Vix* provavelmente tinha chegado a Valonikos semanas antes. Todo mundo que eu amava achava que eu estava morta. Afastei a sensação estranha e perguntei:

– Você sabe para onde vai este navio?

– Forte Confiança – Agnes disse. – É uma ilha perto dos limites do território akhaiano. Quando chegarmos, eles vão me tirar desta fragata e me transferir para um navio mensageiro real.

Pensei em Arisbe Andela, enviada de Amassia para Akhaia para se casar com um emparca. Eu sempre tivera pena dela, amaldiçoada pela deusa do mar por um casamento que, para começo de conversa, nunca tinha sido ideia sua. Era assim que Agnes se sentia ao ser mandada de um lugar para outro por homens com poder? Eu me lembrei dos instrumentos, dos desenhos científicos e das tintas que tinham sido tão importantes para ela e me remexi com desconforto. Sem dúvida, eles estavam no fundo do oceano.

– Aonde eles estão levando você? – perguntei. – De volta a Eryth?

Seus lábios se curvaram em um sorriso malicioso.

– Para Valonikos.

As sombras das grades de ferro listravam seu rosto.

– Para me encontrar com meu marido. Claro que eles não

sabem disso. Eu inventei uma história sobre visitar minha querida tia de idade.

— Eu podia contar ao capitão — murmurei. — Se eu estou presa aqui por conspirar contra o emparca, então você devia estar também.

— Verdade — concordou ela. — Infelizmente para você, eu tenho o nome Pherenekiano, e você, não. Em quem você acha que o capitão vai acreditar?

Eu fiquei boquiaberta. Ela estava me provocando.

Agarrei as grades.

— Você podia usar seu nome para me tirar daqui.

Ela se aproximou da cela, me estudando como se eu fosse uma mariposa morta atrás de um vidro. O vestido de linho não tinha nenhum enfeite nem renda, mas sua postura, de algum modo, fazia com que ele ficasse ainda mais elegante do que se estivesse em um vestido de baile. Ela era cerca de cinco centímetros mais alta que eu, coisa que não tinha percebido antes porque eu estava usando botas.

— Mas por que eu faria isso? — murmurou ela, com a respiração sussurrando em meu rosto. — Não é uma exigência que meu marido me ame, mas eu preferia que ele não amasse outra pessoa.

— Isso é... — esbravejei, com as bochechas ficando quentes. — Eu nunca disse...

— Quando o navio afundou e eu era a única sobrevivente — ela disse. — Achei que o destino tinha me dado uma oportunidade um tanto conveniente para me livrar de você. Agora que você apareceu como uma moeda azarada, bom... — Ela entrelaçou as mãos às costas e começou a andar pela extensão da prisão. — Ser enforcada por traição em Forte Confiança é uma solução igualmente boa.

— Eu p-pensei... — gaguejei sem acreditar. — Você disse que queria que nós ficássemos amigas.

— Ah, Carô — ela disse inocentemente, com uma covinha surgindo em suas bochechas. — Eu posso lhe chamar de Carô? — Sem esperar por uma resposta, ela prosseguiu. — Como podemos ser amigas? A sombra desse garoto que nunca conheci está entre nós. E sempre vai estar.

Agnes se virou para ir embora, arrastando a saia às costas. Ela pôs uma das mãos sobre a porta e hesitou.

— Markos Andela é minha única esperança de finalmente agradar meu pai, Carô. Você é só... — Eu fiquei tensa, esperando que ela fizesse uma observação pejorativa sobre minha ascendência comum. Mas, quando falou, pareceu quase pesarosa. — Você é só uma garota que está no meu caminho.

Forte Confiança ficava em uma ilhota com uma pequena baía curva como uma meia-lua. A paliçada era fortificada com canhões de nove pés, e, atrás dela, o forte se erguia em uma colina, com uma floresta densa às suas costas. Em uma extremidade da baía, havia um estaleiro com um armazém coberto, onde vários navios da marinha estavam sendo reequipados. No pátio ao seu lado, o esqueleto novo de um navio era sustentado por suportes. Eu me perguntei se os espiões da margravina sabiam que a marinha akhaiana estava construindo navios junto de suas fronteiras.

Enquanto os soldados me empurravam pela prancha de

desembarque, contei três outros navios. Havia uma segunda fragata na baía, igualzinha ao *Advantagia*, junto de um pequeno cúter e um navio enorme cujo convés estava pontilhado de canhões.

– Um vaso de guerra – Melanos disse às minhas costas. – Eu diria que tem cerca de cem canhões.

Por mais impressionante que fosse o vaso de guerra, foi o cúter, com seu mastro único e o gurupés comprido se projetando à frente, que captou meu coração. Ele parecia o *Vix*.

Foi então que eu decidi que não ia morrer ali. De algum modo, eu ia encontrar um meio de escapar de Forte Confiança. Eu ia conseguir outro navio, mesmo que tivesse de roubar um, e ia encontrar meu caminho de volta até a rocha das Quatro Milhas. Não me importava o quanto demoraria nem o quanto custaria. O *Vix* e eu tínhamos sido feitos um para o outro.

O mar havia me tirado tudo. E eu ia recuperar.

Fomos jogados na prisão no subsolo do forte. Nós esperamos ali, mas eu não tinha ideia do que esperávamos. Um julgamento? Um enforcamento? Um navio para nos transportar para Trikkaia? A única parte do forte que eu tinha visto era o corredor mal iluminado e de cheiro repulsivo, e, pela maior parte do tempo, minha única companhia foi Diric Melanos, que estava mal-humorado e em silêncio em sua cela em frente à minha. Minhas tentativas de conversa foram recebidas por grunhidos irritados. Um desfile rotativo de oficiais da marinha trajando casacos vermelhos levava comida duas vezes por dia e me escoltava ao banheiro na porta ao lado, mas eles não me diziam nada.

Na segunda semana, identifiquei o elo mais fraco. O oficial que levava o jantar durante o turno da noite tinha a minha idade, com o casaco vermelho pendendo frouxo de ombros que ainda não tinham se enchido. Percebi a maneira como ele me lançava olhares penetrantes quando achava que eu não estava olhando. Desconfiei que ele estivesse pensando em fantasias elaboradas nas quais imaginava nós dois em um romance trágico – o oficial nobre e a pirata criminosa.

Eu tomei uma decisão. Aquele militar era minha passagem para sair dali.

Soltei o lenço que prendia meu cabelo e belisquei as bochechas e os lábios para deixá-los mais vermelhos. Olhei para minha camisa e desamarrei os cadarços dos furos de cima. Eu me virei para a porta da prisão e aprumei os ombros, esperando a chegada de meu jantar.

– Não, não, *não*.

Eu me virei e vi Melanos relaxado no chão de sua cela, olhando para mim através de um olho semicerrado.

– Não me lembro de pedir sua opinião – eu disse.

– Você está tentando seduzir um homem, não está? – Ele abriu o outro olho. – Caso você tenha deixado de perceber, eu sou um homem.

Depois de um longo momento de teimosia, cedi.

– Certo, o que estou fazendo de errado?

– Querida, nenhum oficial da marinha do emparca vai destrancar esta cela por causa de uma mera casa de botão.

Ele gesticulou em direção aos cadarços de minha camisa.

– E espero que você não estivesse planejando falar, porque o jeito como você fala está todo errado. É masculino demais. E sua *postura*. Você parece que vai entrar em batalha.

Minhas bochechas se incendiaram.

– Basta. – Ele tinha sorte por haver duas grades nos separando, ou eu teria dado um tapa em seu rosto. – Se você é tão especialista – eu disse com rispidez –, por que não flerta com ele?

Ele ergueu as mãos, rendendo-se.

– Só estou dizendo que, se a nossa liberdade depende de suas habilidades de sedução, bem, era melhor eu começar a me preparar para me balançar um pouco na ponta de uma corda comprida.

– O que você quer dizer com *nossa* liberdade? – murmurei, mas desamarrei mais um furo da camisa e relaxei minha postura.

Antes que ele pudesse responder, a porta se abriu, e o jovem oficial entrou, carregando duas bandejas de comida nada apetitosa. Seu rosto ficou vermelho quando ele me viu, e as bandejas balançaram perigosamente.

Estendi meus pulsos algemados.

– Isso está me machucando. – Eu funguei e os virei para revelar as marcas vermelhas onde o ferro havia esfolado minha pele. – Eu trocaria qualquer coisa por dez minutos livre delas.

Ele parou. Era a primeira vez que eu dizia uma palavra para ele. Observando-me desconfiado, ele perguntou:

– Qualquer coisa?

Eu me aproximei da grade.

– Qualquer coisa – respondi em voz baixa.

Ele olhou nervosamente para trás e pegou um jogo de chaves do gancho na parede.

– Você não pode contar sobre isso a ninguém, senhorita. Vou perder minha comissão se...

Ele abriu a porta da cela e destrancou as algemas. Eu deixei que elas caíssem no chão e acariciei as feridas com cascas em meus pulsos, o que doeu. Mas isso não era suficiente. O guarda estava, de forma bem inconveniente, entre mim e a saída.

— Assim está... melhor? — ele gaguejou.

— Ah, sim. — Levei um breve momento para saborear minha nova liberdade, sentindo o ar fresco em minha pele esfolada. Então, continuei delicadamente. — Sei que sou uma garota má, mas você foi muito bom para mim. Como eu devo lhe dar sua recompensa, senhor? — Eu passei a língua pelos lábios. Ao perceber a forma como ele olhava para mim, fiz isso novamente, mas mais devagar. — Se você não entrar?

Eu tentei não me encolher. Nada em minha voz parecia autêntico ou mesmo especialmente sedutor. Do outro lado da prisão, Melanos estava deitado no chão de sua cela, com os tornozelos cruzados. Eu lancei um olhar feio em direção a ele. Ele obviamente não acreditava em mim.

O oficial olhou para trás para se assegurar de que não havia ninguém chegando, em seguida, abriu a porta da cela e se espremeu para dentro. Fiz um levantamento rápido de suas armas e tentei calcular meu próximo movimento. Duvidava que sua pistola estivesse carregada, e pegar a espada ia levar muito tempo. Então, vi as algemas e o pedaço de corrente no chão.

Eu caí de joelhos.

O oficial começou a desabotoar a calça.

— Você *tem* que estar de brincadeira — eu disse em voz alta. Então, peguei a corrente, saltei de pé e o acertei na cabeça com ela. Ele deu um grunhido e tombou no chão.

Rápida como um peixinho, eu saí correndo e peguei as chaves.

Melanos, na outra cela, sentou-se.

– Use as algemas. Tranque-o agora enquanto ele ainda está apagado.

– Não sou uma completa idiota – retruquei.

Olhei para o soldado inconsciente, que estava com um galo feio na cabeça, e me encolhi.

– Desculpe.

– Você não é nenhuma atriz – observou Melanos. – Isso não teria funcionado com mais ninguém além desse jovem tolo.

Virei o oficial, tirei seu casaco vermelho e tranquei as algemas em torno de seus pulsos. Enfiei seu chapéu tricorne na cabeça e vesti o casaco. Ele caiu até meus joelhos, ainda maior em mim do que estava nele. As botas também não serviam, mas eu não ia escapar daquele forte descalça. Eu puxei sua pistola de pederneira do coldre e verifiquei o cano. Ela não estava carregada, e ele não tinha um saco de munição consigo. Patético. Olhei desconfiada para a espada, me lembrando de como minha aula com Melanos tinha corrido mal. Mas, de qualquer jeito, eu a prendi na cintura. Não havia como passar por um oficial da marinha, mas, pelo menos, o casaco e o chapéu podiam enganá-los momentaneamente no escuro.

Espiei pelo corredor e não vi nenhum casaco vermelho. Mas seguir por esse caminho, sem conhecer a disposição do forte nem onde os soldados estavam posicionados, era arriscado demais. Fechei a porta da prisão e baixei a tranca para nos encerrar em seu interior. Em frente às celas, havia uma mesa e, acima dela, uma janela.

Diric Melanos olhava para mim.

– Então?

– Então o quê?

SARAH TOLCSER

Eu subi na mesa, arrastando o casaco às minhas costas. Ele bateu nas barras e fez com que elas chacoalhassem.

– Abra minha cela!

– Por quê? – perguntei sem rodeios e sem me virar. – Você faria isso?

Fora da janela, dois ou três metros de uma parede pegajosa desciam retos até as pedras envoltas por algas marinhas logo abaixo. A distância, a baía se estendia, escura, exceto pelas luzes cintilantes no topo dos mastros. Com a maré alta, o mar podia me jogar contra a parede, mas, naquele momento, a maré estava baixa e revelava uma faixa de areia molhada que brilhava ao luar.

– Eu ajudei você a sair!

– Ajudou? – minha voz se elevou uma oitava. – Tudo o que você fez foi ficar sentado me insultando. Você acha que me esqueci de como você me entregou?

Ele me deu um sorriso.

– Você só está com inveja de não ter pensado nisso primeiro. – Ele sacou o mapa antigo de dentro do casaco e disse: – Tire-me daqui, e eu lhe dou um terço de meu tesouro.

– Um terço? – Eu ri. – Você não deve estar bom da cabeça. Você quer dizer *metade*.

Os lábios dele se estreitaram.

– Este mapa é meu.

– Ayah? Bom, tenho certeza de que ele vai lhe servir de conforto quando você for enforcado.

Eu abri a janela e inspirei o ar marinho que entrou. Grilos cricrilavam estridentemente na floresta. Estava quase livre.

— Está bem, está bem! Metade do tesouro!

— Metade de nada ainda é nada — retruquei.

Eu não acreditava que houvesse tesouro.

— Espere. — Ele se levantou e segurou a grade. — E aquela garota que eles pegaram no oceano... Adella? Aria? Qualquer que seja seu nome. A que você disse que ia se casar com seu emparca.

— Agnes — murmurei.

Eu tinha dito a ele como ela havia me traído.

— O que tem ela?

— Você vai simplesmente deixar que ela o roube de você debaixo de seu nariz?

Eu fiz uma pausa, com as mãos no batente da janela.

— Mesmo vinte barras de ouro seriam suficientes para contratar um exército. — Suas palavras despencavam umas sobre as outras, como se ele soubesse ter apenas momentos para me convencer. — Ele não precisaria se casar com ela. Com essa quantidade de ouro, ele ainda poderia voltar para Akhaia, mas sob seus próprios termos. Não é isso o que ele quer? O que *você* quer? — Ele fechou as mãos em torno da grade. — Tire-me daqui. Ponha uma pistola em minha mão! Eu vou ajudá-la a recuperar seu emparca.

Fechei os olhos. Como eu podia não ficar tentada? Lembrei a mim mesma que não podia confiar nele. Ele havia me traído uma vez. Faria isso de novo.

— Vinte barras de ouro — repeti, ainda segurando o batente da janela. — E você sabe onde estão. Esse é um tesouro de verdade, e não uma história mentirosa?

— Tem muito mais que vinte barras — ele disse. — A maior

descoberta em todo o mar. – Ele estendeu o mapa, e sua voz se reduziu a um sussurro. – O próprio *Centurião*.

Tentei me conter, mas um calafrio percorreu minhas costas. De repente, eu estava de volta ao escritório da empresa de resgates, observando Docia Argyrus passar os dedos reverentemente pelo desenho do navio.

– As pessoas procuram esse navio há quase duzentos anos – eu disse – e não encontraram nada.

– Ayah, mas nenhum deles tinha o que eu tenho. – Ele levou a mão ao bolso secreto de seu casaco e pegou algo pequeno e chato. – Uma prova.

Contive um suspiro desesperado. Eu *sabia* que ele estava mentindo. Ainda assim, algo fez com que eu descesse da mesa e atravessasse a prisão em minhas botas roubadas.

Examinei a moeda.

– Parece um talento, só que é de...

Ouro.

A moeda parecia feita à mão, com bordas irregulares. Não era totalmente redonda, e havia marcas impressas nela – olhando de lado com atenção, aquela marca podia ser o leão de Akhaia. Em minha cabeça, ouvi a voz de Docia. *Eles costumavam cunhá-los em ouro. Antes que isso mudasse para três partes de prata e uma de cobre.* Ela, sem dúvida, parecia antiga, e era da cor certa, mas eu não tinha ideia se era autêntica.

Melanos guardou a moeda no bolso e disse:

– Essa moeda me foi passada pelo meu trisavô. Foi ele quem encontrou o naufrágio e desenhou o mapa. Ele, na época, estava navegando com uma tripulação horrenda, e sabia que, se contasse a eles o que havia encontrado, eles cortariam sua garganta enquanto estivesse dormindo. Mas ele conseguiu guardar isso e uma barra de ouro. O fruto do saque ele escondeu em uma caverna, sempre com a intenção de um dia voltar. – Ele deu de ombros. – Na verdade, uma única barra o deixou em uma situação muito boa. Ele comprou um barco de pesca e uma bela casa. Ele se casou e, com a vida que estava levando, nunca voltou àquela ilha. E seus filhos, bem, eles não eram homens do mar, e nem meu pai era.

– Isso é uma história fantasiosa. Eu sabia.

Todo marinheiro tinha uma história como aquela sobre um ou outro tesouro lendário. Elas eram todas um monte de bobagem.

– Talvez seja, talvez não.

– Se o que você está me contando é real, por que você não foi antes atrás do tesouro? – perguntei.

Ele deu de ombros.

– Guardando para dias difíceis. Claro que não ajudou o fato de minha própria tripulação não ser mais confiável que a de meu trisavô. – Ele guardou o mapa e a moeda de ouro e ajeitou o casaco. – Mesmo que você não acredite em mim em relação ao tesouro, você ainda precisa de mim. Como você planeja sair desta ilha?

– Eu ainda não tinha chegado tão longe. – Irritação escorria em minha voz. – Roubar um navio, provavelmente.

– Ayah? E para onde você vai?

– Valonikos. Markos acha que estou morta.

– Resposta errada. Você vai para Brizos.

Eu cerrei os dentes, mas perguntei:

– Por quê?

– Com a esquadra do leão bem atrás de você, um navio roubado vale como uma marca da morte. Não há lei em Brizos. Na ilha pirata, você pode trocar o navio por algo não rastreável. E escapar deles.

– Eu não sei como chegar a...

Parei, desconfiando saber exatamente o que ele ia dizer.

– Eu posso levá-la a Brizos.

– Claro que pode – murmurei.

– E eu nem mencionei ainda a razão mais importante por que você vai me deixar sair desta cela.

Ele ergueu as sobrancelhas.

– É que não há um navio nesta ilha que possa ser levado através do oceano por uma única pessoa.

Eu havia perdido bastante tempo com essa conversa. Eu precisava fazer uma escolha – e depressa. Minha mente estava acelerada. As promessas de Diric Melanos não significavam nada para mim. Eu sabia que ele não tinha nenhuma intenção de me dar metade do tesouro do *Centurião*, se ele sequer existisse. Mas, durante nossas semanas juntos na ilha, ele tivera ampla oportunidade de me matar. E, ainda assim, não tinha feito isso. Enquanto precisássemos um do outro, achei que eu estaria segura.

– Vou ser uma maldita idiota se estiver errada. – Eu dei um suspiro. – Esta é a coisa mais estúpida que já fiz.

Abri a cela.

CAPÍTULO
DEZESSEIS

A imobilidade pacífica da noite se estendia sobre a baía de Forte Confiança. Lanternas verdes e vermelhas iluminavam os mastros dos navios atracados, enquanto, mais abaixo, a luz mortiça derramava-se das vigias, projetando-se enviesada na água. Em algum lugar, vozes de homens subiam e desciam, embora eu não conseguisse entender as palavras.

Com a mão apoiada no cabo da espada, fui me esgueirando pelo cais em direção aos navios.

Melanos agarrou meu braço.

– Não por aí. Esses navios levam uma tripulação de vinte homens ou mais.

Ele acenou com a cabeça em direção ao estaleiro distante.

– Com alguma sorte, vamos encontrar alguma coisa ali que não esteja muito estragada.

Ultimamente, minha sorte tinha sido praticamente inexistente, e eu estava certa de que isso era culpa da deusa do mar. Mas eu soltei a espada e segui Melanos em direção ao estaleiro, evitando as bolhas de luz de lanterna.

Havia navios em vários estados de construção espalhados pelo estaleiro, com apenas os ossos fantasmagóricos visíveis à noite. As portas do armazém cavernoso tinham sido enroladas para cima para que um navio pudesse ser levado para dentro. Permanecendo nas sombras, nós entramos no armazém. Eu olhei para a silhueta vaga de mastros e vergas – um barco na água, amarrado à espera de reparos.

– Aí está ele. – Melanos parou em frente a ele. – Nosso transporte para Brizos.

Era uma escuna de dois mastros, com a pintura negra quase toda desgastada. Sujeira verde manchava as tábuas acima da linha d'água, como um círculo em torno de uma banheira. A vela estava caída em uma pilha volumosa em torno da retranca, como se ninguém tivesse se dado ao trabalho de guardá-la. Percebi uma área queimada mal consertada com uma costura irregular. As cordas estavam penduradas, e uma lona improvisada cobria o que desconfiei ser um buraco no convés. As letras entalhadas em sua proa diziam *Corcel Confiável*, embora o *e* de *Corcel* estivesse faltando.

A escuna parecia ter entrado em uma batalha e perdido. Feio. Eu escarneci.

– Está mais para *Corcel Cansado*.

Gesticulei em direção à baía, e meu olhar parou amorosamente no cúter.

– O que acha daquele?

– Acho que a esquadra akhaiana ia dar por falta dele, não acha? – Ele olhou para mim. – Pare de reclamar. Ele pode navegar. – O segundo *C* se soltou e caiu na água fazendo barulho. – Mais ou menos.

SUSSURRO DAS ONDAS

Eu olhei para o navio, que, agora, se anunciava como o *Corcl onfiável*.

– Nós vamos morrer.

Melanos tinha ido até um barraco comprido de madeira. Ele girou a maçaneta e experimentou a porta. Ela se abriu. Nas sombras, eu mal consegui ver a mesa e os bancos que estavam ali. Havia armários nas paredes, cheios de pratos. Aquele devia ser um refeitório para os homens que trabalhavam no estaleiro.

Melanos pegou um saco de aniagem vazio e o colocou em minhas mãos.

– Pegue aquela lanterna – ordenou ele. – Encontre alguma comida e qualquer coisa em uma garrafa que pareça bebível. Vamos precisar de provisões para três dias para conseguirmos chegar a Brizos. Depois, suba a bordo e ice aquelas velas.

– O que você vai fazer?

Seus dentes reluziram brancos no escuro.

– Preparar nossa fuga.

Uma inspeção rápida do refeitório revelou pão, queijo, um pote de azeitonas e várias garrafas fechadas de origem desconhecida. Joguei-os no saco e embarquei no *Corcel Cansado*. Dez minutos depois, Melanos saltou pela amurada e se juntou a mim no convés.

– O que estamos esperando? – ele perguntou. – Por que você não içou as velas?

Eu ergui os olhos para a teia de cordas soltas.

– Nunca cometi um ato de pirataria antes – eu disse, soltando as adriças do cunho.

— Ayah? Então, você acha que meu cúter saiu andando sozinho da baía de Casteria?

Eu percebi que ele tinha uma pistola de pederneira enfiada de lado na cintura de sua calça, assim como uma espada idêntica à minha, e decidi não perguntar onde ele as havia conseguido.

— Aquilo foi legal. — Eu o observei erguer a outra vela, que estremeceu de antecipação ao ser acariciada pela brisa. — Eu tinha uma carta de corso. Isto é pirataria.

Peguei minha espada roubada e a ergui acima dos cabos que amarravam a escuna ao cais. E hesitei. Não haveria retorno daquilo. Se eu roubasse aquele navio, seria tão culpada quanto a esquadra akhaiana achava que eu era.

Antes que eu pudesse cortar a corda, algo brilhou no canto do meu campo de visão. Chamas lambiam a lateral de um barril no convés do *Advantagia*. Enquanto eu observava pelas portas abertas do armazém, o pequeno dedo de fogo saltou sobre uma corda e seguiu em direção às velas enroladas. Mais abaixo, uma segunda chama tremeluziu no convés do cúter.

Eu ergui as sobrancelhas para Melanos.

— Seu plano de fuga?

Um sino tocou.

— Fogo! — gritaram homens, com as vozes ecoando sobre a água.

— Não sei por que você não pôs fogo naquele navio de guerra — eu disse. — Agora eles vêm atrás de nós com todos aqueles cem canhões.

— Eles vão tentar — corrigiu-me. Ele pegou a própria espada e cortou as cordas que amarravam o barco ao cais. – Aquele monstro é pesado e lento. Eles não vão nos pegar.

Devagar e rangendo, o *Corcel Cansado* se afastou do cais. Eu girei o timão para bombordo e olhei para cima. Quando passássemos pelo telhado do armazém, o vento deveria atingir nossas velas...

Com o gurupés do *Corcel* apontado à nossa frente, saímos aos poucos do estaleiro. Sentindo o empuxo familiar do vento, apertei as mãos no timão. A retranca chacoalhou – duas retrancas, eu me corrigi mentalmente, desacostumada a navegar em um navio com mais de um mastro. A escuna começou a adernar, inclinando-se um pouco ao ganhar velocidade. Sem luzes de navegação, éramos quase invisíveis no escuro. Com sorte, os akhaianos podiam não perceber até a manhã seguinte que o navio – e seus prisioneiros – tinham desaparecido.

Ouvi um grito às minhas costas e olhei para trás. No escuro, os soldados pareciam formigas vermelhas correndo. Algo piscou, seguido pelo estampido de um mosquete.

Eu me abaixei instintivamente, tensionando os ombros.

– Eles estão atirando em nós!

Melanos sorriu.

– Eles fazem isso quando você rouba o barco deles, querida.

Uma bala resvalou no convés, levantando uma chuva de lascas. Eu gritei e me agarrei ao timão.

– Você acha isso *engraçado*? Faça alguma coisa!

Ele se reclinou no assento e disse:

– Vai ficar tudo bem. Nós vamos estar fora de alcance daqui um minuto.

Outra bala passou assoviando pelo meu ouvido e se alojou no mastro.

– Alguns minutos – corrigiu Melanos. – Talvez seja melhor você ficar de bruços.

Eu me deitei bem no chão e olhei para ele. Isso era ridículo. Meus batimentos cardíacos pulsavam em meus ouvidos, e a adrenalina corria pelo meu corpo. Às nossas costas, o Forte Confiança levou um tempo excruciantemente longo para se dissolver na escuridão. Quando isso finalmente aconteceu, eu estava encharcada de suor.

Fizemos a curva da ilha, e as árvores e rochas nos bloquearam de vista. Estiquei os músculos rígidos e fiquei de pé. Acima, a vela esfarrapada do *Corcel* tremulava. Desconfiei de que a escuna estivesse um pouco inclinada para estibordo, mas, ainda assim, quando segurei o timão, não consegui conter o sorriso. Com vento soprando meu cabelo, inspirei os cheiros familiares de sal, algas marinhas e cordas molhadas.

Eu pertencia àquele lugar, no leme de um navio, com a proa mergulhando nas ondas que chegavam. As nuvens se moveram, e, por um momento glorioso, a lua brilhou através delas, iluminando uma trilha deslumbrante até o horizonte.

Então, lembrei que o mar tinha tentado me afogar, e isso matou o momento mágico. Olhei para as ondas pacíficas que batiam no casco e não senti nenhuma intenção maliciosa da deusa – na verdade, não conseguia sentir nada.

Eu não sabia se isso era um bom ou mau sinal.

Melanos amarrou o timão no lugar e, juntos, descemos para a

coberta para explorar. Quando saltei da escada, aterrissei em água fétida até a altura do tornozelo, que espirrou. A lona que cobria o buraco no convés tremulava acima de nós.

— Ugh! — Olhei irritada para minhas botas roubadas, agora encharcadas. Então, levantei a lanterna e disse: — Parece que eles não bombearam o navio na última vez que choveu.

— Você é otimista — ele observou. — Achar que é água de chuva.

— Você quer dizer que o navio tem vazamentos?

Ele apenas deu de ombros.

— Qualquer coisa teria sido um transporte melhor para Brizos do que isto.

Com a ponta da espada, espetei uma pilha de trapos de aspecto mofado no canto, torcendo para não ser um corpo que, por algum motivo, a marinha akhaiana tivesse deixado de ver.

— Você quer parar de reclamar por um... — Um pedaço de madeira queimada se soltou do buraco no teto e caiu, fazendo barulho na água turva. Melanos deu um suspiro. — Sabe de uma coisa? Você tem razão. Isso é uma merda.

Ele olhou para mim e eu olhei para ele. Um momento de amizade repentina passou entre nós, e comecei a rir. Provavelmente, era apenas meu alívio por ter escapado da morte por enforcamento.

Prendendo o nariz, eu fui chapinhando até o outro aposento. A cabine do capitão cheirava a água de fundo de navio e mofo. Com um suspiro, abandonei qualquer sonho de dormir em uma cama confortável pela primeira vez em meses. Tanto o beliche do capitão como os da tripulação estavam sem colchão e, de qualquer modo, ali embaixo fedia.

Abri o armário, que se revelou vazio.

– Não acho que eles tenham deixado nada útil aqui. O que você acha, afinal, que aconteceu com ele?

Melanos remexeu em um baú com a bandeira de Akhaia gravada.

– Provavelmente, uma bala de canhão no convés. Provavelmente, eles o rebocaram até Forte Confiança para terminar os reparos. – Ele deixou que o baú se fechasse com uma batida. – Vazio. – Ele se aproximou de um mecanismo no meio da cabine e acionou experimentalmente a alavanca. – Mas parece que a bomba está funcionando. Vamos tentar isso amanhã. Talvez, se tivermos sorte, nós não afundemos.

Eu olhei para a cabine cheia de água. Talvez. Subimos a escada até o convés, onde o ar era fresco. Minha cabeça zunia de exaustão. Contive um bocejo, mas Melanos me ouviu.

– Eu fico com o primeiro turno – ele disse, posicionando-se junto do timão.

Eu me encolhi no convés embaixo de meu casaco vermelho de oficial, olhando para as estrelas. Elas eram mais brilhantes ali, intocadas pela luz da cidade. Com o tempo, embalada pelo balanço do *Corcel*, eu mergulhei no sono.

O dia amanheceu limpo e luminoso. Acordei com o braço sobre o rosto e o sol em cima de mim. Eu saí com dificuldade de baixo do casaco e pisquei os olhos diante do mar ofuscante. Cada onda estava tingida de luz brilhante, fazendo com que meus olhos lacrimejassem.

Diric Melanos estava no banco atrás do timão, com as botas apoiadas na amurada.

– Você não dormiu? – perguntei.

SUSSURRO DAS ONDAS

– Tenho feito turnos de seis horas por toda a vida – ele disse. – Acho que meu corpo está acostumado demais para parar com isso agora. Você não ficava de vigia em sua barca?

– Na verdade, não – eu bocejei. – Nós ancorávamos à noite. – Protegi os olhos para olhar para o horizonte. Não vi nada. – A que distância fica Brizos?

– Três dias de navegação desde Forte Confiança. – Ele se ergueu e se sentou. – Há coisas que você precisa saber sobre Brizos, garota. Ela é governada por...

Revirei os olhos.

– Por Akhaia. Eu sei disso.

Ele deu um sorriso malicioso.

– Se você tivesse estado lá, saberia que Akhaia detém a ilha só no nome. Ela não é chamada de ilha pirata por nada. Não, o verdadeiro poder em Brizos é Dido Brilliante. Long Dido, é assim que a maioria das pessoas a chama. E ela é... bom.

– Ela é o quê? – perguntei.

– Diferente – ele respondeu de maneira enigmática. – Vamos dizer apenas que é melhor não fazermos nada que a desagrade.

Eu tinha ouvido histórias de Dido Brilliante. Long Dido era um de seus nomes – algumas pessoas a chamavam de "a rainha de Brizos" ou de "a rainha pirata". Mas eu não sabia que partes da lenda sobre ela eram fofoca e que partes eram reais. Os lábios de minha mãe sempre se retorciam com desdém quando ela a mencionava. Por isso, eu entendia que elas já haviam se encontrado mais de uma vez.

Eu me perguntei o que Melanos não estava me contando.

Mais tarde naquela manhã, vasculhando a cabine patética do

Corcel Cansado, encontrei alguns mapas esmaecidos. Guardados em um armário mofado, eles pareciam ter sido roídos por ratos. Eu enfiei os mapas embaixo do braço e subi a escada até a luz do sol.

Abri os mapas no convés e alisei os amassados. Localizei a península akhaiana, pus um dedo na rocha das Quatro Milhas, e me abaixei para examinar as marcas rabiscadas. No timão, Melanos me observava.

– Se você estiver certo, o *Vix* está sobre um rochedo submerso aqui.

Eu toquei o mapa.

– Segundo este mapa, toda aquela área tem uma profundidade que não passa dos seis metros.

– É o que diz. – Havia dúvida em sua voz. – Deslocamento de areia. Mudança nos mares. Você nem sempre pode confiar num mapa.

– Se conseguirmos o tesouro... – parei. Desde quando eu estava falando sobre o tesouro como se ele fosse real? Não podia deixar que minha saudade do *Vix* confundisse minha cabeça. – Eu podia contratar uma equipe de salvatagem. Talvez a Argyrus e Filhos...

– Ayah? – Ele deu um sorriso. – Achei que o tesouro fosse uma história fantasiosa.

– Esqueça que eu falei isso – retruquei. – Vou pagar, então, com meu próprio dinheiro.

Ele sacudiu a cabeça.

– É um sonho de tolo. Provavelmente, ele foi partido em dois pelos rochedos, e teria de ser reformado e equipado com um mastro novo. Velas novas.

Cerrei os dentes. Ele estava carregando aquele mapa falso

idiota por anos e achava que *meu* sonho era tolo? Gesticulei para o casco remendado do *Corcel*, que cheirava a resina e alcatrão frescos.

– Se este pode ser erguido, por que não o *Vix*?

– Porque, querida... – Eu nunca tinha ouvido esse termo carinhoso pronunciado com tamanho sarcasmo. – Você não é a esquadra do leão akhaiana. A despesa ia acabar com você, e isso se for possível erguê-lo. E, por falar na esquadra do leão, como você propõe navegar nessas águas com uma recompensa pela sua cabeça? – Ele cuspiu por cima da amurada. – O *Victorianos* está no fundo do oceano. Muitos navios afundam naquele rochedo submerso. A maior parte deles fica ali.

Eu olhei fixamente para a rocha das Quatro Milhas no mapa, piscando com força. O *Vix* tinha pertencido a ele. Eu engoli em seco, com o ressentimento borbulhando em meu interior. Será que ele nem mesmo se importava?

– Ah, bom. – Eu enrolei os mapas, fingindo que suas palavras tão tinham machucado. – Era só uma ideia, só isso. É uma pena que o tesouro não seja real. Uma barra de ouro seria suficiente...

Melanos coçou a cabeça, remexendo-se desconfortavelmente no banco.

– O quê? – perguntei.

– Bom, em relação a isso, tem um probleminha – ele hesitou. – A coisa sobre o tesouro é que...

– Ele não existe – eu disse. – Eu *sabia*.

– Ah, ele existe, sim. É só que... – Ele puxou o mapa com cuidado do casaco, desdobrando o invólucro de couro impermeável como um envelope. – Veja você mesma.

Eu tentei esticar a folha de papel sobre o convés.

A voz dele se ergueu, alarmada.

– Não *toque* nele, garota! Essa coisa tem mais de cem anos.

Revirei os olhos, mas movi os dedos para segurá-lo pelas bordas. Estudando o mapa de perto pela primeira vez, vi uma ilha retangular com um morro no centro. Uma linha sinuosa indicava um rio que descia cheio de curvas para se encontrar com a praia. Na extremidade sul da ilha, pedras – ou outras pequenas ilhas – pontilhavam a água. Entre elas, havia uma marcação curva com um X por baixo. Olhei atentamente para as letras. CAVERNA. No canto superior direito do mapa, alguém tinha rabiscado uma rosa dos ventos rudimentar.

Eu ergui os olhos.

– Onde estão as coordenadas? Vejo a ilha. E a caverna. Mas...

– Eu examinei o papel outra vez, em busca de qualquer coisa que pudesse ter deixado passar. – Nenhum ponto de referência. Nada para nos dizer onde fica a ilha. – Estranhamente, senti uma pontada de decepção. Eu não tinha realmente acreditado no tesouro do *Centurião*, é claro, mas a ideia dele tinha provocado meu senso de aventura. – Isso pode ser em qualquer lugar de todo o oceano.

– Tem uma coisa escrita no canto inferior esquerdo – apontou Melanos. – Acho que meu avô escreveu a latitude e a longitude.

Restava apenas uma mancha marrom suave.

– Tudo se apagou?

– E esse é o probleminha. Sempre achei que um dia eu ia chegar na Biblioteca Real e levantar tudo o que eles têm sobre o *Centurião*. Mas... – Ele deu de ombros. – Uma coisa levou a outra, e eu nunca consegui fazer isso. Nem podia, agora que tenho um preço pela minha cabeça se algum dia voltar a Akhaia.

– Mentiroso – eu disse. – Você voltou a Akhaia quando tentou matar Markos.

– Ayah, voltei, e aquele serviço estava amaldiçoado do começo ao fim – ele disse de maneira sombria, pegando seu mapa e dobrando-o no interior de seu invólucro protetor.

Por seu tom de voz, imaginei que a conversa tivesse acabado.

Era quase uma pena que eu não acreditasse no tesouro. Docia Argyrus teria amado botar as mãos naquele mapa. Com certeza, com seu conhecimento sobre o *Centurião* e sua coleção de artefatos, ela poderia me dizer se ele era real ou não. Quando voltássemos a Valonikos...

Meu coração palpitou. Markos estava em Valonikos. Todo meu corpo ansiava dolorosamente por vê-lo outra vez. Eu o visualizei parado na praia, olhando para o mar distante. Chorando por mim.

Quanto mais eu refletia sobre meu estranho desconforto em Eryth, mais me convencia de que o archon não era de confiança. Eu estava menos certa se Agnes era parte do que quer que estivesse acontecendo. Ela me parecera estar agindo apenas por interesse próprio.

Afastei da mente minha preocupação com Markos. Ele era inteligente, disse a mim mesma com seriedade. Se aquilo fosse uma armadilha, ele e Antidoros Peregrine, sem dúvida, conseguiriam perceber. Antes que eu pudesse navegar para Valonikos, precisávamos de um navio melhor. Brizos teria de vir primeiro.

A ilha apareceu ao pôr do sol do terceiro dia. No início, era apenas um calombo no horizonte, mas, à medida que nos aproximávamos, a imagem borrada se destilava em construções individuais contra um fundo de floresta densamente emaranhada.

Brizos parecia... um barraco de madeira com outro barraco construído em cima dele. Então, os moradores da cidade tinham levantado mais barracos e os amarraram juntos e tortos com pedaços de corda velha, e cobriram a coisa toda com outro barraco. Tudo era feito de tábuas sem pintura e desgastadas pelo tempo, e as sacadas e passeios vergavam alarmantemente. Toda a cidade parecia estar sob o risco de desmoronar a qualquer momento.

Nas terras dos rios, eu tinha ouvido marinheiros dizerem que o mestre da baía em Brizos era um bêbado infame que recebia propinas gordas de contrabandistas e piratas, e minha primeira visão do cais nada fez para contradizer essa impressão. Não havia nada ali da ordem rígida de Siscema, nem do fluxo fácil de Valonikos. O porto era um caos – havia navios espremidos em todo lugar disponível, com barris balançando no alto de carroças altas e pessoas praguejando.

Eu olhei para Melanos. Nós devíamos ter nos virado para o vento e afrouxado as velas para fazer nossa aproximação.

– Nós não vamos entrar na baía? – perguntei.

– Em um navio roubado com o selo real akhaiano do leão? – Ele passou pelo cais e apontou para a extremidade oposta da enseada. – Como você planeja explicar isso?

– Achei que você tinha dito que Akhaia na verdade não estava no controle de Brizos.

— Isso não significa que eles não tenham homens postados aqui. Nem que sejam completamente estúpidos.

Nós ancoramos do outro lado da enseada, escondidos pelas árvores, e baixamos o bote para remar até a praia. Eu sentei no banco de trás, olhando preguiçosamente para os dez centímetros de água que se agitavam em torno de meus pés.

Claro, também havia um furo no bote.

Melanos saltou com agilidade para o cais.

— Agora, quando chegarmos em frente à rainha, você deixa que eu falo. E faça o que fizer, garota, não mencione nada sobre o *Centurião*.

Ele fez um nó corrediço, jogou o laço em torno de uma estaca, ergueu os olhos e praguejou.

Eu levei a mão à pistola.

— O quê?

Ouvi o barulho de aço batendo às minhas costas. Eu me virei, meu casaco roubado fez um círculo elegante em torno de meus joelhos, e vi cinco homens de aspecto desagradável parados no cais com armas na mão.

O líder do grupo se aproximou.

— Diric Melanos, seu velho trapaceiro. Não achei que você fosse corajoso o bastante para botar os pés em Brizos depois da última vez.

Lancei um olhar azedo para Melanos e saquei minha pistola.

— Tem alguém que você não traiu?

— Provavelmente, não — respondeu tranquilamente.

Ele girou e ficou de costas para mim. Um segundo grupo de

homens se aproximava pelo cais vindo do outro lado. Nós estávamos cercados.

Markos e eu, uma vez, tínhamos lutado contra os Cães Negros lado a lado desse jeito. Uma dor se ergueu em meu peito, mas eu a ignorei. Essa não era a hora.

– Tenho ordens de levá-lo lá para baixo – o líder disse. – *Ela mesma* quer vê-lo.

– Quem? – perguntei, embora tivesse uma boa ideia.

Eu abaixei a pistola. Não fazia sentido quando estávamos em inferioridade numérica de dez para dois.

O homem sorriu, revelando um rubi cintilante onde deveria estar seu dente da frente.

– Quem mais? Dido Brilliante, a rainha de Brizos.

CAPÍTULO
DEZESSETE

Os homens da rainha nos levaram a um decrépito prédio de três andares. Varandas o envolviam como o acabamento em renda de um vestido feminino, com falhas onde não havia grades de proteção. Ele parecia talvez um pouco menos com um barraco do que as casas em volta, mas, sem dúvida, não era nenhum palácio.

Quando entrei, pisquei enquanto meus olhos se adaptavam à escuridão. O prédio parecia deserto, com algumas lanternas de velas derretidas fornecendo a única luz. Um estranho cheiro molhado pairava sobre o lugar. Marcas de botas seguiam pelas tábuas enlameadas do chão até uma porta no fim do corredor. Depois da porta, uma escadaria de madeira desaparecia na escuridão.

Um dos homens me empurrou pelas costas, e eu desci. Contando os degraus, tentei calcular o quanto havíamos descido, mas perdi a conta em algum lugar depois dos primeiros cem. Com certeza, devíamos estar bem abaixo da cidade de Brizos.

Finalmente, emergimos em uma caverna. Estalactites gotejantes pendiam como pingentes de gelo negros do teto, e água do mar umedecia o piso rochoso. Lanternas de vidro azuis estavam penduradas por cordas, projetando um estranho brilho subaquático. Uma prancha elevada, coberta com tapetes luxuosos de várias cores, marcava uma trilha seca através da caverna, terminando em uma enorme plataforma cercada. Havia um bar circular no meio, cercado por bancos e mesas. Garrafas com etiquetas tanto familiares quanto exóticas se erguiam em uma prateleira alta coroada por um crânio e pelos ossos de um braço humano. Na outra extremidade da caverna, havia o que parecia uma plataforma elevada e, depois dela, havia sido construída uma casa bem na lateral da caverna, com a parede delineada em madeira pesada.

Quando entramos no bar, cem cheiros agrediram meu nariz – fumaça de cachimbo, água salgada, rum derramado, lama, couro e suor. Estava cheio de gente, com o clamor ruidoso de vozes ecoando nas paredes e no teto.

Um homem careca de pele marrom usando um capacete mecanizado nos observava de um banco do bar. Engrenagens douradas se movimentaram em seu tapa-olho, girando em um círculo. Ele me cumprimentou lentamente com a cabeça quando passamos. Eu ouvi um *clip-clop* e olhei para minha esquerda. O garçom, que levava uma bandeja de cerveja, tinha as pernas peludas e os cascos pretos de um bode. Dois homens-sapo usando chapéus de palha estavam sentados nos bancos, com um jogo de dados sobre o balcão entre eles. A mulher pálida que atendia o bar tinha tatuagens azuis emaranhadas por todo seu rosto. Não, percebi, ao captar um vislumbre de cor em seus braços quando ela girou uma caneca e a pôs no bar – elas estavam por *todo seu corpo*.

– Por favor – Melanos disse entredentes. – Pare de ficar olhando e dê a impressão de já ter estado em público antes.

Eu segurei uma resposta sarcástica. Tinha navegado por todas as terras dos rios na barca de meu pai. Mas o grupo de Dido Brilliante era... mais variado até do que aquilo a que eu estava acostumada.

Vi instantaneamente por que a chamavam de Long Dido. Com mais de um metro e oitenta de altura, ela estava sentada em seu trono estofado com as pernas absurdamente compridas esticadas. Botas de couro preto subiam até seus joelhos, e ela usava um colete de seda com uma estampa arrojada. Eu não conseguia me decidir sobre seu tom de pele – no início, tive certeza de que era pálida, mas, então, ela virou a cabeça, revelando uma tez marrom-clara. Em seguida, a luz atingiu-a de um jeito diferente, e seu rosto pareceu – eu estreitei os olhos – quase cinza e, de algum modo, não exatamente humano.

Eu olhei fixamente para seu cabelo, que tinha todo tipo de coisa trançado nele – grandes conchas pintadas, um talento de prata, um ornamento feito de coral esponjoso. Joias brilhavam em uma fileira que subia pelo lóbulo de sua orelha direita, enquanto na outra orelha ela usava uma argola de ouro com alguma coisa branca pendurada. Aquilo era...?

A rainha me viu olhando.

– Você está olhando para o dedo do Dez Toneladas, menina? – Ela riu. – Foi triste ele ter de se separar dele, não se engane. Mas negócio é negócio. – Ela voltou o olhar para meu companheiro e deu um sorriso. – Não é verdade, Diric, seu cachorro velho?

– Na verdade, tenho um negócio para você. – Melanos sorriu para ela, e tive um breve vislumbre de por que corriam rumores de que ele era charmoso. – Tenho um navio que estou querendo trocar. Um pouco acabado, mas com boa estrutura. Um ótimo negócio para uma pessoa de sorte.

– Você acha que eu não ia esquecer que você é o maior mentiroso em alto-mar? – Ainda sentada, ela chegou para frente e apoiou o cotovelo no joelho. – Esse navio está marcado, não está? Você roubou novamente da esquadra do leão?

Ela voltou a atenção outra vez para o local onde eu estava, e uma sensação de estremecimento se derramou sobre mim.

– Essa parece um pouco nova para você, Diric – ela disse. – Qual é seu nome, garota?

– Carô Oresteia.

O leve estreitar de seus olhos foi o único sinal de que ela tinha reconhecido meu nome.

– Bom, isso explica por que você parece familiar. – Ela gesticulou com uma mão cheia de anéis cravejados de pedras e com os nós dos dedos marcados. – Eu conheço sua mãe. Claro, e ela não confiscou um caixote de belos tapetes de Ndanna de meus homens? Um caixote que devia ter vindo para mim.

Eu segurei a língua. O cacete que esse caixote devia ter ido para ela. Ela queria dizer que eles eram roubados, e, provavelmente, da Companhia Bollard. O mundo de minha mãe era governado por regras e contratos. Vi imediatamente por que ela não ia cair de amores por Dido Brilliante, que não ligava nada para essas coisas.

– Por que você a trouxe aqui, Diric? Ela só vai nos arranjar problema. Muitos mercadores pretensiosos fazem ameaças, mas Tamaré Bollard tem a força para sustentá-las. – Ela empurrou uma caneca em minhas mãos. – Tome um ponche de rum, Bollard.

SUSSURRO DAS ONDAS

Eu era apenas meio Bollard e não queria ponche de rum, mas tinha a impressão nítida de que recusar não era uma opção. Aceitei a bebida e tomei um gole pequeno. Queria manter meu raciocínio aguçado.

— Na verdade... — Melanos disse. — A garota me ajudou a sair de um problema.

— Que tipo de problema?

— Do tipo akhaiano.

— Eu sabia que você estava querendo me enganar — a rainha disse rispidamente. — Você *roubou* esse navio da esquadra do leão. E veio aqui achando que eu tiraria seus produtos de suas mãos, não foi? Bom, você pode fingir ter memória curta, mas eu não. — A voz dela, de repente, me lembrou da voz da deusa do mar, cheia de profundidades frias e sombrias. — Eu lembro o que aconteceu na última vez que ajudei você.

— Eu posso explicar isso — começou ele, mas a rainha de Brizos o interrompeu com um movimento enérgico da cabeça.

Antes que eu tivesse tempo de reagir, quatro homens agarraram Melanos e o empurraram, enquanto ele se debatia contra a parede da taverna. Em um momento, eles estavam em uma conversa provocante, e no momento seguinte, ela estava olhando fixamente para ele com uma intenção mortal nos olhos. Que haviam escurecido de cinza para pretos. Um calafrio agourento desceu suave pelo meu pescoço.

— Dido — Melanos disse ofegante. — Eu ia te pagar...

Ela sacou uma faca do cinto e a arremessou em direção a ele. O objeto parou na parede, vibrando. Ela havia prendido Melanos pela gola da camisa, errando seu pescoço por pouco.

– Basta de você, por enquanto. – Ela saltou de pé e projetou a voz. – Vamos fazer um jogo, que tal? – O bar ficou em silêncio. – Dez talentos de prata para qualquer um que possa fazer o contorno desse homem com dez facas sem fazê-lo sangrar! – Ela acrescentou: – Cinquenta se vocês conseguirem fazer com que ele se mije.

As pessoas explodiram em uma risada ruidosa. Eu praguejei baixo. Vários deles pareciam capazes de vencer o jogo da rainha, mas... Meus olhos se demoraram nas garrafas, copos e barris espalhados pelo bar. Todo mundo ali estava bêbado. Melanos teria sorte se não acabasse com uma faca no coração.

Eu respirei fundo.

– Deixem-me tentar.

A rainha virou para olhar para mim, e, mais uma vez, me lembrei da deusa do mar e de seus olhos pequenos e brilhantes de garça. Um longo momento se passou.

Ela caiu na gargalhada.

– Sou mais velha do que pareço, garota, e não há muita coisa mais que me divirta. Mas isso... – Ela sorriu. – Isso eu não estava esperando.

– Você tem razão – eu disse a ela. – Tamaré Bollard é minha mãe. Mas meu pai é um contrabandista e também contrabandista de armas. Acho que ele me ensinou a usar uma faca bastante bem. Se eu ganhar, você compra a escuna de nós. – Torci desesperadamente para que ela não estivesse prestes a atirar em mim pela minha aposta ousada. – Se eu perder, bom, você ainda sai ganhando, porque Diric Melanos vai estar morto.

Ela jogou a cabeça para trás e riu novamente.

– Tudo bem, eu aceito sua aposta, Carô Bollard.

— Oresteia — corrigi-a.

Ela deu de ombros, como se tudo fosse a mesma coisa para ela.

Preso à parede, Melanos ergueu uma sobrancelha, coisa que eu invejava bastante. Eu nunca tinha conseguido fazer esse truque. Eu, entretanto, não o invejava pelo que estava prestes a lhe acontecer.

— Imagino que não tenha importância — ele disse. — Se eu observar que nunca concordei com isso.

Dido se encostou no assento, jogou uma perna por cima do braço do trono e cruzou a outra por cima dela. A luz refletiu nos punhais presos a suas botas.

— Não.

Passei a língua nos lábios e me virei para olhar para Melanos. Eu estava confiante em minha habilidade com uma faca, mas nunca tinha tentado aquilo com uma pessoa real e viva antes. Quando era pequena, meu pai me levou uma vez a uma feira de diversões em Siscema. Em meio aos acrobatas, barracas de jogos e vendedores de peixe frito, havia uma mulher bonita de vestido branco parada algemada a uma roda enquanto um homem tatuado arremessava facas nela. Ela não piscou, nem mesmo quando uma atingiu-a perto demais e cortou uma mecha de seu cabelo. Depois, meu pai me contou que o homem com as facas era marido dela.

Isso era diferente. Eu não confiava em Melanos e ele não confiava em mim. Enquanto eu o observava lançar um olhar assassino na minha direção, pensei que podia ser mais seguro matá-lo do que cortá-lo, ou ele podia *me* matar. Meu coração batia tão alto que eu tinha certeza de que a rainha e sua corte podiam ouvir.

Quase esperei que as pessoas rissem de mim por trás de suas

mãos, mas elas não fizeram isso. Elas se inclinaram para frente, excitadas. Os homens-sapo tinham interrompido seu jogo de dados. Alguém me levou uma bandeja contendo uma pilha de facas. Eu peguei uma de cima e a revirei na mão para testar o peso.

Atrás de mim, a multidão sussurrava apostas.

– Um talento contra a garota. Ela parece um pouco verde, hein?

– Eu aceito. Marinheiros têm mão boa para truques com facas.

– Essa coisinha insignificante? Duvido.

Tentei calar suas vozes. E, depois de respirar fundo para acalmar meus nervos agitados, lancei a primeira faca. *Tump!* Ela parou a trinta centímetros da orelha de Melanos.

A rainha fingiu bocejar.

– Elas não vão todas ser assim tão distantes, vão? Torne isso mais interessante.

Eu não queria que a faca parasse tão longe, mas agora eu tinha uma medida melhor da distância e do peso das armas. Ergui uma segunda faca na mão, desacelerei a respiração e me concentrei em Melanos. O ruído da plateia se acalmou.

Com um barulho seco, a faca se enterrou na parede a dois centímetros de seu ombro.

– Mas que droga, garota!

Melanos olhou fixamente para mim.

A rainha bateu palmas.

– Do que você está reclamando, Diric? Ela está fazendo um trabalho de primeira. Agora, só faltam oito.

A faca seguinte atravessou a manga de Diric, que se encolheu, xingando.

— Eu devia tê-la matado naquela ilha maldita.

Para puni-lo por essa observação, mirei a seguinte entre suas coxas. Ela saiu girando e atingiu a parede dois centímetros abaixo da virilha de sua calça. Suor brotava em sua testa.

— Ei! — gritou uma mulher na multidão. — Algumas de nós, garotas de Brizos, íamos sentir falta disso!

Eu arremessei as cinco facas seguintes. A pilha na bandeja foi se reduzindo até restar apenas uma. A última faca prendeu sua camisa, bem ao lado de seu quadril. Segurei a respiração, torcendo freneticamente para que não aparecesse uma mancha vermelha.

Alguém me deu um tapinha nas costas.

— Muito bem!

À minha volta, pessoas murmuravam e dinheiro trocava de mãos. Suor brotou em meu pescoço, e meus joelhos se curvaram de alívio.

Melanos saiu do meio dos cabos de faca, rasgando a camisa ao fazer isso. Ele não pareceu se importar. Passou andando por mim e pegou um jarro na mesa mais próxima.

— Aonde você vai? — perguntei.

— Ficar muito bêbado — rosnou. — E comemorar o fato de que eu ainda tenho meu instrumento, não graças a você.

Eu teria dito que era graças a mim que ele *tinha* seu instrumento, mas mantive a boca fechada. Várias mulheres estavam olhando para ele, e desconfiei que ele ia poder escolher — se esse era, na verdade, o tipo de comemoração do qual ele estava falando.

Eu me virei e vi Dido Brilliante me observando de seu trono. Ela gesticulou para que eu me aproximasse. Estendeu a ponta da faca em direção a mim e puxou a corrente de metal de baixo de minha camisa. Meu primeiro instinto foi estremecer ao toque do aço frio contra minha pele, mas senti que isso seria um erro.

– Uma coisa bonita e interessante. – Ela examinou o talismã de Kenté. – Eu o senti sussurrar quando você entrou.

Eu me perguntei o que ela sabia que eu não sabia. Nunca tinha percebido o talismã fazer nada nem remotamente parecido com sussurrar. Havia algo em relação à rainha que eu não identificava direito, alguma coisa selvagem e estranha.

Em um clarão em minha mente, vi uma coisa coberta de cracas movimentando-se pesadamente pelo leito do oceano. Ouvi o eco distante de algo como um canto de baleia. Tive uma sensação de idade indescritível. E um enorme olho negro olhou para mim.

Nós vivíamos em um mundo de coisas estranhas, onde os filhos de um deus podiam ter dedos nodosos de sapo ou cascos de bode. As pessoas normalmente davam de ombros e não pensavam muito nisso. Mas o que mais havia lá fora nas profundezas, na escuridão primordial, à espreita no lodo molhado que o sol nunca tocava? Que tipo de criatura era Dido Brilliante?

Confusa, resisti ao impulso de dar um passo para trás. Agora eu entendia por que Diric Melanos tinha apenas dito enigmaticamente que ela era diferente e se recusara a dar mais explicações.

– Eu coleciono essas coisas – ela murmurou, revirando o talismã. – Diric contou a você? Quinquilharias curiosas, livros raros, autômatos de Ndanna e coisas assim. Objetos mágicos. Você poderia dizer que é um hobby meu. Calculo que algumas coisas em minha sala de tesouros têm, hum, centenas de anos de idade.

SUSSURRO DAS ONDAS

Ela piscou.

– Eu sempre fico com as coisas que pego, sim.

Com essas palavras, minha cabeça se ergueu.

Ela soube o porquê instantaneamente.

– Ah, sim, eu *a* conheço – ela disse, tão baixo que apenas nós duas pudemos ouvir. – Você poderia dizer que somos velhas conhecidas, há muito tempo. Ela falou com você, não foi?

Ela fungou profundamente, como se estivesse inalando uma brisa marinha.

– É engraçado que eu não tenha sentido o cheiro imediatamente. Você é uma de suas escolhidas.

Engoli em seco.

– Eu era.

– Uhm – foi tudo o que ela disse e, então, largou meu colar e tornou a se encostar no trono. – Volte amanhã. Nós vamos falar sobre seu navio.

Enfiei o talismã embaixo da camisa, sem saber exatamente o que pensar dela. Um homem se aproximou do trono e me empurrou com o ombro. A rainha voltou sua atenção para ele, e eu entendi que tinha sido dispensada. Antes de sair, peguei duas facas, ainda cravadas na parede onde eu as havia arremessado. Depois de arrancá-las, as enfiei no cinto.

Melanos estava esparramado em uma cadeira, com uma mulher no colo e uma garrafa na mão.

Parei ao lado dele.

– Você vem?

– Desculpe, o quê? – ele disse perto dos lábios da mulher,

fingindo não ter me ouvido. Eu sabia muito bem o que era aquilo: meu castigo por atirar facas nele. Era isso o que eu ganhava por me juntar a piratas que não eram melhores do que deveriam ser.

Eu parecia estar por conta própria. Os músculos de minhas panturrilhas doíam quando cheguei no alto dos oito milhões de degraus de Dido Brilliante. Esfreguei o suor da testa, empurrei a porta do prédio abandonado e saí nas ruas de Brizos.

De acordo com as histórias que meu pai havia me contado sobre a ilha dos piratas, eu sabia que não era inteligente dar um passeio por Brizos sem estar fortemente armada. Mas, com a pistola e as facas enfiadas em diagonal no meu cinto, eu não esperava que ninguém me desafiasse.

Com as mãos nos bolsos, caminhei pelo passeio. A luz dos lampiões e a música de violino se derramavam da porta de uma taverna. Ouvi um som de gotejar e percebi que havia um homem fazendo xixi na rua, e me desviei dele. Um gato saiu correndo entre as sombras, com patas silenciosas sobre as tábuas.

Do outro lado do passeio, avistei uma carrocinha de comida, e meu estômago roncou com desejo. Eu tinha dado dois passos em direção à carrocinha quando me lembrei de que não tinha dinheiro. Tateei os lados do corpo à procura de qualquer volume e revirei os bolsos de meu casaco roubado. Finalmente, peguei um punhado insignificante de moedas akhaianas. Não o suficiente para um sanduíche de carneiro, mas eu podia comprar milho assado e um pedaço de pão de gergelim.

Houve um estrondo, e o barulho alto ricocheteou pelas paredes dos barracos.

SUSSURRO DAS ONDAS

O prédio às minhas costas explodiu em lascas de madeira. Eu gritei e caí de joelhos na rua lamacenta. O prédio desabou e me envolveu em uma nuvem de poeira. O homem que vendia sanduíches de carneiro olhou de um lado para o outro entre sua carrocinha e a baía e, então, saiu correndo. Seus fregueses também se espalharam.

Atordoada, toquei minha nuca. Meus dedos saíram ensanguentados. Eu devia ter sido atingida por um estilhaço.

Havia uma fragata na baía, com fumaça branca, fantasmagórica, saindo de seus canhões. Enquanto as pessoas corriam e gritavam na rua, eu soube que a manhã seguinte seria tarde demais para se livrar daquela escuna.

A esquadra do leão estava ali.

O canhão emitiu outro estrondo, seguido por um assovio. Eu cobri a cabeça e me preparei para o impacto. Ele atingiu algum lugar à minha direita, e o passeio estremeceu sob meus joelhos. Engoli em seco para me livrar do apito em meus ouvidos e esfreguei o rosto. Por um momento, estava tão atordoada que tudo o que pude fazer foi olhar para minhas mãos, que estavam sujas de suor e terra.

— Vamos, precisamos nos mover.

Olhando com olhos apertados para a noite enfumaçada, vi uma mão feminina, de pele marrom, estendida em direção a mim.

Ela sorriu.

— É sempre bom ver um rosto familiar, Carô Oresteia.

CAPÍTULO
DEZOITO

– Do que você está falando? – Perguntei, mal conseguindo ouvir minhas próprias palavras. A bala de canhão tinha feito alguma coisa com meus ouvidos. – Eu nunca te vi antes na minha vida.

A mulher era de meia-idade, com um rosto anguloso e lábios finos. Ela usava um vestido roxo-escuro, decorado com fitas cor-de-rosa. Enquanto eu observava, seu rosto se derreteu para revelar uma garota com um piercing no nariz arrebitado, pele marrom-escura e olhos âmbar. Seu cabelo escuro estava trançado e torcido em um coque elaborado no alto de sua cabeça. O brinco que pendia de seu lóbulo esquerdo tinha quase dez centímetros de comprimento, uma coluna de contas de azeviche com uma lua crescente e uma estrela negras e reluzentes suspensas na ponta. O brilho de grampos de azeviche idênticos cintilava em seu cabelo, lembrando-me do céu noturno.

– Desculpe – disse Kenté. – Eu tinha me esquecido disso.

Fiquei tão surpresa por ver minha prima que levei um momento para me dar conta do que aquilo significava. De algum modo, ela soubera que eu estava viva. E não apenas viva, mas *ali*, a meio oceano de distância.

SUSSURRO DAS ONDAS

– Como... quando... o que você está fazendo em Brizos? – eu disse apressadamente.

– Procurando por você, é claro. Todo mundo disse que você tinha se afogado. – Ela sorriu, o que não era exatamente a reação à minha suposta morte trágica que eu teria preferido. – Deu nos jornais, até em Trikkaia, mas eu sabia que não podia ser verdade.

Eu tomei sua mão e me levantei.

– Explique.

– Bom, se você tivesse mesmo se afogado, estaria no fundo do mar. Deitada, bem parada, enquanto os peixes comiam seu cadáver.

– Não foi isso o que eu quis dizer com explicar – eu disse, limpando a terra da minha calça.

– Apesar disso, toda vez que eu conferia você – ela prosseguiu –, estava quase certa de que você estava em movimento. Viajando para sudeste. Toda noite, eu fechava os olhos e encontrava você.

Eu estava tão feliz por ver Kenté que tinha me esquecido de sua tendência irritante a falar por enigmas.

– Espere aí... *como*?

– Meu talismã – ela disse, como se fosse eu quem estivesse misteriosa. – Você obviamente está com ele.

– Espere, você quer dizer isto?

Eu enfiei a mão embaixo da camisa. A corrente estava emaranhada em um nó estranho em torno do pesado amuleto de ouro. Puxei a coisa toda por cima da cabeça.

Kenté pegou o talismã na mão e o beijou.

– Ah, olá para você.

Outra forte explosão de canhão ecoou pela água. Eu peguei o braço dela e a puxei rapidamente em direção à baía.

— Se você for morta por uma bala de canhão, não vai importar se eu já estiver morta. Os Bollards vão me matar outra vez. *Vamos.*

Nós duas nos abaixamos quando uma bala de canhão passou por cima de nossas cabeças e aterrissou com o barulho de madeira se estilhaçando.

Coloquei o colar novamente pela cabeça e perguntei:

— Então, essa coisa tem algum tipo de magia das sombras? Foi assim que você conseguiu me encontrar?

— Eu não disse isso na minha carta? — ela perguntou inocentemente enquanto corríamos pela rua.

— Não. — Eu olhei fixamente para ela. — Você disse que ele devia me proteger de homens das sombras inimigos. Você deixou de propósito de me contar que o estava usando para rastrear todos os meus movimentos.

— Ele protege você um *pouco.*

Eu continuei a olhar para ela.

— Na verdade, nada pode protegê-la de um homem das sombras. — Ela torceu o nariz. — Bom, nada que eu já consiga fazer. Mas, ao me dizer onde você estava — ela se esquivou —, em um sentido muito técnico, o talismã podia ser interpretado como uma *forma* de proteção...

— Então, você está dizendo que mentiu para mim.

— Sério, Carô — ela disse, com o rosto se iluminando com o clarão dos canhões. — Se eu lhe contasse a verdade, você podia tê-lo enfiado em uma gaveta e não tê-lo usado. Não sei como você pode ficar aborrecida com isso. Eu estou aqui, não estou? Todo o resto do mundo acha que você está morta, menos eu. Estou aqui para resgatá-la. Você devia estar dizendo obrigada.

– Você veio com os Bollards? Você trouxe um navio?

Kenté fez uma careta, mas não disse nada.

– Então, como exatamente você vai me resgatar? – perguntei.

– Veja bem, eu sabia que você estava em algum lugar a leste de Brizos.

Acompanhando meu passo, ela gesticulou para seu peito.

– *Eu* sabia, quando mais ninguém sabia. Assim que me dei conta de que você estava viva, comprei uma passagem a bordo de um navio. Eu planejava vasculhar todas as ilhas até encontrar você.

– Você contou à minha mãe e ao meu pai que estou viva? Ou ao Markos?

Kenté sacudiu a cabeça.

– Eu não queria dar esperanças a ninguém. Precisava encontrá-la primeiro.

Nós viramos uma esquina, e a baía, de repente, se estendeu à nossa frente. Quando olhei para a destruição, o choque me imobilizou. As ruas ziguezagueavam até o cais, iluminadas por prédios em chamas. Um brigue mercante tinha um buraco no convés, e saía fumaça negra dele. O mastro de outro navio estava rachado, perigosamente inclinado. Um armazém tinha pegado fogo. Os marinheiros da fragata, olhando atentos em meio à luz do crepúsculo, não tinham como saber qual navio era o *Corcel Cansado*. Eles estavam destruindo toda a ilha para tentar a sorte de que suas balas de canhão nos atingissem.

Minhas unhas se afundaram nas palmas das mãos enquanto eu me lembrava de outra noite como aquela, uma em que a *Cormorant* fez uma curva no rio e entrou nas ruínas em chamas de Pontal de Hespera, e minha vida inteira virou de cabeça para baixo.

Kenté parou na rua, quase me fazendo colidir com ela.

– Os canhões. Por que eles pararam?

Ela tinha razão. Grilos cricrilavam nas árvores e, em algum lugar, um cachorro latia. O silêncio, de repente, pareceu sinistro. Estiquei o pescoço para captar um vislumbre da fragata, mas a fumaça e a escuridão impediam que eu visse qualquer coisa. Um calafrio agourento desceu pelas minhas costas.

Eu saquei minha pistola roubada e disse:

– Isso não pode significar nada bom.

Uma mulher gritou. Havia soldados na rua, espalhando-se a partir do cais com mosquetes nas mãos. O estampido alto de disparos soou. Um homem gritou:

– Pela rainha!

E atacou um oficial com uma espada. Vários tiros soaram, e ele caiu na rua.

Um oficial berrou ordens.

– Encontrem os fugitivos.

Na sacada de um prédio próximo, algo brilhou, seguido por uma nuvem de fumaça e uma explosão. Homens estavam disparando nos militares. Pelo menos alguns dos piratas não estavam desistindo sem luta.

Um jovem soldado correu até seu superior.

– Senhor – ele disse. – Os patifes de Brilliante estão reagindo.

– Não me importa que vocês tenham que incendiar o lugar – gritou o capitão. – Encontrem aquela garota fugitiva! O emparca foi tolerante com este lugar sem lei por muito tempo.

Eu praguejei em voz baixa.

– Ah – Kenté disse. – A fugitiva é você. – Ela deu um suspiro profundo. – Claro que é.

Corremos por um beco até a baía, onde descobrimos não sermos as únicas ansiosas por deixar Brizos. O cais estava repleto de gente se empurrando e se acotovelando para entrar em seus barcos. Um homem carregava um saco de moedas pendurado no ombro, que tilintava enquanto ele corria. Soldados espalhavam-se pelo cais como formigas vermelhas; seus casacos eram manchas coloridas contra a escuridão.

Eu gesticulei para Kenté.

– O barco está al...

Eu parei bruscamente e olhei para o espaço vazio no cais. O bote havia desaparecido.

– Maldito.

Diric Melanos tinha escapado da esquadra do leão, me deixando entregue à própria sorte.

Os soldados estavam se aproximando. Eu me virei para minha prima.

– Eles têm um cartaz de recompensa com meu rosto! Rápido, você pode nos esconder nas sombras?

Kenté cerrou o punho. Escuridão começou a subir e engoliu suas pernas. O negrume viajou como tentáculos de fogo negro subindo pelo corpo dela, até que apenas seu torso ficou visível. Eu nunca a havia visto fazer algo assim antes.

– É claro – ela disse. – Prepare-se.

Olhei cautelosamente para sua cabeça sem corpo.

– Qual é a sensação?

– Como cobras rastejando sobre você – respondeu ela com um sorriso malicioso antes que sua cabeça desaparecesse.

– Verdade?

– Não, *não* é verdade. – A voz dela parecia irritada. – Agora, você quer que eu salve sua vida ou não? Fique parada.

Alguém gritou meu nome.

O *Corcel Cansado*, com apenas uma das velas tremulando no segundo mastro, seguia em direção ao cais com Diric Melanos no timão.

– Carô! – ele gritou novamente, afrouxando a vela para que a escuna perdesse velocidade.

Ele parecia aliviado, mas, sem dúvida, eu estava imaginando isso. Ele pegou um rolo de corda e o jogou pela amurada. Ele se desenrolou no ar e aterrissou com um baque surdo na superfície da água.

– Pule! Eu puxo você para bordo.

– É Diric Melanos? – perguntou Kenté.

– Está tudo bem, eu explico depois.

Tirei o pesado casaco vermelho e o chutei pela borda do cais. Ele afundou rodopiando pela escuridão até o fundo da baía. Aquele casaco não ia me arranjar nada além de problemas.

– O que você quer dizer com está tudo bem? – gritou ela. – Ele tentou nos assassinar!

– Apenas confie em mim.

SUSSURRO DAS ONDAS

– Mas...

Um disparo passou assoviando por mim. Nós não tínhamos tempo para aquilo. Com um movimento em direção à voz de minha prima, eu a empurrei do cais. Ela emergiu, engasgando e sem estar mais invisível, e cuspiu água salgada. Sua saia encheu em torno de sua cabeça. Ela me lançou um olhar feio e nadou, um braço após o outro em direção à escuna.

Uma voz falou às minhas costas.

– Desculpe eu não poder ter ajudado com o navio.

Eu me virei e vi Dido Brilliante, com o chapéu abaixado para esconder seu rosto. Ela estava parada sozinha no cais, com as mãos nos bolsos. Metade da marinha akhaiana estava revistando a ilha à sua procura e, ainda assim, ela dava toda a impressão de ter saído para um passeio.

– Parece que vou precisar ficar escondida por algum tempo – ela disse. – Mas vou voltar. Esta é minha ilha. – Ela me deu um sorriso estranho. – Sempre foi. Se, um dia, você voltar a Brizos, a senha para meu quartel-general é *Leviatã*. Diga a eles que Dido Brilliante deve a você dez talentos.

Com isso, ela saiu andando e passou por mim. Eu me perguntei qual era o navio dela, mas ela não parou em nenhum deles. Continuou a andar até chegar ao fim do cais, então...

Ela saltou e desapareceu em um círculo de bolhas. Esperei que reaparecesse na superfície, mas ela não fez isso. A menos de vinte metros de distância, uma cauda negra gigante se agitou na água, levantando uma montanha de borrifos. Então, ela mergulhou nas ondas, deixando-me sozinha e estupefata no cais.

— Carô! — gritou Kenté, batendo os pés na água. Ela pegou a corda que Melanos tinha jogado. — Vamos!

Eu pulei no mar. O frio me atingiu como um tapa quando a água se fechou sobre minha cabeça e minhas botas me puxaram para baixo como pesos. Nadei com toda a força em direção à superfície e emergi, ofegante. Com as mangas grudadas aos braços, nadei em direção à corda. Minhas roupas se inflaram ao meu redor na água. Eu agarrei a corda e me segurei enquanto Melanos me puxava para cima.

Em segurança no *Corcel*, tirei a água das botas e torci a camisa. A cerca de dois metros de distância, Kenté olhava com tristeza para as saias encharcadas. A baía estava um caos, com navios mudando de direção, para cima e para baixo, quase acertando uns aos outros no escuro. Dois cúteres tinham emaranhado seus gurupés; suas tripulações gritavam e puxavam cordas. Todo mundo estava com pressa para escapar da esquadra do leão.

Depois de desemaranhar as adriças no mastro de proa, de repente, me arrependi de termos passado nosso tempo em Brizos tentando nos livrar do *Corcel Cansado* em vez de arrumar sua bagunça. Eu puxei a corda, e a vela se ergueu com movimentos espasmódicos até o alto do mastro. Rapidamente, amarrei a adriça no cunho e corri descalça para apertar a vela de estai. Com todas as velas erguidas, a escuna ganhou velocidade e se inclinou para estibordo, com água borbulhando sob seu casco. Observei a baía fumegante desaparecer atrás de nossa popa.

A fragata permanecia ancorada, sem dar sinais de perseguição. Um sorriso bailou em meus lábios. O ataque akhaiano tinha deixado a baía em uma confusão tão frenética que eles não tinham conseguido ver o único navio que estavam procurando.

– *Agora*, você vai me dizer por que não estamos matando Diric Melanos? – perguntou Kenté. – E por que ele não está nos matando?

Contei a ela rapidamente a história de como eu tinha naufragado e acordado na ilha, fora capturada pela esquadra do leão e escapara de Forte Confiança em um navio roubado. Quando cheguei à parte sobre o mapa do tesouro, os olhos de Kenté se arregalaram.

– Oooh – ela sussurrou. – O naufrágio do *Centurião*. O que a Companhia Bollard não daria para botar as mãos nesse mapa.

– Ayah? Bom, não fique muito animada – disse. – O *Centurião* é provavelmente uma busca impossível. – Eu apontei com a cabeça em direção a Melanos. – A questão é que nós precisamos um do outro. Pelo menos, até eu conseguir voltar para Valonikos.

Esse era outro problema. Qual a duração da viagem que tínhamos à nossa frente: uma semana? Ou mais? Nós não tínhamos mais nenhum alimento, nem água. Engoli minha frustração. Nós continuávamos a escapar por pouco de uma confusão só para irmos parar bem no meio de outra. Eu desejei ter apenas um dia para recuperar o fôlego.

Voltei até a proa e quase tropecei na pilha de produtos jogados aleatoriamente sobre o convés. Havia um cesto de frutas, vários pães, alguns cobertores e uma coleção de garrafas ao lado de um cofre pequeno, do tipo em que uma loja guardaria seus lucros. A fechadura tinha sido arrombada.

Eu abri a tampa e vi moedas reluzindo ao luar.

– A cidade deles estava sendo atacada e você os *roubou*?

Melanos deu de ombros.

– Duvido que eles estejam sentindo falta.

Eu olhei para os produtos roubados. Ele não estava errado. Ainda assim, era triste a ideia de que ele tinha tomado aquelas coisas de pessoas cujas casas e negócios estavam sob cerco.

– Embora não tenhamos provisões suficientes para chegar a Valonikos – ele prosseguiu. – Agora que estamos em três. – Ele e Kenté se estudaram com o olhar. Eu podia dizer que ele se lembrava dela. Ela e eu tínhamos roubado o *Vix* dele. – Acho que vamos ter de fazer uma parada em Iantiporos. É o porto mais seguro. Nem a esquadra do leão ousa enfrentar a margravina, não com a marinha dela parada na baía.

Ao ver a reprovação em meu rosto, ele jogou as mãos para o ar.

– Se você não está contente com o jeito como eu faço as coisas, pode assumir o timão.

Ele o soltou abruptamente, e eu mal consegui pegá-lo antes que ele girasse o navio em um jaibe descontrolado. Ele pegou uma garrafa da pilha de produtos roubados.

– O que eu fiz para os deuses – ele rosnou. – Para merecer ficar preso em um navio afundando cercado de garotas? É como... como estar em um bordel – ele disse de maneira sombria. – Só que não de um jeito divertido.

Ele desceu com passos pesados para a coberta, e a escotilha se fechou com uma batida às suas costas.

Kenté o observou se afastar.

— Você tem certeza de que confia nele?

— Nem um pouco. — Eu ajeitei minhas mãos no timão. — Não acredito que ele pretenda me dar metade daquele tesouro, se ele realmente existe. Ele vai me trair. Eu só planejo não deixar que faça isso.

— Boa sorte. — A expressão dela se abrandou. — Nos jornais — ela disse com cuidado —, disseram que Markos estava comprometido e ia se casar com a filha do archon de Eryth. O que aconteceu entre vocês dois?

— Não quero falar disso — respondi rispidamente, apertando minhas mãos em torno do timão. Depois de um momento, relaxei. — Ele queria recusar o casamento por minha causa. Ia jogar fora seu trono, seu país, tudo. Você sabe como o Markos é sempre tão nobre e estúpido. Ele não estava pensando direito. Eu decidi tomar a decisão por ele. — Minha garganta se apertou. — Para que ele não tivesse que fazer isso.

O rosto de Kenté assumiu uma expressão triste.

— Ah, Carô. Você... — ela hesitou. — Você ainda o ama?

— Quando as coisas começaram a ficar tão complicadas? Na *Cormorant* com meu pai, minha vida fazia sentido. Agora, tudo está uma confusão. — Minha voz vacilou. — Como posso saber se ainda o amo, quando é um tipo de amor que me faz desafiar os deuses? Quando eu nem sei mais nem quem sou.

Ela me apertou em um abraço quente, e nossas roupas úmidas grudaram umas nas outras. De repente, me arrependi de ter gritado com ela mais cedo. Ter Kenté ali era como ter de volta um pedacinho de mim mesma.

Ela me soltou e sentou-se de pernas cruzadas no banco, e

uma bola de luz azul surgiu na palma de sua mão. Ela tinha nitidamente aprendido vários truques novos na Academia.

– Como é que você faz isso? – perguntei. – Você não é capaz apenas de manipular a escuridão? E o sono – eu acrescentei. – Coisas da noite?

– Eu não estrou *fazendo* a luz – ela disse, apontando a lua com a cabeça. – Só estou afastando a escuridão da luz que já está aí.

Eu não sabia o suficiente das nuances da magia das sombras para entender a diferença.

– Eu nunca tive uma chance de responder sua carta. Como estão as coisas na Academia? Você descobriu algo sobre a Dama Vestida de Sangue?

– Eu sei um pouco mais. Para começar, o verdadeiro nome dela é Melaine Chrysanthe.

– Eu sabia disso – disse. – Antidoros Peregrine me contou.

– Ela é a amante do emparca... – Kenté sacudiu a cabeça. – Desculpe, é a força do hábito. Todo mundo em Trikkaia o chama assim. Ela é amante de Konto Theuciniano. Dizem os rumores que eles podem até ter filhos juntos. Dizem que ela teve cinco maridos, e todos eles tiveram mortes prematuras. – Ela moveu as sobrancelhas dramaticamente. – Mortes *misteriosas*. E houve histórias circulando na capital de que, no mês passado, um ministro importante no gabinete do pai de Markos, que se recusava a apoiar a reivindicação de Theuciniano ao trono, morreu depois de um banquete no palácio, no mesmo dia. Um banquete ao qual *ela* foi.

– E Theuciniano mandou-a atrás de Markos.

Ela girou sua bola de luz.

SUSSURRO DAS ONDAS

– Foi isso o que disse o visitante do diretor, mas... isso não encaixa, encaixa?

– O que você quer dizer com isso?

– Ela mata os homens seduzindo-os – lembrou-me Kenté. – Mas ela é vinte anos mais velha que Markos. Ele provavelmente não vai cair nessa. – Ela segurou minha manga. – Essa garota, Agnes... Você a viu mesmo, certo? É possível que ela seja a Dama Vestida de Sangue disfarçada?

Eu sacudi a cabeça.

– Ela não é muito legal... mas tem nossa idade.

Eu desconfiava que Agnes tivesse suas próprias razões para se casar com Markos, razões que nada tinham a ver com a sucessão akhaiana. *Markos Andela é minha única esperança de finalmente agradar meu pai.* Eu não podia culpá-la por querer isso. Eu, entretanto, a culpava por me deixar para morrer, sem demonstrar qualquer preocupação.

– Bom, então – Kenté soltou meu braço –, talvez a Dama planeje se infiltrar de algum modo na casa de lorde Peregrine. Colocar veneno em sua comida.

Mordendo o lábio, observei bolhas passarem na superfície do mar, iluminadas pelo círculo de luz de minha prima. Suas palavras me deixaram inquieta. Não havia como saber o que a Dama Vestida de Sangue estava tramando. Alguém *tinha* tentado envenenar Markos. Mas os funcionários da cozinha juraram ter visto um homem... Eu queria ter estado ao lado de Markos, onde eu podia protegê-lo.

Kenté e eu conversamos por várias horas antes de concordar em nos revezar para navegar o *Corcel*. Passava da meia-noite quando desci para a coberta para dormir algumas horas. Fiquei surpresa ao encontrar Melanos ainda acordado, curvado sobre a mesa. Ele olhava mal-humorado para a mesa, girando a garrafa de *whisky* em um círculo.

Reuni minha coragem e o encarei.

– Quero lhe fazer uma pergunta.

Ele apenas grunhiu.

– Antes, quando você voltou para me buscar, tenho que admitir que eu não podia acreditar – eu hesitei. – Você pareceu até se importar.

Ele acenou uma das mãos com desprezo, mas não antes que eu captasse um brilho de culpa em seu olho.

– É claro que me importo. Achei que você pudesse estar morta.

Naquela mesma noite, eu tinha testemunhado uma mulher se transformar em uma baleia e uma garota segurar luz onde não devia haver nenhuma, mas isso era ainda mais estranho. Os Cães Negros tinham se dispersado, e a maioria deles havia sido presa. Eu roubara o navio daquele homem. Destruíra sua vida. Que motivo Diric Melanos tinha para se preocupar comigo? Além disso, por que ele mesmo não tinha metido uma bala em mim?

– O que – eu disse lentamente – você não está me contando?

– Não perturbe, garota. – Seus dedos se retorceram em torno da garrafa. – Deixe-me beber em paz.

– Não.

Eu peguei o *whisky* e o afastei dele.

– Você está me ajudando por uma razão. Na ilha, você disse que era porque estava cansado de falar sozinho. Certo. Mas você podia facilmente ter levado o navio e me deixado para trás em Brizos. Você não fez isso. Quero saber por quê.

Um longo momento se passou.

– A única razão que importa... – A voz dele estava tão baixa que eu mal conseguia ouvi-lo. – Você é minha única esperança, Carô Oresteia.

Minha boca ficou seca.

– De quê?

– De recuperar tudo. – Ele inclinou a cadeira e apoiou a cabeça na parede. – Não foi culpa de ninguém, só minha. Eu sabia como ela era, eu sabia. Volúvel. Ela gosta de quinquilharias novas e brilhantes. – Ele olhou para mim com ressentimento nos olhos. – Seus tesouros reluzentes. Ela me alertou para não botar a mão em você, mas fui arrogante. Sabe, eu estava muito perto. Tão perto de tudo o que eu queria que quase podia sentir seu gosto. Tudo o que precisava fazer era matar aquele garoto e sua irmã.

Você deve ser a garota da barca, foi o que ele disse quando nos encontramos pela primeira vez em Casteria. *De quem eu sempre escuto tanta coisa.* Eu supus que ele estivesse falando sobre as pessoas nas terras dos rios. Mas ele estava falando sobre a deusa.

Diric Melanos também tinha sido escolhido pela deusa. E havia sido banido por minha causa.

Fui invadida pela verdade. Agora eu sabia por que ele não tinha me matado na ilha quando teve a chance. Durante todo aquele tempo, Melanos acreditou que, me ajudando, ele podia de algum modo se redimir com a deusa do mar. Eu quase escarneci. Não havia muita chance disso, quando ela me odiava tanto quanto o odiava...

Então, eu me dei conta. *Ele não sabia.*

Meu pulso bateu em meus ouvidos. Aquela que vive nas profundezas havia me abandonado naquela ilha para me punir pelo meu desafio. Mas ele não sabia disso. E eu não podia deixar que ele descobrisse. As palmas das minhas mãos ficaram úmidas em torno da garrafa.

– Capitão Melanos... – comecei, torcendo para que ele não tivesse percebido minha hesitação.

Ele revirou os olhos.

– Você pode me chamar de Diric, garota.

– Diric. – O nome pareceu estranho em meus lábios. Eu empurrei a garrafa de *whisky* pela mesa. – Obrigada pela comida. E pelos cobertores. E... obrigada por voltar para me buscar.

Sua única resposta foi remexer no bolso. Então, jogou um saco de munição para mim e disse rispidamente:

– Para você, garota. *Se* você conseguir ignorar de onde isso veio.

Provavelmente, ele o havia roubado com as provisões, mas eu o peguei sem comentário. Achei, então, que isso significava que estávamos confiando um no outro.

Naquela noite, sonhei que estava parada no meio da rua em uma cidade. Um homem andava à minha frente com as mãos nos bolsos. Seu cabelo comprido tinha sido descolorido pelo sol, e havia algas do mar presas a seu casaco. Seu passo era o de um marinheiro acostumado a acompanhar o balanço de um convés. Havia nele algo familiar.

– Ei! – gritei, fazendo a volta em uma carroça carregada. – Espere!

SUSSURRO DAS ONDAS

O homem virou, e captei um vislumbre de uma tatuagem de sereia em seu braço. Meu coração parou.

Era Nereus. Ele abriu a boca para falar, mas não saiu nenhuma palavra. Então, seus braços se transformaram em ossos, e seu rosto, em um crânio vazio. A palavra girou ao meu redor como algas viscosas.

Risadas.

CAPÍTULO
DEZENOVE

Eu tinha ido a Iantiporos em centenas de viagens de carga com meu pai e Fee, mas, dessa vez, era diferente.

Ao olhar por cima da amurada, nada à vista parecia familiar. Na *Cormorant*, costumávamos nos aproximar da cidade do oeste, navegando pelo lago Nemertes, um lago salobro cercado por terras planas e alagadas. Em contraste, a aproximação pelo mar revelava falésias majestosas com ondas brancas quebrando aos seus pés. Olhei no alto de um morro para a fachada do prédio imponente do senado, que as pessoas diziam ser uma das maravilhas do mundo moderno.

Ao meu sinal, Kenté baixou a vela principal, enquanto Diric conduzia o *Corcel Cansado* para um local vazio onde ancorar.

– Prendam bem as amarras.

Passei por cima da amurada com uma corda na mão. Eu a torci em um nó corrediço e o envolvi em torno de uma estaca. Pela primeira vez, me ocorreu que nunca tínhamos discutido quem era o capitão do *Corcel*. Acho que recuei para a posição de imediato por força do hábito.

SUSSURRO DAS ONDAS

Ao virar em direção à cidade, inspirei fundo. O cheiro de sal, alcatrão, água no fundo do barco e corda molhada eram os mesmos em todo porto. Mas aquilo era Kynthessa, meu país. Uma pontada de saudade me atingiu quando captei um aroma de capim do pântano lamacento. Em frente ao cais, havia a taverna de um homem-sapo, o Salto do Marinheiro. Eu a havia visitado mais de uma vez com Fee. Enquanto eu observava, dois homens-sapo passaram pela porta de vaivém, falando em sua própria língua.

Estiquei o pescoço para olhar ao longo do cais. Atrás de grandes navios marítimos, projetava-se um aglomerado de mastros de barcas. Pequenas imagens no alto dos mastros indicavam moinhos de vento de madeira, mas estavam longe demais para que eu visse com clareza, e eu tampouco conseguia ler os nomes pintados.

Meu coração se encheu de saudade. E se meu pai e Fee estivessem ali? Ou Thisbe Brixton, ou o capitão Krantor na *Fabulosa*? Os Oresteias viajavam pelas terras dos rios havia oito gerações. Os barqueiros eram família para mim.

Lágrimas brotaram em meus olhos. *Casa*.

Eu me virei abruptamente das barcas. Era um sonho tolo. O mar havia me deserdado, mas eu também não pertencia ao rio. Não sabia qual era meu lugar.

Depois que as velas foram corretamente baixadas e dobradas, Diric abriu o baú de moedas roubadas.

— Não podemos pagar por velas novas, nem temos tempo, mas podemos pelo menos substituir algumas dessas cordas podres. — Várias moedas desapareceram no bolso de seu casaco surrado. — Vou cuidar de arranjar provisões.

– Eu vou comprar as cordas – ofereci.

Ele me jogou um talento de prata.

– Enquanto estiver fazendo isso, compre algumas roupas que sirvam. – Ele apontou para minha camisa esfarrapada e para as botas roubadas. – Roupas de garota. E, não sei, tome um banho.

Olhei para ele de alto a baixo e dei um sorriso torto.

– *Você* tome um banho.

– Bah – ele murmurou, acenando para mim com a mão.

Kenté e eu descemos pela prancha de desembarque. Quando passávamos por cada ancoradouro, eu olhava com curiosidade para os navios enfileirados. Navios mercantes de velas quadradas esperavam em suas posições enquanto carga era levada para bordo. Eu não conseguia imaginar como seria navegar em um navio enorme como aquele, com três mastros e uma tripulação de quarenta pessoas. As bandeiras no alto dos mastros eram variadas – vi o azul e verde de Kynthessa, o leão akhaiano e o sol amarelo de Ndanna, entre outras. Mais longe na baía, havia ainda mais navios ancorados.

O sol da tarde caía sobre as pedras do calçamento quando entramos na rua cheia. A cidade tinha o mesmo estilo arquitetônico de Valonikos, com prédios de estuque caiado e cobertos por telhas. Mas as casas ali eram mais espalhadas, e a cidade era mais verde, com árvores esculpidas enfileiradas nas ruas. Levamos algum tempo olhando várias lojas. Comprei uma camisa e uma calça novas, além de um belo vestido de lã e um corpete que, arrisco dizer, até minha mãe aprovaria. Enquanto olhava para fileiras de botas de couro reluzentes, dei um suspiro, desejando ter dinheiro para comprá-las. Paguei pela corda nova com o resto de meu dinheiro e joguei uma moeda para o menino na loja que iria levá-la para o *Corcel*.

Quando deixamos as lojas, Kenté e eu nos aprofundamos na cidade. Através de becos, eu captava vislumbres atraentes de pátios e jardins ornamentados. Apesar de ser uma cidade portuária, tinha algo sereno e ordeiro em Iantiporos. Havia vigias de uniforme azul parados nas esquinas, com mosquetes nos ombros.

Em nenhum momento, você conseguia se esquecer totalmente de que aquela era a cidade da margravina, porque ela não queria que você esquecesse.

No quarteirão seguinte, chegamos a um grande prédio de mármore, resplandecente com colunas. Havia duas estátuas clássicas iguais de uma mulher embaixo de uma fonte, com água empoçando ao redor de seus pés nus dos dois lados da porta.

– Banho – eu disse em voz baixa.

Metade da casa de banho pública era dedicada ao uso de mulheres. Uma atendente vestindo uma toga antiquada estava parada ao lado de uma palmeira em um vaso. Kenté pôs uma moeda em seu cesto, e ela nos entregou toalhas perfumadas.

Quando empurramos a porta e entramos nos banhos, uma onda de vapor quente atingiu meu rosto. As mulheres que relaxavam na casa de banhos em diferentes estados de nudez tinham peles que iam do marrom profundo ao azeitonado e à palidez akhaiana do norte. Eu sempre ia amar as terras dos rios, onde eu tinha crescido, mas tinha que admitir que gostava mais da população mais diversa das cidades portuárias. Era mais fácil ser anônimo ali, onde ninguém olhava para mim com desconfiança, tentando identificar minha origem.

Caminhamos descalças pelo chão escorregadio de mármore. Plantas folhosas em vasos cercavam os banhos, e conversas murmuradas ecoavam no teto baixo, junto com a música de fontes gotejantes. Algumas pessoas achavam que o vapor nos banhos públicos era sufocante e que o incenso provocava espirros. Para mim, depois de semanas naufragada naquela ilha e trancada na prisão, aquilo era o paraíso.

Tirei minhas roupas esfarrapadas e afundei no banho. Por um bom tempo, boiei em um lugar delicioso entre o sono e o despertar, saboreando a sensação de água limpa acariciando minha pele.

Kenté apoiou o queixo na borda da piscina, brincando com a pilha de colares e grampos de cabelo que ela havia removido de si mesma. Uma pulseira consistia inteiramente de botões de metal, e outra tinha pendurada uma fileira de pingentes em diferentes formas geométricas.

– Todos eles fazem alguma coisa? – perguntei.

– Os pingentes são apenas para guardar magia das sombras. Mas os outros... Bom, eu tenho trabalhado com ilusões. Mudança de rosto, disfarces e coisas assim. Consegui até criar uma ilusão de morte. – As correntes tilintaram sob seus dedos. – Qualquer um desses três amuletos vai lhe dar lindos sonhos. – Ela me deu um olhar sagaz. – Percebi que você se mexeu muito ontem à noite.

– Eu dormi bem – retruquei. Estava hesitante em falar sobre a aparição de Nereus em meu sonho.

– Experimente um esta noite e depois me conte – ela disse,

ignorando minha observação irritada. – Sempre posso aproveitar ideias para melhorar. – Ela pegou um amuleto da pilha com um sorriso enviesado. – Ah, mas não este aqui. Esse é sobre Julius... é particular.

Eu sorri, aproveitando seu embaraço.

– Quem é Julius?

– Alguém que não é da sua conta, Carô. – Ela deu um suspiro e afundou mais na água. – Ele tem os olhos castanhos mais aveludados.

Eu apoiei minha cabeça na borda. Havia uma película oleosa se agitando sobre a água. Ela cheirava a algo fúnebre e floral – lírios, talvez.

– Você gosta da Academia?

– Gosto, embora eu desejasse que não fosse na capital akhaiana. – Ela franziu o nariz, e o piercing dourado brilhou à luz de velas. – Eu tenho *opiniões* sobre a emparquia de Theuciniano, e, às vezes, é difícil me calar quando as pessoas falam de política.

– Você não acha que está em perigo, acha? – Levantei a cabeça. – Assim, porque você é minha parente?

– Não sou assim *tão* próxima de você – ela disse, o que era tecnicamente verdade. Nós éramos primas distantes.

– É verdade, mas todo mundo sabe que minha mãe é uma Bollard – observei.

– Mas eles não sabem que eu ajudei a resgatar Markos e Daria. Quem iria contar a eles? A maioria dos Cães Negros foi enforcada, Cleandros está morto, e Diric Melanos estava supostamente morto.

Ela fez um círculo lento na água com a ponta do dedo, e as ondas refletiram em seus olhos.

— Mesmo assim, tomo cuidado com minhas cartas. Eu só as envio por pessoas em quem confio.

— Seus pais já relaxaram um pouco? — perguntei. — Sobre a Academia?

Antes, Kenté havia ficado aterrorizada de contar a seus pais sobre sua magia das sombras, com medo da reprovação. Havia certas expectativas para aqueles de nós nascidos na família Bollard, e, infelizmente, elas se concentravam em torno de acordos comerciais, não grampos de cabelo encantados.

Ela sorriu.

— Vamos dizer apenas que eles passaram a entender como um homem das sombras pode ser útil para a Companhia Bollard.

Fazia sentido. Os Bollards também negociavam com informação, além de vinho, chá e seda. Um homem das sombras podia ficar invisível e usar uma ilusão para assumir um rosto diferente. Como espiã, Kenté podia ser muito valiosa para a família.

— Isso é tudo o que você quer fazer com sua magia? — Eu me encolhi diante de minhas palavras. Ao contrário de mim, Kenté tinha sido criada entre as paredes dos Bollards, e sua lealdade à casa era mais forte que a minha. — Eu não quis dizer *tudo* — observei apressadamente. — Eu só queria dizer que...

Ela sacudiu a cabeça rapidamente.

— Tenho minhas próprias ideias sobre como planejo servir à deusa da noite. Planos que não envolvem contratos de navegação. — Ela olhou com culpa em torno da casa de banho. — Ugh. Espero que não haja mais nenhum Bollard aqui, eu me sinto mal. – Ela prosseguiu: – Estou, porém, disposta a entrar no jogo por enquanto. Pois, agora que meus pais deram sua aprovação, eu, de repente, me vi na posse de grande quantidade de dinheiro para despesas.

Essa conversa sobre os Bollards me lembrou que meus pais ainda achavam que eu estava morta.

– A Companhia Bollard tem um escritório aqui, não tem? Onde fica?

– Na Rua do Cais – Kenté disse imediatamente. – Perto da baía. Do outro lado, onde os navios e barcaças grandes atracam.

As explorações do capitão Jacari Bollard haviam lhe valido grande fama. Desde a época dele, a Companhia Bollard continuou crescendo até ser a maior empresa comercial de Kynthessa, ostentando centenas de navios. A família tinha escritórios em quase todo porto, embora a maior parte de seus negócios fosse conduzida da sede principal em Siscema.

– Nós devemos ir até lá imediatamente – decidi. – Eles podem mandar uma mensagem para minha mãe, e, enquanto estou lá, posso deixar uma carta para meu pai. Ele nunca fica muitas semanas sem passar por aqui. Eles vão saber como encontrá-lo.

Kenté se levantou do banho, escorrendo. Ela se envolveu em toalhas, sentou-se de pernas cruzadas atrás de mim no chão e ergueu um emaranhado de meu cabelo. O que, antes, era uma nuvem de cachos castanho-avermelhados parecendo saca-rolhas pendia embaraçado, resultado da grande exposição ao sol e à água salgada. E, além disso, refleti, de não ser penteado por semanas.

– Precisamos fazer alguma coisa em relação a isso – ela disse.

Depois de me ajudar a lavar meu cabelo, ela habilidosamente passou óleos com um pente pelos meus cachos e começou a trançá-los em uma trança grossa.

– Seu cabelo está seco demais – ela me repreendeu. – E cheio de nós.

– Ilha deserta – lembrei a ela.

Fechei os olhos e me recostei para trás, com um sorriso se abrindo em meu rosto. Sentia falta de minha prima pentear meu cabelo. Era um luxo doméstico agradável que eu nunca mais esperava saborear outra vez. Os dedos de Kenté puxaram um emaranhado resistente de cabelo para a trança, fazendo com que eu me encolhesse. Talvez eu não sentisse *tanta* falta dela assim.

Quando deixamos a casa de banhos, eu me sentia com os membros soltos e relaxada. Estava vestida com minha camisa e calça novas, com o resto de minhas compras enfiado embaixo do braço. Eu pedira à atendente para jogar minhas roupas velhas fora. Já não era sem tempo. Nunca mais queria ver aqueles trapos.

Descemos os degraus e entramos em um amontoado de gente aglomerada na calçada. A multidão zumbia com antecipação, parada na ponta dos pés para ver por cima dos ombros de todas as outras pessoas.

Alguém apontou para uma carruagem elegante.

– É ele chegando!

– O que está acontecendo? – perguntei a uma mulher de pele marrom com um gorro de acadêmica.

– Estão dizendo que é o jovem emparca naquela carruagem. – Ela apontou para a rua. – Alguns agora o chamam de "o impostor". Pessoas dizem que ele está aqui para implorar pela ajuda da margravina. – Ela acenou com a cabeça para uma torre de relógio próxima e acrescentou: – Bem na hora, também. A margravina fecha os portões do palácio às seis.

Meu coração deu cambalhotas em meu peito. Eu me virei, sem conseguir balbuciar uma resposta. Ondas de choque quebravam sobre meu corpo. Markos estava *ali*?

Atrás de nós, duas garotas riram.

– Ouvi dizer que ela se perdeu no mar.

– Não foi isso o que realmente aconteceu – a outra disse. – *Eu* ouvi dizer que ela afogou a si mesma quando descobriu que ele tinha jurado se casar com outra.

– *E* ele luta para vingar sua família.

A primeira garota deu um suspiro.

– É tudo tão romântico e trágico.

Meu rosto corou e esquentou. Elas estavam falando de mim. Cerrei os punhos.

Kenté segurou minha manga, impedindo que eu me virasse.

– Não – sussurrou ela. – É fofoca, só isso. Não é culpa delas.

A carruagem se aproximou. Os cascos dos cavalos batiam ruidosamente nas pedras do calçamento. O brasão de Kynthessa, um escudo verde e azul dividido por um rio sinuoso e encimado por duas espadas cruzadas, estava pintado na porta. Prendi a respiração quando a carruagem chegou aonde estávamos. Eu podia praticamente ver em seu interior...

Era ele. Reconheci o contorno familiar de seu perfil enquanto ele estava sentado rigidamente no assento.

— Markos! — eu disse ofegante.

Abri passagem desesperadamente e aos empurrões pela multidão, desviando de cotovelos e xingamentos. Quando consegui abrir caminho até a frente, a carruagem tinha passado e mudado de ângulo, de modo que as cortinas obscureciam seu rosto. Mas havia outra pessoa no outro assento, de frente para ele, olhando para trás. Uma garota, com as mãos cruzadas com modéstia em seu colo.

Agnes.

Eu soube que ela me viu pelo jeito como seus olhos se arregalaram. Ela empinou o nariz e me deu um sorriso malicioso. A carruagem seguiu barulhentamente pela rua em direção ao castelo da margravina, escondendo os dois por trás de cortinas de veludo. Eu me esforcei para segui-la, mas a rua estava lotada e era como nadar contra a corrente. Meu coração caiu aos meus pés, e todas as minhas esperanças desmoronaram. Depois de todo aquele tempo, ficar *tão* perto dele...

Kenté segurou minha manga.

— Aquela era ela? Era Agnes?

Eu só consegui assentir. Desamparada, observei o teto da carruagem subir balançando pela colina e sumir de vista.

— Bom, isso é uma coisa boa, não é? — Ela levantou a voz acima dos murmúrios da multidão. — Significa que ele sabe que você está viva.

— Não — sussurrei. — Eu não acho que sabe.

A multidão tinha começado a se dispersar. Kenté pôs a mão em meu ombro. Eu sabia que ela só queria me confortar, mas a tirei dali, coloquei minha trouxa de roupas em seus braços e saí correndo. Não havia esperança de alcançar a carruagem, não a pé, mas eu sabia para onde eles estavam indo.

O castelo da margravina foi construído na encosta do morro, e a espira de sua torre mais alta mal era visível acima dos telhados da cidade baixa. Eu segui pelas ruas, desviando de pedras irregulares do calçamento e de pedestres lentos. Minhas botas eram do tamanho errado e eu não estava acostumada a correr. Eu me contraí e apertei a mão sobre uma pontada no lado do corpo. Só sabia que precisava chegar até Markos.

O castelo era separado da cidade por uma ponte coberta, decorada com colunas de mármore. Havia guardas posicionados na entrada da ponte, parados como soldados de brinquedo com espadas apoiadas nos ombros dos casacos de seus uniformes. A carruagem já devia ter atravessado, porque não estava em nenhum lugar à vista.

Corri freneticamente até o homem mais próximo.

– Uma carruagem veio por aqui? – eu disse ofegante. Meus batimentos cardíacos estavam enfurecidos em meus ouvidos. – A carruagem de Markos Andela? Eu *preciso* vê-lo. Imediatamente.

Algo frio tocou minha mão.

– Calma, maruja. – O outro guarda bateu com delicadeza em minha mão com a parte chata da espada. – Você não pode simplesmente ir entrando aqui.

– Vocês não entendem – supliquei. – Ele me conhece. Mas acha que estou morta. Vocês podem pelo menos dar uma mensagem minha para ele? É *importante.*

Correr pelas ruas tinha anulado completamente os efeitos de

meu banho. Suor escorria pelo meu pescoço, e um cacho de cabelo tinha escapado da trança para cair em meus olhos. Com minha calça e minhas botas de segunda mão, os guardas provavelmente achavam que eu era uma grumete ou uma aprendiz, jovem demais para ser levada a sério.

– Eu sou Carô Oresteia – tentei novamente. – Por favor, digam a ele esse nome. Ele me conhece. A margravina me conhece. – Isso era forçar um pouco a verdade, para dizer o mínimo, mas eu precisava tentar. – Ela uma vez me deu uma carta de corso.

O lábio do guarda se retorceu quando ele tentou não rir. Ele trocou olhares divertidos com o amigo.

– Muito bem – ele disse, estendendo a mão. – Me dê essa carta de corso.

– Eu... Eu não a tenho mais.

Engoli em seco, sendo tomada por humilhação. Por que eu tinha achado que isso ia funcionar? Claro que eu não podia simplesmente entrar no palácio da margravina. Eu não era ninguém. Se Kenté, pelo menos, estivesse ali, talvez então pudéssemos usar a magia das sombras para passar escondidas pelos guardas. Mas, quando olhei para trás, percebi que ela não estava chegando. Eu devia tê-la perdido em minha pressa de perseguir a carruagem.

Derrotada, fiz a volta e fui embora. Atrás de mim, ouvi o resfolegar das risadas dos guardas, e minhas bochechas ficaram ainda mais quentes.

Eu havia encontrado Markos. Mas não tinha como chegar até ele.

A caminhada de volta levou muito mais tempo, com minhas

botas grandes demais e os músculos doloridos. *Rua do Cais, onde atracam as barcaças.* Foi lá que Kenté tinha dito que ficava a Companhia Bollard. Enquanto eu mancava nessa direção, torcia apenas para que ela tivesse tido o bom senso de também seguir para lá caso nos separássemos.

Esse era o plano, lembrei a mim mesma enquanto descia com dificuldade o morro. Era isso o que Markos devia fazer. Casar-se com Agnes. Conseguir um exército. Tornar-se emparca. Nada havia mudado.

Lágrimas arderam em meus olhos. Só que *tudo* tinha mudado. Eu quase me afogara em um naufrágio, tinha sido jogada em uma prisão e tivera balas de canhão disparadas em direção a mim pela esquadra do leão. A vida era preciosa. Por muitas semanas, tinha achado que nunca mais ia ver Markos novamente, e agora que ele estava ali...

– Carô! – Kenté disse ofegante, correndo até onde eu estava na rua. Percebi com vergonha que eu a havia abandonado com todos os pacotes de nossas compras feitas mais cedo. Ela se agarrou ao meu ombro e tentou recuperar o fôlego. – Você é... muito rápida, droga. Você saiu correndo e me deixou com todas essas coisas. Você... você o encontrou?

Eu sacudi a cabeça.

– Eles não me deixaram entrar. – Meus olhos se concentraram em sua pilha de colares. A magia das sombras não funcionava durante o dia, mas para isso serviam os pingentes de Kenté. Eles tinham sombras armazenadas em seu interior. – Você deve ter alguma coisa que nos ajude a entrar no castelo.

Uma voz alta nos xingou, e nós saltamos para a calçada bem

a tempo de evitar sermos atingidas por uma carroça cheia de sacas. Em algum lugar, um sino soou, tocando um ritmo sombrio.

– Eu tenho, mas...

– O quê? – perguntei.

– Os sinos – ela disse, apontando para a torre do relógio com a cabeça.

Eu me lembrei do que a acadêmica nos dissera sobre os portões do castelo serem fechados. O sino estava dando as horas. As seis da tarde tinham chegado e passado. Nenhum homem das sombras podia passar por um portão fechado.

Alguma coisa me atingiu no peito com um baque surdo, fazendo que eu cambaleasse.

Eu ergui bruscamente a cabeça.

Havia um homem parado na entrada de um beco próximo, com o rosto escondido por um capuz negro. Ele abaixou uma besta em miniatura, se virou e correu. Sua capa adejava às suas costas.

Um pequeno dardo estava alojado no cinto da pistola que eu usava cruzado sobre o peito. Ele estava posicionado, com as pernas ainda trêmulas, bem acima de meu coração.

– O que é isso?

Kenté começou a retirá-lo.

– Não o toque! – Eu agarrei sua mão. – Deve estar envenenado.

Com um gritinho abafado, ela deixou o dardo cair nas pedras do calçamento.

– Eu devia ter me dado conta disso – ela admitiu, chutando-o para a sarjeta com a ponta do sapato.

Peguei minha bolsa de munição e carreguei a pistola.

– Carô! – Kenté pegou meu braço. – Você não pode sair correndo pelas ruas de Iantiporos com uma arma.

– Pelas bolas de Xanto – praguejei enquanto partia pelo beco. – Eu não ligo. Alguém acabou de tentar me assassinar.

– Você quer esperar um segundo? – Ela arquejava. – Você vai acabar sendo morta. Ou presa.

Ela removeu um de seus pingentes e o jogou no chão. Ele se quebrou e se abriu sobre as pedras do calçamento, e ela desapareceu imediatamente.

Olhei para baixo e vi minhas botas de tamanho errado desaparecerem nas sombras. Estranhamente, a magia não causava nenhuma sensação. De algum modo, eu esperava que fosse frio, como alguém derramando um balde de água em cima de mim. Engoli em seco, desviando os olhos. Era desconcertante não ter corpo.

Depois de chapinharmos pelo beco enlameado, saímos em uma rua movimentada. Eu examinei a multidão em busca daquela capa escura tremulante e a vi a uma quadra de distância, adejando ao fazer uma curva.

– Ali! – eu disse ofegante.

Nós seguimos o pretenso assassino até uma fileira de prédios geminados. Um era um hotel elegante, a julgar pelo letreiro retangular e pelo porteiro uniformizado. A casa ao lado era igualmente ornamentada, com colunas brancas e arabescos em torno das janelas. Sua grandiosidade era um pouco reduzida por pintura descascada e um jardim dianteiro mal cuidado. As janelas do primeiro andar estavam cerradas com madeiras, e uma placa na frente dizia: ALUGA-SE.

O homem de capa olhou para trás para se assegurar de que o porteiro estava olhando para o outro lado e, então, pulou a cerca. Ele seguiu em silêncio pelo jardim, se espremeu entre as tábuas e desapareceu no interior da casa desocupada.

– Uma espécie de esconderijo – arrisquei. Esperamos por vários minutos, mas ele não reapareceu.

Eu não podia ver Kenté, mas eu a sentia às minhas costas.

– Nós devíamos segui-lo? – ela perguntou.

Eu tentei pensar.

– Não – decidi com relutância. – Não sabemos quem ele é, nem se existem mais deles. Nós podemos entrar em uma armadilha.

O som de uma porta se fechando fez com que eu erguesse os olhos. Mas era apenas uma mulher em um vestido vermelho com brocados dourados e um véu cobrindo seu cabelo e seu rosto, descendo os degraus do hotel ao lado. Ao pisar na rua, ela ergueu uma mão enluvada para chamar uma carruagem.

Eu me virei para a casa, estudando as janelas bloqueadas.

– Alguém sabe que não estou morta – murmurei.

A voz de Kenté soou sóbria em meu ouvido.

– Alguém, eu acho, que queria muito que você estivesse.

CAPÍTULO
VINTE

Depois do ataque misterioso, nos recuperamos em um restaurante com vista para a baía. Kenté pediu o jantar e uma garrafa de vinho, e eu desabei em minha cadeira, olhando aborrecida para o chão. Eu não ligava para comer. Uma parte envergonhada de mim desejava que não tivéssemos ido até ali. Só queria me esconder no compartimento de carga embolorado do *Corcel* e me entregar às lágrimas.

Kenté pôs sua mão reconfortante em meu braço.

– Carô, vai ficar tudo bem.

Eu me recusava a ser acalmada.

– Mas ele vai se *casar* com ela!

Ela mergulhou uma colher em seu guisado de camarão.

– Claro que vai. Essa não era toda a ideia? Especialmente agora que ele acha que você se afogou, por que ele não se casaria com ela?

Eu rasguei meu pão metodicamente, apertei-o em bolinhas e o afundei em uma poça de azeite de oliva.

– Você devia estar do meu lado.

Nós nos sentamos a uma mesa para duas perto de uma fileira de ciprestes em vasos. À esquerda, um beco calçado com pedras descia a colina, onde os telhados de Iantiporos se estendiam como as saias de uma mulher. O jardim do restaurante era enfeitado com lanternas penduradas, com os padrões de suas laterais projetando sombras no calçamento. A comida devia ter sido um pedaço bem-vindo de casa – guisado de frutos do mar, enguias na torrada e peixe frito com um molho temperado à parte.

Tudo tinha gosto de cinzas em minha boca.

Kenté pegou um jornal abandonado em uma mesa próxima e alisou os amassados. A tinta estava suja com impressões digitais e manchas de comida.

– Não acredito que estou aqui histérica – eu disse. – E você está aí sentada lendo o jornal.

Ela olhou a primeira página e virou para a seguinte.

– Carô, você nunca ficou histérica na vida.

Chutei a perna da mesa.

– Eu podia começar.

– Não, você não vai! – Ela colocou o dedo em uma reportagem perto do pé da página. – Aqui tem uma coisa sobre você... Bom, mais ou menos. – A fonte era tão apertada que eu não conseguiria tê-la lido mesmo que não estivesse de cabeça para baixo. – Parece que o emparca sem dinheiro encontrou o amor novamente. – Leu ela em voz alta. – Depois que a intrépida garota corsária conhecida como a Rosa da Costa se afogou em um naufrágio, dando um fim trágico ao romance complicado que cativou os leitores desde...

– Mas que droga! – explodi. – Eu te *disse*. Eu disse que ela não tinha nenhuma intenção de contar a ele que não estou morta.

— É possível – observou Kenté com a boca cheia de comida. – Você pode ter sentimentos não resolvidos.

— Eu não me importaria tanto se ele não estivesse se casando com *ela*! É só que ela... ela é... ela é horrível! – balbuciei. – Ela me deixou para ser enforcada!

— Não. – Minha prima apontou para mim. – Seus sentimentos não são por causa disso.

Ela estava certa.

Eu engoli em seco.

— Estraguei tudo. – Minha voz saiu baixa e engasgada. Agora que Markos estava ali, tão perto que dava raiva, percebi a enormidade do que tinha feito. – Eu estraguei mesmo as coisas. E pode ser tarde demais para consertar.

Kenté empurrou seu prato vazio para longe.

— Então, acho que nós vamos fazer isso.

Eu olhei para ela.

— Fazer o quê?

Ela aproximou o dedo do nariz, seu velho sinal para segredos e travessuras, e sorriu.

— Entrar no castelo da margravina.

Eu não merecia minha prima. Que tinha navegado quilômetros e quilômetros pelo mar para me encontrar. E ignorou alegremente todos os meus estados de ânimo sarcásticos. E que ia entrar no castelo mais fortemente armado no país só porque achava que isso ia me fazer feliz.

Minha voz vacilou.

— Sério?

— Claro, sério. — Kenté se levantou e jogou uma pilha de moedas sobre a mesa. — Nós vamos fazer isso amanhã cedo, quando os portões se abrirem. Venha, vamos embora.

O sol estava se pondo atrás das espiras do castelo da margravina, deixando o céu dourado, quando chegamos ao *Corcel Cansado*.

— Onde vocês estiveram o dia inteiro? — perguntou Diric.

Eu comecei a explicar que tínhamos visto Markos, mas ele interrompeu.

— Não me importa nada sua maldita vida amorosa. Achei que você fosse me ajudar a consertar o cordame.

Eu olhei para o martelo e os pregos espalhados ao redor. Tábuas novas cobriam o buraco no convés. Eu meio que esperava que ele estivesse em uma taverna em algum lugar, mas Diric já tinha começado a consertar o *Corcel*. Rolos de corda amarela dura estavam empilhados no convés. O garoto da loja devia tê-los entregue.

— Bom, eu comprei a corda mesmo assim — eu disse com um dar de ombros culpado.

— Ayah — murmurou Diric. — Pelo menos, você conseguiu fazer isso, mas está quase escuro. Você estava fora paparicando seu emparca, e agora é tarde demais para terminar qualquer trabalho.

— Eu não *ligo* para este navio estúpido! — Minha frustração transbordou. — Não com Markos aqui. — Minha garganta doeu. — Você não entenderia.

— Eu entendo o suficiente — ele disse. — Achei que você fosse uma capitã e uma bucaneira, mas você é só uma menina tola.

Abri a boca para negar, mas um lampejo de movimento acima do ombro de Diric me deteve.

SUSSURRO DAS ONDAS

No cais, um marinheiro caminhava vagarosamente entre dois navios, com as mãos nos bolsos. Havia um rabo de sereia enroscado em seu braço.

Uma onda de choque me atravessou. Era exatamente como meu sonho, só que, dessa vez, eu *sabia* que estava acordada.

Nereus.

– Ei! – gritei e corri até a amurada.

Ele não se virou.

– Carô, o que é? – perguntou Kenté atrás de mim, mas eu não tinha tempo para explicar.

Saltei por cima da amurada e saí correndo pelo cais. Enquanto abria caminho entre os marinheiros, eu me esforçava para não perder Nereus de vista. Primeiro, ele foi para a direita, depois, para a esquerda, mergulhando por trás de grupos de pessoas e pilhas de barris. O cheiro suave de algas marinhas emanava através da multidão.

Piscando, eu parei abruptamente.

Nereus tinha desaparecido, mas, em seu lugar, surgiu uma garota correndo pelo cais, praguejando enquanto chutava suas saias para fora do caminho. Ela carregava uma cesta de sanduíches e, embaixo do braço, levava um monte de mapas. Quando ela se virou, consegui dar uma boa olhada em seu rosto.

– Docia! – gritei, começando a correr. – Docia Argyrus!

Seus olhos se arregalaram.

– Carô! – Sua cesta caiu no cais, e ela me envolveu em um abraço quente que cheirava a sal e algodão úmido. – Nós soubemos que o *Vix* afundou com toda a tripulação perto da rocha das Quatro Milhas. Onde você *esteve*?

Decidi não mencionar a parte em que tinha sido capturada pela esquadra do leão e cometera um ato de pirataria.

— Tive sorte — eu disse a ela. — Fui levada para uma ilha e desde então estou lutando para conseguir voltar.

— Ah, Carô — ela disse. — Eu sinto muito mesmo. Pelo *Vix*.

Eu hesitei.

— Estava pensando... Talvez ele pudesse ser resgatado.

Dúvida passou pelo rosto de Docia.

— Seria possível — ela disse com cautela. — Talvez. Mas... a despesa... Bom, um trabalho de resgate desses custa muito. — Ela não pareceu muito esperançosa.

— O que você está fazendo em Iantiporos? — perguntei, afastando a imagem das velas do *Vix* acenando de um jeito triste enquanto peixes entravam e saíam nadando do naufrágio.

Ela soprou um novelo de cabelo escuro dos olhos e se abaixou para pegar a cesta.

— Estou aqui a trabalho. — Ela apontou com a cabeça para o cais. Eu reconheci a barcaça de salvatagem da família, a *Peixe-Gato*. Seus dois irmãos mais velhos estavam rindo enquanto levantavam as velas. — Estamos indo para o lago Nemertes para explorar um naufrágio.

Meu olhar desceu até sua cesta.

— Sanduíches?

Ela apertou os lábios em uma linha.

— É melhor que ficar em casa em Valonikos. — Ela olhou às minhas costas, e sua expressão mudou. — Aquele é Diric Melanos. — Seus lábios se achataram em aversão. — Eu o reconheço do cartaz. Eu achei que ele devia estar morto.

SUSSURRO DAS ONDAS

Olhei para trás. Diric tinha me seguido, com Kenté alguns passos atrás dele. Eu me dei conta de que tinha saltado do navio e saído correndo sem nenhuma palavra de aviso.

– Está tudo bem – eu disse a Docia. – Ele está comigo.

– Com *você*? – Sua voz estava incrédula. – Não foi ele quem tentou matar você?

– É uma longa história... – comecei a dizer, mas ela me interrompeu.

– Você se esqueceu das barcas que ele queimou? – ela perguntou. – Porque eu não. Eu fiz aquele trabalho com meu pai. Algumas daquelas pessoas perderam tudo. – Ela sacudiu a cabeça, com a decepção encobrindo seu rosto. – Como você pôde fazer isso?

– Ele me ajudou a fugir de... É uma longa história *mesmo*.

Eu me remexi desconfortavelmente, sabendo que isso parecia apenas uma desculpa. Mas a visão de Diric fez com que eu me lembrasse do mapa.

Se ele fosse real, Docia com certeza saberia.

Com excitação crescente, eu me voltei para Diric.

– Esta é Docia Argyrus – expliquei. – Ela trabalha com salvatagem e é especialista no *Centurião*. Posso apostar que ela sabe algo que nós não sabemos. Mostre a ela o mapa.

Vi a desconfiança em seus olhos. Mas ele deu de ombros e pegou o mapa dentro do casaco.

Docia me lançou um olhar piedoso.

– O que é isso sobre o *Centurião*? Ele tem lhe contado um monte de mentiras, Carô. Achei que você fosse mais esperta que isso.

Com o coração batendo forte, passei o mapa para Docia.

— O trisavô de Diric disse ter encontrado o naufrágio. Este é um mapa de onde ele escondeu o tesouro. — Esperei um pouco enquanto ela examinava o desenho. — Bom, o que você acha?

Ela franziu os lábios.

— Isto é uma mentira. Não tem latitude nem longitude. — Depois de um resfolegar incrédulo, ela gesticulou para o mapa. — Não tem nenhum tipo de ponto de referência. Nada além de um pedaço de lixo. — Ela focalizou os olhos em Diric. — Igual a ele.

Gesticulei para Diric.

— Mostre a ela a moeda!

A expressão dele estava hesitante, mas ele pegou a peça de ouro irregular e a jogou para mim.

Eu peguei a moeda e a exibi a Docia.

— Então?

Ela tornou a olhar para o *Peixe-Gato*.

— Carô, eu preciso ir.

— Você quer pelo menos dar uma olhada nela?

Apertei a moeda em sua mão

Com um suspiro, ela virou o objeto.

— Não posso ter certeza sem meus livros. — Ela acariciou a peça de ouro, passando o polegar pela decoração em relevo de sua face. Quando olhou para mim, seus olhos estavam arregalados. — Espere aí, isso pode ser autêntico. Está vendo esta marca aqui, no verso? — Suas palavras saíam cada vez mais rápido. — Sabe, esses antigos talentos de ouro eram cunhados à mão. É por isso que as bordas são tão irregulares. É da era certa, veja como o leão no brasão é diferente. Em relação ao ouro, você pode conseguir um alquimista para testá-lo.

— Docia! — gritou seu irmão. — Depressa! Não podemos navegar sem nosso jantar.

Seu olhar permaneceu na peça de ouro, até que a devolveu a mim.

— Estou indo — berrou ela.

— Só mais um minuto — implorei. — Alguma coisa já foi encontrada, qualquer coisa, do *Centurião*? Algum tipo de pista para descobrir onde ele afundou? — Eu me lembrei daquele dia no escritório. — E o seu... seu mapa, que você estava fazendo? Com as marés?

Ela deu um suspiro.

— Eu tenho tentado solucionar esse mistério há anos. Mas tem uma coisa — ela disse. — Eles recuperaram o diário de bordo. O que eu não daria para botar minhas mãos nisso.

— Como eles encontraram o diário de bordo? — perguntei. — Ele não teria afundado com o navio?

Docia ajustou sua cesta de sanduíches.

— Quando a fragata afundou, eles tiveram tempo de lançar o bote do capitão. Os corpos do capitão e do imediato foram encontrados, meses depois, flutuando no meio do mar. Eles, então, eram apenas esqueletos.

Eu fiz uma careta ao refletir sobre a imagem horrenda.

— O que aconteceu com o diário de bordo?

Docia deu de ombros.

— Bom, ele foi levado para a Biblioteca Real em Trikkaia...

Kenté sacudiu a cabeça e falou pela primeira vez.

— Que deve estar cheia de Theucinianos.

— ...onde ele ficou por cem anos — prosseguiu Docia. — Até ser vendido para um colecionador particular.

— Quem? — perguntou Diric. — Onde ele está?

Ela deu um olhar feio em direção a ele.

— Não importa. Você não vai conseguir chegar perto dele. Dizem que o quartel-general de Dido Brilliante é quase impenetrável. Eles a chamam de...

— A rainha pirata — concluiu Diric.

Meu pescoço formigou de excitação. O diário de bordo do *Centurião* estava em Brizos. Nós dois tínhamos estado lá e nem sabíamos disso.

Docia ainda estava olhando para Diric.

— O que ele prometeu a você, Carô? Metade do tesouro? — Ela cuspiu no cais. — Provavelmente ele só vai meter uma bala em suas costas.

— Não é assim — protestei. — Você não entende.

— Entendo que aqueles barqueiros que ele assassinou eram seus amigos — ela disse. — E você está traindo sua memória por ouro. Por uma busca impossível.

Docia girou e me deu as costas. Eu a observei correr em direção ao *Peixe-Gato*, levando a cesta de sanduíches. Suas palavras duras tinham me deixado momentaneamente atônita, mas, então, fui tomada pela culpa. Ela estava certa, não estava? Diric Melanos tinha matado aqueles barqueiros. Ele tinha matado a *mãe* de Markos. Por que eu o havia defendido?

Mais do que isso, o que eu estava fazendo ali?

CAPÍTULO
VINTE E UM

Naquela noite, na cabine à luz de candeeiro do *Corcel Cansado*, Diric estava animado como eu nunca o havia visto. Cantarolando uma canção obscena, desenrolou um mapa sobre a mesa. Ele retratava Brizos e as ilhas em volta.

Olhei ao redor e percebi como ele tinha estado ocupado nesse dia. No caminho para Iantiporos, nós bombeamos a cabine e a livramos da água com fedor horrível. Agora que ela tinha sido arejada, estava muito mais agradável. Os beliches de madeira nus estavam forrados com cobertores que Diric tinha roubado em Brizos. Mas, enquanto Kenté e eu estávamos fora, mais confortos tinham surgido. Comida fresca e pratos enchiam as prateleiras. Eu até captei um cheiro de café. O garrafão de água tinha sido novamente cheio com água fresca, e havia uma pequena coleção de suprimentos médicos na mesa lateral. O *Corcel Cansado* quase parecia capaz de encarar uma viagem marítima.

Diric abriu uma garrafa de rum e a derramou em uma caneca.

– Uma bebida para mim. – Seu rosto marcado se iluminou em um sorriso, e ele serviu outra caneca: – E uma para a senhorita

Bollard. – Com um floreio, ele serviu uma terceira: – E uma para Carô... – Ele percebeu que eu não estava sorrindo. – Qual o problema com você, garota? É hora de um brinde... ao ouro e à glória!

– Eu não vou voltar a Brizos.

Ele balbuciou e baixou a garrafa.

– O quê?

– Markos está aqui – falei, me aprumando. – Dizer a ele que se casasse com Agnes foi um erro. – Minha voz vacilou. – Eu estava me apaixonando por ele e joguei isso fora.

Vê-lo naquele dia tinha feito com que, como mágica, tudo se tornasse claro para mim. Nem me importava mais que Markos e eu fôssemos impossíveis. Eu só o queria de volta.

– Então, estou entendendo você direito? – Diric deu um gole de rum e baixou sua caneca com força sobre a mesa. – Você está perdendo sua metade do tesouro. Uma chance de recuperar seu navio. Tudo por causa desse *garoto*.

Kenté me observava do outro lado da mesa. Luz refletiu em sua argola no nariz, mas ela não disse nada.

Eu empinei o nariz.

– Sim.

– Mas agora você *sabe* que o ouro é real, droga.

– Eu sei. – Eu engoli em seco. – E não vou culpá-lo por ir atrás dele sem mim. O esconderijo da rainha é inexpugnável, ayah, mas nós dois sabemos que ela não está lá. – Pela primeira vez desde aquela noite, eu me lembrei de que Dido Brilliante tinha me dado a senha para seu quartel-general. Eu duvidava que Diric fosse precisar

dela. Provavelmente, não havia restado ninguém para quem dizê-la.
– Você, faça o que tiver que fazer. Mas, eu... eu tenho que ficar.

– Agora, veja aqui. – A voz de Diric estava vacilante, mas eu não sabia se era pelo rum ou por emoção. – Nós falamos sobre isso. Você ia ficar com metade do ouro do *Centurião* e ia usá-lo para recuperar o trono de seu garoto. Acertar as coisas entre mim e os deuses.

– Você assassinou a emparquesa! – Eu pulei de pé, empurrando a cadeira para trás. – Mesmo que você ajude Markos a se tornar emparca, ele nunca vai perdoá-lo por aquilo. *Nunca*. Nem os deuses vão. Nenhuma quantidade de ouro vai poder compensar as coisas horríveis que você fez.

– Você não pode simplesmente sair – ele disse rudemente. – Eu *tenho* que ajudar você.

Por alguma maldita razão, ele tinha colocado todas as suas esperanças em mim. Bem, eu não as queria. Eu não queria nada daquilo.

– Eu não sou sua redenção, Diric Melanos – retruquei com rispidez. – Ayah, você pode me ajudar, sim. Navegando para bem longe e nunca mais voltando.

Eu me virei e subi a escada para o convés.

A manhã seguinte nasceu nublada, com grossas nuvens cinza ameaçando chover. Eu abri o embrulho de papel, retirei o vestido que tinha comprado na véspera e o sacudi. Feito de um bonito tecido de lã com a barra listrada e meias mangas com fitas, ele tinha um corpete baixo amarrado por cadarços. Era exatamente o tipo de vestido que minha mãe sempre quis que eu usasse.

– Ugh – reclamei, segurando a coluna do beliche e inspirando fundo enquanto Kenté amarrava meu corpete. Ela não estava sendo muito gentil em relação a isso. – Eu já estou me arrependendo disso.

Ela puxou os cadarços.

– Você vai ao castelo da margravina. Você não pode vestir simplesmente calça e botas.

Eu cerrei os dentes.

– Nós vamos estar invisíveis.

– Ah, está bem – ela disse com irreverência. – Markos não vê você há meses, mas tenho certeza de que você vai causar uma grande impressão se aparecer parecendo um rato de rua.

Olhei para trás e fiz uma careta para ela.

Depois que eu estava amarrada no interior de meu vestido, Kenté se ocupou calmamente do bule de café. Em seguida, ela passou cinco minutos rearrumando os pratos na prateleira. Da mesa da cabine, eu a vi morder o lábio.

– O que foi? – perguntei por fim, baixando minha xícara.

– Você tem certeza de que está fazendo a coisa certa? Quero dizer, abandonando o tesouro?

Eu revirei os olhos.

– Não me diga que Diric Melanos a encantou com suas maneiras adoráveis e seu rosto bonito.

– Dificilmente – ela disse. – Eu não sou a Jacky.

Nossa outra prima tinha ficado bem enamorada com as histórias do arrojado capitão dos Cães Negros.

— Mas, Carô, ele não matou a mãe de Markos. Foi Cleandros. Você pode botar muitos crimes aos pés de Diric Melanos, mas não esse.

— Tem certeza?

— Cleandros se gabou disso para mim. Imagino que você nunca o tenha ouvido. — Ela inclinou a cabeça, refletindo. — Foi depois que ele atirou em você. Ele me disse que nada tinha lhe dado mais satisfação do que atear fogo àquele caixote, exceto matar você.

— Que belo sentimento.

Se Diric não tinha matado a emparquesa, por que ele não havia negado isso? Eu o acusara duas vezes do crime, mas ele não dissera nada a respeito. Não fazia sentido.

Desci da prancha de embarque para o cais e olhei para trás, para o *Corcel Cansado*. Achei que aquilo fosse uma despedida. Ele parecia patético, com suas velas remendadas e cordas frouxas. Eu virei de costas e lembrei a mim mesma que não gostava nada daquela banheira velha. Diric Melanos podia ficar com ela.

Mesmo que o tesouro fosse real, e daí? Ele nunca ia me deixar ficar com a metade. Eu não tinha acreditado nele em Forte Confiança e não acreditava nele agora. Toda aquela conversa sobre acertar as coisas com os deuses não fazia sentido. Ele era um pirata e um assassino.

Eu assumi uma expressão determinada. Sabia que estava fazendo a escolha certa.

— Venha — disse para Kenté. — Vamos embora.

Um tiro fendeu o ar. Ergui um braço para proteger meus olhos quando fui atingida por estilhaços no rosto. Alguém gritou.

– Carô!

Kenté se deitou no cais.

Eu percebi que tinha sido ela quem havia gritado. A bala de chumbo tinha se alojado na figura de proa do navio atrás de mim. A sereia de madeira tinha um buraco onde costumava ficar seu olho direito. Com atraso, fui atingida por uma onda de medo, que enfraqueceu meus joelhos.

Agarrei o braço de minha prima para me apoiar.

– Estou bem – consegui dizer.

Pelo canto do olho, captei um movimento. Uma figura de capa escura abria caminho pela multidão no cais e derrubou um marinheiro com um caixote de garrafas. Duas garrafas caíram e se estilhaçaram, derramando cerveja por toda parte. O homem de capa saltou do cais para a rua, movendo-se em diagonal.

– Nosso amigo de ontem? – Kenté disse ofegante.

– É isso – rosnei, erguendo o vestido até os joelhos. – Eu me recuso a ficar parada e deixar que ele atire em mim.

Kenté fez uma careta.

– Carô, as pessoas estão olhando.

Eu me aprumei e segurei minha pistola de pederneira.

– Deixe que eles olhem.

A lateral do meu corpo doía por estar tensionada pelo corpete, mas ignorei a dor. Eu soprei um cacho errante de meu rosto.

– Tenho certeza de que eles já viram as pernas de uma garota antes. Vamos.

Acima na rua, o homem de capa se misturou com a multidão. Chapinhando pela poça de cerveja, parti na direção oposta. Começou a chover, e gotas de chuva marcavam meus antebraços nus.

Kenté corria ao meu lado.

– Nós não vamos segui-lo?

Eu sacudi a cabeça.

– Quando as pessoas estão atirando em mim, gosto de saber por quê! Ele está seguindo para *longe* de seu esconderijo – expliquei, me esquivando das gotas. – Eu quero ver o que tem lá dentro. Se nos apressarmos, podemos chegar lá antes que ele volte.

Quando chegamos à casa desocupada, estava chovendo bastante. O som ameaçador de trovões se espalhava pela baía. O hotel ao lado estava lotado. Três carruagens tinham parado em frente, e os cocheiros conversavam na calçada, com as golas levantadas para se proteger do clima.

Eu me esgueirei para o interior do beco.

– Maldição, tem gente demais em frente ao hotel. Não podemos entrar pela frente.

Eu passei as mãos pelas janelas fechadas com madeira.

– Alguém vai ver. Deve haver outra...

Meus dedos prenderam em uma tábua podre.

Segurei a madeira e puxei com toda a força. A tábua se soltou, o que me fez quase perder o equilíbrio. Eu a joguei no chão e espiei através do buraco. Estava escuro demais lá dentro para ver qualquer coisa.

Kenté passou o dedo por seus colares.

– E se ele voltar logo para cá e nos pegar? – Ela agarrou meu braço. – Carô, e se nem for o mesmo homem? E se houver mais de uma pessoa tentando nos matar?

Naqueles dias, normalmente havia.

– Fique de olho – sussurrei. – E esteja pronta para nos esconder.

Com a pistola carregada e engatilhada, eu me espremi através da abertura. Pisquei, enquanto meus olhos se ajustavam à escuridão. Havia lençóis fantasmagóricos sobre os móveis, e poeira tinha se acumulado por toda parte. Na parede mais próxima, um quadrado mais claro indicava onde antes havia uma pintura. Ou ela tinha sido removida pelos antigos ocupantes ou roubada por invasores. Pedaços do gesso do teto haviam se esfarelado e caído, pontilhando o chão.

Fiz um gesto silencioso com minha pistola e apontei com a cabeça em direção à escada, onde pegadas haviam perturbado a poeira. Com cuidado para não tocar em nada, seguimos a trilha que subia a escada em espiral. Quando parei no segundo andar, olhei para o corredor. Não havia pegadas naquele andar. Minha mão suava em minha pistola. Nós continuamos pela escada até o quarto andar, que estava cheio de marcas de botas. As pegadas levavam a uma portinha de madeira. Kenté correu à frente e girou lentamente a maçaneta.

O sótão, como o resto da casa, parecia estar deserto. O teto era baixo e inclinado, e objetos envoltos em lençóis ocupavam os cantos sombrios. Do lado oposto do sótão, embaixo de uma janela circular com persianas fechadas, havia uma grande mesa retangular. Com a pistola tremendo à minha frente, eu segui pelas tábuas do chão que rangiam.

SUSSURRO DAS ONDAS

Um pequeno baú preto estava destrancado e aberto na mesa. Ele tinha três níveis, cada um cheio de tubos de vidro e pequenos frascos. Alguns tinham líquido em seu interior, enquanto outros guardavam ervas secas. O assassino havia escrito nomes de ingredientes nos rótulos, em uma letra preta e confusa que eu não conseguia decifrar. Levantei o frasco mais próximo do baú e o inclinei. Um líquido roxo-escuro se moveu para cima e para baixo.

Eu o deixei de volta em sua bandeja, lembrando-me do dardo da véspera. Tocar aquelas coisas podia ser perigoso.

Luz entrava enviesada através das persianas, projetando-se sobre a capa de um caderno com manchas de água. Atordoada, passei os dedos pelos objetos na mesa. Um pedaço de cera. Um anel de sinete. Um cotoco de lápis. Peguei o anel e o girei na mão. A cauda de um leão-da-montanha se enroscava em um círculo em torno do selo. Seus olhos eram rubis pequeninos. Eu tinha visto aquele emblema muitas vezes antes. Ele estava em minhas pistolas, nas que eu havia perdido.

— Esse é o brasão do emparca — Kenté disse, desnecessariamente, às minhas costas.

Meu coração bateu forte com medo. A lombada do caderno estava inchada, e o papel, amarrotado. Quando o abri, um cheiro familiar emanou das páginas endurecidas — o cheiro do oceano.

Com dedos trêmulos, eu virei as páginas arruinadas. O caderno estava cheio de datas e números, e listas anotadas apressadamente de — eu olhei para a confusa letra manuscrita — ingredientes? Receitas? O texto escuro estava quase ilegível, e, em alguns lugares, a ponta do lápis tinha rasgado a página.

— Coroa púrpura — li. — Beladona. Cicuta. São todos...

— Venenos — Kenté disse com excitação. — A Dama Vestida de Sangue. Você acha que é ela?

— Como pode ser? — sussurrei. — Quando ela não sabe...

Eu, de repente, me senti demasiado revoltada para terminar. *Que estou viva*. Só uma pessoa sabia disso.

Agnes.

Mas havia sido um homem quem tinha atirado em nós, não? A verdade escorria através de mim como água gelada. Uma das primeiras regras de contrabando de meu pai era que as pessoas sempre veem o que esperam ver. No dia anterior, tínhamos observado uma pessoa de capa e com roupa de homem entrar naquela casa, e, vários minutos depois, vimos uma mulher de véu sair do hotel. Eu estava disposta a apostar que, se explorássemos aquele sótão, íamos descobrir que os dois prédios estavam conectados. O assassino *parecia* ser um homem, mas nós não chegamos a ver seu rosto.

— Meus deuses — sussurrei com a mente finalmente chegando ao que meus instintos já sabiam. — Precisamos encontrar Markos. Agora.

CAPÍTULO
VINTE E DOIS

Uma vez, meu avô Oresteia enfrentou um bando de bandidos do rio portando apenas uma faca e uma frigideira, mas eu diria que nem mesmo ele era ousado o bastante para tentar invadir o castelo da margravina.

Minhas botas pisaram nas poças quando nos aproximamos.

– É o mesmo guarda que me parou ontem – murmurei para Kenté com as mãos trêmulas devido a meus nervos agitados. – Ele vai me reconhecer.

Os dois guardas tinham ido para um pequeno abrigo protegido da chuva. Um estava agachado, esquentando as mãos sobre o fogo em uma lareira, enquanto o outro ficava de vigia.

Kenté puxou um grampo de azeviche de seu cabelo.

– Bem, ele não vai contar a ninguém.

Ela jogou o grampo no interior do posto da guarda.

Nada aconteceu.

– Uhm.

Eu ergui as sobrancelhas.

O guarda perto do fogo meneou a cabeça e caiu no chão.

Então seu companheiro desabou, e seu capacete rolou para trás até bater ruidosamente na parede. Os dois estavam roncando.

Kenté apontou a cabeça em direção à ponte.

– Vamos. Com sorte ninguém vai descobri-los por algum tempo, graças ao clima.

A chuva apertou, caindo sobre as pedras com uma intensidade que indicava que aquele não seria um aguaceiro passageiro. Um raio brilhou acima de nós, seguido pelo ruído tonitruante de um trovão. O tempo ruim estava muito bom para mim. Na véspera, havia guardas postados ao lado de toda coluna da ponte, mas, nesse dia, eles estavam encolhidos em abrigos nas duas extremidades.

– É melhor nos escondermos agora – sussurrei, puxando Kenté para trás de uma coluna. – Ainda temos que passar pela outra guarita.

Envoltas em sombras, passamos pelo resto dos guardas e chegamos a um pátio sem ser vistas. À nossa direita, cavalos batiam as patas e bufavam nos estábulos da margravina. Diretamente à nossa frente, havia uma porta enorme disposta em uma parede de pedra. Olhando para ela com cautela, puxei a mão de minha prima para afastá-la dela. Era melhor evitar os corredores principais.

Meus instintos se revelaram corretos. Uma porta sem adornos no outro extremo do pátio levava ao alojamento dos guardas. A chuva tinha confinado a maior parte dos criados da margravina a seus aposentos. Havia vários homens uniformizados aglomerados em torno de um jogo de dados, enquanto outros lustravam armas ou poliam suas armaduras. Vozes animadas ecoavam pelas paredes. Com cuidado, seguimos nosso caminho pelo salão cheio e saímos por uma porta na extremidade oposta.

Nós tínhamos conseguido entrar no castelo.

O alojamento dos guardas ficava anexo a um corredor estreito de criados que corria ao longo do lado esquerdo do castelo. Ao encontrá-lo vazio, exalei. Dali, achei que tínhamos de encontrar o caminho até o centro. Água escorria pela minha testa. Irritada, eu a esfreguei. Nada em minhas roupas era apropriado para aquilo – eu não tinha chapéu nem casaco, e minhas armas estavam guardadas desajeitadamente na faixa decorativa de meu vestido. Meu saco com balas de chumbo estava preso a minha coxa por baixo de saias pesadamente encharcadas, mais ou menos inacessível, o que significava que eu só tinha um tiro.

Olhei para o chão e fiz uma careta. Estávamos invisíveis, mas a mancha de água que tínhamos deixado no capacho seria óbvia para qualquer um que estivesse olhando. Dei um passo à frente.

Uma onda tremeluzente se ergueu vacilante e quebrou em cima de mim.

Eu parei.

O que tinha sido aquilo?

De repente, percebi que Kenté estava visível outra vez. Olhei para baixo e vi meu próprio vestido, encharcado e escorrendo água da chuva sobre o chão de lajotas.

– Proteção.

Kenté examinou a parede ao lado de nossa porta, passando os dedos pelos painéis.

– Claro. Faz sentido, não faz?

As coisas que faziam sentido para minha prima eram normalmente incompreensíveis para pessoas normais.

– Não. O que você quer dizer com isso?

Eu a puxei para trás de um armário cheio de pratos. Graças aos deuses, o corredor estava vazio quando reaparecemos.

– A margravina teve esta entrada encantada, é claro – ela sussurrou. – Para impedir que sua casa seja infiltrada por homens das sombras. Isso pelo que acabamos de passar era uma armadilha. Ela removeu minha ilusão.

– Então nos faça invisíveis outra vez – sibilei.

Ela franziu os lábios.

– Duvido que vá adiantar alguma coisa. Onde há uma armadilha, provavelmente há outras. Nós vamos simplesmente ter que nos mover rápido, antes de sermos vistas.

Eu não gostei disso, mas também não tínhamos escolha. Markos estava ali em algum lugar – com uma garota que tinha intenções assassinas. Nós precisávamos encontrá-lo.

O castelo da margravina era um labirinto de aposentos amplos com colunas, decorados com cortinas diáfanas e retratos que deviam ter cinco metros de altura. Não se passavam mais de alguns minutos sem que um criado aparecesse no fim de um corredor comprido, e éramos forçadas a nos esgueirar para algum nicho na parede ou mergulhar em um aposento vazio. Comecei a me desesperar, achando que podia nunca encontrar Markos. Aquele lugar era enorme.

Finalmente, ouvi vozes vindo de uma porta à frente.

Eu me apertei contra a parede e me aproximei lentamente. Era uma estufa, cheia de árvores bem cuidadas e flores em vasos.

SUSSURRO DAS ONDAS

Água borbulhante corria lindamente das mãos estendidas de uma mulher de mármore. Na base da fonte, peixes de mármore saltavam em torno de seus pés, enquanto abaixo, na água turva, peixes reais cor de laranja nadavam de um lado para outro. Pássaros cantavam em uma gaiola dourada próxima. A grande janela retangular na parede em frente podia ter ofuscado o ambiente com luz do sol, se o tempo não estivesse tão tempestuoso lá fora. Através da janela, avistei um labirinto formado por arbustos podados e um jardim sombrio com esculturas sob a chuva.

No centro da estufa, duas cadeiras e um sofá tinham sido dispostos em torno de uma mesa de chá. Agnes estava sentada recatadamente em uma cadeira, com o cabelo escuro trançado em um belo penteado preso parcialmente na parte de trás da cabeça, com a metade inferior solta.

Sentado no sofá, com o rosto em perfil, estava Markos. Ele levantou uma xícara de chá azul e branca. Ao me lembrar do veneno, meu coração quase saiu pela garganta.

– Markos Andela! – gritei, arremessando minha faca.

Ela atravessou o ambiente girando e atingiu a xícara em suas mãos, que explodiu em um milhão de pedaços. A faca caiu ruidosamente no chão.

– Não ouse beber isso!

– Ai! – Markos sacudiu a mão, revelando um corte sangrento na palma. – Carô? – Ele olhou boquiaberto para mim como se tivesse visto um fantasma. – Por que você está atirando facas em mim? – Ele pulou do sofá, e cacos de porcelana caíram de seu colo.

– *Por que você não está morta?*

Por um longo momento, tudo o que consegui fazer foi olhar fixamente para ele. Seu cabelo tinha crescido, e ele o usava preso atrás. Era o estilo de um homem comum, não de um emparca, mas ficava bem nele. *Tudo* ficava bem nele. Ele usava um casaco novo feito de brocado liso e macio, folhas douradas sobre bordô, por cima de uma camisa de gola aberta branca como a neve. Um cacho ondulado de cabelo havia escapado e pendia em frente ao seu rosto, e senti vontade de pegá-lo e colocá-lo para trás.

Algo se moveu em minha visão periférica. Em um movimento brusco e aterrorizante, tudo voltou a mim.

– Detenham-na! – gritei, mas Agnes já estava saindo pela porta do jardim. Uma lufada de chuva tempestuosa entrou. A criada no canto apenas observava, como uma idiota.

Eu ergui a pistola, mas Markos me bloqueou.

– Abaixe a arma! Qual o *problema* com você?

– Mas que droga, Markos – retruquei com rispidez, empurrando-o para o lado. Era tarde demais. Com um movimento rápido de suas saias, Agnes desapareceu.

– Estou indo atrás – Kenté disse ofegante enquanto saía correndo pela porta.

Através da janela salpicada de chuva, vi as duas correrem pelo labirinto. Ergui a saia para ir atrás delas...

Só para ser detida pela mão de Markos agarrando meu pulso.

– Me solte. – Eu tentei me soltar, mas ele era mais forte que eu. – Você não entende! – Minha voz vacilou. – Ela está tentando matar você. O chá... é veneno!

Uma voz altiva falou da cadeira do canto.

– Explique-se.

Markos me soltou imediatamente e se afastou.

A voz pertencia a uma mulher de idade usando uma touca rendada. Eu não a havia percebido porque ela era tão pequena que sua cabeça mal chegava ao alto da cadeira. Da porta, ela era invisível, e, até então, estava em silêncio.

– Ah – eu disse. – Desculpe, senhora, eu não a vi.

Markos fez um pequeno ruído engasgado.

– Carô, você está falando com a margravina de Kynthessa.

Olhei para ela com a mente repentinamente vazia. Ridiculamente, meu único pensamento foi que eu tinha quebrado sua xícara de chá. Ela estava espatifada em pedaços pelo chão.

Então, aquela era a margravina. Ela tinha pele azeitonada e cabelo branco, sob joias pesadas – um colar e brincos de safira em um enorme engaste antiquado – penduradas nela. Markos uma vez me dissera que ela parecia um morcego velho, mas seus olhos escuros tinham vivacidade e inteligência. Alguma coisa em seus traços e na textura de seu cabelo empoado fez com que eu a estudasse mais atentamente. Piscando, percebi que ela tinha ascendência mista, como eu. Fazia sentido – pessoas de famílias reais se casavam com outras pessoas de famílias reais. Em algum lugar de sua linhagem, provavelmente havia algum lorde de Ndanna ou de outro país do sul.

– Caroline Oresteia. – A margravina me estudou através de seus óculos com cabo e sem alças. – Ah, sim, eu sei sobre *você*. – Sua voz era muito maior que seu tamanho. – Eu lhe dei uma carta de corso. Roubar o navio dos Cães Negros e fugir com seu saque não era exatamente o que eu tinha em mente.

SARAH TOLCSER

Fiz uma mesura, irremediavelmente estranha. Apesar de todos os esforços de minha mãe, eu nunca aprendera a fazer isso direito.

– Fique de pé direito, garota. Você parece ridícula. – A margravina acenou com a mão. – Agora, por que você está arremessando facas em meu jogo de chá? Ele tem trezentos anos de idade, e o padrão é bastante insubstituível.

– Agnes Pherenekiano não é quem vocês pensam que é – eu disse apressadamente. – Ela é uma assassina, mandada por Konto Theuciniano. – Eu me virei para olhar para Markos. – Eu não podia deixar que você bebesse aquele chá. Ele podia estar envenenado.

– Estou viajando com ela há dias. Se ela fosse me envenenar – Markos disse uniformemente –, por que não teria feito isso antes?

Senti uma pontada de dúvida.

– Eu... Eu não sei.

A margravina tocou um sininho de prata.

– Se há alguma verdade enterrada nesta história exagerada, vamos descobrir.

Um soldado apareceu na porta.

– Chame o capitão da guarda – ela gritou. – Agora.

Ela segurou sua bengala com cabo de ouro e ficou de pé.

Markos fez uma reverência para ela.

– Peço desculpas pelo que Caroline... Bem, por Caroline, em geral. Quanto ao jogo de chá, vou cuidar disso.

A margravina escarneceu.

– Duvido.

Com isso, ela saiu da estufa.

Markos a observou ir.

— Desculpe – ele disse, virando-se para mim. – Ela é...

— Aterrorizante – concluí.

Ele não riu. Nas semanas desde o naufrágio, eu visualizara nosso reencontro cem vezes, mas minha imaginação nunca projetara nada como aquilo. Nós estávamos parados a mais de um metro de distância, olhando um para o outro com cautela.

Markos sacudiu a cabeça.

— Isso... Isso é inacreditável. – Sangue escorria, esquecido, do corte em sua mão. – Você está me dizendo que ela não é Agnes? Essa garota não é a garota que você conheceu em Eryth?

— Ayah, ela é Agnes, sim – eu disse de um jeito sombrio. – Mas nada disso foi o que parecia. Duvido que seu pai algum dia tenha tido a intenção de lhe dar um exército. – Eu peguei um guardanapo da mesa e o apertei sobre seu corte. – Markos, você está sangrando.

Ele puxou a mão de volta.

— Eu sei disso.

Ele pegou mais guardanapos e esfregou as manchas úmidas em sua calça. Eu me encolhi. Ele estava coberto de chá e sangue.

— Desculpe – eu disse. – Eu me deixei levar.

— Você *acha*?

Perplexo, ele enfiou uma das mãos no cabelo. Senti uma pontada em meu coração diante do gesto familiar.

— Carô, seu navio naufragou há quase três meses. Quando seu corpo não apareceu com os outros, admito que tive um pouco de esperança. Mas, então, Agnes... ela disse que você afundou com o navio. Onde você *esteve* por todo esse tempo? – ele perguntou com voz rouca. – Por que você nunca nem tentou entrar em contato comigo?

De algum modo, eu sabia que aquele não era o momento exato para contar a ele sobre Diric Melanos.

– Prometo que vou explicar tudo.

Enfiei a pistola no cinto de meu vestido encharcado.

– Mas primeiro preciso encontrar Kenté. E Agnes.

– Eu vou com você – ele disse, como eu sabia que faria.

– Não. Você não está seguro lá fora.

Estendi a mão em direção a ele e toquei seu peito. Estava quente, e desejei enterrar minha cabeça nele. Queria dizer que eu estava errada por abrir mão dele. Contar tudo.

– Eu já volto. Não saia do castelo da margravina. E… – acrescentei –, o que quer que você faça, pelo amor dos deuses, *não* se case com Agnes.

Seus olhos se afastaram bruscamente dos meus.

– Carô. – Eu o vi engolir em seco. – Nós já estamos casados.

CAPÍTULO
VINTE E TRÊS

Caminhei pelo labirinto com lama sugando minhas botas. Era início de tarde, mas a tempestade havia escurecido o céu. Dos meus dois lados, cercas vivas altas estremeciam com o vento. Água da chuva estava enchendo rapidamente as cavidades rasas na trilha onde a grama havia sido achatada por pegadas.

Ouvi a voz de Markos em minha cabeça, várias vezes. *Nós já estamos casados. Já estamos casados.* Chutei violentamente uma poça.

Casados.

Quando virei uma curva, um raio brilhou sobre uma figura fantasmagórica à minha frente. Em pânico, contive um grito. Meu coração martelava no peito. Era apenas uma das esculturas da margravina, a imagem em mármore de um atleta cujos braços haviam sido perdidos para o tempo.

Enquanto me recuperava, segui mais fundo pelo labirinto.

— Kenté? — chamei, mal ousando levantar a voz. A única resposta era o vento agitando as cercas vivas.

Eu me virei, com os dedos suando no cabo da pistola. Não havia nada atrás de mim.

Estúpida. Tanto Agnes como minha prima provavelmente tinham desaparecido fazia tempo. Não havia nada ali além de mim e meu medo. Com um tremor triste da cabeça, baixei a arma e me forcei a seguir em frente.

Quando saí do labirinto, um vento forte me atingiu, agitando minhas saias. Protegi os olhos da chuva forte e tentei me situar. Os jardins da margravina terminavam no alto de uma escarpa de onde se avistava o mar. A trilha fazia uma curva em torno do penhasco, pontilhada aqui e ali por bancos de mármore. Havia uma luneta de bronze gigante montada em um pedestal. Em um dia claro, a vista era provavelmente espetacular.

Meu salto escorregou na lama e perdi o equilíbrio. Escorreguei pela trilha em direção à borda do despenhadeiro e bati contra um objeto duro. Graças aos deuses, alguém tinha pensado em construir uma proteção. Eu a segurei e me levantei.

Quando cheguei à cidade, meu vestido novo estava grudado ao meu corpo, encharcado de lama. Eu cheirava a lã molhada e suor. Minha boca se curvou em um sorriso amargo. Ultimamente, tudo o que eu fazia era estragar roupas.

Manchas dançavam diante de meus olhos. Apertei a mão sobre a pontada ao lado do corpo e dei uma respiração rasa com um silvo. Decidi que, quando voltasse ao *Corcel Cansado*, jogaria aquele espartilho no mar, onde, no que dependesse de mim, podia afundar até o leito da baía.

Então, lembrei que tinha mandado Diric Melanos para o inferno. A essa altura, o *Corcel* estaria a caminho de Brizos, e ele também.

Kenté e eu nunca discutimos onde nos encontraríamos se

nos separássemos. Segurei um bolo de saia encharcada nas mãos, combatendo meu estado de alarme crescente. Eu estava tão preocupada com Markos que a deixei ir atrás de uma assassina sozinha. Girei na rua vazia e apertei os dedos sobre as têmporas. *Pense.*

Havia um lugar para onde Agnes com certeza voltaria – o sótão. Ela havia deixado seu caderno e seus venenos ali. Ao me lembrar de como ela tinha abraçado seu baú de "tintas" junto do corpo na viagem até a baía em Eryth, soube que ela não deixaria as ferramentas de seu ofício para trás. *Tintas!*, pensei então comigo mesma. Como eu tinha sido ingênua.

Cheguei à casa e me espremi pelo buraco entre as tábuas. Água escorria de minhas saias e se transformava em lama no chão empoeirado. À minha frente, pegadas molhadas subiam a escada. Com a pistola na mão, entrei lentamente pela porta do sótão. Não havia ninguém ali. O baú ainda estava sobre a mesa, mas o caderno e o anel haviam desaparecido. Várias lacunas marcavam o lugar de onde os frascos haviam sido removidos do baú. O nó de medo em meu estômago ficou maior.

Quando tornei a sair no beco, descobri que a chuva tinha finalmente amainado um pouco. Eu parei desalentada entre as poças. Para onde iria minha prima se estivesse com problemas? O escritório dos Bollards? Havia acontecido tanta coisa que não tínhamos ido até lá para mandar minhas cartas.

– Rua do Cais – sussurrei, com o som de minha voz, de algum modo, fortificante. – Certo.

Meu único alerta foi o arrastar baixo de passos nas pedras do calçamento. Ouvi um grito, rapidamente abafado. Alguma coisa caiu ruidosamente na rua às minhas costas.

Eu me virei e encontrei Agnes Pherenekiano se debatendo nos braços de Diric Melanos, com o cano da pistola dele apertado contra o pescoço dela.

Ele era a última pessoa no mundo que eu esperava ver.

– O que você está fazendo aqui?

– Estava voltando da taverna quando avistei essa aqui à espreita perto do navio. – Ele viu Agnes olhando para a besta que deixara cair e a chutou para fora de seu alcance. – Eu sabia que ela estava tramando alguma coisa ruim, por isso a segui.

Ele tinha salvado minha vida outra vez.

– Quero dizer, por que você ainda está em Iantiporos? – perguntei. – Achei que você tivesse partido há muito tempo.

– Bom... – Ele deu de ombros. – Acho que sou um velho tolo. Pensei que você talvez mudasse de ideia.

Fiquei satisfeita ao ver que Agnes estava um pouco desgrenhada. A linha de lápis que contornava seus olhos estava manchada, dando a ela uma aparência vazia de cadáver. Lama cobria a barra de seu vestido, e seu cabelo tinha caído. Ela se debatia nas mãos de Diric como um animal em uma armadilha.

– A coisa toda foi uma armação, não foi? – eu disse. – Seu pai nunca ia dar um exército para Markos.

Com a garganta trêmula, ela olhou para a pistola de Diric.

– Claro que não ia – ela disse com rispidez, virando-se novamente para mim. – Preciso dizer que você é terrível para ficar morta. Primeiro, achei que você tivesse se afogado, depois, achei que iam enforcá-la em Forte Confiança, mas, agora, você está aqui atrapalhando meus planos outra vez. – Ela sorriu, exibindo uma fileira de dentes perfeitos. – Garotos para casar, maridos para assassinar, você sabe.

– Se você queria tanto que eu desaparecesse, por que não me matou no *Vix*?

– Quem disse que eu não ia fazer isso? – Ela parou de lutar e inclinou a cabeça, me estudando. – Mas teria sido uma pena matar você. Pessoas como você só aparecem uma vez na vida. Consorte de um emparca. Favorecida pelos deuses. – Ela viu a surpresa em meu rosto. – Ah, sim, Markos me contou tudo sobre isso. Enfim, eu senti que você queria ser algo mais que uma mera emparquesa. Então, sabe, de certa forma, somos iguais.

Eu preferia ter algo em comum com uma barata.

– Nós não somos nada iguais. Você é uma traidora, Agnes Pherenekiano.

– Ayah? – Diric riu. – Foi quem ela disse que era? – Ele a apertou com mais força. – Eu a reconheci na hora em que a vi. Uma grande semelhança de família.

Meu corpo ficou frio.

– O quê? – perguntei a ele lentamente. – O que você quer dizer?

De repente, eu me lembrei do retrato na parede da sala de jantar em Eryth, da Agnes garotinha, tão sem graça. E como o archon agira de modo estranho durante o tempo em que estive lá, quase como se estivesse com medo. *Amo minha filha. Você precisa entender que eu faria qualquer coisa por ela.* E se aquelas fogueiras na campina não pertencessem a seus homens? E se elas fossem os soldados de outra pessoa, enviados para Eryth para garantir que o archon cooperasse?

A última peça do quebra-cabeça se encaixou no lugar. O caderno. Os pergaminhos e diagramas na biblioteca de Agnes eram etiquetados com uma letra limpa e meticulosa, mas a letra que ela vira no sótão era um garrancho escuro e confuso.

O archon estava falando a verdade quando disse que faria qualquer coisa para salvar a filha. Só que aquela não era sua filha.

Minha voz saiu rouca:

– Quem é ela?

Diric enfiou a pistola no pescoço dela.

– Seu nome verdadeiro é Araxis Chrysanthe. Sua mãe é uma figura detestável. Eles a chamam de a Dama Vestida de Sangue.

Eu me lembrei do que Peregrine tinha me contado. *Todo mundo conhece a Dama Vestida de Sangue... Dizem os rumores que ela é amante de Konto Theuciniano.* Meu olhar se dirigiu ao dedo de Araxis, onde ela usava o sinete de leão que Kenté e eu tínhamos encontrado no sótão. Eu percebi o que sempre devia ter sabido.

– Meus deuses – sussurrei. – Você é filha de Theuciniano. – Eu me virei para encarar Diric e perguntei: – Você sabia? Por que não disse nada no *Advantagia*?

– Eu nunca a vi, não é? – Ele deu de ombros. – Você me falou de uma garota chamada Agnes.

Ele estava certo. Ela tinha tomado o cuidado de guardar sua visita a minha cela para um momento em que ele não estava lá.

Diric pôs o dedo no gatilho.

– É melhor matá-la. Essa daqui só causa problema.

– Ainda não – eu disse. Ela podia ter respostas. Enquanto a estudava, continuei: – Então, você deve ser prima de Markos...

— Prima? Ah, sim. — Ela deu um sorriso malicioso. — Eu fui para a cama com ele de qualquer jeito, se é isso o que você quer saber. Os Andelas e os Theucinianos não têm um parentesco assim *tão* próximo.

Mordi meu lábio com força. Eu devia ter deixado Diric puxar o gatilho.

— Eu ainda vou matar Markos — provocou-me ela. — Do mesmo jeito que matei sua prima.

Ela jogou a cabeça para trás e atingiu Diric no rosto com um som de estalo. Ele se curvou, grunhindo de dor. Araxis girou seu pé em um círculo tão rápido que eu não tive tempo de reagir. Diric caiu no chão. Ela saiu correndo, sem se preocupar em pegar sua besta, espirrando água enquanto corria pelo beco.

Eu ergui minha pistola e disparei um tiro. Ele resvalou nas pedras do calçamento com uma chuva de fagulhas. Araxis continuou correndo.

— Kenté.

Eu engasguei em seco, abandonando imediatamente a ideia de persegui-la. *Eu matei sua prima.*

Pelos deuses. Eu precisava encontrar Kenté.

Diric se ergueu de pé, xingando. Um ponto vermelho cresceu em sua testa, mas ele o ignorou.

— O *Corcel*. — Ele apontou com a cabeça em direção à baía. — Vamos.

Enquanto corríamos em direção ao *Corcel Cansado*, o cais parecia ter entrado em hibernação. Vigias com suéteres de gola alta estremeciam nos conveses sob toldos de lona, e a luz de candeeiros brilhava amarela das vigias. A água negra estava perfurada por gotas de chuva. Solitário em meio aos navios, o *Corcel* estava escuro.

Eu ouvi um estalo e o cheiro de enxofre flutuou em direção a mim. Diric tinha acendido um fósforo alquímico. Sua chama, sem ser incomodada pela chuva, projetava um círculo redondo de luz. Subi pela prancha de embarque com a pistola pronta.

– Kenté? – chamei, com meu sentido de perigo agitado.

Diric colocou a mão em meu ombro.

– Fique atrás de mim – ele disse, áspero, sacando a pistola.

Eu nunca tinha ouvido sua voz tão sóbria e mortífera.

Na luz tremeluzente do fósforo, vi uma gota de sangue no convés, depois, outra. Mais adiante, havia uma poça maior, estranhamente borrada, como se alguém tivesse escorregado sobre ela. Com a pistola tremendo na mão, eu respirava com dificuldade.

Diric xingou.

Havia uma figura encolhida no convés. O vestido roxo e molhado de Kenté estava grudado em seu corpo imóvel. Ela estava com o rosto para baixo e com uma das mãos estendidas. Suas botas estavam torcidas em um ângulo anormal.

Eu me perguntei quem estava gritando tão desgraçadamente alto que me fazia desejar que parasse. Então percebi que era eu.

Diric se ajoelhou. Ele tirou o casaco e envolveu Kenté nele para protegê-la da chuva forte.

– Ela está quente – ele disse. – Está viva.

Ele a aninhou no colo e deu um tapa nada delicado em seu rosto. As pálpebras dela adejaram.

– Kenté! – Eu sacudi seu ombro imóvel. – Acorde. *Acorde.*

Ela gemeu.

— Estou sentindo...

Gotas de suor brilhavam em sua testa. Sua mão se abriu, e um dardo caiu no convés, com a ponta de metal ensanguentada.

— Lá embaixo – ordenou Diric. – Pegue cobertores e água.

Eu não parei para questioná-lo. Com os dedos dormentes na escada, desci até a cabine. Corri até os beliches e peguei uma pilha de cobertores. Então, enfiei um garrafão de água embaixo do braço e subi rapidamente para o convés.

O ferimento da perfuração estava na parte de trás do ombro direito de Kenté. Tinha parado de sangrar. A pele ao seu redor estava inchada e levemente da cor errada. Eu contive um choro de raiva. Araxis atirara em minha prima pelas costas.

Diric pegou o dardo e cheirou sua ponta.

— Não cheira a nada. Mas... – Ele sacudiu a cabeça. – Não há como saber ao certo com venenos. – Ele cobriu Kenté com os cobertores. – Tente fazer com que ela beba alguma água.

Eu bati em seu rosto até que seus olhos se abriram.

— Como está se sentindo?

Levei o garrafão de água aos seus lábios e a observei beber.

— As sombras querem que eu dance – murmurou ela com olhos desfocados.

Apertei sua mão. Ela tinha conseguido beber um pouco de água, mas me assustei com o fato de que aquilo não era o suficiente.

— Eu tirei o dardo – ela murmurou. – Você acha que eu ainda vou morrer? Qual a sensação? – Seu rosto e seu pescoço pareciam inchados. – Se eu estiver morrendo?

Eu sussurrei:

— Não sei.

O peito de Kenté estremeceu.

— Não quero morrer.

Diric me empurrou com delicadeza mas firmeza para o lado e a pegou no colo.

— Companhia Bollard — ele disse de cara fechada, posicionando-a sobre seu ombro. — Qual o endereço?

— Fica na Rua do Cais. Você não pode procurar os Bollards. — Eu me levantei de pé. — Eles vão matar você.

— É ela ou eu. — Ele desceu com Kenté pela prancha até o cais. — Ela precisa de um médico. O melhor desta cidade. Sua família vai saber o que fazer.

A cabeça de Kenté balançava em seu ombro, com líquido escorrendo pelo canto da boca.

— Nenhum médico ousaria nos dar as costas! — protestei, correndo atrás dele. — Não quando ela pode estar morrendo!

A boca dele se estreitou.

— Nenhum de nós parece muito respeitável.

Era verdade. Minha saia estava respingada de lama até a cintura, e ele ainda estava usando o casaco esfarrapado e remendado.

Meu olhar se fixou na mão de Kenté, que balançava inerte. Eu sussurrei:

— Foi só um dardo pequeno.

A caminho da Companhia Bollard, duas vezes Diric teve que baixar Kenté para que ela pudesse vomitar — se é que você podia chamar aquilo de vômito. Praticamente inconsciente, sua garganta entrava em convulsão. Uma baba verde horrenda jorrava de sua boca, e seus olhos flutuavam para trás em sua cabeça.

– Meus deuses – engasguei. – Não deixem que ela morra.

A escuridão se fechou à nossa volta. Eu não era um homem das sombras e nunca tinha falado com a deusa da noite. Mas, naquele momento, fechei os olhos e fiz uma oração.

Deusa das sombras. Salve-a.

A sede da Companhia Bollard ficava entre uma chapelaria e a guilda dos construtores navais. Em um letreiro de bom gosto ao lado da porta, havia um barril de vinho gravado, com três estrelas em arco sobre ele.

– Veneno! – eu disse arquejante quando entrei pela porta. – Nós precisamos de um médico. *Agora.*

Parei, pingando, no carpete de um saguão com painéis de madeira. Em uma escrivaninha, havia uma mulher debruçada sobre um livro contábil, escrevendo com uma caneta. Na parede em frente, um retrato de meu ancestral, o grande explorador Jacari Bollard, resplandecente com uma capa vermelha e um chapéu bonito, julgava todo mundo que passava pela porta com seu olhar severo pintado a óleo. Havia o modelo de um navio em um armário com frente de vidro ao lado de um autômato de latão feito de engrenagens diminutas. Fogo crepitava na lareira, emprestando à sala um cheiro de fumaça que complementava o aroma de chá com especiarias.

Minha mãe largou a caneta, derrubando sem perceber o tinteiro no chão, e pulou de pé. Suas mãos tremiam enquanto ela olhava fixamente para mim.

– Carô.

CAPÍTULO
VINTE E QUATRO

Abri a boca para falar, mas muitas pessoas entraram na sala e ficaram entre nós. Uma mulher gritou e tirou Kenté dos braços de Diric. Nitidamente, nossas conexões em Iantiporos a conheciam bem. Eles a puseram no sofá, e alguém mandou um criado chamar a médica.

– Tamaré Bollard – Diric disse lentamente às minhas costas.

Eu tirei os olhos do corpo sem forças de minha prima. Diric estava parado com as mãos para o ar, cercado pela minha mãe e dois de seus homens. Havia três pistolas em sua cara.

O cabelo de minha mãe estava cortado rente à cabeça, e uma fileira de argolas de ouro subia pela borda externa de sua orelha. O brinco pendurado abaixo era um disco de ouro gravado com um barril e três estrelas. Ela era mais alta que eu, e sua pele era mais escura, mas seu nariz tinha a mesma curva, e o queixo, a mesma forma que o meu. O emblema dos Bollards em seu brinco era igual ao de sua pistola, que estava apontada para Diric.

– O que você fez com ela? – O maxilar de minha mãe estava rígido. – Pelos deuses, desta vez eu vou *mesmo* matar você.

SUSSURRO DAS ONDAS

A cicatriz no rosto de Diric chamava a atenção, raivosa e vermelha.

– A última vez que eu a vi foi na popa de seu navio enquanto você se afastava e me deixava para morrer. Eu não pretendo deixar que você termine o trabalho esta noite.

Eu entrei entre eles.

– Mãe, nós não temos tempo para isso! Não foi ele quem fez isso. Ele não é seu inimigo.

A voz de minha mãe estava fria como gelo.

– Qualquer um que faça mal à nossa família é nosso inimigo. – Mas ela removeu o dedo do gatilho. – Carô, saia do caminho. – Sua boca se retorceu com irritação. – Você está parada bem em minha linha de tiro.

– Não atire. Ele salvou minha vida. – Meu coração batia forte. – Deixe-me *explicar*.

– Faça isso – Diric disse. – Mas me perdoe se eu não estiver planejando ficar por aqui. – Ele olhou para Kenté, e sua voz suavizou-se. – Eu espero que ela consiga sair dessa. – Enquanto se encaminhava em direção à porta, ele me fez uma saudação incerta. – Devo uma a você, Carô, então vou esperar por vinte e quatro horas antes de partir. Se você mudar de ideia, sabe onde me encontrar.

Ele deixou alguma coisa cair no chão. A sala escureceu como se alguém tivesse jogado um cobertor escuro sobre nós. O fogo se apagou. Pessoas gritaram, passos arranharam o chão, e as dobradiças da porta rangeram.

Minha mãe xingou em voz baixa, e eu a ouvi ordenar:

– Peguem um maldito lampião.

Uma chama trêmula surgiu, mas era tarde demais. A porta estava aberta, e chuva entrava e formava uma poça no chão. Diric Melanos tinha ido embora, como eu sabia que faria. Eu me abaixei e peguei um grampo de uma fresta entre as tábuas do chão. Era um dos de Kenté. Ele o devia ter pegado de seu cabelo enquanto a carregava. Será que *todas* as joias dela tinham algo a ver com magia das sombras?

Minha mãe sacudiu a cabeça.

– Esse vigarista filho da...

Ela não terminou, porque, nesse momento, a médica entrou pela porta, com uma bolsa de couro agarrada na mão. Um cheiro forte e adstringente a seguiu. Por suas ordens, dois dos Bollards levaram Kenté para cima.

Quando seus passos silenciaram, minha mãe me envolveu em seus braços.

– Nós soubemos que o *Vix* estava perdido com todas as pessoas a bordo.

Ela me apertou até me deixar sem fôlego.

– Achei que você estivesse morta.

– O *Vix* está perdido. – Minha voz ficou embargada. – Ele afundou perto da rocha das Quatro Milhas.

Toda a história jorrou. Terminei contando a ela sobre Araxis e seu baú de venenos e dardos.

– Ah, Carô.

Ela envolveu minha mão fria com a sua, quente e seca.

Enterrei o rosto em seu ombro. Seu perfume era forte e amadeirado, mais masculino que feminino. Cheirava a salas de conferência com painéis de madeira, a barris de vinho e dinheiro. Eu estava certa de que minhas lágrimas tinham arruinado sua camisa de seda, mas ela não disse nada.

– Suba. – Ela pôs o braço em torno de meus ombros. – Você precisa contar à médica tudo o que acabou de me contar.

Minha voz vacilou.

– Ela vai morrer.

– Não se pudermos fazer alguma coisa – retrucou minha mãe, como se fosse completamente inconcebível que alguém sob a proteção dela tivesse a audácia de morrer.

No alto da escada, um criado se materializou com uma pilha de roupas secas. Com uma careta, percebi que tinha deixado uma trilha lamacenta nos arremates de metal que prendiam o carpete nos degraus. Na privacidade de um quarto extra, tirei o vestido molhado de meus ombros e fiquei só de corpete e roupa de baixo.

Diferente da casa dos Bollards, a propriedade localizada rio acima em Siscema, ninguém na verdade vivia naquele lugar. Os quartos do segundo andar acima dos escritórios eram para agentes da família quando iam para Iantiporos a negócios. Na verdade, eu não esperava encontrar minha mãe ali. Ela devia estar na cidade para supervisionar uma negociação comercial.

Minha mãe limpou a garganta, indicando a pilha de roupas.

– Essas são minhas. Eu diria que você vai ter que enrolar a bainha da calça, mas...

Ela deu de ombros.

– Achei que você ficaria mais confortável com ela que com um vestido.

Minha mãe e eu tínhamos brigado mais de uma vez por causa de minhas roupas. Como principal negociadora da empresa comercial mais poderosa do país, ela mesma raramente usava saias. Nessa noite, ela estava vestindo um colete preto com detalhes em dourado, calças e uma camisa de seda com um lenço de pescoço. Apesar disso, ela insistiu por anos em me impor coisas femininas. Eu costumava ficar ressentida com ela por isso, achando que ela queria insinuar que minha vida na barca com meu pai não era boa o suficiente. Mas, nesse momento, desconfiei que ela tinha feito aquilo por uma razão muito diferente. Minha mãe, que nunca fora particularmente tradicional, me via como uma segunda chance de experimentar o caminho que ela não tomara.

– Obrigada.

Eu vesti a calça, peguei as botas de couro de cano curto e enfiei meus pés avidamente dentro delas. Minha mãe e eu calçávamos o mesmo tamanho. Fazia meses que eu não usava sapatos que coubessem.

– Como você acabou se envolvendo com aquele patife do Melanos? – perguntou minha mãe. – Por todos os deuses, queria que ele tivesse ficado onde eu o coloquei.

Ergui as sobrancelhas.

– Em uma ilha para morrer sozinho?

Ela evitou meu olhar.

– Nada mais do que ele merecia.

– Na verdade, eu naufraguei naquela mesma ilha.

– Nossa, isso é muita falta de sorte – ela disse.

Eu não achava que tivesse nada a ver com sorte. Tinha sido a deusa do mar metendo suas mãos intrometidas em meus negócios. Mas eu não estava no clima de explicar essa história naquele momento.

– Nós fomos presos pela esquadra do leão por traição – contei a minha mãe. – Então, fugimos e roubamos um... – Eu percebi que estava falando com minha mãe. – Bem, essa parte não importa.

Ela escarneceu.

– Igual ao pai. Sempre se metendo em complicação. – Ela me observou prender a pistola no cinto e esperou um momento antes de dizer: – Sinto muito que você tenha perdido seu cúter. Mas, talvez, nós possamos transformar isso em uma vantagem. Vamos colocar você em um dos brigues maiores como aprendiz do capitão. Em alguns anos, você vai se tornar primeira oficial – ela disse com rapidez. – Aí, podemos falar sobre seu próprio navio mercante. – Ela apertou meu ombro. – Vai ficar tudo bem, Carô. Nós vamos consertar isso.

Minha mãe era uma organizadora. Era como sua mente funcionava. Eu sabia que, se não tomasse cuidado, ela já teria detalhado para mim toda a minha vida antes que eu acabasse de me vestir.

Eu sacudi a cabeça.

– Preciso consertar isso sozinha.

Sem disposição para perder tempo desamarrando meu espartilho quando Kenté podia estar morrendo, vesti a camisa de linho por cima dele. Meus lábios se curvaram para um lado em um meio sorriso quando vi o barril e as estrelas bordados no bolso.

Enquanto ajeitava minha gola, minha mãe deu um suspiro.

– Você sempre age como se eu fosse sua inimiga quando só estou tentando ajudar. – Senti que ela queria dizer mais, mas não fez isso. Finalmente, ela pegou minha mão. – Venha, vamos ver como está Kenté.

As três horas seguintes se passaram em um borrão. Nós observamos impotentes enquanto a médica forçava Kenté a engolir leite e o conteúdo de vários vidros de remédio. Depois de espremer veneno e pus do ferimento perfurado, ela aplicou um cataplasma fedorento. Alguém colocou uma xícara de chá em minhas mãos, e eu bebi entorpecidamente, com o rosto enrijecido pelas lágrimas que secavam.

A médica finalmente se levantou e enfiou a bolsa embaixo do braço.

– Fiz tudo o que podia. O tempo vai dizer.

– É *isso*? – eu disse com voz embargada.

Ela me olhou com tranquilidade, e eu me lembrei de que aquilo não era pessoal para ela. Ela via morte todo dia.

– O fato de ela ainda estar viva é um bom sinal. Acho que é bem provável que ela sobreviva. Ela precisa de descanso, para que seu corpo possa combater isso.

Ela olhou para minha mãe por cima de minha cabeça. Elas saíram juntas, e a porta se fechou às suas costas.

O quarto finalmente ficou em silêncio. Sozinha com minha prima, eu peguei sua mão.

– Carô – ela disse com voz rouca, fazendo esforço para levantar a cabeça.

Coloquei sua cabeça novamente na cama. Ela parecia muito leve.

– Você precisa descansar.

Os lábios de Kenté se movimentaram, mas no início, nada saiu.

— É tudo tão... confuso — murmurou ela. — Estou esquecendo uma coisa importante. — Os olhos dela se fecharam. — Markos. É isso.

— O que tem ele? — perguntei.

— Uma coisa que eu queria contar a você... — Um longo momento se passou, durante o qual achei que ela estivesse dormindo. Então, ela disse: — A carta que mandei para você. É isso. — Suas pálpebras adejaram e se abriram. — Estou dormindo. É... inconveniente. Mandei uma carta para Markos também. Mas não sei... se ele recebeu.

Lágrimas brotaram, ardendo em meus olhos.

— Não se preocupe. — Eu apertei a mão de minha prima. — Tenho certeza de que ele recebeu. Você precisa descansar.

— Odeio isso. — Seus lábios mal se moveram. — Eu ainda estar perdendo... a aventura.

Depois que Kenté revelou sua magia das sombras, parte de mim acreditou que ela fosse invencível. Mas, aninhada na pilha de cobertores, ela parecia magra e pequena. De repente, eu lembrei que ela tinha apenas dezesseis anos.

Apoiei a testa em seu braço, achando a pele quente e febril. Um soluço borbulhou em meu interior, fazendo meus ombros estremecerem. Ela tinha fugido da Academia e atravessado um oceano para me resgatar. Eu segurei o talismã em torno do pescoço e me aferrei a ele.

Aquilo tudo estava ao contrário. Tinha de ser eu cuidando dela.

Enxuguei o rosto na manga e me lembrei de que Markos estava esperando por mim no castelo da margravina. Eu precisava ir. O quarto tinha uma janela que se abria para o telhado. Destravei as persianas e as empurrei para fora com um rangido. Telhas desciam escorregadias com a chuva. Passei a perna por cima do batente da janela.

A tempestade tinha acabado, e as nuvens haviam saído de frente da lua. Os telhados molhados de Iantiporos eram um *playground* reluzente aos meus pés. E, além deles, ficava a baía, uma extensão de navios, mastros e lanternas cintilantes.

Se você mudar de ideia, sabe onde me encontrar.

De repente, pareceu muito simples. O tesouro era a chave de tudo. Durante todo aquele tempo, Diric estava certo. Com aquelas barras de ouro, eu podia conseguir para Markos seu trono e o *Vix* de volta. Eu não precisava escolher.

Estava começando a acreditar que a deusa do mar tinha nos largado juntos naquela ilha por uma razão. No início, pensei que fosse para me punir. Afinal de contas, suas gaivotas não pousavam mais na amurada, observando com seus olhos pequenos e brilhantes. O mar não sussurrava mais para mim. Seu drakon tinha me abandonado. E, ainda assim... Eu me lembrei da visão de Nereus e meu sangue gelou nas veias. Eu o seguira pelo cais e ele me levara direto para Docia. Justamente para a pessoa que tinha as respostas de que precisávamos.

Diric Melanos e eu *devíamos* encontrar aquele tesouro. Juntos. Eu, agora, tinha certeza disso.

– Indo a algum lugar?

A silhueta de minha mãe apareceu na porta. Eu parei a meio caminho enquanto saía da janela.

– O que quer que você esteja tramando – ela disse, deve saber que não se pode confiar em Diric Melanos. – Ela cruzou os braços.

– Ele é um pirata sanguinário, Carô.

Por alguma razão, tive vontade de ser honesta. Eu dei as costas para minha mãe.

— Ele tem um mapa do tesouro perdido do *Centurião*, mãe. E nós vamos encontrá-lo.

— O *Centurião*? Isso é uma busca impossível — minha mãe disse. — O navio está no fundo do oceano. — Algo que pareceu uma lembrança nostálgica surgiu em seu rosto. — E o tesouro é só uma história fantasiosa.

— Talvez. — Eu dei de ombros. — Você quer vir conosco?

Eu desconfiava que minha mãe tivesse um pouco de aventureira dentro dela. Afinal de contas, ela ficara com meu pai, que era contrabandista e fora da lei. Eu suspeitava de que isso viesse de ser descendente em linha direta de Jacari Bollard.

Mas eu já sabia qual seria sua resposta.

Minha mãe conduziu sua expressão de volta a uma neutralidade tranquila, uma habilidade que ela havia cultivado em salas de reunião e bancos por toda Kynthessa. Ela sacudiu a cabeça devagar.

— Você nunca vai conseguir. Toda esquadra akhaiana provavelmente está à sua procura.

Eu vi o *Vix* no fundo do mar perto da rocha das Quatro Milhas.

— Isso é algo que preciso fazer. — Eu saltei da janela para o telhado. — Diga ao meu pai que estou viva. Diga a ele que eu o amo...

De repente, senti um nó na garganta.

Minha mãe deu um suspiro.

— Eu também amo você, sua patife incorrigível.

Dei um sorriso para ela e caí no beco abaixo. Sombras bordejavam a rua, profundas o suficiente para esconder um assassino.

Havia guardas demais na cidade da margravina para carregar uma pistola abertamente, mesmo à noite, mas eu mantive a mão na minha mesmo assim. Araxis Chrysanthe podia estar em qualquer lugar.

Eu havia dito a Markos que voltava logo, mas isso tinha sido horas antes. Ele ia ficar furioso comigo.

Fiz a curva e me vi na beira da baía. Os navios no cais eram grandes, com os cascos curvos assomando no escuro bem acima de minha cabeça. Perto, uma frota de barcaças chatas e compridas rangia e flutuava em suas amarras. A mais próxima era familiar, as letras impressas em sua popa diziam *Peixe-Gato*. Havia luz na janela da cabine.

Eu imediatamente soube o que tinha de fazer.

Subi pela prancha de embarque. Sem bater, empurrei e abri a porta da cabine. Havia equipamento apoiado nas paredes e cordas molhadas espalhadas por toda parte. A cabine cheirava a lama e algas. Docia Argyrus estava sentada a uma mesa atulhada, trabalhando com números sob o brilho de uma única lanterna.

Ela largou o lápis.

– Carô!

– Venha conosco – eu disse rapidamente. – Você é uma especialista em fatos sobre o *Centurião*. Você entende de resgates e naufrágios. Venha para Brizos.

– Não posso – ela disse em voz baixa. – Eu tenho responsabilidades. Com minha família. Você está me pedindo para partir em uma busca bizarra, na companhia de um assassino.

– Ah, é mesmo? – perguntei. – Onde está sua família agora? Onde estão seus irmãos?

Ela baixou os olhos para o livro contábil e engoliu em seco.

– No *pub*.

– Enquanto você fica aqui sentada e faz todo o trabalho? – Eu virei uma página do livro. – Eles estão tirando proveito de você, e você sabe disso. É isso o que quer, fazer contas e sanduíches pelo resto da sua vida? – Eu não entendi sua hesitação. – Você mesma disse isso... O *Centurião* é o achado que pode fazer a carreira de um profissional de resgates.

Docia apertou o lápis na mão fechada.

– Eles são minha *família*. Eu... eu não posso simplesmente ir embora. Achei que você fosse minha amiga, Carô. – Sua voz saiu engasgada. – Uma amiga de verdade entenderia.

Eu tinha oferecido a ela a chance de uma vida – a chance de partir em busca de seu sonho –, mas, agora, era eu quem não era uma amiga de verdade? Eu não estava com raiva. Estava tão decepcionada que aquilo me cortava como uma faca.

– O que era toda aquela conversa de deixar a Argyrus e Filhos? – perguntei. – E abrir sua própria empresa de salvatagem?

Ela ficou com o rosto vermelho.

– Bom, eu quis dizer um dia. Não agora. Não *esta noite*.

– Meu pai sempre costuma dizer que, quando o destino chama, você sabe – eu disse para ela em voz baixa. – Bom, eu acho que é isso. E você vai só ficar aí sentada e deixar que ele passe por você.

– O que seu pai diria sobre Diric Melanos? – disparou ela em resposta. – O que ele diria sobre navegar com o homem que matou seus amigos?

Eu abri a boca para responder, então fechei-a, porque não havia nada a dizer.

Docia prendeu uma mecha de cabelo atrás da orelha.

– Eu não vou para Brizos nessa sua busca impossível. – Ela sacudiu a cabeça. – Não com você, e, com certeza, não com uma pessoa como Diric Melanos.

Minhas narinas se dilataram.

– Está bem.

Saí e deixei que a porta batesse às minhas costas. E não olhei para trás.

CAPÍTULO
VINTE E CINCO

Quando cheguei ao castelo da margravina, passava da meia-noite.

Encontrei Markos andando de um lado para o outro em sua suíte. Havia restos de um jantar comido pela metade em uma mesa próxima. Atrás dele, uma cama elaborada de dossel, coberta de cortinas e travesseiros. Ele havia tirado o casaco e aberto o botão de cima de sua camisa. A maior parte de seu cabelo tinha se soltado da fita, caindo em torno de seus ombros.

– Explique. – Sua voz tremia, e percebi que ele estava com muita raiva.

– Markos... – comecei a dizer, mas ele me interrompeu.

– Você disse: *Eu já volto.* – Seu queixo estava retorcido, e aquela ruga reveladora surgiu entre seus olhos. – Isso foi *doze horas atrás.*

Eu estava cansada demais para aquilo, mas, aparentemente, estávamos brigando.

– Bom – eu disse. – Isso foi antes que eu descobrisse que você tinha se casado com a filha bastarda de seu maior inimigo, que, coincidentemente, é sua prima, que envenenou minha prima, e que ia envenená-lo. – Eu parei para respirar e segurei a lateral do meu corpo. – E que se revelou uma vadia colossal.

– Espere... *o quê?*

Minha preocupação com Kenté era um nó feio em meu peito. Eu esperava que ela ficasse bem. Mas me forcei a engolir o medo enquanto recontava tudo o que tinha acontecido desde que eu vira Markos pela última vez. Omiti propositalmente Diric Melanos, já que isso só iria deixá-lo mais irritado. Eu podia explicar a ele depois.

– Além disso... – disse, contendo um bocejo. – Sinto que preciso mencionar que fiz *tudo* isso em um corpete.

Torci para que isso o fizesse rir. Em vez disso, ele desabou na ponta da cama.

– Ela é uma Theuciniano? – Seus ombros se curvaram. – Você tem certeza?

– Ela admitiu isso – disse em voz baixa. – Na verdade, ela pareceu orgulhosa disso. – Eu sacudi a cabeça. – Imagino que a mãe dela tenha arranjado aquela casa para guardar seus venenos. Quem sabe, talvez ela seja até dona da casa. Para onde você acha que Agnes, quero dizer, Araxis, desapareceu ontem, depois que você chegou ao castelo?

– Não sei! – Ele enfiou a mão no cabelo. – Eu não perguntei. Ela... ela disse que precisava se refrescar.

– Ela é sua esposa – murmurei. – Parece que você devia saber que ela tinha, não sei, um covil de assassino.

– Carô, eu mal a conhecia.

– Bom, então talvez você não devesse ter se casado com ela.

A cabeça dele se ergueu bruscamente.

SUSSURRO DAS ONDAS

— Eu lembro bem claramente que foi você, para começo de conversa, que me disse para me casar com ela – ele lembrou. – E, de qualquer forma, você estava morta.

Eu me lembrei de como Araxis tinha se gabado de ir para a cama com ele. A ideia de Markos tocando-a me deu nojo. Mas eles estavam casados havia dias, se não semanas. Eu hesitei.

— Markos, você não...

— O quê?

— Uhm... – Minhas bochechas se inflamaram. De repente, eu não conseguia olhar seu rosto. – Consumou o casamento?

Eu ouvi a mágoa em sua voz.

— Como você pensou que eu faria isso?

— Ela mentiu – respondi, com alívio fluindo por mim.

Ele mordeu o lábio.

— E você acreditou nela?

— Bom, é o que você queria, não é? – Eu cruzei os braços sobre o peito. – Casar-se com ela e conseguir o apoio do pai dela para seu trono?

Os nós de seus dedos ficaram pálidos na coluna da cama.

— Não. – Era aquela voz dura e fria que eu odiava. – Mas isso sem dúvida era o que *você* queria.

Suas palavras me machucaram.

— Isso não é justo. A oferta do archon parecia uma ótima oportunidade. Eu não queria que seu julgamento fosse perturbado por... Quero dizer, achei que, se *eu* terminasse, seria mais fácil para você tomar a decisão certa. – Vendo seu rosto, sussurrei: – Markos, não olhe para mim assim.

Ele passou a mão pelo cabelo e o despenteou.

– Naquele dia, em Valonikos, quando tentei lhe dizer que a amava, você disse que só estava ficando comigo por pena. Você disse que tinha sido *divertido*.

Ele nunca dissera a palavra *amor* em voz alta para mim antes. Nunca. A sensação foi excitante, mas também um pouco amarga. Não me passou despercebido que ele havia usado o passado.

– Eu não quis dizer isso. – Eu tentei segurar seu braço.

– Mas, mesmo assim, disse – ele reagiu, puxando-o. – Você não pode simplesmente... simplesmente voltar dos mortos e fingir que isso nunca aconteceu.

Eu segurei a respiração.

– Você está com muita raiva?

– Quando lhe dei o bracelete de minha mãe, estava tentando contar o que sinto por você – ele disse com a voz rouca. – Mas você agiu como se o odiasse. Então, disse todas aquelas coisas horríveis, de propósito, para me afastar. – Ele gesticulou entre nós. – Carô, é importante para mim. *Você* é importante.

– Eu menti. – Minha voz vacilou. – Eu nunca quis que nos separássemos. Eu só fiz isso por você.

– Mas eu nunca lhe pedi que fizesse isso. – Ele cerrou os punhos ao lado do corpo. – E agora, meses depois, você volta dos mortos e faz a mesma coisa de novo. Hoje, você saiu correndo sem se explicar e me deixou ali parado, sozinho...

– Para te proteger! – protestei.

– Eu não sou feito de cascas de ovos! – ele gritou, com um músculo se retorcendo perto de seu maxilar. – Só porque cresci em um palácio, você acha que sou uma criança protegida. É isso. Você acha que sou tolo e indefeso? – Ele pegou um bule de chá na mesa. – Bom, não preciso de você para tomar decisões por mim. Eu sou capaz de proteger a mim mesmo.

Eu olhei para o bule.

– Não é sério que você vai atirar isso em mim, é?

– Não sei. – Ele olhou fixamente para mim. – O que você acha?

Eu dei de ombros.

– Pode ajudar.

Ele jogou o bule no chão, onde ele explodiu em cacos. Pedaços de porcelana voaram ruidosamente para os cantos do quarto. Com o barulho, um criado apareceu na porta. Ele deu uma olhada para o rosto de Markos, e, então, saiu depressa de vista.

Eu desconfiava que, quanto antes Markos e eu fôssemos embora da casa da margravina, melhor. Eu diria que nós não seríamos convidados a voltar. Nós éramos um inferno para jogos de chá.

Com um riso vazio, Markos disse:

– Isso não fez com que eu me sentisse nada melhor.

Meu coração ficou ainda mais entristecido. Ele não tinha rido de nenhuma de minhas observações engraçadas. Ele mal estava olhando para mim.

– Talvez eu já tenha pensado que você era mimado e ingênuo – comecei a dizer com delicadeza, e só então percebi o quão profundamente eu tinha estragado as coisas entre nós. – Mas faz muito tempo que eu deixei de pensar assim.

– E o bracelete? – perguntou ele rispidamente. – Você... você agiu de um jeito muito estranho quando o dei para você. Isso fez com que eu achasse que você estava falando sério, quando disse que só estava ficando comigo por pena. Comecei a duvidar de tudo.

– Markos, eu sempre vou ser uma capitã do mar. Nem mais, nem menos – eu disse com um aperto na garganta. – Sua mãe era uma emparquesa. Não achei que eu era a garota certa para aquele tipo de presente. Foi *isso* que odiei, não o bracelete.

– Ah. – Com o olhar fixo no chão, ele engoliu em seco. – Eu gostaria que você tivesse me dito.

Eu engoli em seco enquanto olhava para o bule.

– Olhe, eu cometi um erro quando te afastei. Achei que, se tomasse a decisão por você, iria machucá-lo menos. Mas eu só acabei machucando mais. Desculpe.

Por um longo momento, ele não disse nada. Então, um vestígio de sorriso tocou seus lábios.

– Você está querendo me dizer que você estava sendo nobre e estúpida?

– Eu sei – respondi. – Não entendo o que passou pela minha cabeça. Isso é normalmente seu trabalho.

Markos estendeu o braço sobre o espaço que nos separava e segurou minha mão. Enquanto seus dedos se enroscavam nos meus, fui envolvida por um pequeno fio de esperança.

– Eu só queria que fôssemos uma equipe outra vez. – Ele inspirou fundo. – Como costumávamos ser.

Eu também queria isso, mais que qualquer outra coisa.

Ergui a mão e passei meus dedos por seu rosto.

– Você tem certeza que Araxis não o envenenou? Você parece um pouco pálido.

SUSSURRO DAS ONDAS

Ele se inclinou para frente e apertou o rosto contra minha mão.

— Sempre pareço pálido. — Então, ele me deu um sorriso malicioso do alto de sua impossível estatura: — Você sabe o que Fabius Balerophon escreveu no seu obituário?

— Se, um dia, eu o encontrar — eu disse em voz baixa —, eu vou escrever o obituário *dele*.

— Ele disse que nós fomos uma das grandes histórias de amor modernas.

Eu resfoleguei.

— Foi muito poético. "Uma grande história de amor moderna" — repetiu Markos com um floreio. — Ah, Carô. — Ele levantou minha mão e a beijou. Uma sensação correu da minha cabeça aos meus pés. — Eu não tenho o direito de beijá-la. Não quando sou casado com ela.

— Você acabou de dizer que fomos uma grande história de amor moderna. — Eu entrelacei as mãos em sua nuca. — É melhor você me beijar.

Seus lábios esmagaram os meus, firmes e quentes. Abri a boca para ele, entrelacei seus cachos despenteados nos dedos e tentei puxá-lo para mais perto. Ele pôs as mãos na parte de baixo de minhas costas e me apertou contra seu peito.

— Meus deuses. — Eu mal conseguia respirar. — Solte meus cadarços.

Ele sorriu.

— Você está flertando comigo?

— Não, com toda certeza, não. — Eu me virei e dei a ele acesso aos cadarços de meu corpete. — Tire essa coisa antes que eu desmaie.

Senti seus dedos abrirem com agilidade os botões de minha camisa. Ela se abriu, e, então, finalmente, ele desamarrou o primeiro conjunto de cadarços trançados. O corpete se soltou e eu ofeguei, fechei os olhos e inalei uma lufada de liberdade após a outra.

Seus lábios tocaram meu ombro nu.

De repente, eu me lembrei do *Centurião*.

– O que você pensa de longas viagens marítimas? – perguntei.

– O quê? – Seus lábios ficaram imóveis em minha pele.

– Eu tenho um plano – disse a ele.

– Eu também. – Eu o senti rir junto de meu pescoço e desconfiei de que nossos planos não seguiam exatamente a mesma linha.

Revirei os olhos.

– Eu estava falando sério.

Ele envolveu minha cintura com os braços. Satisfeita, inclinei minha cabeça para trás até ela cair sobre seu peito e fechei os olhos. Eu tinha sentido falta de seu cheiro quente e familiar.

– Vou com você. – Senti seu peito vibrar enquanto ele falava. – Aonde quer que você esteja indo. Mas, neste momento, não ligo para Araxis. Nem para viagens marítimas. Elas vão simplesmente ter que esperar... – Ele beijou meu pescoço. – Até... – Ele subiu as mãos pelas minhas pernas. – Amanhã. – Nós caímos na cama e ele rolou para cima de mim. – Diga meu nome.

– Markos – sussurrei.

– Mais alto que isso.

Estávamos bem no meio da ala de hóspedes da margravina.

– As pessoas vão ouvir.

– Como se eu me importasse – ele murmurou. Nós nos

beijamos desesperadamente, sem fôlego. – Eu acho – ele disse. Suas palavras faziam cócegas em meu ouvido –, que é melhor você dizer *todos* os meus nomes e títulos. E, cada vez que você errar um, vai ter que pagar uma prenda.

Eu não conseguia nunca acertar nenhum de seus títulos. Ele sabia disso perfeitamente bem.

– Esse não é um jogo justo – objetei enquanto ele descia com beijos até meu estômago. Um tremor de excitação atravessou meu corpo. – Está bem, está bem. Markos Andela. Emparca de Akhaia, archon de... de... você é archon de alguma coisa, não é?

– Na verdade, de três coisas.

– Ah, droga. – Eu ergui os quadris para me apertar mais contra ele. – Não consigo pensar quando você está fazendo isso.

– Você deve pensar melhor. – Eu senti sua respiração em minha pele. – Prometo a você que a próxima prenda vai ser, sem dúvida, vulgar. Protetor de Trikkaia. Você esqueceu esse. – Ele virou de costas e me puxou para cima dele. – Leão de Ankares. Outra prenda. Acho que você devia tirar mais roupas.

– Agora, você está apenas inventando coisas. – Eu me remexi e tirei a calça. – Eu não acredito que isso seja um título de verdade.

– Claro que é um título de verdade. Honestamente, Carô. Você entregou aquela carta ao archon. Você não a leu?

Eu fiz uma careta.

– Seus títulos ocupam um parágrafo inteiro.

Ele sorriu.

– Que chato para você. Eu acho, então, que nós vamos fazer isso por muito tempo.

Muito mais tarde, estávamos deitados na cama, conversando.

– Pelo menos, tem uma coisa. – Markos brincou com o meu cabelo. – Eu não acho que o casamento seja legal. Se uma das partes que entra no contrato mente quem ela é, isso deve anular o acordo. E, bom, ajuda que nós nunca tenhamos...

Estremeci.

– Não termine essa frase.

– Vou visitar um advogado amanhã. Ele pode nos declarar oficialmente... eu não sei, descasados?

– Quanto antes, melhor – eu disse.

A certeza de Markos de que o casamento não era legal ajudou muito a desfazer o nó de ansiedade em meu peito. Mas ainda havia um em meu estômago. Percebi que mal tinha comido desde o café da manhã. Deslizei da cama e caminhei pelo quarto em direção à mesa.

– Mesmo que eu não esteja casado com ela, isso ainda é um desastre. – Markos se jogou para trás sobre os travesseiros. – Agora, imagino que eu tenha de voltar a Valonikos e contar a Antidoros que o archon de Eryth não vai apoiar minha reivindicação. Para lhe dizer a verdade, não estou nem certo de que a margravina apoie – ele exalou. – Desconfio que toda essa história a tenha irritado.

Procurei entre os pratos e vi uvas e queijo. Com as mãos cheias de comida, eu olhei para ele.

– Desculpe.

– Não é sua culpa. – Ele sorriu, enquanto eu admirava seus

ombros nus do outro lado do quarto. – Ela estava determinada a permanecer neutra, sem levar em consideração que você quebrou sua xícara de chá. Acho que entendo por quê. Kynthessa já teve uma guerra com Akhaia. Eles não desejam outra.

Voltei para a cama com a comida que resgatei, rolei de bruços e agitei os pés para cima.

– Theuciniano não atacaria Kynthessa, atacaria? – Joguei uma uva na boca. – Você disse que ele era imperialista. Acha que ele está com saudade dos dias de glória do império?

– Ele pode estar, mas não é estúpido – Markos disse. – A margravina é poderosa demais. Mas eu me preocupo com Valonikos. É só uma cidade-estado, e está cercada por Akhaia por três lados. Isso faz dela... – Ele emudeceu.

– O quê? – perguntei.

– Você está comendo uvas nua na cama. Eu me distraí. – Ele limpou a garganta. – Enfim, estou de volta onde comecei. Sem nenhum dos lordes akhaianos disposto a me apoiar publicamente.

– Mas você não está. – Bruscamente, eu me sentei ereta na cama, ao perceber que ele não sabia do tesouro. Seu olhar se moveu para meu peito. – Markos, isso não é nada cavalheiresco. – Eu me envolvi com o lençol. – Preste atenção. Eu disse isso a você antes, tenho um plano em relação a isso. Ele envolve... – comecei dramaticamente – lendas de tesouro naufragado. O que você acha *disso*?

– Acho que parece uma grande bobagem – ele respondeu imediatamente. Eu devia ter esperado por algo assim.

Sorri.

– Mas não é.

Contei a ele sobre o mapa e sobre o *Centurião*.

– Não posso lhe dizer onde eu o consegui, mas vou lhe dizer uma coisa: Docia Argyrus viu uma moeda do naufrágio e disse que é autêntica.

No momento em que o nome dela passou pelos meus lábios, me lembrei de nossas duras palavras na barcaça. A amizade era muito nova. Eu me perguntei se ela conseguiria se recuperar daquilo.

– Quanto mistério. – Markos me lançou um olhar por cima da pilha de hastes de uva. – O que você não está me contando? Você não está casada também, está?

– Há, há. – Eu subi os dedos descalços dos pés pela perna dele. – Muito engraçado.

Eu odiava mentir para ele. Mas eu tinha acabado de voltar a suas boas graças. As coisas ainda estavam muito precárias entre nós para que eu pusesse Diric Melanos em cena. No dia seguinte. Eu ia contar a ele no dia seguinte.

– Tudo bem, tudo bem. – Ele envolveu um braço ao meu redor e me puxou para perto. – Eu confio em você.

Nesse momento, toda a noite horrível retornou para mim com um baque que fez com que meu corpo ficasse rígido. Como eu podia ter me esquecido de Kenté? Ergui a mão e apertei o talismã. Não estava certo que eu me sentisse tão feliz. A culpa se acomodou em um nó debilitante em meu peito. Não quando minha prima ainda podia morrer.

Markos me sentiu ficar tensa.

– Qual o problema?

– Eu não devia ficar aqui. Eu preciso voltar para Kenté

— sussurrei, enterrando o rosto em sua camisa. Meus ombros tremiam. — Meus deuses, e se ela morrer?

Ele beijou o alto de minha cabeça e acariciou meu cabelo.

— Carô, você ficar acordada a noite inteira não vai ajudá-la. A médica fez tudo o que podia. Descanse um pouco, e amanhã cedo, nós vamos vê-la. — Ele esfregou uma lágrima de meu rosto com um polegar delicado. — Está bem?

Quando aninhei minha cabeça em seu peito, saboreando o calor de seu corpo, meu pânico começou a se acalmar. Eu tinha sentido muita falta dele. Não tanto das coisas românticas quanto das pequenas coisas. Seu cheiro. O jeito como sua voz baixa enrolava o *r* em meu nome. Como era divertido provocarmos um ao outro. Em Valonikos, eu me sentira nadando em incerteza, me perguntando como Markos se encaixava em minha vida. Mas, agora, eu estava tão agradecida por tê-lo de volta que nem me importava mais.

Fechei os olhos e soltei uma respiração satisfeita. Nós podíamos resolver isso depois.

— Nós vamos dormir? — Suas palavras vibraram embaixo de meu ouvido.

— Pssst.

Enquanto eu era levada para a névoa anterior ao sono, meus pensamentos voltaram perturbadoramente para Diric Melanos. Eu torci para que Markos estivesse falando sério quando me disse que confiava em mim.

Nós íamos descobrir no dia seguinte.

CAPÍTULO
VINTE E SEIS

Foi Markos quem primeiro percebeu nosso perseguidor.

– Tem alguém nos seguindo. – Ele apertou minha mão com força. – Não se vire. Eu acho que é Agnes, quero dizer, Araxis.

Os primeiros raios do sol nascente se projetavam sobre a baía, e frio encobria Iantiporos. Nós estávamos a caminho da sede da Companhia Bollard para saber de Kenté. Eu não parava de tocar compulsivamente o talismã em torno de meu pescoço. Na noite da véspera, tinha conseguido parar de me preocupar com ela, pelo menos por algumas horas. Mas, nessa manhã, a preocupação com minha prima estava acima de tudo, como uma nuvem.

– Maldita.

Com suor pinicando a nuca, olhei furtivamente pelo canto do olho. Eu não vi muito, só a ondulação de uma capa preta desaparecendo por trás de um prédio.

Um tiro ecoou. Atrás de nós, captei um brilho vermelho.

Markos agarrou meu braço e me puxou pela rua.

– Onde está seu navio? – Ele usava duas espadas no cinto.

SUSSURRO DAS ONDAS

Em um sussurro de aço, ele sacou uma delas e disse: – Nós precisamos partir de Iantiporos. Agora.

Eu me debati, sendo segurada por ele.

– Não posso simplesmente ir sem ver Kenté!

– Aqueles são soldados akhaianos. – Markos me conduziu em direção ao cais. – Carô, nós não podemos arriscar!

– Mas a guarda da cidade...

Outro tiro resvalou na parede de um prédio próximo.

Como eles ousavam atirar em nós na cidade da margravina? Olhei loucamente ao redor e percebi que a guarda da cidade não estava em nenhum lugar à vista. Amanhecia, e as ruas estavam quase vazias. Akhaia e Kynthessa não estavam em guerra, e a esquadra do leão entrava e saía daquele porto à vontade. Eu não estava surpresa que houvesse soldados akhaianos em Iantiporos, mas fiquei preocupada ao descobrir que Araxis tinha tanta influência sobre eles. O suficiente para arriscar um incidente diplomático atirando em nós na rua.

Com uma última olhada para a Rua do Cais, me virei com relutância em direção à baía. Eu tinha apenas que torcer para que Kenté estivesse bem. Minha mãe não ia deixar que nada acontecesse com ela.

O cais estava cheio de marinheiros. Uma névoa pairava acima da água, enquanto homens gritavam para suas tripulações no alto do cordame de seus navios. Na extremidade mais distante do cais, uma barca já tinha zarpado, com sua vela negra se enchendo indolentemente enquanto virava em direção ao lago Nemertes.

Parei em frente ao *Corcel Cansado*.

– Este somos nós. Markos, espere. – Eu segurei sua manga antes que ele subisse para o convés. – Tem uma coisa que preciso lhe contar.

Mas era tarde demais.

Ele olhou para a escuna e enrijeceu. Markos parou de respirar por um instante, e vi seu rosto ser tomado por emoções. Choque. Ódio. Determinação.

Eu me virei, embora já soubesse o que ia ver. Diric Melanos estava parado no convés.

Antes que eu pudesse detê-lo, Markos subiu pela prancha de embarque e deu um soco em seu nariz.

Corri atrás dele. Aquela manhã não estava transcorrendo como eu esperava.

Marcos acertou o rosto de Diric com o punho uma segunda vez.

– Você matou minha mãe. – Uma terceira vez. – Você tentou matar minha irmã. – Uma quarta. – E você *cortou a droga da minha orelha*.

– Markos, pare! – supliquei. – Deixe-me explicar.

Diric cambaleou para trás. Seus dedos estavam parados sobre a ponte do nariz, que estava, quase com certeza, quebrado. Ele se aprumou e plantou os pés no convés.

– Dê tantos socos quanto quiser, garoto, se isso ajudar.

Eu praguejei. Chamar Markos de garoto só ia fazer com que ele batesse com mais força.

– Não! – eu disse bruscamente. – Os soldados, lembra? Nós não temos tempo para isso.

Os ombros de Markos se ergueram.

– Eu devia cortar sua cabeça e jogá-la aos tubarões.

Com um silvo de aço, ele sacou a espada.

– Pelo seio esquerdo de Arisbe – praguejou Diric, limpando

sangue do lábio. – Eu disse que você podia bater em mim. Mas, se me cortar com isso, juro que acabo com você.

Arisbe tinha sido ancestral de Markos. Diric não podia ter escolhido uma coisa pior para dizer. As narinas de Markos se dilataram, e tensão tremia no ar. Eu prendi a respiração, torcendo desesperadamente para que eles tão estivessem prestes a matar um ao outro.

– Por favor, tente mesmo isso – zombou Markos, olhando para Diric. – Você é um traidor. E um assassino.

Eu entrei entre eles.

– E nós não vamos conseguir chegar a Brizos sem ele. Abaixe a espada *agora*. – Eu me voltei para Diric: – A qualquer minuto, Araxis vai nos alcançar. Ela tem soldados vasculhando a droga das ruas. Ajude-me a içar as velas. Nós precisamos partir.

Markos baixou a espada e a enfiou com força na bainha. Eu toquei hesitantemente seu braço, mas ele se recusou a olhar para mim.

– Agora não – ele disse com voz embargada.

Ele virou de costas e saiu andando. No momento seguinte, a portinhola da escotilha bateu e fechou.

Diric e eu corremos para desamarrar a vela principal. Olhei para ele enquanto soltávamos as cordas.

– E você! Já não basta querer beber até morrer? Pare de chafurdar em sua própria autopiedade. Eu sei que você não matou a emparquesa – eu disse. – Por que não contou a ele?

– Ayah, é verdade que não acendi o fogo. – Ele puxou a adriça, evitando meus olhos. A vela subiu até o alto do mastro. – Mas eu não fiz nada para impedir. Podia muito bem tê-la matado.

– Quantas vezes você ia deixar que ele te socasse? – perguntei. Enquanto amarrava a corda no cunho, ele riu.

– Você acha que doeu quando ele me bateu? Nada mais dói. Estou morto por dentro. – Ele apertou o nariz, que estava escorrendo sangue. – E mereço apanhar.

A vela agitou-se como trovão acima de nós.

– Isso é entre você e os deuses – eu disse. – Tudo o que sei é que, para conseguirmos chegar a Brizos, eu preciso de você. – O desalento dele me assustou. – Não faça nada assim outra vez.

Em uma manhã depois de tempo ruim, sempre há pressa para deixar o porto e se pôr a caminho. Nós fomos forçados a esperar enquanto vários barcos se afastavam do cais, bloqueando nosso caminho. Contendo um suspiro de frustração, vi um navio de quatro mastros fazer uma curva em ritmo de geleira, como se o timoneiro não tivesse nenhuma preocupação no mundo. Não havia sinal de Araxis no cais, mas eu sabia que isso não ia durar.

Diric avistou um espaço e manobrou com habilidade o *Corcel* até ele.

– Desculpe por seu emparca – ele disse com uma careta. – Acho que eu estraguei um pouco as coisas.

Engoli em seco.

– Vou falar com ele. Vai ficar tudo bem.

Desejei eu mesma acreditar nisso.

– Faça isso. – Diric ajustou o timão, com o vento enchendo as velas do *Corcel*. – Enquanto isso, vou dormir com minha faca. Só por garantia.

– Markos é muito honrado para matá-lo dormindo – eu disse.

SUSSURRO DAS ONDAS

– Ayah? E eu sou um homem muito cauteloso para aceitar sua palavra sobre isso. – Ele agitou um dedo em direção a mim. – Não pense que, com isso, vamos dividir o bolo em três. Qualquer que seja a parte dele, vai sair da sua metade. Você decide quanto. Não é problema meu.

Eu fiz uma careta para ele. Imaginei que ele estivesse preocupado com o ouro.

O *Corcel Cansado* pegou o vento no canal e seguiu para a extremidade norte da ilha de Enantios. Parada na amurada, olhei para a água cinzenta em movimento correndo por baixo de nosso casco. Quando passássemos pela ponta da ilha, seria apenas mar aberto, até chegar a Brizos.

Eu relaxei um pouco e deixei que meus pensamentos se voltassem pela primeira vez para nosso destino. Um baú cheio de barras de ouro valeria milhões de talentos. As barras brilhavam em minha mente, reluzentes e sedutoras. Fragmentos de imagens surgiam em minha cabeça. Markos marchando para Trikkaia à frente de um exército de soldados mercenários. O *Vix* com uma nova camada de tinta, com as ondas quebrando em sua proa.

Nós seríamos rápidos como o vento. Poderíamos ser donos de todo o oceano.

A menos que eu estivesse errada em relação à deusa do mar. Talvez não fosse nosso destino encontrar esse tesouro. Lancei um olhar nervoso para as ondas em movimento. Talvez ela estivesse nos atraindo para nosso fim.

Eu olhei para trás pela popa. Havia vários navios à vista, com velas brancas brilhando à luz do sol nascente. Eles se espalhavam atrás de nós, todos rumando para leste em direções levemente diferentes. Suspeitei que um deles tivesse Araxis Chrysanthe a bordo.

Quanto, eu me perguntei, ela tinha ouvido enquanto estava à espreita em torno de nosso navio, disfarçada de homem? Um pensamento horrível me atingiu. Ela estava lá duas noites antes, quando estávamos sentados na cabine discutindo o *Centurião*? E se ela soubesse sobre o ouro? E sobre o diário de bordo do navio?

Se ela soubesse, aquilo não era mais apenas uma caça ao tesouro. Era uma corrida.

Mais tarde naquela manhã, desci a escada para a coberta. Apoiando as mãos nas paredes para me equilibrar, entrei tateando pela cabine da escuna. Não vi sinal de Markos nos beliches escuros. Finalmente, cheguei à porta da cabine do capitão, enfiada na proa curva do navio.

Mordi o lábio e bati na porta.

– Markos?

Ele não respondeu. Eu entrei, passando de lado pela porta. A cabine era bem pequena, com um beliche de um lado e uma escrivaninha embutida e uma estante do outro. Teias de aranha se estendiam pelas prateleiras vazias. Nem Diric nem eu tínhamos nos preocupado com essa cabine, pois era inconvenientemente longe do timão do navio. Ele estava dormindo na cabine principal, enquanto Kenté e eu...

Senti uma pontada de dor. Kenté e eu estávamos dormindo cabeça com cabeça em beliches anexos, sussurrando até tarde da noite através das frestas nas tábuas. Dormir ali sem ela não seria a mesma coisa.

Markos sentou-se na beira do beliche, com a testa nas mãos.

Eu me aproximei hesitantemente.

– Você está se sentindo mal? – Nós tínhamos passado pela ilha de Enantios, o que significava que estávamos em mar aberto, onde o balanço do navio era mais forte.

Ele ergueu a cabeça para olhar para mim.

– Eu não sinto enjoo.

Eu me sentei ao lado dele no colchão bolorento.

– Olhe, desculpe por não ter contado a você.

– Isso não é só traição. É...

Ele afastou os olhos. Sangue gotejava de um corte em sua mão, e os nós de seus dedos estavam começando a ficar machucados.

– Ele não matou sua mãe – eu disse em voz baixa. – Foi Cleandros. Sei que isso provavelmente não importa para você...

Ele escarneceu.

– Bem, você está certa em relação a isso. – Ele cerrou o punho. – Não importa. Durante todo esse tempo você esteve navegando com o homem que viu minha mãe morrer. Como você *pôde* fazer isso?

Era a mesma pergunta que Docia tinha me feito, e eu ainda não tinha uma resposta. Diric Melanos tinha salvado minha vida e a de Kenté, mas não era como pesos equilibrando uma balança. As pessoas não eram permutáveis como moedas. Mesmo que ele salvasse cem vidas, isso não compensava realmente o fato de que ele tinha tirado tantas outras. Era mais complicado. Se eu fechasse os olhos, ainda podia ver as barcas em chamas em Pontal de Hespera e os Singers mortos sob fantasmagóricos lençóis brancos. Era estranho, naquele momento, me lembrar desse dia, quando tudo aquilo havia começado.

Olhei para minhas mãos, pensando sobre as mortes que eu havia causado. Graças a minhas maneiras obstinadas, eu havia matado minha própria tripulação. Talvez eu só quisesse acreditar que Diric podia ser perdoado pelas coisas horríveis que tinha feito porque isso significava que um dia eu também podia ser perdoada.

Engoli meus pensamentos perturbadores e me virei para Markos.

– Ele salvou minha vida – disse. – E eu salvei a dele. O que importa agora é encontrar o tesouro. Com tanto ouro, você não vai precisar se casar. Pode contratar um exército e retomar o trono em seus próprios termos. Estamos todos nisso juntos, quer você goste, quer não.

– Eu não gosto.

O rosto de Markos estava imóvel como pedra. Eu desejava tocá-lo, sentir novamente a parceria fácil e brincalhona entre nós. Torci para que eu, dessa vez, não a tivesse destruído permanentemente.

Prendendo a respiração, passei a mão em seu braço. Recontei rapidamente toda a história de meu naufrágio e da fuga da ilha, sem deixar nada de fora dessa vez. Terminei explicando como Diric tinha acabado em conluio com o homem das sombras.

– Ele tinha sido banido de Akhaia como traidor – eu disse. – O homem das sombras ia lhe oferecer um perdão. Ele se arrependia das coisas que tinha feito. Bem, pelo menos de algumas delas. Ele queria ir para casa.

– Você está mesmo dando desculpas para ele? – Markos

puxou o braço. – Ele também matou aqueles barqueiros. Ele queimou os barcos de seus amigos e destruiu suas vidas.

Eu me lembrei mais uma vez do cheiro cáustico de fumaça sobre Pontal de Hespera.

– Eu não esqueci – eu disse, enterrando minha dor pelo modo como ele se soltara de mim. – Não é uma desculpa. É uma explicação. O que você daria – perguntei devagar – para ir para casa?

Markos apoiou a cabeça na parede, fechou os olhos e não respondeu. Depois de vários minutos de silêncio, eu saí.

No sexto dia, nós avistamos Brizos, um calombo baixo no horizonte. Olhei para trás para me assegurar de que ainda estávamos sozinhos. Eu havia identificado dois navios mercantes, fundos na água devido à carga, como destinados a Brizos, mas nós os havíamos deixado para trás dois dias antes. O terceiro navio tinha mudado de rumo na véspera, e nós não o havíamos visto desde então. Se Araxis estivesse mesmo a bordo, ela não estava mais nos seguindo. Eu me perguntei o que estava tramando.

Markos baixou a luneta.

– Já é hora de a esquadra do leão tomar o controle de Brizos. Já demorou muito. A ilha está em águas akhaianas, afinal de contas.

Ele passou a luneta para mim, e eu a passei para Diric. O que, basicamente, resumia como os cinco dias anteriores tinham transcorrido. Os dois se recusavam a se dirigir um ao outro diretamente, deixando-me presa no meio.

— Você não estava aqui — contei para Markos, lembrando-me do estrondo e dos estilhaços das balas de canhão. — Eles atiraram na cidade sem aviso.

— Fragata na baía. — Diric moveu a luneta pela enseada em forma de lua crescente. — E, sim, uma chalupa de dez canhões. Escondida atrás da fragata. Acho que é com ela que temos de nos preocupar. — Ele ergueu os olhos para o cordame do *Corcel Cansado*. Apesar de nossos maiores esforços, ele ainda parecia um pouco destruído. — Ela pode nos alcançar em caso de perseguição.

Nós dois olhamos para os buracos de parafuso quase desaparecidos no convés, de onde os canhões do *Corcel* tinham sido removidos para seus reparos. Sem termos armas, não tínhamos meios de responder ao ataque.

Diric girou o timão.

— Vamos retornar! De volta para o mar.

— Nós estamos desistindo?

Eu desenrolei a escota da vela grande de seu cunho.

— Eu não disse isso.

As retrancas das duas velas rangeram acima, e o vento encheu o pano com um barulho familiar. Nós estávamos navegando na direção oposta, com as velas agitadas a estibordo, apontando para longe da ilha. Para o marinheiro que, sem dúvida, estava de vigia na fragata ancorada, nós pareceríamos nunca ter planejado parar em Brizos.

Diric sorriu para mim.

— Você está se esquecendo de como foi criada, garota. Então, seu pai não é um contrabandista? Você, dentre todas as pessoas, devia saber... Nós sempre temos nossos segredos.

CAPÍTULO
VINTE E SETE

O lugar secreto de Diric se revelou ser uma enseada vazia.

Não havia praia, apenas os restos destruídos do que parecia ser um canal feito pelo homem, com seus muros em ruínas extremamente inclinados na água. Algas e cracas cobriam as pedras antigas. Nós navegamos entre os muros, cercados dos dois lados por uma floresta alagada. A água parada estava densa, com lodo verde.

Através das árvores, avistei uma estrutura em ruínas que, pelo que parecia, estava abandonada havia muito tempo. As árvores a haviam tomado de volta, com seus topos verdes folhosos se projetando de buracos no telhado. Eu me encolhi quando os galhos puxaram o cordame do *Corcel*, torcendo para não ficarmos presos. Folhas roçaram nas velas e caíram no convés.

Diric me viu estudando a ruína abandonada.

– O forte de algum lorde – ele grunhiu. – Cem anos atrás, quando Akhaia governava esta ilha, acho que era uma grande propriedade. Antes de a rainha expulsar os lordes.

Imaginei que aquele fosse o lugar de ancoragem particular desse lorde. As estacas e os cabeços para amarrar os barcos tinham apodrecido havia muito tempo. Nós jogamos âncoras à frente e atrás, depois, baixamos o bote furado do *Corcel* e embarcamos nele. Um vão no muro do canal revelou um pântano verde raso. A maré tinha entrado e rodopiava preguiçosamente em torno de troncos de árvores marcados com linhas d'água de anos de inundação.

Diric remou pelo pântano até que a proa do bote parou em terra firme. Mantendo o mar cintilante à nossa esquerda, nós caminhamos pela floresta. Vi, através das árvores, os mastros e bandeiras da esquadra do leão, uma ameaça vermelha ondulante. Quando nos aproximamos da cidade, minha mão se moveu para minhas armas. Eu não tinha ideia do que íamos encontrar ali.

Brizos tinha sido coberta com um verniz de ordem. Grupos de tropas marchavam pelas ruas lamacentas em formação, com mosquetes nos ombros, enquanto os residentes originais da ilha fugiam pelas sombras, abrindo grande distância deles. Eu quase podia sentir o cheiro de tensão na rua. Akhaia estava com a bota no pescoço de Brizos. Ela não era mais uma cidade sem lei, e se contorcia ressentida sob os olhos vigilantes da guarnição que, agora, ocupava a orla.

Senti uma pontada de dor. Na última vez em que estivera ali, havia sido com Kenté. Eu odiava não saber como ela estava.

– Não gosto disso – Diric disse em voz baixa. – Não está certo. Esta é a ilha de Dido.

Markos pareceu querer discutir isso, mas eu o reprimi com um olhar duro. Eu já estava nervosa demais. A última coisa de que eu precisava era que os dois brigassem – e atraíssem atenção para nós.

O esconderijo da rainha se erguia à frente. Todas as suas

janelas estavam destruídas e havia um buraco enorme aberto na parede. Uma das sacadas havia desabado.

– E eu não gosto *disso* – sussurrei enquanto subíamos pela janela. A rua inteira parecia deserta. – Onde estão todas as pessoas?

Diric sacou um fósforo do bolso e acendeu a lanterna.

– Provavelmente, todo mundo que tinha uma embarcação partiu há muito tempo. Não os culpe. Eu também teria dado o fora daqui. – Ele apontou com a cabeça em direção à escada. – Quem sabe o que vamos encontrar lá embaixo?

Luz mortiça tremeluziu nas paredes arruinadas. Eu desviei os olhos de uma mancha horrenda que parecia uma marca de sangue. Dido Brilliante podia ter mudado de forma e escapado sob as ondas, mas parecia que nem todos os seus homens tinham conseguido fugir. Eu engoli em seco. Aquele sangue também estava em minhas mãos. A esquadra do leão tinha atacado a cidade por minha causa.

Enquanto descíamos a escada rangente, Markos passava a mão pela parede suja.

– A que profundidade vai essa escada?

– Para o subsolo – eu disse a ele. – Para o coração da ilha.

A caverna tinha sido saqueada. As garrafas no bar pareciam ter sido destruídas com a coronha de um mosquete e esvaziadas no chão. Ao ouvir o eco vazio de nossos passos, me lembrei de como era barulhento aquele lugar apenas duas semanas antes. Agora, as estalactites se projetavam em direção a nós como fantasmagóricos dedos negros. No silêncio, água pingava. Tendo apenas a nossa lanterna, a caverna parecia enorme. Qualquer coisa podia estar à espreita nos cantos.

Tremendo, eu me aproximei de Markos. Nós demos a volta lentamente nas mesas viradas e nas lanternas quebradas. O trono da rainha tinha sido derrubado de lado.

Diric levantou a lanterna, revelando madeiras sem pintura.

– É isso.

Na primeira vez que tinha ido ali, eu achei que aquilo era uma casa construída no fundo da caverna. Ao estudá-la mais atentamente, percebi que estava errada. Troncos rústicos do tamanho de meu corpo bloqueavam uma porta retangular. O buraco no fundo da taverna levava a um túnel. As tábuas e madeiras tinham sido postas ali muito tempo atrás para prender a porta. Parecia uma velha mina – embora eu não soubesse que metal eles possivelmente podiam estar explorando em uma ilha no meio do oceano.

Passei primeiro pela porta, com frio penetrando pelas solas de minhas botas. O chão era de pedra.

– Me passe a lanterna.

Eu a levantei alto e girei em um círculo lento. Estava parada em uma sala pequena, pouco mais larga que o próprio túnel. À minha esquerda, garrafas vazias cobriam uma mesa, e havia um suporte de armas deitado de lado. Vidro de um lampião esmagado foi triturado sob meus pés. O túnel se abria como uma boca negra na parede em frente.

Eu entrei por ele e olhei para cima...

Direto para as órbitas oculares escuras de um crânio sorridente.

Contive um grito, me atrapalhei e quase deixei cair a lanterna. O crânio era um de centenas cimentados na parede. Pela sujeira que cobria os ossos, desconfiei que fossem muito antigos. As paredes do túnel tinham nichos rasos. Captei, do interior deles, certos brilhos esbranquiçados, envoltos em trapos apodrecidos. Não era uma mina, então. Era uma cripta.

— O que você está olhando, garota? — Diric me cutucou nas costas. — Continue andando.

— Você sabe perfeitamente bem o que é que eu estou olhando — resmunguei.

Ele enfiou as mãos nos bolsos e desviou com agilidade dos ossos no chão, como se estivesse um dia ensolarado e nós tivéssemos saído para um passeio no campo.

— Você não está com medo de um monte de homens mortos, está?

Senti o sussurro da respiração de Markos em meu pescoço. Sua mão quente circundou a minha. Olhei para ele, agradecida. Claro que eu não estava com medo dos ossos. Não muito, pelo menos.

Nós continuamos pelo túnel. Eu encarava o chão com determinação, ignorando os olhos silenciosos dos mortos. Meu pulso batia loucamente em meus ouvidos, e suor se acumulava em meu pescoço. *Não olhe, não olhe.* Eu fixei meu olhar.

Senti o cheiro de água salgada antes de vê-la. Erguendo a lanterna, me dei conta de que o túnel tinha terminado. Luz brincava na superfície de um poço natural, em torno do qual rochas se erguiam por todos os lados, menos um. A parede mais distante tinha recortada uma porta de pedra, com letras estranhas em um arco em cima dela. Olhei para as palavras mas não consegui identificá-las. Ou as letras estavam particularmente desgastadas, ou não era uma língua que eu conhecia.

Excitação formigou em minha pele.

— Esse tem que ser o esconderijo secreto da rainha.

Degraus arredondados de pedra faziam uma curva em torno do poço, levando à porta. Subi dois de cada vez. A umidade era visível na porta de pedra à minha frente. Eu dei nela um empurrão experimental. Nada aconteceu.

Markos apontou para baixo.

– Veja.

O chão de pedra estava coberto de marcas enlameadas de botas. Diric se abaixou para tocar as marcas. A terra se esfarelou em seus dedos.

– Seco. São de dias atrás. Provavelmente, os soldados chegaram até aqui, mas não conseguiram descobrir como abrir a porta.

Eu sorri.

– Parece que nossa sorte finalmente está mudando.

– Ou não. – Markos ergueu as sobrancelhas. – Considerando que nós também não sabemos como abri-la.

Meu sorriso desapareceu. Eu me voltei para a porta e passei as mãos pela pedra lisa e úmida. Devia haver algum tipo de cavidade... um botão escondido ou uma alavanca...

Algo caiu na água atrás de mim. Girei e saquei a pistola.

Um grito agudo ecoou nas paredes da caverna:

Chiii-chiii-chiii!

Dois golfinhos flutuavam no poço, com seus focinhos de garrafa apontados para o ar. Expirei aliviada e baixei a arma. Os golfinhos nadavam em círculo, com a pele lisa e cinzenta refletindo a luz. Eu me perguntei como eles tinham chegado até ali. Talvez houvesse uma passagem submarina conectando aquele lugar ao mar. Dido saberia. Se estivesse ali...

SUSSURRO DAS ONDAS

Um dos golfinhos nadou até a beira do poço. Ele bateu com a nadadeira na pedra e olhou para mim com olhos pequenos, brilhantes e curiosos.

Olhei para ele também e tive a estranha sensação de que ele queria me contar alguma coisa. De repente, me lembrei das palavras de despedida da rainha. *Se, um dia, você voltar a Brizos, a senha para meu quartel-general é* Leviatã. *Diga a eles que Dido Brilliante deve a você dez talentos.*

O golfinho trilou e bateu na ponta de meu pé com o focinho. Dido nunca dissera exatamente o que quisera dizer com *eles*. Eu supus que fossem seus homens, mas e se...? Meu coração bateu mais rápido. Marinheiros sempre diziam que golfinhos deviam ser criaturas inteligentes.

– Uhm – eu disse em voz alta, sentindo-me extremamente tola. – Estou tentando entrar na sala de Dido Brilliante. Onde ela guarda... bom, as coisas que pega. Olhe, eu não quero roubar nada de seu tesouro. – O golfinho inclinou a cabeça e me fixou com um olho negro. – Está bem, eu quero – admiti depois de um momento. – Mas só uma coisa. Estou procurando um diário de bordo. É muito importante. – Por que eu estava me dando ao trabalho de me explicar para um peixe? Isso era uma ideia estúpida. – Uhm... *Leviatã?* – experimentei por fim.

O golfinho pareceu satisfeito, ou, pelo menos, achei que sim. Seu sorriso ficou um pouco maior.

Engrenagens enferrujadas roncaram e ouvi pedras se raspando. A porta se abriu rangendo em um movimento pesado. Trilando animadamente, o golfinho saltou para trás.

— Bom, isso é algo que você não vê todo dia — Diric disse secamente.

Markos se inclinou para olhar no interior do poço escuro e agitado.

— Como ele fez isso?

— Magia — eu disse imediatamente.

— Carô, golfinhos não sabem fazer magia. Tenho certeza de que há um botão ou alavanca embaixo d'água...

Eu sacudi a cabeça. Só Markos podia ver um golfinho abrir uma porta e falar que isso não era magia.

O salão depois da porta era imenso, com um teto que se erguia como uma catedral. Não era bem o que eu tinha imaginado. Em vez de baús reluzentes com ouro e pedras preciosas, o lugar estava abarrotado de estatuetas de mármore de deuses em várias posições, pinturas, pratos de porcelana com belos padrões, um capacete com asas, a figura de popa de um navio esculpida em forma de mulher — e isso era apenas o que estava visível no círculo da luz da lanterna. Havia prateleiras em torno de toda a sala, cheias de livros empoeirados. Parecia que riquezas não interessavam à rainha tanto quanto antiguidades.

— Pelas bolas de Xanto — murmurou Diric. — Nunca achei que fosse botar os olhos na sala do tesouro de Dido Brilliante. Isso, para mim, parece um monte de lixo.

Eu estudei as prateleiras, peguei a lombada do livro mais próximo e o puxei em direção a mim. Dezenas de aranhas saíram do buraco onde ele estava. Fiz uma careta, espanei teias de aranha e abri o livro.

– *Primeiro Tratado de Xenofonte sobre Cosmologia Metafísica* – li em voz alta. – Bem, não é isso.

Coloquei o livro no lugar. Sem dúvida, Antidoros Peregrine, sendo filósofo, ficaria interessado. Mas eu não estava. Quando me voltei para a estante, de repente, percebi a enormidade de nossa tarefa. Dei um suspiro. Devia haver centenas de livros ali.

Acenei a cabeça em direção a Markos e peguei outro volume.

– Você começa naquela ponta da prateleira.

Juntos, examinamos duas prateleiras de livros. O tempo se arrastava devagar enquanto eu pegava cada volume, o abria na primeira página e, então, o descartava em uma pilha cada vez mais irregular. Diric estava parado às nossas costas com a lanterna.

Markos se encolheu.

– Alguns destes valem centenas de talentos, Carô.

Eu olhei para a pilha dele e percebi que estava muito mais organizada.

– Bom, eu...

Ele me interrompeu.

– Você ouviu isso?

Eu não conseguia ouvir nada além das batidas de minha pulsação em meus ouvidos. Então, um som de algo correndo no chão ecoou pela caverna – uma pedrinha rolando pelo piso de pedra.

Como se alguém a houvesse chutado.

Diric levantou a lanterna e examinou as sombras à procura de qualquer sinal de movimento.

– Devem ser ratos.

Mas ele pôs a mão sobre a arma.

Markos sacou suas espadas e abandonou sua prateleira para proteger minhas costas.

– Os desta ponta são todos novos demais. – Ele apontou com a cabeça em direção a um grupo de volumes de capa de couro vermelho sem identificação. – Vermelho é a cor de Akhaia. Experimente aqueles.

Eu arranquei um livro da estante, tentando ignorar as agulhadas de pânico em meu pescoço.

Diric limpou alguma coisa do ombro de seu casaco.

– Encontre o livro e vamos embora daqui. Este lugar é cheio de aranhas.

– Não me diga que você tem medo de aranhas – zombou Markos.

– Eu não tenho medo delas – Diric disse, afrontado. – Só não suporto o que elas fazem. – Ele girou e sacou a pistola de pederneira. – O que foi isso?

Eu não ouvi nada.

– Provavelmente, as aranhas, vindo devorar você – eu disse em voz baixa.

Markos assumiu uma expressão determinada, olhando para o escuro.

– Vá mais depressa, Carô.

Tentei o livro seguinte. Havia uma grande mancha de água no canto superior direito da capa bolorenta. Eu o abri, exibindo uma página enrugada escrita à mão. O selo da esquadra do leão estava estampado no centro da página. *Por favor, por favor, por favor.* Abaixo do selo, o capitão havia escrito o nome do navio.

Centurião.

Eu soprei a poeira da capa em desintegração.

– É esse – sussurrei. Prendendo a respiração, ergui o livro delicado. Eu estava com medo de que ele se desfizesse em pedaços em minhas mãos. – *O ano de nosso emparca de 1505-06* – li, apertando os olhos para a página. O capitão do *Centurião* escrevia com uma letra comprida, fina e antiquada, e a tinta estava amarelada pela água e pelo tempo. – Eu preciso de uma luz melhor.

Uma bala passou zunindo pelo meu ouvido e ricocheteou na armação da lanterna. Diric a deixou cair. Ela atingiu o chão com o tinido de vidro estilhaçando e se apagou.

Alguém agarrou meu pulso. Senti o cheiro choco e almiscarado de Diric perto de meu ouvido.

– No chão – rosnou ele. – Agora.

Ele me derrubou no chão, e seu peso me deixou sem fôlego. A escuridão nos pressionava à nossa volta. Por vários batimentos cardíacos excruciantes, nada aconteceu.

Então:

– Ai! – grunhiu Diric. – Saia de cima de mim, garoto.

– Saia de cima *dela*.

Eu ouvi o nítido impacto de um cotovelo atingindo carne.

O peso de Diric saiu de cima de mim e eu me sentei.

– Vocês dois querem parar de brigar? – reclamei. – Existem pessoas tentando matar vocês. E, daqui a pouco, uma delas vou ser eu.

– Estou tentando – Markos disse rigidamente – defender sua honra, Carô.

– Ayah? Eu não tenho nenhuma honra – retruquei. – Então, vou lhe pedir que se abstenha de matar meu capitão.

— Que também não tem nenhuma honra — murmurou ele.

— Markos. — Eu enfiei o diário de bordo bolorento embaixo do braço. — Cale a boca.

Nós tínhamos de encontrar uma maneira de sair dali. Eu me arrastei para frente, com o frio da pedra penetrando pela minha calça. Com o diário de bordo junto ao peito, rezei para que a porta não tivesse sido bloqueada por quem quer que estivesse ali conosco.

Eu tinha uma boa ideia de quem era.

Se os intrusos fossem soldados da esquadra do leão, nós teríamos ouvido o tilintar de cintos e passos pesados de botas. Mas quem estava nos atacando tinha pés leves e silenciosos. Eu estava disposta a apostar que Araxis Chrysanthe tinha nos alcançado.

Fiquei de pé e tateei para encontrar o caminho em torno do canto da prateleira comprida. Quando cheguei ao fim, vi que a porta para a sala do tesouro estava entreaberta, iluminada por uma luz trêmula. Nosso perseguidor tinha deixado uma lanterna para trás no salão com os golfinhos. Em silêncio, seguimos as prateleiras atulhadas até chegar à porta de pedra. Eu virei de lado para passar.

Um dardo atingiu a parede à minha frente, e sua ponta de metal provocou fagulhas. Atrás de nós na caverna escura, Araxis tinha visto nossos contornos em silhueta na porta.

— Corram! — eu disse arquejante.

Desci os degraus de pedra, passei pelo poço dos golfinhos e saí correndo pelo túnel de ossos. Eu agarrava o diário de bordo desesperadamente. Na escuridão completa, bati o cotovelo na parede e o raspei sobre uma pedra ou um osso irregular. Doeu, mas eu tinha que seguir em frente.

SUSSURRO DAS ONDAS

De repente, uma luz surgiu às minhas costas, e eu me virei, tentando pegar a pistola. Era apenas Markos, que tinha pegado a lanterna deixada por Araxis perto do poço dos golfinhos. Olhei para o cotovelo, que gotejava sangue de um arranhão fundo e comprido. Por que eu não tinha pensado em pegar a lanterna? Agora, ela teria de tatear para encontrar o caminho para sair de lá no escuro. Isso, sem dúvida, ia reduzir sua velocidade.

Markos pôs a mão em minha cintura para me apoiar e, então, viu o sangue. Uma ruga surgiu entre seus olhos.

– Você está machucada?

– É só um arranhão – eu disse. – Ela não me acertou.

Senti seu hálito sussurrar em meu cabelo, a mais delicada sugestão de um beijo. Sua mão saiu de mim, e continuamos a correr até sairmos arfando na sala de entrada da tumba. Passei alguns momentos atordoada até perceber o que estava errado.

Luz. A sala estava cheia de luz.

Três soldados bloqueavam a porta. Ao nos verem, eles sacaram suas espadas. Aparentemente, Araxis tinha levado apoio.

Espadas, pensei desesperada. Por que tinham que ser espadas?

O soldado mais próximo me atacou.

– Carô!

Diric me jogou sua espada.

Eu a peguei, deixando que o livro caísse no chão. Com um movimento de baixo para cima, bloqueei a espada do soldado com a minha. Markos atravessou a sala para enfrentar os outros dois homens, com as espadas gêmeas nas mãos. Só torci para que o diário de bordo do *Centurião* não estivesse muito danificado.

Os olhos do soldado se arregalaram. Ele, claramente, não estava esperando muita luta de mim. Ergueu a espada e baixou-a em direção ao meu corpo. Novamente, eu detive seu golpe, com músculos trêmulos enquanto lutava para segurá-lo. Comparei seu tamanho com o meu e avaliei instantaneamente que ele tinha mais peso e alcance. Com quase nenhuma prática com uma espada, não havia como eu conseguir ganhar aquela luta.

Eu teria que trapacear. Pisei com força em seu pé. Ele cambaleou, desequilibrado, e eu ataquei com minha perna, derrubando-o pelos tornozelos. Coloquei a espada trêmula em sua garganta.

Markos, depois de derrubar o segundo soldado, estava lutando com o terceiro. Atacando com as duas espadas, ele o forçou a cambalear para trás. Antes que o soldado conseguisse se recuperar para voltar a enfrentá-lo, saquei minha faca do cinto e arremessei-a nele. Ela acertou sua coxa com um som surdo horrendo, produzindo um esguicho de sangue em forma de leque no casaco de Markos.

O homem segurou a perna e caiu aos gritos no chão.

Markos limpou sangue do rosto.

– Isso era necessário? – Ele olhou fixamente para minha espada. – E desde quando você sabe como usar uma espada? Embora eu reconheça que não foi nenhum estilo com o qual eu esteja familiarizado. Eu, na verdade, nem tenho certeza se é um estilo.

Atrás de mim, ouvi um grunhido e um gorgolejar, e soube que era Diric acabando com o homem que eu não tinha matado. Eu não estava inclinada a olhar. Larguei minha espada ruidosamente no chão e limpei a sujeira do diário de bordo do *Centurião*. Graças aos deuses, a capa ainda estava intacta.

– Vamos – eu disse em voz baixa. – Depressa.

Nós subimos correndo a escada. Quando chegamos ao alto, meus pulmões pareciam prestes a explodir. Meu braço machucado doía. Passei o diário para o outro lado para não cair sangue nele. No fim da escada, tropecei e quase perdi o equilíbrio. Markos me segurou.

Entreguei o livro para ele e me abaixei para apoiar as mãos nos joelhos. Pontos bailavam diante de meus olhos. Por vários momentos longos, tudo o que consegui fazer foi respirar pesadamente. Então, me aprumei e examinei o braço machucado.

– Maldição.

O corte tinha quase vinte centímetros de comprimento, e o sangue estava misturado com lodo verde e terra.

A voz terrível de Diric fez com que eu erguesse os olhos.

– Nós temos problemas maiores.

No crepúsculo escuro, havia navios em movimento na baía. Enquanto observávamos da porta, a esquadra do leão levantou âncoras e deixou o cais. Deslizando lentamente até a ponta da baía, eles assumiram posição em um arco. Desespero se espalhou pelo meu corpo. Havia, pelo menos, vinte navios. E eles tinham acabado de montar um bloqueio em torno do porto de Brizos.

Nós estávamos presos.

CAPÍTULO
VINTE E OITO

Quando voltei ao *Corcel Cansado*, pus o livro surrado sobre a mesa. Minhas mãos tremiam enquanto eu limpava teias de aranha.

Abri o diário de bordo e passei por página após página de letras pequenas e esmaecidas, a maior parte delas, matizada por água.

– Aqui está – eu disse para Markos e Diric. – O último registro.

Ele estava aproximadamente na altura de dois terços do livro. A parte inferior da página estava cheia de texto, enquanto uma marca de água amarela tomava a metade superior. Com o coração batendo forte em antecipação, eu li em voz alta:

– *Pois nós sabíamos o que havia no horizonte. Furacão!... A mais mortal das tempestades, que provoca um calafrio no coração dos homens do mar.*

Honestamente, o capitão do *Centurião* tinha um talento para o drama. Eu continuei a ler.

– *Os oficiais ficaram divididos sobre como proceder. Balantes insistiu em que mantivéssemos o curso, uma perspectiva perigosa, mas que precisa ser levada em conta, pois, infelizmente, nós estamos atrasados. Depois de muita deliberação, resolveu-se que devíamos mudar de rumo e voltar a toda velocidade para a ilha mais próxima, onde, se a deusa acreditar ser seu prazer levar este navio para o fundo, pelo menos a tripulação pode escapar com vida. Que a Grande Dama que Vive nas Profundezas guie nosso timão e mostre sua piedade sobre nós, as mais pobres das almas.*

– As coordenadas. – Diric apertou meu ombro. – O procedimento padrão da esquadra é anotar a latitude e a longitude no início de cada registro.

Eu olhei para a página com horror crescente. A mancha de água borrara toda a primeira metade do registro. A tinta tinha sido lavada.

– Não – eu disse em voz baixa, esticando o papel. – Elas desapareceram.

Virei a página freneticamente, mas claro que não havia mais nada. Toda a tripulação havia morrido.

– Uma perda de meu maldito tempo.

Diric empurrou o livro para fora da mesa. Ele caiu de cabeça para baixo no chão, aberto em um ângulo estranho.

Eu me levantei da mesa.

– Não!

– Saia da minha frente, garota – ele resmungou. – Você é tão inútil quanto o livro.

– Não ouse falar com ela desse jeito. – A voz de Markos estava baixa e mortífera. – Isso não é culpa dela. É você que tem um mapa inútil. Contando histórias de ouro e glória, quando não passa de um fracasso.

Diric se aproximou de seu rosto.

– Eu sou um fracasso? É isso mesmo, garoto? Eu vou lhe dizer o que eu deixei de fazer. Deixei de girar a faca no coração da sua mãe.

Markos sibilou bruscamente. A cabine zunia de tensão.

Diric prosseguiu.

– Deixei de botar uma pistola na cara da senhorinha. Ayah, sua irmã. O homem das sombras queria que eu fizesse isso, mas acho que eu *fracassei* nisso. – Ele levantou a voz. – E se eu fosse um pirata minimamente decente, teria levado sua garota aqui para minha cama e, depois, cortado a garganta dela.

– Pare com isso! – gritei. – Diric, pare!

– Acredite em mim, garoto – rosnou ele. – É sorte sua eu ser um maldito fracassado.

Ele pegou o casaco remendado das costas de uma cadeira e o vestiu.

– Aonde você vai? – perguntei.

– Encontrar uma taverna. – Ele rasgou algo do interior de seu casaco, amassou-o na mão e o jogou no chão. – E conseguir a droga de uma bebida forte.

Depois de subir a escada até o convés, eu me abaixei para pegar o papel amassado. Reconheci a forma da ilha, o rio e o X que representava a caverna.

De repente, compreendi a verdade sobre aquele mapa. Ele tinha sido seu sonho de infância, passado por gerações desde seu trisavô. Talvez, o que o tinha inicialmente inspirado a ir para o mar. Durante seus anos como corsário, rompendo bloqueios e no exílio, ele se aferrara àquela ideia. Ele desprezava o romance e ria do sentimentalismo, mas, ainda assim, nunca havia jogado o mapa fora. Era a única coisa que o mantivera inteiro.

O mapa tinha significado tudo para ele. E ele o havia deixado para trás.

— Carô, o que... — começou a dizer Markos, mas eu já estava na metade da escada. Avistei Diric caminhando em direção à popa do barco e corri para alcançá-lo.

Ele jogou uma perna por cima da amurada do *Corcel*.

— Mas que droga, garota, você não pode me deixar ir para o inferno em paz?

— Você não pode ir para Brizos — protestei. — Estão procurando por nós.

— Eu seria a droga de um pirata patético se não conseguisse beber alguma coisa sem entrar em conflito com a esquadra do leão. — Ele desceu lentamente a escada de corda. — Pare de tentar me salvar. Você não pode salvar um homem que foi amaldiçoado pelos deuses. Especialmente — disse com rispidez — quando você mesma foi amaldiçoada.

— Há quanto tempo você sabe? — perguntei em voz baixa.

Ele expirou e seus ombros caíram.

— Eu sempre soube.

Ele largou a corda e caiu na água pantanosa. Lodo verde rodopiou em torno de suas pernas enquanto ele chapinhava em direção à praia. Olhei para ele, desnorteada. Por que ele não estava levando o bote?

Então, eu soube. Ele o estava deixando conosco. Não pretendia voltar.

Eu o chamei.

— Mas você disse...

Ele parou, com água na altura do joelho.

— Você queria uma razão para eu não traí-la, e eu lhe dei uma resposta simples.

— Eu queria a *verdade*.

Ele não se virou.

— A verdade é que um homem quer olhar no espelho e não se odiar só uma vez antes de morrer.

Ele sacou a espada, com o luar brilhando sobre o aço, e entrou pela floresta. Eu o ouvi enquanto abria caminho com a espada e praguejava através da vegetação rasteira. Então, ele desapareceu.

Eu segurei a amurada do *Corcel Cansado*. Ele não estava errado em odiar a si mesmo. Ele tinha assassinado pessoas inocentes. Tentara até me matar, uma ou duas vezes.

Mas, se não havia redenção neste mundo para Diric Melanos, como podia haver para mim? *Você nunca traiu seu país*, sussurrou uma voz em minha cabeça. *Você não é uma assassina*. E, ainda assim... Menos de uma hora antes, eu tinha tirado uma vida. Quando briguei com a deusa do mar, mandei toda minha tripulação para a morte no fundo do mar. Seus rostos passaram pela minha mente. Castor, Pat, Damian e Leon.

Lágrimas arderam em meus olhos. E Nereus, que tinha vivido por centenas de anos antes de conhecer a *mim*. Eu não era menos culpada que Diric Melanos.

— Você está chorando — observou Markos desnecessariamente quando voltei para a cabine.

Enquanto esfregava os olhos furiosamente na manga, eu o ignorei. O antigo diário de bordo estava no chão. Eu o peguei e alisei as páginas dobradas.

— Não é nada.

— Olhe, Carô. — Eu senti Markos hesitar às minhas costas. — Se há alguma coisa entre você e ele...

— *Não*. — Eu peguei sua mão e esfreguei o calo no polegar. — Não é isso. Estou preocupada com ele, só isso.

Eu mordi o lábio. O mapa era a única coisa que lhe dava esperança. Eu estava com medo do que ele ia fazer, agora que isso não existia mais.

Markos ergueu as sobrancelhas.

— Preocupada. Com Diric Melanos.

— Sei que isso tem sido difícil para você.

Passei o braço em torno de sua cintura e aninhei a cabeça embaixo de seu queixo. Às vezes, era bom ele ser tão mais alto que eu. Fechando os olhos, inalei seu cheiro familiar.

— É só que... eu não entendo. Você estava mesmo tão cega por ouro para se juntar a ele? — Senti seu peito se mover quando ele suspirou. — Um traidor e assassino?

Eu o beijei com delicadeza nos lábios.

— Você realmente acredita — sussurrei — que nunca podemos ser perdoados pelas coisas que fizemos?

— Sim — respondeu Markos. Eu toquei o ponto sob sua orelha com meus lábios. — Não — ele disse após um minuto. — Não sei. Não consigo pensar quando você está fazendo isso. O que, tenho certeza, é a sua intenção.

Eu me afastei, porque aquilo era sério demais para beijos, e disse:

– Sem ele, eu podia ter morrido de febre naquela ilha. Eu teria sido capturada pela esquadra do leão na primeira vez que viemos a Brizos. – Eu fui contando com os dedos. – E Araxis Chrysanthe teria cortado meu pescoço no beco. Foram três as vezes que ele salvou minha vida.

Ele ainda parecia preocupado.

– Salvar sua vida não compensa seus outros crimes.

Eu me lembrei da senhora Singer tricotando em sua cadeira no convés da barca *Jenny*, com seu cabelo negro escorrido às costas.

– Não. Mas isso importa. – Eu engoli em seco. – Isso, de algum modo, faz diferença.

Ele pegou meu pulso com delicadeza.

– Você está sangrando.

Eu estava tão ávida para finalmente ler o diário de bordo do *Centurião* que tinha esquecido do machucado em meu braço. A parede da caverna tinha arranhado a pele, deixando uma ferida aberta com uma crosta. Tinha sangue seco em meu antebraço, manchando minha manga. Doía, agora que eu havia parado para pensar naquilo. Eu estava excitada demais com o tesouro para me importar – e, depois, destruída pela decepção.

Markos me empurrou para uma cadeira. Remexeu os suprimentos na mesa lateral e pegou um pote de sálvia. Encheu uma tigela de água e a pôs na mesa.

– Eu estou bem – protestei. – Por qual motivo você está me paparicando?

– Porque... – Ele passou sálvia no ferimento. – Eu quero

cuidar de você. – Ele deve ter me sentido enrijecer, porque ergueu meu queixo com os dedos. – Sei que você não precisa que eu faça isso. Sei que você pode cuidar de si mesma. Mas eu quero.

Enquanto seus dedos cautelosos lavavam meu corte e cuidavam dele, eu me dei conta de que aquilo era o que eu mais temia. Tinha medo de que, se eu me permitisse ser vulnerável com ele, perderia uma parte de mim mesma. Mas, nesse momento, não me sentia nada perdida.

Markos enrolou um pedaço de tecido em volta do corte. Enquanto ele o amarrava, seus dedos roçaram o interior de meu pulso. O toque foi delicado, mas passou por mim como um choque. Nossos rostos estavam tão perto que eu mal conseguia respirar. Por toda a viagem até Brizos, nós dormimos em beliches separados. Meu corpo ansiava pelo dele, mas era mais que isso. Eu sentia falta *dele*. Meu amor por ele era uma coisa sombria e impulsiva dentro de mim – uma coisa da qual eu tinha medo demais para dar um nome.

Eu não queria mais ter medo.

Ele passou delicadamente os dedos pelos meus cachos.

– Desculpe por ter estado com raiva nos últimos dias. Eu só... Eu não quero que você se machuque porque depositou sua fé em alguém que não vale a pena.

– Desculpe – eu disse. – Eu devia ter entendido que perdoá-lo seria mais difícil para você do que é para mim. Eu fui insensível e estava errada e... – Eu hesitei. O mundo inteiro pareceu hesitar. – Eu amo você.

Apertei meus lábios sobre os dele, esperando que fosse o

beijo mais romântico de minha vida. Mas ele não retribuiu o beijo. Em vez disso, eu o senti sorrir.

– Foi a primeira vez que você disse isso.

– Você devia dizer também – sussurrei, com nossos lábios mal se tocando. – Não ficar aí sentado fazendo com que eu me sinta estúpida.

– Eu amo você, Caroline.

Ele me beijou.

Eu fechei os olhos junto da sensação deliciosa dele. A sensação me atravessou como fogo, acionando todas as minhas terminações nervosas. Ele envolveu o braço em torno de minha cintura e me levantou da cadeira. Eu enfiei a mão dentro de seu casaco e a movi para cima e para baixo em suas costas. Seus músculos se movimentavam sob meus dedos, e ele me puxou para mais perto. Uma palpitação atravessou meu corpo com tanta força que fez com que eu prendesse o lábio entre os dentes.

Nós ficamos parados na cabine nos beijando pelo que pareceu uma eternidade, até nos jogarmos no beliche. Quando seu corpo me apertou sob o seu, eu ofeguei. Com os dedos emaranhados em seu cabelo, eu o beijei com força. Ele puxou minha camisa de dentro de minha calça, com os dedos quentes sobre minha barriga.

E, finalmente, pela primeira vez, não havia nada nos separando.

SUSSURRO DAS ONDAS

Markos dormiu, com o braço pesado e quente sobre mim. Eu mantive os olhos fechados e tentei deixar que o subir e descer de sua respiração me embalasse.

Não adiantou. Eu não conseguia dormir, não com o diário de bordo do capitão sobre a mesa, me chamando. Lá fora, água do pântano batia contra o casco do *Corcel Cansado*. Saí de baixo do braço de Markos e me sentei. Foi engraçado. Por um momento, o sussurro da maré quase me lembrou de como a deusa do mar costumava me chamar.

Mas isso não era possível. Ela tinha me abandonado.

Ar fresco acariciou minha pele nua quando saí da cama. Eu peguei a camisa de Markos no chão e fui andando descalça pela cabine.

Voltei as páginas até os registros no diário que levavam ao furacão. Devia haver mais alguma coisa ali. Eu não podia aceitar que tivéssemos navegado toda a distância até Brizos por nada. Apoiei os cotovelos na mesa e olhei fixamente para o livro, até que as letras se borraram. Minha cabeça cambaleou para frente.

Eu me forcei a me concentrar. A página estava datada de uma semana antes do último registro. Passei o dedo pela tinta esmaecida e comecei a ler.

A ilha é desabitada e com muita cobertura florestal, embora tenha sido explorada pelos homens de Bollard quase quarenta anos atrás.

Bollard. Despertei imediatamente, com os instintos formigando pela menção ao meu ancestral. Era, reconhecidamente, de pouca ajuda. Jacari Bollard tinha explorado muitas ilhas.

Nós ancoramos na baía. A ilha sem nome é conhecida há muito tempo pelas rotas de navegação como fonte de água fresca. Mas nós viemos a nos arrepender de ancorar naquela costa abandonada, pois coube aos homens fazer...

Por mais que eu me esforçasse, não consegui identificar a linha seguinte. A tinta tinha sido lavada. O que a tripulação do *Centurião* estava fazendo? Eu voltei a ler.

...Para tomar ar e admirar a vista das alturas. E, infelizmente, foi depois que o grupo encontrou a marca de Bollard... Mais uma vez, havia uma enfurecedora mancha de água. *Hesperos nós perdemos para uma queda do pico, que Aquela que Está nas Profundezas leve sua alma para o Fundo.*

Eu me sentei, com os sentidos zunindo.

– O pico – eu disse em voz alta, com o coração agitado em meu peito. – A marca de Bollard.

Meu pescoço formigou. E se aquela não fosse apenas mais uma ilha que o capitão Bollard tinha explorado? E se fosse a *mesma ilha*?

Perto de nossa ilha, havia um rochedo submerso com uma centena de naufrágios; alguns deles, antigos. Eu conferi o diário de bordo de novo. Tudo se encaixava perfeitamente. A vista das alturas. A marca de Bollard.

Serpenteando pelas profundezas como um drakon, é assim que seu destino chega para você. Durante todo esse tempo, achei que a deusa do mar havia me rejeitado. Achei que tinha sido abandonada.

Eu havia sido uma tola. Nada daquilo era coincidência.

– Risadas – sussurrei.

Eu tornei a ler o diário de bordo, encaixando tudo. O navio do tesouro tinha parado na ilha onde Jacari Bollard deixara seu marco de pedras tantos anos atrás. Eles tinham se reabastecido de água e, em seguida, içado as velas e tomado seu rumo, seguindo para oeste em direção à península akhaiana. Quando o furacão escureceu o horizonte, o capitão tomou sua decisão de fazer a volta e se abrigar na última ilha que eles haviam encontrado. Só que eles nunca chegaram. Levado pelos ventos da tempestade, o *Centurião* provavelmente tinha afundado naquele rochedo, submerso como todos os outros.

Markos falou às minhas costas.

– Venha para a cama, Carô. Esse livro tem duzentos anos de idade, e você vai acabar dormindo e vai babar em cima dele.

– Eu não babo – eu disse com o coração martelando. – E acho que encontrei. O tesouro.

Ele foi até a mesa, arrastando o cobertor às suas costas. Passando o dedo pelas palavras, eu li a passagem em voz alta. Então, olhei para ele, cheia de expectativa.

Markos examinou o mapa amarrotado.

– Tem uma montanha aqui, e um rio. – Ele pôs um dedo sobre o mapa. – Havia um rio na sua ilha de Bollard?

Eu me afundei na cadeira.

– *Droga*.

Por que eu não tinha pensado nisso? Markos estava certo. Nós fomos forçados a recolher água da chuva em um barril quebrado para beber. Nenhuma daquelas ilhas tinha nem um filete de rio.

Então, eu me lembrei.

– *Havia* um rio antes. – Eu segurei seu braço. – O

deslizamento de rocha... É isso! O rio sobre o qual o capitão escreveu devia ter... devia ter secado ao longo dos séculos. Deixando apenas o leito rochoso no qual eu caí.

Uma caverna inteira cheia de barras de ouro. Centenas de moedas de ouro. E elas seriam todas nossas.

– Nós encontramos – exalei. – Nós encontramos mesmo. Todo soldado do mundo vai lutar por você agora. – Eu segurei a mão de Markos e sorri para ele. – Nenhum lorde vai ousar ficar contra você.

Percebi que ele não estava sorrindo.

Meu coração congelou em meu peito.

– Markos, o que é?

Por um longo momento, ele não falou.

– A coisa é que... – Ele abaixou a cabeça. – Não sei como dizer isso. Depois de tudo o que você fez por mim.

– Markos. – Meu sangue estava gelado. – O que você quer dizer com isso?

Ele puxou sua mão da minha e examinou as cascas dos ferimentos nos nós de seus dedos.

– Quando chegamos a Valonikos, eu estava finalmente feliz. – Ele inspirou ruidosamente. – Eu estava finalmente livre. Mas aí, Antidoros Peregrine... Bom, ele colocou na cabeça a ideia de que ter a mim no trono seria uma alternativa melhor que uma revolução. Acho que eu nunca tive a coragem de... – Ele engoliu em seco. – Ele olhou para mim e viu o futuro de Akhaia. *Você* olhou para mim e viu um emparca.

– Isso porque eu acredito em você – eu disse. – Estou bem atrás de você. O que quer que você precise...

Seu rosto me fez parar.

– Eu preciso que você escute – ele disse em voz baixa. – Carô, quando você olha para o horizonte, você vê aventura. Oportunidade. Um mundo inteiro à espera para ser explorado. – Com uma expressão melancólica, ele exalou. – Eu só vejo... uma coisa que não é para mim. Há alguns dias, você me perguntou o que eu daria para ir para casa. Eu não respondi. – Ele fez uma pausa tão longa que achei que tivesse terminado. Então, ele disse: – Porque eu não quero ir para casa. Nunca.

Senti um nó em meu estômago.

– Markos... você não *quer* se tornar emparca?

– Meus deuses, não. – Seu sorriso estava estranhamente exultante. – Sabe, essa é a primeira vez que digo isso em voz alta. Não, eu *não* quero ser o emparca de Akhaia. – Ele se encostou em mim e começou a rir. – Nem um pouco.

Por que eu nunca tinha percebido como aquilo o estava esmagando? Eu fui tomada por vergonha. Por todo aquele tempo, estava dizendo a mim mesma que estava fazendo aquilo por ele. Quando tinha sido a última vez que eu havia perguntado a Markos o que *ele* queria?

– Bom, isso é um alívio – eu disse com um sorriso. – Agora, nós podemos guardar todas aquelas barras de ouro para nós mesmos.

– Carô, nós nunca vamos conseguir pegar esse tesouro. A esquadra está vasculhando a ilha atrás de nós. Vamos ter sorte se escaparmos vivos.

Tive vontade de observar que era a primeira vez que ele e Diric Melanos concordavam em alguma coisa, mas achei que era cedo demais.

– Eu não estou desistindo. – Eu cerrei o punho. – Não depois de tudo pelo que passamos.

Markos sacudiu a cabeça.

– Acabei de lhe contar que não quero ser emparca de Akhaia – ele disse. – E você não vai nem falar nada?

Tomei suas mãos nas minhas.

– Uma vez, eu disse que você era o homem mais corajoso que conheço. Você acha que isso muda alguma coisa? Você acha mesmo que eu me importo com o nome com o qual você nasceu? – Eu o beijei impulsivamente. – Eu me importo com as coisas que você faz. Quem você escolhe ser.

– Mas eu não sei...

Eu o calei com mais um beijo.

– Você vai descobrir.

Eu me perguntei por quanto tempo ele estava guardando aquilo de mim. Como ele podia acreditar que isso mudaria o que eu sentia por ele? Cada gota de sangue em minhas veias queria gritar de alegria. Eu estava convencida de que éramos impossíveis, mas não éramos mais. Nem mesmo um pouco. Como ele não sabia que isso era exatamente o que eu sempre quisera? Só Markos.

Nada de emparquia, nada de trono. Nada de guerra. Só ele.

Meus lábios ficaram imóveis sobre os dele.

– E se...

Eu me afastei abruptamente, com um vislumbre tênue de uma ideia pairando nas bordas de minha mente. Mas não... não havia maneira de conseguir fazer *aquilo*.

Durante os dias anteriores, eu me sentira como uma

malabarista, constantemente em luta para manter tudo no ar. Como evitar a esquadra do leão? Como impedir que Markos e Diric matassem um ao outro? Como vencer Araxis em seu próprio jogo? As peças giravam ao meu redor, muito perto. Eu quase podia estender a mão e pegá-las.

– Markos. – Meu coração batia mais rápido, apesar de minhas dúvidas. – E se houver um jeito? De nos livrarmos de Akhaia de uma vez por todas?

Ele resfolegou.

– Desde que seu plano não envolva confiar em Diric Melanos.

Fiquei em silêncio.

Markos estreitou os olhos.

– Carô?

– Sim. – Eu respirei fundo. – Sim, envolve.

CAPÍTULO
VINTE E NOVE

Eu achei que fosse encontrá-lo em um lugar como aquele. Os velhos encurvados sobre as mesas pareciam ter desistido da vida, e o cheiro bolorento como de uma tumba que permeava a taverna nada ajudava a desfazer essa impressão.

– Não adianta pedir – rosnou Diric. – Eu não vou voltar.

Respirei fundo.

– Eu sei – eu disse. – Você vai me trair.

Do lado de fora, o vento mudou, e chuva começou de repente a fustigar a janela. O letreiro esmaecido que dizia O Abetouro Negro rangia de um lado para outro acima da porta. Através do vidro molhado, captei um vislumbre de casacos vermelhos – uma patrulha de militares akhaianos, vasculhando as ruas de Brizos à nossa procura. Eu me voltei rapidamente para o bar para esconder o rosto.

Diric ergueu as sobrancelhas.

– Não, não vou. – Ele cuspiu no chão. – Embora eu tenha certeza de que é isso o que seu garoto Andela espera.

– Eu sei onde está o *Centurião* – eu disse. Então, lancei um olhar para o balconista e baixei a voz. – E nós vamos pegá-lo... Você e eu.

Em um sussurro, contei a ele o que havia encontrado no diário de bordo. Peguei o mapa do bolso e o estendi sobre o balcão. Ele estava enrugado, com vincos onde Melanos o havia amassado. Emoção brilhou no rosto de Diric, rapidamente escondida. Ele alisou as rugas no mapa e tornou a guardá-lo em seu casaco.

– Você sabe o que isso significa – ele disse com voz rouca. O vento soprava chuva na taverna, fazendo as paredes rangerem. – Se for realmente a mesma ilha, então, tudo isso, desde o começo, é coisa dela.

– Eu sempre achei que fosse – sussurrei. – Você não? Mas achei que ela quisesse me punir, quando me deixou naquela ilha com você. Agora, não estou muito certa. – Alguma coisa me fez estremecer, e não foi o frio. – Ela sempre diz que ele chega por você como o drakon, serpenteando nas profundezas. Seu destino.

– Eu não a escuto mais – ele disse em voz baixa. Eu entendi por quê. Mas, sem dúvida, se a deusa quisesse escutar, sussurrar não ia detê-la. – Não escuto há meses, agora. É como ter um braço cortado fora.

Eu sabia o que ele queria dizer.

– Nem eu.

Ele sacudiu a cabeça.

– E se você estiver errada? E se estivermos amaldiçoados, nós dois, e nos preparando para escapar com um monte de suas coisas brilhantes? Ela pode estar nos atraindo para nossas mortes.

A deusa do mar amava mesmo troféus reluzentes. Como Dido Brilliante, ela os colecionava. Havia uma cidade inteira que ela mantinha afundada sob o oceano, por maldade. Mas eu não conseguia me livrar da sensação de que tudo o que havia acontecido tinha nos levado exatamente a esse momento.

Muitas partes de meu plano podiam dar errado. Araxis podia me matar. Markos podia matar Diric. A deusa do mar podia nos mandar todos para o fundo do mar. Eu estava navegando às cegas e sabia disso.

No fundo de minha cabeça, ouvi a voz de meu pai. *Você é uma Oresteia. Você é bastante ousada.*

Fui tomada de repente por uma coragem estranha e impulsiva e ergui a cabeça.

– Você e eu, nós somos iguais – eu disse. – Nós somos rejeitados. Ayah, alguns podem até dizer que fomos amaldiçoados por aquela que vive nas profundezas. – Eu fechei a mão em torno do copo. – Mas eu, eu digo que é hora de fazermos nosso próprio destino. Você já parou para pensar que, talvez, a deusa do mar não esteja tentando nos matar? Talvez ela esteja nos desafiando. Talvez nós precisemos *conquistar* isso. Por que, para começar, ela nos escolheu, senão para sermos guerreiros? Eu vou atrás do tesouro. Você está comigo ou não?

Os olhos dele brilharam.

– Belo discurso. – Ele inclinou o copo e o bateu no meu. – Qual é o plano?

Eu contei a ele.

– Não – Diric disse assim que terminei. – Eu não vou deixar que você se entregue para ela. Eu não confio em ninguém com o nome Chrysanthe.

— Que outra maneira você propõe para conseguir levantar o bloqueio? – perguntei. – Quando Araxis e eu estivermos a caminho, você e Markos zarpam imediatamente para a ilha. Vá para a caverna e remova o máximo do tesouro que conseguir. – Eu segurei sua manga. – Mas você precisa deixar um pouco. O suficiente para que Araxis não fique desconfiada.

Ele sacudiu a cabeça.

— Não consigo aceitar a ideia de deixar que ela ponha as mãos nojentas em meu ouro, mesmo que seja só um pouco.

— É a parte mais importante – insisto. – O único jeito de sairmos todos disso com vida é convencê-la de que ela ganhou. Você esconde a porção dela do ouro em algum lugar da ilha e fica esperando nossa chegada. Então, você puxa a pistola para mim e nós encenamos a luta. Você diz que vai trocar o ouro por um perdão real e, pelo amor dos deuses, independentemente do que acontecer, *não* deixe que Markos saia do barco. Não me importa que você tenha que amarrá-lo. Nós não podemos confiar nela perto dele.

— Não vai funcionar. Não se esqueça de que você e Araxis vão provavelmente estar em um dos navios mais velozes da esquadra. Seu garoto e eu... bom, nós vamos estar a bordo do *Corcel Cansado*. – Havia dúvida em sua voz. – E barras de ouro são pesadas. Acho que vamos precisar de um trenó, uma alavanca ou algo assim. – Ele esfregou a barba. – Remover o tesouro vai levar muito tempo.

— Eu vou... vou atrasá-los de algum modo. – Eu mordi o lábio. – Dar a eles as instruções erradas. Fazer com que naveguem pelo caminho errado.

Ele agarrou meu braço.

– Você vai fazer com que seja morta.

Se tivéssemos sucesso, nunca mais teríamos assassinos disparando em nós nem envenenando nossa comida. Não teríamos de viver vigilantes pelo resto da vida. Lágrimas arderam em meus olhos. E eu não seria forçada a ver Markos ficar mais desesperançado a cada dia, até que finalmente desaparecesse.

Essa era nossa chance de sermos livres. Nós tínhamos de agarrá-la.

Eu engoli em seco.

– Sou eu ou Markos.

– Ah, bem. – Diric ergueu o copo. – À estupidez e ao amor, eu acho.

CAPÍTULO
TRINTA

Eu estava sozinha quando ela me encontrou.

Com o barulho de seu equipamento, soldados entraram na taverna. Os reservados estavam vazios. Diric tinha ido embora havia muito tempo, deixando apenas a mim e ao balconista.

Ele ergueu as mãos e recuou.

– Nada de mosquetes!

Os soldados não lhe deram atenção. Eu sabia atrás de quem eles estavam.

Eles me arrancaram do banco, derrubando minha bebida. Eu não resisti. Atrás de mim, o copo girou em um círculo, e o rum formou uma poça no balcão. Os homens seguraram meus braços, cravando seus dedos ásperos em minha pele.

Araxis entrou a passos largos na taverna, com os saltos de suas botas fazendo um ruído seco no chão. Atrás dela, chuva foi soprada para dentro pela porta aberta.

Ela não estava mais usando saia. Agora que eu sabia que não era a filha do archon de Eryth, ela havia abandonado todo o fingimento de ser uma dama. Suas calças justas estavam de volta, enfiadas nas botas. Eu nunca tinha visto nada como seu casaco. Não parecia um casaco de homem nem de mulher, mas algo feito especialmente para ela. Era curto e preto, com apenas uma manga, deixando seu braço direito nu exceto por um bracelete de couro e várias correias cheias de dardos. Sua besta estava pendurada em um cinto.

Eu odiei todo o visual e o cobicei ao mesmo tempo.

Soprei um cacho de meus olhos e perguntei:

– O que aconteceu com estar vestida de sangue?

Ela apertou os lábios em uma linha vermelha.

– Essa é minha mãe, não eu. – Ela inspecionou a taverna vazia e perguntou: – Onde estão os outros? Nosso informante disse que Melanos estava com você.

– Seu informante ouviu errado – eu disse. – Diric Melanos e eu nos separamos.

A cabeça dela girou em direção a mim.

– Onde está Markos?

– Não aqui – respondi, não ajudando.

Ela examinou os cantos escuros do bar, como se, a qualquer momento, Diric pudesse aparecer, com as armas brilhando.

– Você espera mesmo que eu acredite que você está aqui sozinha?

Eu imaginei a voz de Markos quando alguém o irritava – régia e um pouco entediada. Ele ficava frio, enquanto eu queimava. Frieza era do que eu precisava nesse minuto.

– Na verdade... – eu disse lentamente, torcendo para que ela não percebesse o suor em minha testa. – Estou aqui para fazer um acordo.

Araxis tamborilou com seus dedos em uma cadeira e deu um sorriso afetado.

— Eu não faço acordos.

— Talvez você faça quando eles envolvem um naufrágio cheio de barras de ouro — eu disse.

Seus dedos se imobilizaram no ar.

— Foi o que pensei. — Meu coração palpitava de maneira errática. De algum modo, eu tinha de fazer com que ela se interessasse. Enquanto me debatia nas mãos dos soldados, eu disse a ela: — Como eu falei, estou oferecendo um acordo. Mas só vou falar com você sozinha.

Ela me deu um olhar astuto e, em seguida, gritou com os soldados:

— Você estão dispensados. Esperem por mim lá fora. — Ela sorriu. — Mas imobilizem-na antes.

Eles prenderam meus pulsos com algemas de ferro e me empurraram em uma cadeira. Quando a porta bateu e se fechou atrás deles, Araxis se voltou para mim:

— E então?

— Você *estava* escutando naquela noite em Iantiporos, não estava? — Os lábios dela se retorceram, mas ela não disse nada. Supus que isso fosse um sim e continuei. — Então, você sabe sobre o mapa. Eu dou a você a localização do ouro do *Centurião*. E você... — Eu respirei fundo. — Você promete deixar Markos Andela em paz. Volte para Trikkaia e diga a seu pai que ele está morto. Markos e eu saímos livres.

— Você está mentindo. Você e Melanos têm algum tipo de plano.

Eu resfoleguei.

– Ele me prometeu metade do tesouro. Se você acha que ele alguma vez pretendeu honrar a própria palavra, você é uma tola. – Enquanto observava seu rosto em busca de qualquer tremor de emoção, eu prossegui: – Mas eu não sou tola. Eu sou a filha de uma Bollard com um barqueiro e sei reconhecer um bom negócio quando vejo um. Você pode ficar com o tesouro. Tudo o que eu quero é a vida de Markos.

Um brilho de interesse ávido passou por seu rosto e foi rapidamente banido. Ela sacudiu a cabeça.

– Eu não posso lhe dar isso. Por mais que eu quisesse um naufrágio cheio de barras de ouro, minha missão sempre foi matar o impostor. Você sabe disso.

– E se eu lhe dissesse que Markos não quer o trono de Akhaia? Nós vamos embora. Para longe. Você nunca mais vai nos ver outra vez.

Araxis deu um suspiro.

– Ele ainda é uma ameaça para meu pai. Enquanto ele estiver vivo, a linhagem dos Theucinianos nunca vai estar segura no trono. Meu pai vai caçá-lo até os quatro cantos da terra. Ele nunca vai parar de caçá-lo.

– Não estou falando de seu pai – eu disse. – Estou falando de você.

Ela inclinou a cabeça, mas não disse nada. Tomei isso como um sinal de que ela estava escutando.

– Está bem, seu pai vai caçar Markos até o fim dos seus dias. – Eu umedeci os lábios. – Mas *você* não precisa. Isso é ouro

suficiente para você fazer sua própria fortuna. Você é uma bastarda.
– Eu torci para que ela não tomasse isso como um insulto e fizesse algo lastimável como cortar minha garganta. Eu me lembrei do que Daria tinha me contado sobre o jovem filho de Konto Theuciniano e disse: – Não importa o quanto você sirva bem ao seu pai, vai ser seu meio-irmãozinho quem vai acabar no trono, não vai? Não você.

– Você acha que eu já não me conformei com isso? – ela retrucou com veemência. – Sempre aceitei que eu ia viver minha vida na sombra da corte de Akhaia, como minha mãe. Ela é da realeza... a seu próprio modo.

Mas pensei ter captado um vislumbre de alguma coisa. Desejo. Inveja. De repente, o caminho à minha frente se iluminou como uma trilha de lua pelo mar. Eu sabia o que dizer.

– Ayah, minha mãe também é poderosa – eu disse. – Quando eu era mais nova, odiava ir para a casa dos Bollards. Eu sentia como se todos lá quisessem ser ela.

– O que você sabe sobre a minha vida? – ela disse rispidamente. – Eu não sou estúpida. Eu vejo o que você está tentando fazer. De forma bem desajeitada, posso acrescentar. Você não é nada como eu.

Eu me encostei na cadeira.

– Provavelmente não. *Eu* tinha uma carta de corso e roubei um cúter dos Cães Negros, que, por acaso, estava levando uma fortuna em seu compartimento de carga. Eu decidi fazer meu próprio destino. – Eu dei de ombros. – Acho que você não quer fazer a mesma coisa. Mas é uma grande vergonha que Melanos vá ficar com todo o tesouro. – Eu ergui os olhos para ela e me encolhi. –

Talvez não tenha sido uma ideia assim tão boa roubar o *Vix* dele. Já que ele foi lá e roubou minha escuna de mim.

– Sua escuna que você roubou da esquadra do leão – ela observou. – Você está blefando.

– Estou? Você nos seguiu até o esconderijo da rainha. Foi você que atirou em nós, não foi? – Ela não negou; por isso, prossegui. – Então, você sabe que tenho o diário de bordo do navio. Ou, pelo menos, tinha. – Eu cerrei os punhos. – Melanos me traiu. Ele o pegou, assim como o *Corcel*. Markos e eu escapamos com vida por muito pouco.

Araxis acenou com a mão, desdenhosamente.

– Os soldados estão vasculhando a ilha à procura daquele barco roubado. Eles vão encontrá-lo, e o diário de bordo do *Centurião* junto com ele. Eu só preciso esperar.

– Você acha que Diric Melanos vai esperar? – Eu queria que Araxis acreditasse que cada momento que ficássemos ali, estávamos desperdiçando um tempo precioso. – Ele passou a vida inteira à procura do tesouro. Ele pode já estar a caminho.

– O bloqueio...

– Por favor. – Eu ri. – Acho que até você, abrigada na sombra da corte do emparca, está familiarizada com a reputação dos Cães Negros. Seu pequeno bloqueio não significa nada para Melanos. Há oito anos ele escapa de bloqueios e é muito bom nisso. – Eu respirei fundo e lancei a conclusão de meu argumento: – Tudo o que eu quero é ficar com Markos. Eu tenho as coordenadas do naufrágio. Eu sou uma Bollard, filha de negociantes. Então, vamos negociar.

SUSSURRO DAS ONDAS

O suor molhava a gola da minha roupa. Eu não era feita para aquilo. Tentar preservar minhas mentiras estava me dando dor de cabeça.

Araxis cruzou os braços enquanto me estudava.

– Está bem – ela disse por fim. – Você me leva ao *Centurião*, e Markos fica livre. – Ela ergueu um dedo como alerta: – Mas, se Melanos pegar o tesouro primeiro, o acordo está desfeito.

– Fechado. – Eu estiquei minhas mãos algemadas, fazendo as correntes tilintarem. – Primeiro, você precisa dizer a eles que levantem o bloqueio de Brizos.

– Isso não era parte dos termos.

– Claro que era – eu disse, como um professor explicando a um aluno que não tivesse entendido direito. Desejei que minha mãe estivesse ali para ver aquele momento. Ela teria ficado muito orgulhosa. – Você sabe que Markos está em algum lugar de Brizos – observei. – E você acabou de concordar em deixar que ele saia livre. Ele não pode partir a menos que você levante o bloqueio. Eu só vou lhe dar as coordenadas depois que aqueles navios partirem.

Araxis olhou pela janela, onde os casacos vermelhos dos soldados eram visíveis contra o céu escuro da noite.

– Não sei se posso dar essa ordem.

– Ah? – Eu ergui as sobrancelhas. – Desculpe, achei que você comandasse esses homens.

– Eles farão o que eu pedir. – Ela mexeu em algo em seu dedo, seu sinete do leão. Olhou atentamente para ele, como se estivesse fazendo uma operação matemática complicada na cabeça. – Eu só preciso convencer o capitão.

Eu tinha deixado de considerar esse furo em potencial em meu plano. O anel e seu pai pareciam dar a Araxis poder suficiente para negociar a passagem em um navio ou requisitar soldados como guarda-costas. Mas, e se isso não fosse suficiente? E se o capitão não desse ouvidos a ela?

— Ah, tudo bem. — Araxis deu um passo à frente e pegou minha mão. Eu esperava um pouco que se parecesse como apertar a mão de um lagarto, mas a dela estava quente e um pouco suada. Pensei que ela talvez estivesse igualmente nervosa. — Vou dar um jeito de fazer com que isso funcione. Markos fica livre, e o bloqueio é levantado. — Ela acrescentou: — Mas, se a esquadra encontrar Diric Melanos, está livre para executá-lo.

Ergui um ombro, secretamente muito satisfeita com o quanto eu estava mentindo bem.

— Por favor, faça isso.

— Você é mais astuta do que pensei, Caroline Oresteia — ela disse. — Reconheço que isso a torna bem mais interessante para mim.

Ela chamou de volta os soldados akhaianos. Eles me puxaram da cadeira e me conduziram até o cais, onde, para minha surpresa, embarcamos em uma chalupa armada cujas letras bonitas diziam *Relâmpago*.

Eu me voltei para Araxis.

— Nós não vamos naquela fragata?

Ela se apoiou na amurada, observando a esquadra se afastar de sua posição no flanco. Alguns navios voltaram para o cais de Brizos, enquanto outros levantaram vela imediatamente e zarparam, em direção a lugares desconhecidos.

Ela sacudiu a cabeça.

SUSSURRO DAS ONDAS

– A fragata é lenta demais.

Isso atrapalhava meu plano. Eu teria que contornar a situação simplesmente na conversa.

Na coberta, eles me amarraram a uma cadeira na sala de navegação para que eu não pudesse escapar. Resisti a uma imensa vontade de informá-los que, já que estávamos no oceano, eu não poderia ir a lugar algum. Pelo movimento e pela inclinação do navio, eu soube que estávamos navegando em mar de popa, com o vento a nossas costas e um pouco a estibordo. A essa altura, nós provavelmente já tínhamos passado pelas ilhas do Chá.

Araxis entrou na sala, gesticulando para que um oficial destrancasse minhas algemas. Em me contraí quando ele obedeceu grosseiramente. Os grilhões tinham arranhado a pele de meus pulsos, deixando marcas vermelhas esfoladas.

– Agora, você cumpre sua parte do acordo. – Ela jogou uma pilha de mapas sobre a mesa à minha frente. – Onde é a ilha?

Eu solicitei um sextante, lápis e papel. Então, fiz um grande teatro para traçar linhas sobre os mapas, anotar números e murmurar comigo mesma.

– Nós precisamos seguir para lés-nordeste – anunciei por fim, largando o lápis.

Araxis pegou o papel, e sua testa se enrugou ao examiná-lo.

– Você tem certeza? – Eu a observei atentamente, torcendo para que navegação não fosse uma das habilidades que sua mãe assassina tinha lhe ensinado.

Eu me esquivei.

– Bom, não posso ter certeza absoluta.

— O que o diário *disse*? — Ela jogou o papel para o lado, e impaciência passou por seu rosto.

Eu me encostei na cadeira.

— Isso não era parte de nosso acordo.

Ela sinalizou tão rápido para os oficiais que não tive tempo de abaixar a cabeça. Uma dor forte explodiu em meu rosto, irradiando a partir de meu queixo.

Sangue escorreu de minha boca. Uma onda de dor me atingiu, e balancei para frente para apoiar minha testa na mesa. Com um longo fio de baba sangrenta, olhei fixamente para meu dente, um pequeno ponto branco afogado em uma poça vermelha no chão. Meus lábios estavam dormentes. Eu fechei os olhos contra a dor lancinante.

— Isso é pela insolência. — A voz satisfeita de Araxis me trouxe de volta.

Esfregando sangue do queixo, olhei para o oficial que tinha me socado.

— Que grande homem você, hein? — provoquei-o com meu lábio inchado. — Batendo em uma garota amarrada a uma cadeira.

Ele levantou o braço para me golpear novamente com as costas da mão.

— Não. — Araxis gesticulou com a mão. — Estou cansada disso. E você sujou meu sapato de sangue.

Markos estava sem uma parte da orelha e eu, agora, tinha perdido um de meus dentes de baixo. Pensei que era uma coisa boa que nunca seríamos emparca e emparquesa. Nós, sem dúvida, não tínhamos a aparência certa para esse papel.

A porta se abriu e o capitão entrou. Eu o reconheci

imediatamente como o capitão do *Advantagia*, o que tinha rido de mim quando eu disse que queria um advogado. Era estranho ele estar ali em vez de em seu próprio navio. Então, eu me lembrei de que Diric havia ateado fogo nele.

O capitão olhou com aversão para o sangue no chão. Ele apontou com a cabeça para o oficial e ordenou:

— Pegue um esfregão e limpe essa bagunça.

— Mas, senhor – protestou o homem. – Eu não sou... Quero dizer, sou um oficial. Esse não é meu trabalho. Senhor – acrescentou ao sentir a explosão iminente do capitão.

Isso era outro detalhe. Eu pensei bem e me dei conta de que todos os homens que tinha visto naquele navio estavam usando um casaco de oficial. Isso, com certeza, não estava certo. Onde estavam os soldados comuns? E os marinheiros?

— Bom, talvez você pudesse ter pensado nisso antes de fazer a prisioneira sangrar no chão de minha sala de mapas. – O capitão puxou minhas anotações garatujadas sobre a mesa e examinou os números. Diferente de Araxis, ele soube imediatamente o que significavam. – Essas coordenadas são para o meio do oceano. – Ele flexionou os dedos e virou o papel. – Isso é alguma piada?

— Não – eu disse a ele. Minha boca latejava. – Essas são as coordenadas de hoje. Amanhã vou lhes dar outras.

O capitão olhou para mim, com um músculo se retorcendo em seu pescoço.

— Você vai me dar a localização dessa ilha agora.

— Não – eu disse. – Prefiro ficar viva até chegarmos ao local, e me perdoe se não confio no senhor. – Dei um palpite. – Um sentimento que deve ser comum, vendo que o senhor deixou de trazer o resto da esquadra conosco.

O capitão e Araxis trocaram olhares, e eu soube que minha desconfiança estava certa. Havia centenas de marinheiros a bordo daqueles navios, homens que tinham feito um juramento de servir a seu emparca. Se esse juramento se estendia a um naufrágio cheio de barras de ouro... bem, isso era mais complicado. O ex-capitão do *Advantagia* tinha confiscado aquela chalupa – um barco pequeno e rápido – e rearrumado a tripulação para se assegurar de que ela contivesse apenas seus homens mais leais. Isso explicava por que todos os homens a bordo eram oficiais.

– Esse acordo não foi ideia minha. – O capitão me olhou friamente. – Mas admito estar intrigado pela perspectiva de recuperar o maior navio perdido na história naval akhaiana. Estou disposto a entrar nesse joguinho. – Ele sorriu. – Mas creio que entende que não seria interessante para você me irritar mais. Graças a você, meu navio está sendo submetido a grandes reparos. Se isso for um truque, não vou me dar ao trabalho de jogá-la em uma cela. Você vai ser enforcada imediatamente.

Os oficiais me escoltaram até uma cabine, onde me empurraram em uma cadeira e prenderam meus tornozelos às pernas da cadeira. Então, eles foram embora.

A cabine era decorada de maneira simples, com uma cama embutida, uma cômoda e uma mesa com um espelho redondo na parede acima dela. Araxis sentou-se e remexeu em uma bolsa cheia de potes e latas. O navio mergulhou em uma ondulação. No espelho, eu a vi franzir os lábios, irritada, segurando o batom bem longe de seu rosto. Devido ao movimento do mar, ela estava com dificuldade de traçar uma linha reta.

— Então, o que acontece agora? — Eu passei a língua pelo lábio estourado. — Você vai me deixar amarrada a esta cadeira por toda a viagem?

— De que adianta falar? — Ela terminou de delinear os lábios e guardou o pote de maquiagem na bolsa. — Eu odeio você. Você me odeia.

— Nem sempre odiei — eu disse.

Seus olhos cruzaram com os meus no espelho.

— Não, mas você ficou ressentida comigo por roubar seu precioso Markos. — Ela deu um suspiro. — Ah, Carô. Eu realmente gostaria que tivéssemos nos conhecido em circunstâncias diferentes. Nós duas somos garotas presas em uma luta contra a fortuna. Garotas que se agarraram a um destino maior e que se arrastaram em direção a ele com as duas mãos. — Seu sorriso cortava como uma faca. — Que não podiam ser afundadas, embora deuses, homens e o oceano tenham tentado nos desafiar.

Quando falei de nossas mães e de encontrar meu próprio destino, isso havia nitidamente acertado um ponto sensível. Claro que ia inventando à medida que contava, mas Araxis pareceu se apegar a minhas palavras. Ela parecia achar que éramos lados diferentes da mesma moeda. Eu não diria que ela gostava de mim, mas, talvez, fascinada por mim, como um pássaro pode ficar fascinado por um objeto brilhante e interessante.

— Isso é muito poético — rosnei. — Mas não esqueci que você tentou assassinar minha prima.

Seus olhos se ergueram no espelho.

– Eu não consegui? Bem, isso é uma pena.

– Você deve saber que, se tivesse conseguido, eu nunca teria feito esse acordo com você. – Minha voz estava fria. – E você estaria morta. – Jurei que, se eu descobrisse que Kenté não estava bem, viajaria até os confins da terra para encontrar Araxis e matá-la.

Algo que pareceu suspeitamente como alívio passou por seu rosto.

– Onde está a verdadeira Agnes Pherenekiano? – perguntei. Por muito tempo eu estava me perguntando o que tinha acontecido com ela.

– O que isso importa? – Araxis deu de ombros. Ela afastou os dedos e examinou as unhas. – Ela é uma ninguém do campo, gorda e metida a inteligente. Foi surpreendentemente simples fingir ser ela. – Quando seu olhar cruzou com o meu no espelho, ela pegou uma lima de unha em sua bolsa de maquiagem. – Você foi fácil de enganar. Eu falei algumas coisas sobre aquela borboleta, que eu sabia graças a meus extensos estudos de venenos, e você ficou satisfeita. Markos foi um pouco mais difícil. Ele me fez várias perguntas muito específicas sobre o trabalho que a verdadeira Agnes tinha publicado.

Uma onda de saudade passou por mim quando ela mencionou o nome dele. Era a cara de Markos pesquisar sobre os interesses de sua futura esposa.

– O gato sabia. – Eu me lembrei dele rosnando para ela na mesa de Agnes. – Eu devia tê-lo escutado.

– Ele não gostou de mim – ela concordou. – Gatos são notoriamente melindrosos em relação a estranhos. *Se nós encontrarmos esse* tesouro – ela disse, apontando para mim com a lima de unha. – E *se* eu não matar Markos, você deve dizer a ele para que tome mais cuidado no futuro. Ele podia aprender uma lição ou duas com aquele gato.

– Mas vocês dois cresceram em Trikkaia – eu disse. – Vocês eram primos. Não acredito que nunca tenham se visto.

Seu riso saiu como uma expressão amarga de desprezo.

– A filha de uma cortesã e o filho do emparca, na mesma reunião social? Teria sido inconcebível. Uma criança bastarda da nobreza akhaiana deve permanecer fora de vista. Nós vivíamos no luxo, é claro, na parte elegante da cidade. Lorde Theuciniano pagava absolutamente tudo. Foi nessa casa que minha mãe me treinou em suas artes.

– Assassinato.

Ela sacudiu a cabeça.

– Comportamento. Etiqueta. Línguas. – Ela inclinou a lima de unha, e a luz do candeeiro brilhou na lâmina prateada. – Mas, depois, alquimia, química e venenos. Suas *verdadeiras* artes. – Ela olhou para mim com curiosidade: – Eu me pergunto o que você vê em Markos. Ele é terrivelmente maçante e correto.

– Você deve ter gostado um pouco dele – eu disse. – Ou ele estaria morto.

Araxis fungou.

– Na verdade, não. Por que envenená-lo quando eu podia esperar e matá-lo no próprio castelo da margravina? Sabendo que *ela* seria culpada pela morte dele? Matar o impostor e começar uma guerra com Kynthessa, tudo em um só golpe. Mas, aí, você apareceu. De novo.

Minha boca doía e eu não estava mais com vontade de falar.

— Lamento muitíssimo.

Ela me deixou, sem dizer outra palavra, levantando-se agitada da cadeira e saindo pela porta. Depois de algum tempo, soldados apareceram para me escoltar até o banheiro. Eles me desamarraram da cadeira, deixando meus braços e tornozelos presos. Quando voltei, deitei em um cobertor grosseiro no chão duro, com a boca latejando de dor. Fechei os olhos, apertei-os e tentei dormir.

No dia seguinte, quando me arrastaram para a sala de navegação, fiz um grande teatro para consultar os mapas e instrumentos.

— Nós passamos. — Eu empurrei a cadeira para trás, arrastando-a no chão. — Nós precisamos mudar de rumo e seguir para o sul. — Entreguei a Araxis um pedaço de papel onde eu havia escrito uma série de números: — Nesse rumo.

Ela apertou os lábios vermelhos e passou o papel para o capitão.

— Achei que você disse que sabia onde ficava essa ilha.

Resisti à vontade de dizer algo sarcástico, preferindo preservar o resto de meus dentes.

— Olhem, eu estou partindo de um monte de anotações rabiscadas em um livro velho e bolorento. — Eu tentei parecer ofendida. — Que só vi uma vez antes que aquele cachorro do Melanos o roubasse. Você achou que isso ia ser uma ciência exata, como sua preciosa química?

Ela ergueu a mão para me dar um tapa, mas o capitão a aplacou com um olhar severo.

— Eu não quero mais que batam na prisioneira — ele a repreendeu. — Eu não comando esse tipo de navio. — Quando eu estava me perguntando se ele talvez estivesse do meu lado, ele acrescentou: — Se ela, por acaso, estiver mentindo, vai ser enforcada. Mas, pelo menos, vai ser uma morte civilizada.

Eles me devolveram à cabine.

Naquela noite, enquanto Araxis estava encolhida dormindo na cama, eu balançava para frente e para trás na faixa estreita de luz que brilhava pela vigia. E se eu tivesse cometido um erro? Confiado nas pessoas erradas? Eu ia acabar morta, e Markos, junto comigo.

Não havia nada a fazer exceto esperar.

CAPÍTULO
TRINTA E UM

Em nosso quinto dia no mar, nós avistamos a ilha pela amurada de bombordo.

Acima das árvores, erguia-se o cume nu da montanha, e, à esquerda, reconheci a ilha menor onde tinha sido nosso acampamento. O rochedo cheio de navios naufragados ficava entre elas.

O capitão organizou um grupo de cinco homens para ir em terra, além de mim e de Araxis. A caminho do barco, tropecei três vezes nos grilhões que amarravam meus tornozelos e me contraí de dor quando meus joelhos machucados atingiram o convés. Araxis apenas sorriu maliciosamente. Os oficiais me ergueram pelas axilas e me empurraram para um assento.

Seis homens eram demais. Meu plano dependia de conseguir ficar com Araxis sozinha. Mordi os lábios, com os nervos à flor da pele. Eu teria que me preocupar com isso depois.

O capitão não moveu um dedo enquanto seus tripulantes operavam o leme e dois conjuntos de remos. Seu cabelo apontava como a proa de um navio em direção à terra, com a brisa despenteando o cabelo grisalho em torno de seu rosto. Ele parecia estar fazendo uma pose, o idiota pomposo.

– Você deixou de mencionar que essa era a mesma ilha onde nós a encontramos. – O capitão bateu com a luneta na palma da mão. – Uma enorme coincidência, em minha opinião.

– Não é a mesma ilha. – Eu olhei para ele. – É a ilha *ao lado* daquela ilha.

– Não seja atrevida comigo, garota – o capitão disse. – A única razão para você ter vindo junto é porque já viu esse suposto mapa. Se sua caverna se revelar ser uma mentira, coisa que eu agora desconfio muito que seja, você vai balançar pelo pescoço até morrer – ele disse com prazer. – Eu diria que isso vai te fazer ficar quieta.

Eu me remexia no assento e torcia ardorosamente para que o tesouro não fosse uma história fantasiosa. Eu tinha muitos planos para meu futuro, e ser enforcada não era um deles.

Na primeira vez que olhei, quase não vi a caverna. A entrada era apenas um buraco triangular negro na costa rochosa, possivelmente nem visível na maré alta. As pedras ao seu redor eram molhadas, cheias de algas e cracas. Com o corpo formigando de excitação, eu apertei o lado do bote.

A emoção de ver a caverna durou pouco. O capitão mandou dois oficiais carregarem lanternas, e, um a um, eles desapareceram na boca escura.

Deixando-me sozinha na praia.

Com as mãos presas, peguei uma concha quebrada e joguei-a nas ondas. Era um maldito azar. Pela primeira hora, eu fiquei mal-humorada na praia, com as algemas apoiadas nos joelhos.

Quando a segunda hora passou e eles não saíram, minha curiosidade foi desperta.

Eu não vi sinal de Diric Melanos. Se estivesse ali naquela ilha, ele tinha resolvido permanecer sem ser visto. Havia vários lugares para um navio pequeno como o *Corcel Cansado* se esconder. Eu me perguntei exatamente por quanto tempo eu devia ficar ali sentada e esperar.

– Senhorita! – Um marinheiro subiu pelas rochas escorregadias na entrada da caverna. – Você deve entrar. Agora!

Eu me levantei da areia.

– O que está acontecendo?

Ele pegou uma chave em seu cinto e abriu meus grilhões.

– *Ela* quer você. – Havia medo em seu rosto marrom. – Não é certo o que ela está fazendo. Não é certo.

As rochas estavam escorregadias por causa das algas. O marinheiro segurou meu cotovelo enquanto subíamos em direção à caverna. Quando chegamos à entrada, ele pegou um punhado de fósforos alquímicos no bolso.

– Para você, senhorita.

Ele os deixou em minha mão e se afastou.

Eu olhei para a fenda negra e elevada.

– Você não vai entrar?

– Nenhuma quantidade de ouro me faria entrar aí de novo, senhorita. Um dia, quero chegar a capitão. – Ele sacudiu a cabeça. – Eu não planejo morrer aqui.

O que estava acontecendo naquela maldita caverna? Eu me virei e risquei um fósforo na parede de pedra. Ele irrompeu em uma chuva de centelhas alquímicas e rapidamente começou a queimar em uma chama constante. Ergui o fósforo e olhei ao redor da caverna. O chão era principalmente pedra, exceto aonde a maré levara areia e a depositara em faixas molhadas. Algas marinhas e mariscos se agarravam às pedras.

Eu me arrisquei a entrar e me abaixei para não arranhar a cabeça no teto. Areia molhada sugava minhas botas. A caverna mal tinha um metro de largura. Por sorte, tendo crescido em uma barca, espaços pequenos não me incomodavam. À frente, ouvi vozes.

A caverna se alargou em um salão mais amplo, iluminado por uma lanterna tremeluzente. Eu entrei nele, me aprumei e vi imediatamente por que o marinheiro não queria voltar. O salão terminava em um poço profundo enchido pela maré, com um buraco escuro embaixo d'água cerca de um metro abaixo. A maré tinha coberto o túnel que levava para o resto da caverna.

No poço, três corpos boiavam inertes, de rosto para baixo.

Larguei meu fósforo e o apaguei delicadamente com a bota. Eu saí de vista e me apertei contra a parede. Araxis, o capitão e o último marinheiro que restava olhavam fixamente para o poço. Eles ainda não tinham me percebido.

— O que você está esperando? — perguntou Araxis, avançando sobre o marinheiro. Ela estendeu a mão. — Este anel faz com que eu fale com a voz de seu emparca. Estou *ordenando* que você nade por aquele túnel.

O homem recuou, aterrorizado.

Araxis ergueu a besta.

— Maldito covarde. — Um dardo zuniu pela caverna. O

marinheiro se encolheu e caiu, com ânsia de vômito e segurando a garganta. Com uma onda de náusea, eu me virei, sem desejar ver seus momentos finais.

O capitão arrumou o casaco.

– Sem dúvidas, estávamos errados em mandar homens comuns. Este é um teste, sabia? – Seus lábios se curvaram em um sorriso agradável. – Só os dignos terão permissão de passar.

– O senhor tem patente de capitão. – Com a cabeça, Araxis apontou a medalha no casaco do homem. – E foi condecorado em guerra. Sem dúvida, se este é um teste da própria deusa do mar, o senhor vai atravessá-lo com facilidade.

Eu duvidava que ela acreditasse em algo daquilo. Ela só não queria ter ela mesma que passar por aquele túnel.

O capitão tirou as botas e enfiou o chapéu embaixo do braço. Ele era uma figura imponente, com o casaco vermelho cheio de botões e medalhões reluzentes.

– Ninguém respeita mais o mar que eu.

Ele entrou pelo poço até ficar com a água na altura do queixo, então, inspirou fundo e mergulhou. Por vários longos segundos, apenas um círculo ondulante marcava onde ele tinha estado. Sussurros dançavam nas paredes da caverna, assustadores e, de alguma forma, não humanos. Não havia ninguém ali além de Araxis e eu.

Com um barulho borbulhante de água, o corpo do capitão irrompeu da água. Ele girou lentamente e revelou seu rosto destroçado. Alguma coisa arrancara a mordidas um pedaço de carne de sua bochecha, revelando um osso branco. Sangue se agitava na água. Os olhos do capitão olhavam fixamente à frente, sem ver.

SUSSURRO DAS ONDAS

Araxis emitiu um sibilar e cambaleou para trás. Os sussurros ficaram mais altos, ricocheteando nas paredes da caverna, mas ela não reagiu. Minhas mãos grudentas suavam. Ela não podia ouvi-los. Só eu podia. De repente, tive certeza de que aquilo era obra da deusa do mar.

Lembre-se, eu fico com as coisas que pego.

Aqueles homens tinham tentado pegar seu tesouro, e ela não os considerara dignos. Eu observei a maré agitar as águas e os peixinhos que nadavam ágeis entre as algas e os corpos boiando. Aquele era o domínio dela. E se eu, na verdade, tivesse sido rejeitada? Então, meu destino não seria diferente do daqueles homens. Se eu tentasse nadar por aquele túnel, ela ia me afogar.

Água em meu nariz e minha boca. *Tossindo, engasgando, nadando em direção à superfície. Meus pulmões no limite, quase explodindo, a luz se apagando...*

Apertei os olhos fechados, cambaleando nas rochas. Aquela visão tinha saído do nada. Será que *ela* tinha posto isso em minha cabeça? Meu pulso se acelerou com esperança, e eu me abri com todos os sentidos. *Espere. Volte.*

Nada. Sacudi a cabeça para desanuviá-la. O quanto eu era patética? A deusa me mandara uma visão de meu próprio afogamento – uma ameaça óbvia. Mas, em vez de ficar com medo, eu estava me agarrando ao pequeno fragmento de sua presença como um mendigo faminto.

A cabeça de Araxis se ergueu bruscamente.

– Ah, olá, Carô. Que bom que você se juntou a mim. – Ela ergueu a besta e a apontou para meu coração. – Sua vez.

Eu olhei para os corpos boiando, sentindo um enjoo no estômago.

– Não consigo.

– Quem melhor para passar que você? – Com a besta, Araxis gesticulou em direção à água. – A bem-aventurada favorita da deusa.

– Não. Você não entende. – Eu me encolhi novamente contra a parede da caverna. – Eu fui rejeitada. Se você me mandar entrar aí... – Eu engoli em seco. – Vou acabar tão morta quanto esses homens.

– Acho que é um risco que vamos ter que correr. – Ela apontou com a cabeça em direção ao poço. – A menos que você queira testar sua chance contra meus dardos, mas eu lhe asseguro que o veneno é bem desagradável.

Hesitando, eu entrei. Água fria redemoinhava em torno de meus tornozelos. Fechei os olhos, embalada pela sensação delicada. Essa sensação, antes, tinha significado alguma coisa para mim. Eu havia entrado em um poço assim, e ele abrira todo um mundo novo.

Não mais.

Cerrei os dentes e caminhei adiante. Água ondulava de minhas pernas para bater nas pedras. Ao meu redor, os rostos dos cadáveres estavam congelados de terror. O que eles tinham visto lá embaixo, sob a água?

Araxis fingiu um bocejo.

– Não vamos ficar nisso o dia inteiro.

Respirei pelo que sabia ser talvez a última vez e submergi na água. Seguindo meu caminho tateando a pedra, impulsionei o corpo para baixo até chegar à entrada do túnel. Crescida nas terras dos rios, eu sempre tinha sido uma nadadora forte. Sabia que podia prender a respiração por um minuto. Mas eu não tinha como saber o comprimento do túnel, nem mesmo se havia ar do outro lado.

Abri os olhos e me lancei pelo túnel com uma batida forte de perna. A luz da lanterna de Araxis sumiu. O pânico se ergueu dentro de mim, mas eu precisava dominá-lo. Eu tinha de sobreviver. Eu me estiquei à frente e dei uma braçada forte.

Minhas mãos ávidas encontraram pedra. Um beco sem saída.

Não.

Eu gritei, mas só saiu uma torrente de bolhas.

Agitando os braços e pernas, girei em um círculo. Acima de minha cabeça, minha mão esquerda atingiu a pedra. Segurei um canto do que parecia uma saliência. Ergui os olhos e pensei ver uma luz mortiça. A saída dali era *acima* de mim. Subi como um foguete, me impulsionando com as pernas como um sapo. A rocha confinante ficou para trás e eu emergi em água aberta.

Por um momento, fiquei desorientada. Eu não tinha ideia de qual lado era para cima e qual era para baixo. Meus pulmões gritavam para respirar. Tinha passado pelo túnel, mas, se não houvesse ar naquela parte da caverna, eu estava acabada.

Minha mão irrompeu à superfície, depois, minha cabeça.

Com o peito arquejante, inspirei o ar freneticamente para meus pulmões, que queimavam. Movi os pés e encontrei o fundo arenoso do poço. Respirando com dificuldade, eu me levantei, com água na altura do peito.

Em escuridão absoluta.

Com dedos trêmulos, peguei no bolso o resto dos fósforos. Com braços estendidos à minha frente, procurei às cegas, até que as costas da minha mão rasparam numa pedra. Levei duas tentativas para acender o fósforo.

Eu estava em um poço no interior de uma caverna pequena. A água se agitava em torno de minha cintura, com peixinhos nadando velozes pelas partes rasas. Ergui os olhos e quase deixei o fósforo cair.

Sentado despreocupadamente em uma pedra, de pernas cruzadas, estava Nereus.

Ele tomou um gole de sua garrafinha, dando toda a impressão de estar relaxando na cabine do *Vix* com um jogo de cartas, e não escondido em uma caverna escura como breu. O cheiro de rum emanou em direção a mim.

– Eu vi seu corpo. – Minha boca estava seca. – Nós o empurramos para o mar.

– Ah. – Ele coçou a nuca. – Sobre isso... Você lembra que, quando nos conhecemos, eu disse que a havia servido em cem vidas?

– Admito – eu disse secamente – que achava que isso fosse uma figura de linguagem. – Eu hesitei. – Nereus, eu... eu não entendo. Por que estou aqui? Eu a desobedeci. Achei que tinha sido rejeitada. Mas, agora... Não sei o que pensar...

– Rejeitada? – Nereus piscou. – Tenho um segredo para você, Caroline Oresteia. – Seus olhos brilhantes cruzaram com os meus por cima da garrafinha. – Não existe uma coisa dessas. – Ele levantou a voz, e o tom mudou: – Não é verdade? Eu sei que você está aí. Pare de se esconder no canto como um gato.

Por um momento, eu me perguntei com quem ele estava falando. A luz do fósforo dançava sobre a água, brincando nas paredes da caverna. Não havia mais ninguém além dele.

Então, a deusa do mar sibilou.

— Você sabe que eu odeio gatos.

Nereus sorriu para mim. Ele tinha escolhido extamente as palavras que, como sabia, iriam irritá-la.

Eu girei em um círculo lento.

— Você tentou me afogar.

— Tentei? — A voz dela ecoou nas paredes da caverna. Dessa vez, ela não era um drakon, nem uma garça, nem uma gaivota. Ela estava por toda parte.

— Você pegou meu navio — acusei-a. — E Nereus. Você me baniu para uma ilha no meio do nada e colocou centenas de quilômetros entre mim e Markos. Você tomou tudo que algum dia significou alguma coisa para mim. E, então, *desapareceu*.

— Eu a mandei para aquela ilha — sussurrou ela. — Para salvar alguém que eu achava estar perdido para mim.

Eu contive um riso.

— Tenho quase certeza de que, se perguntar a ele, ele vai dizer que foi o contrário. — Lembrando-me de quem estava me esperando do lado de fora da caverna, eu disse: — Enquanto você estava *tão* ocupada arranjando toda minha vida, eu gostaria que você conseguisse afogar Araxis. Que, você pode ter percebido, tem sido um enorme incômodo para mim.

— A garota do leão é irritantemente talentosa — a deusa mal-humorada disse. — No que tange a você, entretanto, tudo correu segundo meus planos. Você queria navegar o mundo, mas nunca tinha nem deixado Valonikos. Você queria aquele garoto leão, mas estava disposta a recuar e deixar que ele se casasse com outra. Você não sabia quem era. – A água em torno de meus joelhos se agitou, enviando um calafrio pelas minhas costas. Ela sussurrou: – Risadas. Agora, você sabe.

Uma raiva quente percorreu meu corpo.

– Se eu não sabia quem eu era, é culpa exclusivamente sua! Desde que você me escolheu, toda minha vida virou uma confusão. – Escorria água pelos meus punhos. – Você me abandonou. – Eu pensei em Diric, sozinho por meses naquela ilha: – Você abandonou nós dois.

– Risadas. *Você* estava toda triste por causa daquele garoto. *Ele* estava se afogando em culpa e *whisky*. – Ela agitou o poço de satisfação. – Olhe para vocês dois, agora. Meus guerreiros.

Eu entendi o que suas palavras significavam. Inspecionei a caverna outra vez e vi pegadas na areia, junto com sulcos profundos. Algo tinha sido arrastado pela caverna. Algo pesado.

– Ele, então, também esteve aqui? – perguntei. – Diric Melanos?

– Ah, ssssssssssiiim. – Suas palavras serpentearam ao meu redor como um drakon.

Eu me virei para o túnel cheio de água.

– Mas como ele tirou o tesouro?

Ela não disse nada.

Então, eu soube. Fechando os olhos, projetei meus sentidos. Senti o ritmo do mar, a força das ondas quebrando e recuando na praia. Milhares de criaturas invisíveis flutuavam na água, sua presença como pequenos pontos de luz por toda a minha volta. No céu, as gaivotas voavam e gritavam; nas profundezas, um drakon rugia.

Em Valonikos, eu tinha tentado mover o mar, sem sucesso. Dessa vez era diferente.

Estendi os dedos das mãos e os enfiei na água. O poço redemoinhou ao meu redor, respingando água. Ela recuou primeiro até meus joelhos, depois, para meus tornozelos. A areia estava pontilhada de pedaços de conchas quebradas. Onde, antes, havia apenas água, um túnel gotejante levava até a entrada da caverna. Os passos e marcas tinham sido lavados.

Araxis chegou chapinhando pelo túnel.

– Com quem você está falando? – Uma gota de água caiu em seu olho. Ela a limpou e borrou a maquiagem. – Quem está aí?

Ela nem olhou em direção a Nereus. Quando me virei, vi que ele havia desaparecido. Absurdamente irritantes, os deuses.

– Onde está o ouro? – perguntou ela.

– Eu... eu não sei – gaguejei. – Melanos disse que seu ancestral escondeu o ouro nesta caverna. Talvez alguém o tenha encontrado e saqueado muitos anos atrás.

Ela sacou a besta.

– Que azar para você.

Enquanto saíamos, fiquei em silêncio. Meu papel no plano era levar Araxis até a caverna e ficar sozinha com ela – o que tinha, é verdade, funcionado de maneira mais horrenda do que eu havia planejado, graças à interferência da deusa do mar.

Era, então, a vez de Diric. Maldito, onde ele estava? Meu

corpo zunia de ansiedade. Se ele não aparecesse, eu estava prestes a morrer, bem morta.

Nós saímos da caverna e apertamos os olhos contra a luz repentina.

– Pode parar por aí.

Diric Melanos estava parado na praia, apoiado em um baú de madeira. Ouro reluzente brilhava pela tampa quebrada. Seu casaco esfarrapado caía até a altura do joelho, e ele segurava duas pistolas de pederneira. O cano de uma arma estava apontado para nós, e o da outra...

Eu parei.

– Markos.

Com olhos azuis brilhando, ele olhava para mim com fome. Meu coração palpitou ao vê-lo parado na areia em mangas de camisa, com o cabelo solto em torno do rosto. Ele era alto, bonito e...

Ele não devia estar ali.

– Carô. – Sua voz acariciou meu nome, como se não houvesse mais ninguém na praia conosco.

Meu sentido de alarme se agitou. Isso não era parte do plano. Levei a mão à minha pistola na cintura, então, lembrei que ela não estava ali.

Diric enfiou a pistola nas costas de Markos.

– Cale a boca.

Meu pulso se acelerou para uma milha por minuto, mas eu não podia deixar que Araxis soubesse. Todo o resto tinha se encaixado perfeitamente. Diric estava esperando com o tesouro. Araxis estava sozinha. Tudo estava certo, só que... Por que ele levara Markos?

Markos fez uma careta. Não só seu casaco tinha desaparecido, mas ele estava sem as duas espadas.

— Desculpe, Carô. Ele me pegou de surpresa.

— Não é sua culpa. — Eu engoli meu medo. *Atenha-se ao plano.* — O que você está fazendo, Diric?

Ele apontou com a cabeça em direção ao navio akhaiano ancorado na enseada, com apenas as velas visíveis acima das rochas.

— Você me traiu... Fez um acordo com os leões pelas minhas costas. Admito que não achei que isso fosse do seu estilo.

— Eu traí *você*? — Lutando para controlar o tremor em minha voz, entrei em meu papel. Era exatamente aquilo que ele devia dizer. Eu só não entendia por que Markos estava ali. — Você pegou o diário de bordo e o mapa. Você fugiu com meu navio.

— Desculpe, amor, mas este tesouro é meu. — Ele empurrou Markos com força e fez com que ele caísse de joelhos na areia. — Gosto de você, garota. Essa parte não era mentira. Mas seu precioso emparca a deixa sentimental. A deixa fraca. Foi isso o que você fez, não foi? Trocou o tesouro da minha família pela salvação dele. — Ele pôs a pistola na base do crânio de Markos e se voltou para Araxis: — Como você pode ver, Caroline não está na posse do tesouro, então, seu acordo com ela está cancelado. Estou aqui para fazer meu próprio acordo.

Eu mal conseguia respirar com aquela pistola tocando a pele de Markos.

— Seu bastardo — eu disse, com uma voz engasgada.

As pálpebras de Araxis adejaram, e percebi que tinha sido uma escolha de palavras ruim. Mas ela decidiu não comentar. Em vez disso, cruzou os braços.

— Diga seus termos, capitão.

— Passei oito anos no exílio. — A voz de Diric estava irritada.

— Eu quero ir para casa. Para Akhaia. Isso é tudo o que eu sempre quis. Então, estes são meus termos: um perdão oficial de seu pai. E minha liberdade.

Araxis atravessou a praia e abriu a tampa do baú. Fileiras e fileiras de barras de ouro ocupavam o lado esquerdo. Em um compartimento à direita, havia uma quantidade de moedas de ouro misturadas com o que pareciam ser pequenas fivelas enferrujadas — os restos de bolsas de couro que tinham apodrecido muito tempo atrás, imaginei. Com a luz dourada banhando seu rosto, ela passou os dedos pelas barras.

— Aqui só tem um baú. — Ela olhou para Diric. — Onde está o resto?

— Acho que isso foi tudo o que meu avô encontrou — ele disse com naturalidade, mantendo a pistola apontada para Markos.

— Aquele navio era um galeão — escarneceu Araxis. — Do tesouro real akhaiano. Devia haver caixas e mais caixas de barras de ouro. Pilhas de moedas. — Ela chutou o baú, fazendo duas moedas caírem na areia com um tilintar. — Isso não é *nada*.

Só as barras de ouro naquele baú deviam valer milhões de talentos em valores atualizados. Talvez não fosse nada para ela. Para mim, era uma fortuna de um tipo que eu nunca tinha visto na vida.

Araxis ergueu a besta. Sol refletiu na ponta de metal do dardo.

— Meus homens vão vasculhar esta ilha. Se você o escondeu em algum lugar, eu vou encontrar.

— Então, é melhor procurar no fundo do mar. — Diric deu de

ombros. – Não está aqui. – Sua voz mudou: – E não sou uma menina estúpida, eu vi meu cartaz de recompensa. Só o baú vale cem vezes o preço pela minha cabeça. E não se esqueça de que ele pertence a minha família, então, pode-se dizer que ele também tem valor sentimental. Eu estou disposto a lhe dar *metade* em troca de meu perdão.

Markos cuspiu na areia.

– Você é só um mercenário sujo. Carô *confiou* em você.

– Já aguentei o suficiente de você. – Diric lhe deu um soco na cara.

– Não! – gritei.

A mão de Markos correu para tocar a marca vermelha que ardia em seu rosto. Suas narinas se dilataram, mas ele ficou em silêncio.

A visão dele apanhando pareceu animar Araxis. Com um sorriso malicioso, ela se voltou para Diric.

– Metade do baú não é suficiente. Carô ia me dar tudo. – Ela tamborilou com os dedos na besta. – Ugh, eu preferia ter matado todos vocês. Toda essa negociação é cansativa.

Diric estava com uma das pistolas no pescoço de Markos e a outra apontada para Araxis, cuja besta estava apontada para ele. Eu não tinha nenhuma arma. Era um impasse. Eu não podia derrubar Diric, não quando ele tinha duas armas. Se eu fosse para cima de Araxis...

O que Diric *faria*? Ele tinha se afastado tanto do plano que eu não sabia mais o que estava acontecendo. Um pensamento assustador passou pela minha mente. Talvez ele tivesse a intenção de matar todos nós e levar o tesouro para si. Nós não seríamos as primeiras pessoas que ele assassinaria.

Pelos deuses. Eu mal conseguia respirar. Eu havia confiado nele. O que eu tinha feito?

— Ah. — O olho de Diric tinha um brilho duro. — Achei que você pudesse dizer alguma coisa assim. — Ele cutucou Markos com a bota: — Foi por isso que eu trouxe o garoto. Para melhorar o negócio. Metade do ouro fica comigo, e você fica com seu *querido esposo* de volta.

— Feito — ela disse imediatamente, baixando a besta.

Minha voz se alterou.

— O quê?

Antes que eu pudesse me mexer, Markos chutou com a perna. Diric deu um grunhido e caiu na areia. Markos caminhou desesperadamente para trás em direção a mim.

Com raiva, Diric se ergueu de pé.

— Não faça nada estúpido — eu disse arquejante.

Ele riu.

— Ah, não vou. Essa é a coisa mais inteligente que eu faço em muito tempo. Estou terminando meu trabalho. — Ele levantou a pistola. — Vou ficar com meu ouro. — Ele pôs o dedo no gatilho — Vou para casa.

Então, ele deu um tiro no coração de Markos.

CAPÍTULO
TRINTA E DOIS

Eu costumava passar noites sem dormir temendo a chegada desse momento.

O sangue escorria pela camisa de Markos e empoçava no chão. Seu peito estremecia em minhas mãos. A inconstância de sua respiração, os segundos ficando cada vez mais longos entre cada expirar.

Até que... nada.

— Markos — eu disse ofegante, baixando o rosto até o dele. Torcendo desesperadamente para sentir sua respiração em minha face.

Sua cabeça caiu para um lado, com olhos azuis fixos em alguma coisa a distância. Sua mão, que ele levou ao peito quando a arma disparou, ficou imóvel e escorregou. Sangue escuro escorria lentamente entre meus dedos enquanto eu apertava o ferimento de bala tentando empurrar a vida novamente para dentro dele.

Não funcionou.

Eu não me lembro de nada do trajeto de volta ao *Relâmpago*. Durante todo o tempo em que me agarrei ao corpo de Markos, meus sentidos estavam dormentes. Eu não podia deixá-lo ir. Tinha confiado no homem errado e pagado o preço mais devastador.

Posteriormente, um oficial me contou que Diric pegou seu perdão e fugiu. A última vez que viram o *Corcel Cansado* foi com as velas enfunadas em direção ao sul. Por ordens de Araxis, os homens vasculharam a ilha à procura de tesouro escondido, mas não encontraram nada.

A tripulação envolveu o corpo de Markos em um pedaço de lençol e o levou para a coberta da chalupa. O compartimento de carga estava atulhado até o teto com caixotes de madeira, e barris cobriam as paredes. Eles o puseram no chão, rígido e imóvel, em um espaço entre as caixas.

Eu nunca tinha pensado muito sobre a morte antes. Eu não estava preparada para a frieza. O vazio. Sozinha no compartimento de carga, puxei o lençol e revelei seu rosto familiar e seu cabelo despenteado. Sua pele parecia de cera. Tudo o que tinha sido Markos não estava ali.

Não mais.

Isso parecia tão insondável quanto o oceano.

Senti o cheiro da presença dela no compartimento de carga antes de vê-la. Um sussurro de perfume. O cheiro pulverulento de maquiagem para os lábios. Peguei o lençol e corri para cobrir o rosto de Markos antes que ela pudesse vê-lo. Aquilo não pertencia a ela.

Araxis sentou-se de pernas cruzadas no chão.

– Ainda bem que eu não tive que matá-lo. Sei que você não vai acreditar em mim. – Ela me olhou de esguelha. – Mas fico satisfeita. Ele era... bom para mim. Um pouco ingênuo, mas bom.

Se ela dissesse mais uma palavra, eu ia gritar.

– Pare de falar.

SUSSURRO DAS ONDAS

Nós duas olhamos fixamente para o corpo envolto no lençol, iluminado por uma vela. Meus olhos pareciam cheios de areia, de tanto chorar. As madeiras acima de nós gemiam e, bem no alto, o cordame vibrava ao vento. O *Relâmpago* estava rumando para Akhaia.

Araxis apoiou as mãos entrelaçadas sobre os joelhos.

– Eu queria não ter envenenado sua prima.

– Por que – perguntei com a voz baixa – eu devia acreditar em você?

Um longo momento se passou.

– Eu observei vocês duas em Iantiporos – ela disse por fim. – Você e ela, escutei vocês conversando. Eu podia até ter desejado... Bom, não importa. Minha mãe diz que amigos são apenas inimigos que ainda não se voltaram contra você.

– Sem querer ofender – eu disse com voz rouca. – Mas sua mãe é uma assassina.

Ela deu de ombros.

– Por que eu ficaria ofendida com isso?

Eu me recusei a olhar para ela.

– Se você está pedindo perdão, eu não vou dá-lo a você. Você quase matou Kenté. Você *matou* Markos. – Eu senti sua boca se abrindo e disse com rispidez: – Sei que você não puxou o gatilho, mas tudo isso aconteceu por sua causa.

Fechei os olhos e os apertei. Era mais difícil estourar com ela que admitir a verdade – eu tinha sido tola o bastante para acreditar que Diric Melanos havia realmente mudado. Eu *quis* acreditar. E ele usou isso contra mim. Markos estava morto por causa de minha estupidez. Eu o havia matado, não Araxis.

Araxis inclinou a cabeça como um pássaro, sem compreender e sem humanidade.

– Perdão. – Ela revirou a palavra em sua boca. – Não, eu não preciso disso.

Ficamos sentadas em silêncio enquanto ela me observava como se eu fosse algum tipo de espécime curioso, e desejei que ela fosse embora.

– Acho que você sabe que nada disso vai fazer com que seu pai horrível ame você – eu disse.

Eu queria enfiar uma estaca em seu coração, do mesmo jeito que ela havia enfiado uma no meu. Mas eu nem sabia se isso era possível.

O rosto de Araxis era como uma máscara de porcelana. Ela tinha trocado sua jaqueta e calças pretas peculiares por um vestido cinza folgado e simples. Seu cabelo escorria sobre seus ombros como tinta derramada.

– É disso que você acha que eu preciso? – Ela olhou fixamente à frente para a vela tremeluzente. – Sua piedade?

Eu não disse nada, até que ela, por fim, me deixou.

No escuro da coberta, madeiras rangiam e oscilavam ao meu redor. A imobilidade do corpo de Markos me aterrorizava. Ainda assim, a ideia de deixá-lo ali – sozinho – me assustava mais. A noite penetrou em mim e se instalou em meus ossos. Eu me recusava a me mexer, mesmo que fosse para pegar um cobertor. Em vez disso, segurei sua mão fria até que um fio de luz se projetou pela vigia.

Meus olhos se concentraram em alguma coisa branca no chão. Eu estendi a mão e peguei-a da fresta entre as tábuas. Era apenas um botão, provavelmente arrancado da camisa de Markos. Eu o deixei cair no chão.

Meus ossos doíam com rigidez. Uma dor de cabeça latejava no centro de minha testa. A vela tinha queimado e apagado havia muito. Eu pisquei meus olhos, que ardiam. Era de manhã.

E, ainda assim, Markos jazia imóvel e frio. Minhas aventuras tinham começado com dois corpos embaixo de um lençol, em Pontal de Hespera, e, agora, estavam terminando com mais um.

O resto da viagem passou em um borrão, até que, um dia, ouvi os marinheiros gritarem e as velas afrouxarem. Gaivotas piavam do lado de fora da vigia. Em algum lugar, havia um sino tocando. Olhei para os telhados vermelhos da cidade distante e a reconheci como Valonikos. Achei que fazia sentido. Aquele era um navio marítimo e pertencia ao mar. Provavelmente, Araxis ia desembarcar ali e reservar uma passagem em outro navio, que fosse pelo rio Kars até Trikkaia.

Araxis desceu a escada. Ela usava as roupas de uma dama, um vestido de seda vermelha com mangas bufantes. Seu cabelo estava enrolado em uma rede dourada na parte de trás da cabeça.

Ela farejou o ar.

— O corpo ainda não está fedendo. Sorte a sua, ou o ar estaria tão denso que você não ia conseguir aguentar aqui embaixo. — Seus lábios vermelhos se retorceram. — Ah. Isso não foi muito sensível, foi?

— Se você está determinada em ser horrível, então por que você simplesmente não me mata? — perguntei sem inflexão. O mundo era chato e cinzento, e eu não me importava mais.

— Porque, Carô — ela disse equilibradamente, como se

estivéssemos discutindo nossos planos para o jantar, não paradas acima do corpo de Markos –, nosso acordo foi a vida de Markos pelo tesouro. Na verdade, eu acabei com os dois. Percebi que ganhar me deixa de muito bom humor. Por isso, assim que atracarmos em Valonikos, você está livre para ir.

Minhas unhas se cravaram nas palmas das mãos.

– E Markos? – rosnei.

Araxis cutucou a perna dele, coberta pelo lençol, com a bota, tão indiferente como se estivesse empurrando uma borboleta morta.

– Eu vou levar o corpo para Trikkaia, é claro. Para mostrá-lo a meu pai.

Parecia ridículo que ainda me restassem lágrimas, mas elas cauterizaram meus olhos mesmo assim.

– O que ele vai fazer com ele?

Ela hesitou.

– Provavelmente, esquartejá-lo. Botar sua cabeça em uma estaca. Exibi-lo nos muros do palácio para que todo mundo saiba o que acontece quando irritam a família Theuciniano.

– Eu vou morrer – eu disse sem rodeios. – Antes de deixar que isso aconteça.

Araxis deu de ombros.

– A escolha é sua, não é?

– Não é suficiente que ele esteja morto? – Minha voz se alterou. – Você precisa profanar seu corpo também? Deixe-me levá-lo – supliquei. – Deixe-me só enterrar...

– Eu vou procurar o mestre da baía para arranjar uma passagem para subir o rio. Despeça-se – ela disse friamente. – E saia daqui antes que eu volte. Ou posso mudar de ideia e decidir levar sua cabeça para meu pai também. Lembre-se: é só por minha piedade que você está viva. – No alto da escada, ela fez uma pausa: – Adeus, Carô Oresteia.

Com um sussurro de seda, ela foi embora. Passos leves andaram pelo convés, que rangia acima de mim. Através da vigia, observei as costas de seu vestido quando ela desceu pela prancha de embarque e se fundiu ao movimento do cais de Valonikos.

Lágrimas encheram meus olhos e eu caí de joelhos ao lado de Markos. Como eu podia deixá-lo? Eu não conseguia aguentar pensar em seu corpo sendo despedaçado e se tornando motivo de riso para pessoas que o odiavam. E eu não estava pronta para me despedir. Retorci as mãos no lençol e apoiei a cabeça em seu peito. Eu nunca estaria pronta.

O lençol se mexeu.

Eu o ignorei. Eu mal tinha dormido por dias. Estava imaginando coisas.

O peito de Markos estremeceu.

Arranquei o lençol, e minhas mãos voaram para tocá-lo em toda parte. Sua testa não parecia muito fria, mas, sem dúvida, isso era apenas um desejo meu. Eu tinha ouvido dizer que os corpos às vezes se mexiam depois de mortos. Era só isso.

Algo adejou sob meus dedos. Isso era... uma pulsação por baixo de sua pele?

– Markos – eu disse ofegante, dando tapas de leve em seu rosto.

Ele abriu os olhos.

Eu me sentei rigidamente.

– Você estava morto. – Foi tudo o que consegui dizer.

Ele flexionou hesitantemente os braços.

– Ugh, minha boca está com um gosto horrível. – Ele moveu o maxilar. Satisfeito por tudo estar funcionando direito, ele sorriu para mim. – Admito que é diferente estar desse lado pela primeira vez. Normalmente, é você quem está morta.

Meu coração batia tão aceleradamente que eu achei que ele pudesse explodir.

– Isso não é engraçado.

Ele se sentou com dificuldade e tocou meu rosto.

– Carô, você está... – Ele parou.

– Horrível – resmunguei. – Pode dizer. Estou chorando há dias. Por *sua* causa.

– Eu ia dizer bonita – ele disse. – Eu estava tentando ser educado.

– Pare imediatamente de me elogiar e me conte como você está vivo – eu disse rispidamente. – Ele atirou em você. Eu vi.

– Você *ouviu* – corrigiu-me ele. – Melanos preparou a pistola. A coisa toda foi ideia dele. Quanto mais nos aproximávamos da ilha, mais nervoso ele ficava. Finalmente, ele me perguntou se eu achava mesmo que os Theucinianos iam parar de me perseguir, mesmo por dinheiro. Fui forçado a admitir que a mesma preocupação estava assolando minha própria mente. Então, nós dois pensamos nesse plano. Não que seu plano não fosse bom – ele acrescentou. – Este só, uhm, o melhorava. Fechava o buraco final.

– Mas você o socou no rosto – eu não podia entender por que Diric se preocupava se os Theucinianos iam ou não perseguir Markos. – Ele odeia você.

Ele me deu um sorriso astuto.

– Desconfio que ele fez isso por você.

– E você... você estava disposto a deixar que ele lhe apontasse uma pistola? Você não confia em Diric.

– Não. – Ele tomou minhas mãos nas suas, que ainda pareciam blocos de gelo. – Mas eu confio em *você*.

– Mas você estava sangrando por toda parte. E você... Bom, você... – Minha garganta se fechou, e eu não consegui dizer a ele como eu tinha me sentido arrasada ao ver seus olhos vidrados com o vazio da morte.

– O sangue era falso. Bom, eu diria que era sangue de alguma coisa. Melanos desapareceu na mata e voltou com ele, e eu não estava particularmente inclinado a perguntar o que ele tinha matado. – Markos dobrou a parte de trás da camisa e me mostrou um objeto estranhamente costurado no interior. – Abri um dos frascos de remédio que ele tinha nos suprimentos e ele colocou sangue dentro. Quando ouvi o tiro ser disparado, levei a mão ao peito, quebrei o frasco, e bem... – Ele indicou sua camisa encrostada de sangue. Então, chutou o lençol e ficou de pé. – Ai. – Ele fez uma careta. – Minhas pernas estão dormentes.

– Markos, você estava morto. – Eu me recusava a acreditar em sua história. – Fiquei sentada com seu corpo por dias. Você não estava ali. Eu *sei*. Tudo isso de tiros falsos, de sangue falso... Isso não explica...

– Em relação a isso... – Ele olhou para o chão à sua volta. – Não sei onde foi parar. Acho que eu o deixei cair.

– Deixou cair o quê?

– O botão.

Minha cabeça se ergueu abruptamente. Eu tinha encontrado um botão no chão da coberta. Estudei sua camisa manchada e percebi que todos os botões estavam firmemente no lugar. De repente, me lembrei da coleção de grampos de cabelo e pequenos objetos de Kenté. Na noite em que foi envenenada, ela tinha tentado me contar alguma coisa relacionada a Markos. Algo sobre uma carta.

Eu cerrei os dentes.

– Eu vou matar a minha prima.

– Ela me enviou uma carta explicando como ele funciona – Markos disse. – Ela aprisionou uma ilusão de morte em um botão com um pedaço de barbante enfiado nele. Puxar o barbante aciona a ilusão. Na verdade, é bem inteligente. Ela disse que eu ia mergulhar em sono profundo, parecendo morte para qualquer um a minha volta.

– E você não sentiu necessidade de me contar isso?

– Bom... – Ele se encolheu. – Na verdade, eu tinha me esquecido completamente dele. A carta dela chegou logo depois que recebi a notícia de que o *Vix* estava perdido. Eu não estava pensando em nada, exceto em você. Guardei o botão em meu estojo de barba e, em seguida, Agnes apareceu, e tudo meio que recomeçou a andar... – Ele tentou hesitantemente colocar seu peso sobre o pé. – Eu estava acordado agora, havia vários minutos. O lençol estava me fazendo muitas cócegas. Mas eu sabia que não podia me mexer até que ela fosse embora.

Algo bateu no convés acima de nós. Eu olhei para a escada.

– Precisamos ir antes que ela volte. Você consegue andar?

SUSSURRO DAS ONDAS

Ele se apoiou na parede.

– Me dê só mais um momento. Estou me sentindo rígido como um cadáver.

– Não tem graça. – Eu mordi o lábio enquanto me concentrava. – Não sei como vamos tirar você do navio sem que eles te vejam.

Markos enfiou uma mão no bolso e sacou alguma coisa fina e reluzente.

– Será que isso vai ajudar? – Ele segurava um dos grampos de cabelo de Kenté. – Ela me mandou um desses também.

Eu o peguei e o beijei. Tudo bem, então, no fim das contas, eu não ia assassinar minha prima. Eu olhei para o frasco no interior da camisa de Markos e perguntei:

– Não sobrou nenhum sangue aí, sobrou?

– Não. – Ele olhou para mim, atônito. – *Por quê?*

– Porque você está morto. Então, tem que parecer que arrastei seu cadáver para fora daqui. Ou, então, quando Araxis voltar, ela vai começar a ter dúvidas.

Ele franziu o nariz.

– Repulsivo, mas prático.

– Essa sou eu. – Eu sorri. – Você tem alguma faca com você? – Ele remexeu em seu bolso e me ofereceu um canivete. Antes que ele pudesse me deter, cortei meu próprio braço. Sangue pingou no chão, e eu o espalhei com o pé, fazendo uma linha vacilante em direção à escada.

– Carô! Você devia ter me deixado fazer isso.

– Não seja estúpido. Você estava morto. – Eu joguei o grampo no chão. – Venha, vamos embora daqui.

Invisíveis, subimos a escada em silêncio e escapamos pela prancha de embarque. Quando chegamos ao cais movimentado, finalmente consegui respirar. Homens passaram por nós aos empurrões, rolando um barril gigante de cerveja. Um menininho pequeno agitava um jornal acima da cabeça. O inspetor do cais gritava ordens com alguém, enquanto, a distância, havia um som de equipamento retinindo e martelos batendo. No caos familiar da baía, pudemos escapar sem sermos notados, um par de sombras silenciosas.

Quando a ilusão se esgotou, tínhamos conseguido ganhar quase um quilômetro entre nós e o cais. Seguimos por uma rua pobre onde os prédios se inclinavam para perto uns dos outros e as portas não tinham belos vasos de flor. Eu não tinha certeza se Markos sabia aonde estava indo. Aquela não parecia uma parte da cidade sobre a qual ele tinha muito conhecimento.

Eu olhei para ele.

– Nós não vamos para a casa de Peregrine?

Ele parou de andar.

– Não. – Seu rosto estava duro. – Ainda não. Araxis pode ir procurar você, e eu não quero levá-la até Daria. Vamos encontrar um hotel e desaparecer por alguns dias. Até estarmos certos de que ela se foi. – Ele apontou com a cabeça para a rua. – O Majestic fica em algum lugar por aqui. Pelo menos, acho que fica.

Às vezes, ele podia mesmo ser ridículo.

– Nós acabamos de fingir nossa morte. Nós não *vamos para o Majestic*. É o hotel mais famoso em Valonikos.

Eu o conduzi até uma taverna pequena e barata que alugava

quartos por cinquenta centavos a noite. O telhado tinha várias telhas faltando, e alguém havia vomitado na soleira da porta.

O lábio de Markos se contorceu.

— Eu entendo seu raciocínio — ele disse com um suspiro. — Mas me recuso a tomar banho aqui.

Eu não tive coragem de contar a ele que um lugar como aquele provavelmente não tinha mesmo banhos. O quarto era bem pequeno, com uma cama estreita e um cobertor que dava coceiras. Apesar de termos nos reunido depois de uma separação angustiante, nós dois estávamos cansados demais para fazer qualquer coisa além de cair na cama e dormir.

Dois dias depois, uma reportagem sobre a morte de Markos apareceu no jornal. Mais abaixo, ela mencionava que enviados triunfantes haviam partido para Trikkaia naquela manhã para informar ao emparca que o impostor estava morto.

Ao pôr do sol, pegamos um esquife emprestado e remamos pela praia de Valonikos até um ponto deserto, depois dos pescadores e dos banhistas. Com os dedos dos pés nus afundando na areia, assisti ao sol se deitar sobre a cidade de telhados vermelhos. Seu brilho laranja e cintilante acendeu as ondas. Eu levei a luneta ao olho e examinei o horizonte. Aqueles eram o local e a hora indicados. Tudo o que tínhamos de fazer, então, era esperar.

Markos olhou com piedade para mim.

— Carô, ele não vem. — Ele levantou a mão para passá-la no cabelo e, então, parou com uma expressão pensativa.

Na véspera, eu tinha ido ao mercado e comprado tesouras, e, como resultado, ele agora tinha cabelo curto e espetado

— confessadamente, não muito bem cortado. Ele parecia muito bonito, mas nada como ele mesmo. Parecia que nenhum de nós ainda estava acostumado com aquilo.

— Vocês dois estavam tramando às minhas costas, e seu plano se desenrolou sem nenhum problema. Sem falar que você deixou que ele atirasse em você, de propósito – observei. – E, ainda assim, você não confia nele?

— Não quando se trata de ouro – ele disse. Ele foi para trás de mim, envolveu os braços em torno de minha cintura e beijou meu pescoço. – Mesmo que ele não apareça, vai ter valido a pena. Estou livre, Carô. Livre de verdade, pela primeira vez na minha vida. Nós não precisamos do ouro. Temos toda a vida à nossa frente.

Eu me contive para não revirar os olhos. A praticidade nunca tinha sido um dos pontos fortes de Markos. Ele podia ficar ali parado e fazer todas as declarações românticas que quisesse. Eu preferia o dinheiro.

— Ele vem. – Eu tornei a olhar para o horizonte. – Sei que vem.

Então, eu vi velas brancas.

Com uma risada, corri descalça pela praia. Protegi a visão e olhei para o navio com os olhos semicerrados. Dois mastros com duas velas erguidas, mas, ainda assim, havia algo diferente.

Era o velho *Corcel Cansado*, certo, mas ele brilhava. Tinta fresca reluzia na curva de seu casco. Os panos e cordas estavam rígidos de tão novos. Sua inclinação para estibordo tinha acabado, e ele percorria a crista das ondas com uma força confiante que eu nunca tinha visto antes.

Com um sorriso triste, Markos sacudiu a cabeça.

SUSSURRO DAS ONDAS

— Eu não acredito nisso.

Diric Melanos remou para a praia, acompanhado por dois tripulantes. Ele apontou com a cabeça para os marinheiros, que ergueram três baús do fundo do barco. Eles os arrastaram pela areia e, pelo jeito como se enterravam fundo, soube que estavam pesados. Os marinheiros carregaram os baús em nosso esquife.

Saí correndo em direção ao barco.

Diric sorriu.

— Carô! — Ele estava usando um casaco novo. Eu colidi com ele, que me ergueu e me girou em um círculo.

— O *Corcel*! — exclamei quando ele me pôs no chão. — Ele está consertado! — Eu não conseguia parar de olhar para ele. Era difícil acreditar que fosse o mesmo navio. — Está lindo.

Enquanto eu olhava para o *Corcel Cansado*, flutuando ancorado depois da linha da arrebentação, percebi que devia àquela embarcação várias vezes minha vida. Era uma escuna boa e fiel.

Mas não para mim, pensei.

— Ah, aquela coisa velha. — Diric deu de ombros. Seu olhar demorou-se amorosamente sobre a escuna. Eu sabia que ele estava orgulhoso dela, embora nunca fosse dizer isso em voz alta. — Na verdade, um estaleiro pode trabalhar muito em uma semana, se você oferecer dinheiro suficiente.

Diric se voltou para Markos.

— Vejo que você se recuperou de sua morte muito bem, Andela. — Ele apertou o ombro de Markos. — Boa atuação. Você foi um mentiroso melhor do que eu esperava.

— Tudo o que eu tive que fazer, na verdade, foi ficar parado e deixar que você me batesse no rosto – Markos disse com azedume. – E, depois, que atirasse em mim. – Mas ele estendeu a mão para apertar a de Diric. – Admito que achei que você não viesse.

Eu olhei para Markos e, em seguida, novamente para Diric.

– Eu, na verdade, achava que você ia aparecer – eu disse.

– Ayah, bom, eu acabei de ficar do lado bom dela outra vez, não foi? – Ele chutou carinhosamente a espuma das ondas em torno de seus pés. – Não ia querer estragar isso.

Minha garganta se apertou.

– Não foi por isso que você veio.

– Agora, não comece a me pintar como algo que não sou. – Ele agitou um dedo em direção a mim. – Não sou um homem honrado. Acho que vou continuar a fazer contrabando e transporte ilegal de rum.

– Contrabando é uma tradição antiga e honrada! – eu disse, na defensiva, quando Markos revirou os olhos. – Você está livre para voltar para Akhaia, agora. Vai fazer isso?

O vento despenteou o cabelo de Diric.

– Não, estou com vontade de ir para o sul por um tempo. Navegar para onde quer que *ela* me leve. Faz muito tempo que eu não contrabandeio alguns bons produtos para a Cidade Mecânica. Talvez seja para onde vou.

Seus ombros pareciam de algum modo mais leves, e suas maneiras, mais livres. Eu queria pensar que ele tinha finalmente encontrado absolvição pelas coisas horríveis que havia feito, mas, provavelmente, era só o ouro.

Diric apontou com a cabeça em direção ao nosso esquife.

– Bom, aí está seu prêmio, Carô. – Ele limpou a areia das mãos. – Acho que sei o que você vai fazer com ele. Você prometeu que faria isso, e eu ri de você. Não estou rindo agora. – Ele se inclinou para perto e disse: – Cuide dele para mim.

Ele fez uma saudação preguiçosa para Markos e saltou para o interior do bote.

Depois que eles partiram remando, Markos se virou para mim.

– Cuidar de quem?

O vento atingiu as velas do *Corcel Cansado*, e emoção cresceu em minha garganta. Eu não sabia responder.

Caí de joelhos sobre o solo molhado e arenoso e abri os trincos que fechavam o mais próximo de três baús. A tampa rangeu e se abriu, revelando fileira após fileira de barras de ouro. Aninhadas juntas, elas quase brilhavam, e a luz laranja do sol poente as deixava em chamas.

– Pelas bolas de Xanto. – Foi tudo o que consegui dizer. – Nós estamos ricos.

CAPÍTULO
TRINTA E TRÊS

Eu ergui os olhos para as janelas reluzentes da casa de Antidoros Peregrine. Então, olhei para Markos e perguntei:

– Você tem certeza disso?

Ele respirou fundo.

– Nunca tive mais certeza.

O ouro se revelara pesado demais para nós dois. Por isso, tivemos que alugar uma carroça e pagar a três trabalhadores do cais para nos ajudar a descarregar os baús do esquife e levá-los até ali. Eles embolsaram suas moedas e foram embora, deixando-nos sozinhos no pátio de Peregrine.

Eu bati na porta.

O criado de Peregrine quase desmaiou quando reconheceu Markos.

– O senhor... o senhor devia estar morto – gaguejou ele. – Meu senhor passou a tarde inteira trancado na biblioteca tentando decidir como contar à senhorinha.

Algo desceu barulhentamente pela escada e se jogou sobre Markos.

— Markos! – gritou Daria, enterrando o rosto na camisa dele. – Eu tive um sonho com você. Pelo menos, acho que tive. Sonhei com um grande gato falante. – Ela sorriu para ele. – E, agora, você está aqui, então, eu estava certa. O leão devia ser você.

Ele riu.

— Calma, texuguinha. – Ele se ajoelhou e a apertou. – Eu estou de volta.

— Você parece tão diferente. – Ela mexeu no cabelo dele. – Ele está tão *curto*. – Quando me notou atrás dele, ela deu um suspiro dramático: – Ah, Carô. Você não é muito boa em ficar morta, não é?

Lancei um olhar para Markos.

— Atualmente, nenhum de nós é.

O cabelo de Daria estava em duas tranças arrumadas, presas juntas com um laço de fita, e, em vez de um sortimento variado de lixo, ela levava um livro embaixo do braço. Estiquei o pescoço para ler o título. *O senado moderno: uma introdução*. Sem dúvida, Peregrine parecia estar reforçando sua influência sobre ela.

— O que aconteceu com Agnes? – ela me perguntou. – Você atirou nela?

— Daria, isso não é muito agradável – repreendeu-a Markos.

— Eu queria ter feito isso – murmurei. Ele me deu uma cotovelada. – Ai! Quero dizer, na verdade, ela era uma traidora. Ela estava trabalhando para os Theucinianos o tempo inteiro.

— Eu não gostava mesmo dela – Daria disse. – Ela me chamava de bichinho.

— Eu chamo você de texuguinha – observou Markos.

Ela contorceu o rosto.

— Não é a mesma coisa.

Peregrine desceu a escada, com uma aparência menos digna que o habitual. Depois que ele e Markos apertaram as mãos, ele disse:

— Admito que torcia para que o anúncio de sua morte fosse propaganda de Theuciniano. A última notícia sua que tive foi que você chegou em segurança ao castelo da margravina.

Eu interrompi.

— Você não está surpreso que *eu* não esteja morta?

Peregrine sorriu.

— Bom, Caroline, essas coisas parecem acontecer à sua volta, não é? — Ele remexeu em seu bolso e me entregou uma carta. — Aqui, isso chegou de Iantiporos outro dia.

Reconheci a letra desleixada no envelope, rasguei-o e o abri.

Querida prima,

Espero que esta carta a encontre bem e em segurança, longe das garras da maligna Agnes. Eu a enviei sob os cuidados de Antidoros Peregrine, pois me ocorreu que, encontrando ou não o tesouro naufragado, você e Markos vão acabar voltando à casa dele para se reunir com Daria. (Diga a ela que mandei um oi.)

Os médicos me dizem que tenho muita sorte. O veneno nunca chegou a se alojar nas minhas veias. Quando acordei no dia seguinte, estava me sentindo muito melhor, quase como se uma névoa tivesse sido erguida. Mas, para meu horror, percebi que tinha me esquecido de contar a você sobre outro pequeno experimento meu.

Você sabe que ando experimentando depositar magia das sombras em todos os meus botões, grampos e outras coisas.

SUSSURRO DAS ONDAS

Bom, fiz um botão que dá aparência de morte. Pensei que, como último recurso, podíamos usá-lo de algum modo para fingir a morte de Markos. Então, talvez, os Theucinianos o deixassem em paz. Antes de zarpar para Brizos para me encontrar com você, coloquei um deles em uma carta e enviei a ele. Mas, então, as coisas aconteceram tão depressa em Iantiporos que nunca soube se ele a havia recebido.

Ah, bem, se chegar a hora em que essas medidas sejam necessárias, tenho certeza de que você é inteligente o bastante para pensar em um plano sozinha.

É, não é?

Ofendida, abaixei a carta.
– O que ela quer dizer com *não é?*

Você sempre foi mais de derrubar mesas e arremessar facas, enquanto sempre fui a que tinha inclinações para tramas secretas. Ah, bem, em breve eu vou estar com você de novo.
Até então, que as sombras te escondam.

K.B.

Mais tarde, relaxada em volta de um fogo crepitante na biblioteca, contamos a Peregrine e a Daria toda a história, começando com o naufrágio e terminando com como escapamos do compartimento de carga do *Relâmpago* usando o grampo de

Kenté. Daria estava deitada no colo de Markos, rindo enquanto ele lhe fazia cócegas.

– Acredite ou não, eu entendo como você se sente. – Peregrine girou a haste de seu copo de vinho. – Você é jovem. Ter o destino de todo um país em seu ombro é um fardo. Mas eu ainda odiaria que você jogasse tudo isso fora.

Markos brincava com o cabelo da irmã.

– Não sou nada bom em discursos. Não sou um revolucionário nem um líder. Você me deu seu apoio, Antidoros, e eu te agradeço muito por isso.

Enquanto eu o observava de uma poltrona do outro lado da lareira, nunca senti tanto orgulho dele.

Peregrine o reconheceu com um sorriso astuto.

– Mas?

– Mas como Akhaia seria diferente sob meu governo? – perguntou Markos. – Eu ainda seria só mais um emparca. Não estou nem certo de que seria um dos bons.

– Você nada tem a ver com seu primo.

– Eu sei. – Markos respirou fundo. – Ele quer ser emparca, tanto que estava disposto a matar por isso. – Sentindo sua perturbação, Daria virou o pescoço para olhar para ele, preocupada. – Eu, não. Desculpe. – A voz dele se embargou: – Não posso ser quem você quer que eu seja.

– Pode, sim. – Peregrine se inclinou para frente e segurou o braço dele. – Você é o futuro de Akhaia.

– Não, não sou. – A voz de Markos estava segura. – Você é. – Ele sacudiu a cabeça. – Não sei por que levei tanto tempo para ver. Entendo o que você estava tentando realizar, me colocando no trono como um passo intermediário para a democracia. Mas do que nosso país realmente precisa é alguém que fale pelo povo, alguém em quem eles já confiem. – Ele se virou para encarar Peregrine. – Mesmo que seja preciso anos. Mesmo que seja preciso uma revolução.

Daria sentou-se ereta.

– Markos – ela disse. – Isso significa que nós não vamos voltar para Akhaia?

– Acho que não, texuguinha. Não por muito tempo. – A luz do fogo reluziu em seu sorriso. – Konto Theuciniano acredita que estou morto. Isso significa que, pela primeira vez em minha vida, estou livre.

– O que você vai fazer? – perguntou Peregrine.

– Talvez eu vá para a universidade em Iantiporos e estude para conseguir um diploma. – Ele deu de ombros. – Talvez eu aprenda um ofício.

Eu escarneci.

Ele olhou para mim.

– Você sabe, Carô, eu sou bom em *algumas* coisas. – Ele apontou com a cabeça em direção aos baús no chão e disse a Peregrine: – Abra-os.

Peregrine abriu o fecho do baú mais próximo e levantou a tampa. Seu rosto se iluminou com um brilho dourado. Ele lançou um olhar penetrante para Markos e disse:

– Eu não posso aceitar isso.

– Não é para você. É para Akhaia. – Markos o olhou nos olhos, com uma expressão sóbria no rosto. – Para a revolução.

— Isso... Isso é demais. — Peregrine ergueu uma barra de ouro e girou o metal à luz do fogo. — Cada uma dessas barras vale uma pequena fortuna. Você deve saber disso. — Ele arranhou o tijolo com uma unha. — Pelo menos, eu suponho que seja inteiramente de ouro sólido...

Peregrine era um intelectual, e sua curiosidade tinha sido despertada. Sem dúvida, ele ia raspar aquela barra com uma lima e jogá-la em uma solução alquímica no momento em que fôssemos embora.

— Quando meu pai o baniu de Akhaia, ele roubou sua fortuna — Markos disse. — Só estou acertando as coisas.

— Posso lhe assegurar enfaticamente que eu não tinha tanto ouro.

— Bom, agora você tem. — Marcos sorriu de leve, como se o peso daquele ouro tivesse sido tirado de suas costas. — Confio que você vai usá-lo com sabedoria. E, se um dia você marchar sobre Akhaia, estarei bem ao seu lado. Só... não como emparca.

Ele apertou os ombros da irmã, e ela descansou a cabeça em seu peito com um sorriso satisfeito. Quando esticou as pernas, uma luz brilhou nos botões de leão dourados em suas botas.

Imediatamente, lhe voltaram as palavras ditas por Daria mais cedo naquela noite. *Sonhei com um grande gato falante.* O leão-da-montanha era o símbolo de Akhaia. Por isso, ela supusera que seu sonho tivesse sido sobre Markos. Mas a deusa do mar dissera que o deus leão estava adormecido embaixo de sua montanha por seiscentos anos, e que ele não escolhia guerreiros.

Olhei para Daria quicando no sofá, com as tranças negras caindo sobre os ombros.

E desejei saber.

Um crepúsculo roxo tinha se abatido sobre a cidade quando consegui sair da casa de Antidoros Peregrine. Eu havia deixado Markos ali com a irmã. Eles precisavam de tempo juntos e, de qualquer forma...

Isso era algo que eu tinha de fazer sozinha.

Enquanto andava pelas ruas de Valonikos, as pessoas saíam apressadas de meu caminho. Provavelmente, era por causa da expressão intensa em meus olhos. Eu não me importava. O saco em minha mão se grudava ao contorno do objeto retangular em seu interior. Olhando para os batedores de carteiras nas sombras, eu os desafiei a simplesmente tentar tocá-lo.

Ninguém ia tirar meu navio de mim. Não dessa vez. E nunca mais.

Continuei andando até finalmente chegar a uma porta na região do mercado com um letreiro vermelho e letras douradas. Era a porta que eu estava procurando.

Um lampião ardia no escritório, projetando uma poça de luz sobre uma garota debruçada em um livro contábil. Ela esfregou o pescoço e coçou alguma coisa com uma caneta. Seus lábios se moviam enquanto ela trabalhava com os números.

Eu entrei e larguei o saco na mesa com um baque seco.

– Tenho um trabalho de salvatagem para você.

Docia Argyrus sabia o que eu tinha ido fazer ali.

Ela se levantou da mesa, recolocou a caneta em seu pote, abriu o saco de aniagem e revelou uma barra de ouro sólida.

– Vejo que você encontrou seu prêmio – ela disse com

delicadeza, afastando para trás uma mecha de cabelo que tinha se soltado do coque. – E eu perdi a aventura. Desculpe, Carô. Na manhã seguinte, acordei e me dei conta de que tinha cometido um erro. Mas, quando cheguei à baía... – Ela deu um suspiro. – Eles me disseram que vocês já tinham zarpado.

Eu tinha ficado com muita raiva dela em Iantiporos. Mas do que ela era culpada, de tentar ser leal à sua família? Uma visão de minha mãe parada na janela de cima dos escritórios dos Bollards passou pelos meus olhos. Não havia nada errado naquilo. Eu não podia culpar Docia pela escolha que tinha feito. Mas eu podia acertar as coisas.

– Espere aí – ela disse, com voz resignada. – Vou chamar meu pai.

– Finian não – eu disse. – Você.

– Você não tem ideia do quanto eu quis ir junto. – A voz de Docia estava embargada. Ela tocou o ouro com reverência. – Você tinha razão sobre minha família. Eles nunca tiveram a intenção de me deixar ser uma deles. Acho que vou ficar sentada neste escritório até morrer e... – Ela se interrompeu, com o olhar fixo. – Espere, *o que* você disse?

– Você pode erguer um navio perto da rocha das Quatro Milhas? – perguntei. – Na península akhaiana?

Às vezes, quando seu destino chega por você, você simplesmente não está olhando. Mas sempre há uma segunda chance.

Docia ergueu a cabeça, com os olhos se arregalando.

– Claro que posso. – Suas narinas se dilataram. – Sou capaz

de fazer qualquer coisa que meu pai faça. Mas... você sabe que eu nunca chefiei pessoalmente um trabalho antes.

Eu a olhei nos olhos.

– Você quer?

– Carô, isso vai custar. – Docia sacudiu a cabeça. – É melhor receber o seguro. Comprar outro.

– Ele não me foi dado para isso – eu disse em voz baixa. Gesticulei em direção ao saco. – Você não viu o que mais eu trouxe para você.

– Carô, esta única barra de ouro vale uma fortuna. Demais para um trabalho de salvatagem.

– Não o tijolo – eu disse. – Embaixo dele.

Ela meteu a mão no saco e tirou dele um pedaço de papel. Sobre ele, eu tinha escrito uma série de números.

– Coordenadas. Para... – Ela estudou a anotação. – Não sei exatamente. Isso parece o meio do oceano.

– Se você navegar até esse ponto, vai encontrar duas ilhas. Entre elas, há um rochedo submerso. Imagino que haja centenas de navios embaixo d'água perto daquelas rochas. Um deles é o *Centurião*. Aposto que ainda há muito ouro ali embaixo também. – Eu observei seu rosto se iluminar quando ela percebeu o que estava segurando.

– Você, vá buscar seu naufrágio, Docia. – Eu sorri para ela. – Mas, primeiro, preciso que você encontre o meu.

Duas semanas depois, estávamos no mar.

O *Peixe-Gato* seguia lentamente para nordeste ao longo da península akhaiana. A barcaça não era exatamente o barco mais rápido, mas não havia problema. Eu estava contando com ela por sua força, não pela velocidade. Olhando por cima da amurada, quase esperei ver a cauda do drakon abanando.

Mas a deusa do mar permaneceu preocupantemente silenciosa. Eu não ouvia uma palavra dela desde aquele dia na caverna. As gaivotas, entretanto, estavam de volta. Elas pousavam no teto da cabine e inclinavam a cabeça para me olhar fixamente com seus olhos pequenos e brilhantes, de modo que eu sabia que ela estava me observando.

Eu apertei a amurada. Ondas quebravam brancas sobre a rocha das Quatro Milhas, com sua ponta preta se projetando do meio do mar agitado. Eu nunca a vi realmente na noite do naufrágio. Olhando para as profundezas verdes e turvas, eu me perguntei quantos outros navios tinham encontrado seu destino ali.

Markos chegou por trás de mim e pôs as mãos em meus ombros.

– Foi aqui que aconteceu?

– Uhm. – Eu não queria falar sobre aquela noite. Em vez disso, me recostei em seu peito quente. Ele cheirava a lã molhada e café.

Docia apareceu no convés, usando um traje de lã de aspecto engraçado que a cobria dos pulsos aos tornozelos. Havia um rolo de corda pendurado em seu ombro. Eu nunca a havia visto com equipamento de mergulho.

– Bom, é isso. – Ela pôs um par de óculos de mergulho na cabeça. – Acho que é hora de ver o que é o quê.

Seu irmão Torin estava debruçado sobre um guincho.

– Tem muitos naufrágios lá embaixo. A corda pode ficar presa, e então você ficaria presa. Pode ser um mergulho traiçoeiro. – Ele tamborilou os dedos na maquinaria, e percebi que ele estava entediado. – Eu posso descer primeiro, se você quiser.

– Este trabalho é meu. – Docia se virou para ele e sorriu. – *Você*, fique aqui e segure a corda.

– Só estou dizendo que pode ser perigoso.

Ela ergueu as sobrancelhas.

– Que excitante.

Docia ficou embaixo d'água pelo que pareceu uma eternidade. Enquanto os segundos se arrastavam lentamente, eu mexia na amurada. Com certeza, ela ia ficar sem ar. A equipe de salvatagem, porém, parecia não dar nenhuma importância a isso. Todos eles eram capazes de prender a respiração por vários minutos.

A cabeça de Docia surgiu acima da superfície.

– Ayah – ela disse, ofegante, depois de recuperar o fôlego. Seu cabelo estava escorrido para trás devido à água. – Ele está mesmo aí embaixo. Em grande parte, inteiro.

– Profundidade? – gritou seu irmão.

– A profundidade é boa. Calculo dez metros. Verifique a corda.

Na manhã seguinte, o trabalho começou para valer. Docia, vestindo calças folgadas e um casaco impermeável, andava pelo convés e berrava ordens. Quatro mergulhadores desceram, com ferramentas presas às costas, no interior de uma câmara em forma de sino. Não havia muito que Markos e eu pudéssemos fazer para ajudar, já que eu sabia muito pouco de operações de salvatagem, e ele sabia ainda menos. Ele, entretanto, achou o processo interessante e ficava por perto pelo convés, cobrindo o irmão de Docia de perguntas.

Olhei por baixo das ondas cinzentas em movimento, apertando a amurada. Eu não podia ver o *Vix*, mas sabia que ele estava ali embaixo. *Estou aqui,* pensei. *Estou indo buscá-lo.*

No fim da semana, eles tinham remendado o buraco em sua lateral. Os mergulhadores cortaram as velas e cabos emaranhados e prenderam cordas em sua popa e em sua proa. No último dia, o mar estava negro, e o céu, de um cinza monótono. Um vento frio soprava do norte, encrostando meu cabelo de sal. Logo seria inverno.

Ondas golpeavam o *Peixe-Gato*. O mar não ia abrir mão do *Vix* sem barulho.

A deusa do mar gotejou em minha mente, como água se empoçando sobre areia. Acima de mim, gaivotas voavam em círculo, e seus gritos agrediam meus ouvidos. Agarrada à amurada, eu cambaleei. Meu coração estava acelerado como se eu tivesse corrido. Depois de semanas de silêncio, a presença repentina da deusa era avassaladora.

– O que você está fazendo? – Seu sussurro pareceu quase inseguro, mas isso, sem dúvida, devia ser um truque da minha audição.

– O que você acha? Estou erguendo meu navio.

– Eu o mandei para o fundo. – Agora, ela parecia se divertir. Como o próprio mar, ela variava caprichosamente de estado de ânimo. Eu nunca conseguia acompanhar direito. – Você sabe que posso arrebentar as cordas e mandá-lo de volta sem um toque.

– Ayah, eu sei. – Eu empinei o nariz para desviar dos borrifos

SUSSURRO DAS ONDAS

que estavam sendo soprados. – Então, faça isso. Mas eu vou voltar amanhã. E no dia seguinte. E no outro.

– Risadas. Então, eu vou afundá-lo outra vez – ribombou a voz da deusa.

Um pouco mais longe no convés, Markos estava em conversa profunda com o irmão de Docia. Eles estavam debruçados sobre a amurada, apontando para várias cordas. Ninguém podia ouvir a deusa do mar, só eu.

– E de novo – sibilou ela. – E de novo.

– Como eu disse... – Eu arquejei, e meu olhar parou em Markos. – Vá em frente. Faça isso. Mas, antes de fazer, saiba de uma coisa: Eu fico com as coisas que amo.

Ela sabia que eu não estava falando apenas do barco. O vento soprou, e sua voz estava gelada como os borrifos das ondas.

– *E eu fico com as coisas que pego*. Eu lhe dei todo aquele ouro, uma fortuna além de sua imaginação mais louca, e, ainda assim, você me desafia. Você já se esqueceu tão rápido? – Uma onda atingiu o casco e respingou em mim. – Seu destino é me servir, Caroline Oresteia.

– E por quê? – Desafiadoramente, olhei para o mar. – Porque você me escolheu. Você podia ter escolhido qualquer garota para ser sua. Mas você queria a mim. – As ondas se agitavam abaixo. – Bom, é hora de você entender que essa sou eu. É isso o que você tem.

– Tola – retrucou ela. O cheiro de sal e algas se enroscou ao meu redor, enchendo meu nariz com seu fedor úmido. – Você deve saber que posso afogá-la em um instante.

– Se você quisesse me afogar – observei –, eu estaria no fundo do oceano.

O mar se ergueu ameaçadoramente, com a espuma branca se agitando em um padrão que eu quase podia entender.

– Talvez eu não tenha feito um trabalho bom o bastante da primeira vez.

– Não – eu disse. – Não é isso. Você mesma me disse: você queria me ensinar uma lição. Mas não queria me matar.

Houve um longo silêncio.

– Eu não previ que você fosse causar tanto problema. Eu praticamente dei a você aquele navio – ela disse com tristeza.

– Não é bem assim que eu lembro.

A deusa estava em silêncio outra vez. Até as gaivotas haviam parado de gritar. O silêncio era tão ameaçador que percebi um dos tripulantes do *Peixe-Gato* olhar com desconforto para o mar. Apertando a amurada, olhei para a água cinzenta. Em algum lugar ali embaixo, estava o *Vix*. O navio do meu coração. Na primeira vez que enfreitei a deusa do mar, eu não havia conseguido encontrar as palavras certas. Torci para que, dessa vez, eu conseguisse encontrá-las.

– Na caverna – comecei lentamente –, você me disse que eu não sabia quem era. Mas, agora, eu sei. – Respirei fundo. – Eu pertenço a este lugar, ao oceano. Eu pertenço ao *Vix*. Vou consertá-lo com velas novas e cordame novo e uma pintura nova. Então, vamos navegar juntos pelo mundo, eu e Markos. E, se você tentar me deter, vou enfrentá-la com tudo o que eu tenho. – Minha garganta se inchou de emoção. – Então, é hora de você escolher. O que *você* quer... uma serva ou uma guerreira?

Gaivotas voavam em círculo e mergulhavam no céu nublado, enquanto o vento salgado soprava as velas da barcaça.

– Risadas – a deusa disse por fim. – Gosto de você assim, Caroline Oresteia.

Então, ela desapareceu.

Docia mandou que seus homens se preparassem. As cordas que a equipe de resgate tinha amarrado ao *Vix* se esticaram, vibrando de tensão. A madeira gemeu, e os guindastes rangeram. A barcaça sofreu um solavanco sob o esforço repentino. Eu me debrucei por cima da amurada.

– É isso! – alguém gritou. – Ele está se movendo!

Markos colocou a mão sobre a minha e apertou-a de forma reconfortante. Mas eu não conseguia tirar meus olhos da água. Não conseguia falar.

Era isso o que eu não tinha entendido antes. Você precisava saber o que queria – porém, saber não era o suficiente. Você precisava estar disposto a *lutar* por isso. Ser tão forte que nem a deusa do mar poderia desafiá-lo. Nós devemos ser fortes assim para manter as coisas que amamos.

Algo se moveu nas profundezas, escuro e ondulando a água. Uma forma que eu quase podia ver.

– Puxem, rapazes! – gritou Docia.

Minha respiração prendeu em minha garganta. Meu coração cantou.

Então, sua proa rompeu a superfície.

Agradecimentos

Dizem que o segundo livro é o mais difícil, mas o que não contam a você é que escrever uma continuação é parecido com escrever *fanfiction* com seus próprios personagens. O que significa que foi muito divertido me reencontrar com Carô e com seus amigos para mais uma aventura.

Obrigada a meu marido, por me aguentar em noites em que eu escrevia tanto que chegava a afetar o meu cérebro. Certa ocasião, entrei correndo no quarto, apontando para o chão perto da parede e falando de forma desconexa:

– Aquilo! Aquela coisa! O que é aquela coisa?

Ele olhou para mim como se eu estivesse louca e, então, disse:

– O rodapé?

Eu dei um grito e saí correndo.

Também me esqueci de todos os membros do Wu-Tang Clan, e ele não se divorciou de mim por tal motivo. Então, agradeço a ele por isso também.

Obrigada à minha família, aos amigos do Twitter, aos amigos da vida real e ao grupo de estreia de 2017 por todo o seu apoio. Nada foi tão incrível quanto ver amigos que estão há mais de vinte anos em minha vida postando *selfies* em livrarias com *A canção das águas*.

Obrigada à minha agente, Susan Hawk, e às pessoas tanto na Bent Agency como na Upstart Crow Literary. Vocês são os melhores!

Obrigada a Cat Obder e a Sarah Shumway, minhas duas editoras fantásticas nesta série. E obrigada a todas as pessoas incríveis na Bloomsbury que trabalharam de algum modo neste livro, incluindo Diane Aronson, Erica Barmash, Anna Bernard, Bethany Buck, Liz Byer, John Candell, Alexis Castellanos, Phoebe Dyer, Berth Eller, Alona Fryjman, Emily Gerbner, Cristina Gilbert, Courtney Griffin, Melissa Kavonic, Cindy Loh, Donna Mark, Elizabeth Mason, Pat McHugh, Linda Minton, Brittany Mitchell, Emily Ritter e Claire Stetzer. Obrigada à littlemissgang pelo design da capa e a Virginia Allyn pelos mapas, que são um verdadeiro sonho realizado.

Obrigada a todos os leitores e blogueiros que leram e amaram *A canção das águas*! Um agradecimento especial ao Uppercase Box, ao Booklot, ao YA Chronicles, ao Turista Literário e a todos os outros clubes de leitores que escolheram meu livro.

Obrigada a Stan Rogers por "The Mary Ellen Carter". A trama deste livro é uma descarada homenagem a essa canção, que sempre foi um de meus hinos, sempre me lembrando de seguir em frente.

E, finalmente, um alerta aos futuros escritores: nunca tentem escrever sobre um roubo.